L’Énigme Odette L.

à Laurence, Layla et à ma maman pour votre soutien indéfectible.
à Baptiste et Hadrien, puisse cet héritage vous éclairer.

ISBN 978-2-84706-742-2

Michel Dubreuil

L'Énigme Odette L.

Retour sur un fait divers, Normandie 1945

ÉDITIONS
Charles CORLET

Préambule

J'ai 33 ans, bientôt 40, et n'ai pas le souvenir d'avoir jamais pensé à autre chose qu'à mon travail. Lui, c'est moi, Benoît Maréchal, un de ces types qui se réveillent un beau matin comprenant qu'ils se sont trompés de chemin. Ma vie c'est ma carrière, je l'ai patiemment construite autour de ce seul centre d'intérêt en prenant bien soin d'en adapter chaque minute à mes contraintes professionnelles. Chaque rencontre devait m'être utile et mon agenda ne désemplissait pas de repas d'affaires ou de week-ends entre collègues. Pousser ses pions, mettre en échec ses concurrents, gagner et, surtout, afficher sans vergogne sa réussite pour mieux renforcer son image aux yeux des autres afin de nouer puis dénouer de nouvelles alliances qui permettront à nouveau de gagner encore et toujours.

Un beau jour de printemps, l'impensable survient : licenciement avec mise à pied, un choc immense car je n'ai rien vu venir. C'est la chose la plus pénible qu'il m'ait jamais été donné de vivre. Par pure coïncidence, c'est également le jour où commence l'histoire de Benoît, celle que je vais vous raconter ici et à la troisième personne, afin de ménager son ego.

Benoît fait partie de ces sacrés chanceux qui ont eu deux vies, si l'enveloppe charnelle est restée à peu près la même, l'âme s'est transformée. Pour la passion, l'amour, la philosophie et ses habitudes, il y a eu un avant et un après. En cherchant bien, il doit être possible de trouver quelques illustres précédents, un parrain de la mafia devenu prêtre après avoir entendu l'Appel un beau matin, ou bien quelques dictateurs sanguinaires devenus de grands démocrates. Notre sujet, quant à lui, n'a rien de romanesque. Il n'est qu'un simple anonyme parmi des millions, dont la petite vie a basculé d'un extrême à l'autre. Cette histoire c'est la mienne, peut-être aussi la vôtre, celle qui débute le jour où l'on commence à regarder autour de soi.

Vous avez certainement déjà croisé ce genre de personne dans votre entourage : un professeur d'école aurait dit de Benoît qu'il n'était ni grand ni petit, ni beau ni vilain, ni intelligent ni stupide. Sa mère aurait affirmé qu'il n'était ni sage ni agité, ni gentil ni méchant, ni aventurier ni casanier, et une maîtresse éconduite aurait résumé le personnage en quelques mots : « C'est un sale con. »

Pour autant, en consultant ses collègues de travail, nous aurions appris qu'il était doué d'une intelligence rare, d'une capacité d'analyse hors du commun, ayant toujours deux ou trois coups d'avance sur ses semblables. Son physique lisse, mais non dénué de charme, lui permettait de s'adresser à n'importe qui sans aucune inhibition et sa capacité à convaincre amenait rapidement certains à lui acheter quelque chose et certaines à le rejoindre dans son lit. Une santé de fer et une aptitude à ne jamais ressentir la fatigue lui permettaient, en outre, de bûcher des heures durant, prenant l'ascendant sur des concurrents incapables de lutter contre un tel phénomène qui avait la plupart du temps bouclé son étude, alors qu'eux-mêmes commençaient à peine à en cerner le sujet. Nous aurions alors considéré Benoît comme un type brillant et respecté de tous, un battant, un gagnant, un de ceux qu'il fait bon d'avoir à ses côtés dans les situations difficiles, un personnage clé dans tout dispositif.

Ne vivons-nous pas, après tout, dans un monde de subjectivité ? Chacun pouvant à la fois être un type formidable et un sale con, tout dépend du point de vue, du contexte, de la nature des échanges et de l'humeur de celui qui arbitre.

La plupart du temps, les enfants très sociables développent des aptitudes à travailler en groupe et à cultiver un large réseau d'amis, ceux qui restent dans leur coin approfondissent d'autres talents. En ce qui concerne Benoît, nous ne savons toujours pas exactement dans quelle catégorie le placer, une analyse suit son cours et si j'ai bien quelques souvenirs, ils demeurent flous. Une chose est certaine cependant, il n'a pas passé énormément de temps sur l'émotionnel, ce qu'il aime, lui, c'est manipuler des choses tangibles, de la matière, des concepts et des esprits plus faibles que le sien. Le monde des affaires devint tout naturellement un de ses terrains de prédilection en atteignant l'âge adulte, et hormis quelques lubies subsistantes, la cause professionnelle prit le dessus sur tout le reste. Des gens comme Benoît, vous en avez certainement croisés et vous en recroiserez tous les jours de votre vie.

1.
Benoît

La lumière est particulièrement belle ce matin, de puissants rayons traversent les volets de la chambre, tirant Benoît de sa léthargie. Il doit être 9 heures et la journée démarre bien mal pour notre personnage principal. Sa bouche anormalement sèche et un puissant étau lui enserrant le crâne lui remémorent l'excès d'alcool commis la veille au soir. L'individu que nous considérons est pourtant un athlète de la boisson, s'imposant un entraînement scrupuleux et quotidien, comptabilisant précisément le nombre de verres avalés et les quantités d'alcool associées. Chaque soir ou presque, un cocktail en compagnie de clients, un dîner d'affaire ou la célébration d'un nouveau contrat sont prétextes à déboucher quelques bonnes bouteilles. Dans ces joutes éthyliques, chaque verre est une cartouche qu'il ne faut gaspiller pour rien au monde. Jamais rien que le meilleur cependant, champagne, grands vins, très peu d'alcool fort, uniquement lorsqu'il est nécessaire d'accompagner un adversaire important, car la quantité de munitions est dans ce cas inversement proportionnelle au degré de substances dangereuses contenues dans la charge. Lorsqu'un client annonce « Ce 18 ans d'âge est exquis », c'est invariablement suivi par « Laissez-moi vous faire découvrir ce 24 ans ». En d'autres termes cela permet élégamment de mettre un verre de plus dans le nez de son interlocuteur, ce qui d'un point de vue stratégique s'appelle prendre l'ascendant.

La règle numéro un : garder le contrôle en toutes circonstances. Benoît est un vétéran, vainqueur de nombreux assauts et rarement vaincu. Certaines victoires, remportées sur de coriaces adversaires à l'embonpoint avantageux, auraient sans aucun doute mérité une médaille, si seulement la reconnaissance du courage véritable existait encore en un monde où l'art de cette guerre moderne n'est point encore reconnu.

En cette occasion cependant, aucun contrat n'a été signé à la force du coude, bien au contraire. Pour la toute première fois, Benoît a retourné les armes contre lui. Whisky, gin, vodka, tout le contenu du petit buffet du salon y est passé. Un sabordage, une retraite suicide, une action n'obéissant à aucun théorème habituel : une belle grosse cuite pour oublier.

Les braves ne meurent jamais, heureusement, et quelques premiers mots sont aussitôt prononcés, accompagnés d'un ample geste des deux mains qui se posent avec délicatesse sur les tempes de notre combattant : « la vache, ma tête… » Les yeux s'entrouvrent, éblouis par cette splendide lumière, les esprits reviennent peu à peu et les premières décisions tombent : « Plus jamais, putain, plus jamais… » Rassemblant toutes les forces qui lui restent, Benoît se laisse tomber du lit, d'abord une jambe, puis un bras, des gestes lents surtout, il y a probablement des blessures cachées. Non. Tout semble répondre convenablement, l'autre bras glisse à son tour vers le sol entraînant le buste et la tête, puis l'autre jambe. Le voilà à terre, rampant difficilement vers la salle de bains. L'honneur est sauf toutefois, l'estomac a semble-t-il tenu et aucune souillure ne pourra témoigner de ce terrible épisode. Encore quelques mètres, la chaleur de la moquette laisse maintenant place au froid du carrelage de marbre, contribuant à l'éveil des sens de notre héros. Il lui faut de l'eau. Une première difficulté, le lavabo est trop haut. Benoît se décide pour la douche italienne, plus accessible. Malencontreusement les robinets sont également placés à une hauteur qui semble pour l'instant hors d'atteinte. C'est en posant le regard sur la cuvette des toilettes qu'il regrette pour la première fois d'avoir fait enlever le bidet des anciens propriétaires pour y placer une baignoire d'angle, confirmant ainsi ce vieux proverbe de nos grands-mères qui dit que toute médaille a son revers. Cette pénible scène ne mérite sans doute pas d'être racontée dans tous les détails, sachez que l'ego de son acteur principal en souffre encore à sa simple évocation, tout autant que tête et estomac réunis en cet instant difficile.

L'auteur se doit de confirmer pour sa défense que prendre une simple douche peut s'avérer un exercice particulièrement périlleux dans certains cas et par respect pour la réputation de Benoît, il se réserve le droit de ne plus évoquer ce tragique épisode au cours du récit qui va suivre.

Vers 10 h 30, hydraté, lavé, rincé, essuyé, habillé presque convenablement et chaussé d'une large paire de lunettes de soleil, Benoît sort de son appartement. Avide d'air frais et de grands espaces, il évite soigneusement l'ascenseur et entreprend une courageuse descente des cinq étages par l'escalier. Accroché solidement à la rampe, marche après marche, il parvient sans incident majeur au rez-de-chaussée. Après avoir franchi avec succès la porte du vestibule, le voici sur la rue, inspirant goulûment l'air de ce petit matin parisien.

Nous sommes le 29 avril 2008, pour la première fois de sa vie d'adulte Benoît n'a aucun programme. Jamais auparavant il n'a été confronté à la situation de n'avoir rien à faire, de devoir se poser la question de la direction à prendre ou d'établir l'emploi du temps de la journée. Tout, jusqu'alors, était minutieusement réglé dans sa vie, les rendez-vous avec les clients, les voyages en première classe. Seules quelques pauses-café en compagnie de collègues ou au gré de ses rencontres professionnelles venaient ponctuer l'irréversible accomplissement de son agenda quotidien. Il adorait cet état de dépendance, ne plus se soucier de l'espace-temps et avoir la satisfaction dès le matin d'occuper sa journée à exécuter les tâches les plus importantes, triées et priorisées par son équipe de fidèles collaborateurs. Tout événement faisait l'objet d'un arbitrage préalable avant d'être soumis au calendrier par son assistante. Son temps était précieux, et seuls les sujets absolument stratégiques pour le cabinet étaient retenus. Le rendez-vous, une fois saisi dans l'agenda, allait irrémédiablement se réaliser, seul un cas de force majeure pouvait s'y opposer. Cette façon de vivre le quotidien pouvait toutefois présenter quelques effets secondaires : dîners entre amis, familiaux ou encore fêtes d'anniversaire mis en concurrence avec des événements nettement plus importants, pouvaient ainsi être oubliés.

Ceci agaçait de façon prodigieuse son ex-femme, Sophie, qui systématiquement lui rappelait : « Je te l'avais pourtant dit il y a au moins deux semaines, tu oublies tout, c'est insupportable. » Benoît répondait le plus souvent en haussant les épaules : « J'ai beaucoup à penser, excuse-moi si c'est passé à la trappe. »

Notons ici un point récurrent chez les femmes qui considèrent souvent que les événements de la vie privée sont plus importants que ceux du travail de leur mari. Elles ont raison, certes, à cette époque cependant Benoît n'était pas de cet avis, et tout particulièrement lorsqu'il s'agissait de ses beaux-parents. Sophie s'emportait souvent : « Tu t'en fiches voilà tout, ma mère a dû passer la journée à cuisiner et toi tu lui poses un lapin pour aller à je ne sais quel pince-fesses de boulot ! J'en ai marre de toi », etc. Seuls ceux qui ont tort se justifient. Or, Sophie étant persuadée d'avoir raison, son mari jugeait inutile de perdre du temps à argumenter pour lui confirmer ce qu'elle savait déjà.

Un divorce avait réglé le problème et ramené le calme à la maison, jusqu'à ce qu'Amandine, qui avait succédé à Sophie, ne laisse apparaître des signes d'agacement similaires, alors même qu'elle ne faisait que partager plus ou moins sa vie. Comme beaucoup d'hommes évoquant ce sujet, Benoît vous confiera qu'il n'a pas de chance et tombe systématiquement sur des enquiquineuses.

Le fondement de ces oublis était révélateur à double titre, d'une part, il était exact d'affirmer qu'il s'en fichait, d'autre part, il avait élevé la fuite en avant au rang de grand art. Les dîners mondains, les apéritifs dînatoires et autres jalons primordiaux à toute vie sociale l'ennuyaient profondément dès lors qu'ils n'étaient pas associés à un objectif précis. Comment les gens pouvaient-ils prendre plaisir à se raconter des vacances où tout le monde perd son temps à siroter des cocktails au bord d'une piscine ? Des conversations vides sur des sujets creux, un comble pour ce brillant associé d'un célèbre cabinet de conseil anglais dont chaque minute était monnayable à un tarif astronomique. Chaque fois qu'il cédait à cet exercice, c'était le même calvaire. Fort heureusement, Benoît avait su développer tout au long de sa scolarité une phénoménale aptitude à s'évader mentalement, ainsi parvenait-il la plupart du temps à supporter l'épreuve jusqu'au bout, au prix d'une concentration extrême.

Par un phénomène biologique aussi formidable qu'inexpliqué, son ouïe avait développé la capacité à filtrer les sons n'ayant pas trait à un quelconque sujet qui pouvait l'intéresser. Les ondes glissaient sur lui comme un caillou sur la glace, « une économie pour mon cerveau, je ne lui soumets que l'information pertinente. »

Une passion commune pour la balistique des boulettes en papier et les billes lui avait permis de rencontrer Stéphane à l'école primaire. Inséparables alors, leurs chemins avaient singulièrement divergé au fil des années, mais les échanges restaient réguliers. La teneur des conversations nous en apprend davantage sur notre jeune premier.

– Tu fonces le nez dans le guidon sans savoir où aller car ça te rassure, tu n'as pas ainsi à t'attarder sur le paysage qui t'entoure.

– Foutaises, répondait Benoît en haussant les épaules.

– Tu refuses de voir les choses en face, tu ne vis pas ta vie mais celle que ta boîte veut pour toi, tu répliques je ne sais quel schéma de référence, c'est pathétique.

– Elle me convient cette vie et je suis très heureux.

– Qu'est-ce que tu fais de ton temps à part bosser ?

– Mon travail m'épanouit et mes journées sont bien remplies.

– Tu vis dans une tour de verre et tu te laisses embarquer par cette machine infernale qui t'emploie, le jour où tu vas en descendre, prends bien garde à la marche !

On ne devrait jamais conserver ses copains d'enfance. Il n'y a d'une part aucune médaille à l'arrivée et ils se permettent d'autre part de commenter toute votre vie. Sous prétexte que nous avons usé nos culottes sur les mêmes bancs d'école ou qu'ils nous connaissent depuis 20 ou 25 ans, cela justifie-t-il de rester liés ? Benoît était ainsi la cible régulière des avis défiltrés d'une bonne demi-douzaine de ces amis de 20 ans qui ne rataient pas une occasion de lui faire regretter de les avoir un jour rencontrés.

– Prends le temps de regarder autour de toi, l'homme n'est pas sur Terre pour travailler du matin au soir dans un microcosme obéissant à des règles absurdes à l'échelle de l'univers. Crois-tu que le monde a été créé pour que tu y amasses le plus de richesses matérielles le temps de ta courte vie ? Je te parie que celui qui a créé ce monde ne savait même pas ce qu'était un cabinet de conseil, heureusement que des gens comme toi sont là pour le lui rappeler !

– J'aime mon boulot et tu es jaloux parce que tu n'as pas trouvé le même équilibre dans ta vie.

– Regarde-toi, tu as bientôt 33 ans, tu n'as même pas été fichu de garder ta femme, une fille formidable. Te rends-tu compte que n'importe quel autre homme normalement constitué aurait tout donné pour avoir l'honneur de lui faire un môme ? Et toi non, elle n'est pas assez comme-ci, trop comme ça, mais enfin, même ton gros tas de pognon tu ne l'aimes pas, de quelle planète viens-tu ?

Sans raison particulière, Benoît a tourné à droite en sortant de l'immeuble, puis traversé la rue vers un petit jardin public qu'il pouvait apercevoir de ses fenêtres. L'esprit toujours embrumé par les résidus d'alcool, le manque de sommeil et le souvenir à cet instant des propos bienveillants de cet ami de 25 ans, il reprend lentement ses esprits tel un boxeur groggy après un coup direct. Le choc a été rude et l'heure est au bilan de la situation.

Amandine est chez ses parents au fin fond de la Normandie, et son téléphone portable ne capte pas. La tension des dernières semaines avait eu raison de sa patience naturelle et une ultime discussion ayant trait à un projet d'enfant l'avait amenée à prendre du champ.

– Tu es un gros imbécile égoïste, grandis s'il te plaît.

– Tu me prends au dépourvu, le moment est mal choisi pour cette discussion.

– Je serai une vieille fille toute ridée le jour où monsieur daignera s'intéresser au sujet, hurla-t-elle.

– Ça tombe mal chérie, je suis sur le point d'être promu associé senior du cabinet, les enjeux sont énormes et j'ai besoin d'être au maximum de ma forme. Alors les nuits blanches et les dimanches où il y a trop de bruit pour travailler à la maison, non merci !

– Ça fait deux ans que tu me rabâches le même refrain, associé, associé, et après ? Tu bosses déjà tout le temps, qu'est-ce que tu espères de plus ? Il n'y a pas de finalité à tout ça Benoît, tu cours sans savoir où tu vas dans cette spirale sans fin, tu n'as même pas le temps de dépenser ton fric !

Comme souvent lorsque les arguments viennent à s'épuiser, elle porta ses mains à son visage :

– Tu me fais perdre mon temps et ma jeunesse, pourquoi je tombe toujours sur des connards dans ton genre ?

– Calme-toi. Allons, je t'invite ce soir à dîner dans ce restaurant japonais extraordinaire où j'ai…

– Toi et ton japonais allez au diable ! Je pars Benoît, j'ai besoin d'air tu comprends ? J'ai posé la semaine et je mets les voiles !

– Où vas-tu ?

– Chez mes parents, tu peux toujours essayer de me joindre, le téléphone ne passe pas !

Se réfugier chez ses parents… Ceux de Benoît quant à eux, avaient depuis longtemps cessé de tenter de comprendre les activités de leur fils et d'en suivre les actualités.

Sa mère répétait : Nous, tu sais, on ne comprend pas bien ce que tu fais. Tant que tu es heureux, ton père et moi, ça nous va bien. » Il ne les voyait pas très souvent, et n'échangeait que de rares coups de fil avec sa mère. Le sujet de la progéniture était régulièrement abordé : « mon chéri, à notre époque on avait un métier pour subvenir aux besoins de son foyer, toi tu l'as le métier, alors pourquoi ne construis-tu pas une famille ? À ton âge, nous t'avions déjà depuis 10 ans, et nous n'étions pas particulièrement précoces. » Benoît n'avait jamais compris cet empressement des parents à devenir grands-parents, comme s'ils avaient hâte de vieillir un peu plus.

– Toujours la même rengaine, on est en 2006, maman, j'assure une belle carrière et on verra plus tard pour le reste.

– Plus tard, toujours plus tard, la vie ça file tu sais, quel dommage que tu aies laissé partir Sophie, elle était bien cette petite.

– Maman, lorsque nous étions mariés tu n'as eu de cesse de me répéter tout ce qui clochait chez elle.

Benoît avait 2 487 amis virtuels sur les réseaux sociaux, des gens épatants qu'il avait croisés au gré des missions au cabinet. La nouvelle de son éviction avait été si soudaine qu'il n'avait pas eu l'occasion de la partager avec un seul d'entre eux. Il se retrouvait prisonnier de l'image de machine infaillible qu'il avait construite avec tant de soin.

L'effort nécessaire à énumérer les événements de ces six derniers mois pour tenter de justifier comment une telle injustice avait pu se produire lui parut trop important, en outre, le premier sentiment que cela lui inspirait était la honte d'un cuisant échec. Benoît le référent en toutes circonstances, le sage parmi les sages auprès de qui tous se pressaient pour prendre conseil, s'était fait virer comme un malpropre sans avoir rien vu venir. Il se sentait humilié et inutile. Rien dans son programme ne l'avait préparé à gérer ce genre d'expérience dégradante et cette posture de superman qu'il avait tenue durant toutes ces années le condamnait à encaisser seul ce rude coup du sort.

Après quelques pas dans ce parc voisin qu'il n'avait jamais, à dire vrai, ne serait-ce que traversé, il s'assoit sur un banc, le regard perdu dans le vague. Des pigeons, quelques enfants accompagnés de leurs mères, des cris, le bruissement des feuilles qui commencent à tomber, victimes de la sécheresse intense de cette dernière quinzaine de jours incroyablement chaude pour un mois d'avril, un paysage aux antipodes de son panorama habituel. Un long soupir. Un second. Il se détend.

« Tu t'es fait sortir comme un bleu, sans aucun signe avant-coureur, comment as-tu pu te faire avoir de la sorte ? »

La honte laisse place à la colère. L'image du fidèle officier d'active fort en gueule, à laquelle il s'identifiait avec fierté, emmenant en première ligne son équipe d'intrépides soldats prêts à affronter toute situation, venait de voler en éclats : on lui avait planté une hache dans le dos, lâchement, sans explication, et il avait été évacué sans drapeau ni trompette par l'ascenseur de service, après avoir été contraint de remettre son badge et son ordinateur portable à l'agent de sécurité.

Combien de fois avait-il répété à qui voulait bien l'entendre : « Après une chute il faut remonter en selle le plus vite possible, ne perds pas de temps à te lamenter sur ton sort, les autres en profiteraient pour t'achever. »

Remonter, il le fallait et vite.

« Monsieur tu peux m'aider à attraper mon ballon ? » Un blondinet de deux ou six ans le tire par la manche. Benoît n'y connaît pas grand-chose en matière d'enfant, celui-ci marche et parle, un peu comme un homme en plus petit. Il montre du doigt un ballon perché sur la haie, trop haute pour sa petite taille. Sans réfléchir, Benoît se lève et rend le jouet au petit ingrat qui oublie de remercier, puis le regarde repartir en poussant des piaillements indéfinissables à destination d'autres garçonnets. Dans l'univers de notre acteur, il y a des prospects, des clients, des opportunités, des managers, mais pas d'enfants. On peut s'y aimer et s'y détester au cours de la même journée, les jeux sont intéressés par de fortes sommes d'argent, et bien qu'à la fin il n'y ait qu'un seul gagnant, tout le monde dit hypocritement merci.

Sophie l'avait quitté après cinq ans de mariage car il n'était pas prêt à avoir d'enfants. Tout le monde voulait qu'il ait des enfants, tout le monde, sauf lui.

« Pourquoi ? »

– Je vous demande pardon ? répond une jeune femme qui passait derrière le banc sur lequel il était assis.

– Je parlais tout haut, excusez-moi.

– Ça arrive à tout le monde, reprend-elle un peu surprise.

– Vous avez des enfants, Madame ?

– Deux, voyez la petite brune sur l'hippopotame, c'est Colette mon aînée et sur la grenouille c'est ma cadette, Ondine. Un sacré caractère celle-ci, elle nous en fait voir de toutes les couleurs ! Où sont les vôtres ?

Marmonnant un vague « non merci », il se lève et part sous le regard devenu condescendant de la jeune maman. Dans le monde de celle-ci, la question de la progéniture occupe sans aucun doute la toute première place. « Vous en aurez bien un jour, c'est tout le mal que je vous souhaite, les enfants vous permettent de tout comprendre de la vie ! » hurle-t-elle tandis qu'il s'éloigne.

« Boudin, marmonne-t-il, en plus d'être vilaine elle est fagotée comme un sac, non mais pour qui se prend-elle avec ses grands airs ? »

Fuir, toujours fuir, en avant. Benoît se dirige d'un pas rapide vers la sortie. Le monde qui entoure le sien ne l'avait jamais réellement intéressé et cette aptitude à filtrer les sons lui avait permis de passer maître dans l'art d'éviter toute conversation dont le sujet lui était pénible ou lui paraissait simplement insignifiant.

« Je n'ai pas le temps », était la traditionnelle esquive, la plus courante, servie la plupart du temps sur un ton méprisant.

– Benoît, s'intéresser à ce qui arrive à mes parents c'est important, ils font partie de ma vie, donc de la tienne, de temps en temps tu pourrais faire un effort et t'intéresser à ce qui se passe autour de toi.

– Justement Amandine, ce sont tes parents à toi et je ne peux rien pour eux. Je ne suis pas médecin et passer des soirées entières à parler de leurs pépins de santé ne va pas les faire guérir plus vite.

– T'es vraiment nul, c'est quoi ton problème ? Ils ont oublié de t'ajouter un cœur à la conception ?

Ce dont Benoît a le plus horreur, c'est de perdre du temps. Le temps, c'est compté, c'est ce qu'il y a de plus précieux au monde, et son taux horaire est l'un des plus élevés du cabinet. Jusqu'à ce jour.

« Quelle guigne, il a fallu que ça arrive la veille d'un pont du 1er mai par-dessus le marché, me retrouver seul dans cette ville désertée par ses habitants. »

La colère le fait parler tout seul « voir le bon côté des choses, voir le bon côté des choses ». Benoît franchit le portillon de sortie, et reprend le chemin de son immeuble qu'il rejoint en quelques minutes. Devant la grille d'entrée du bâtiment, deux dames âgées discutent. Alors qu'il parvient à leur hauteur l'une d'elles l'interpelle :

– Vous habitez ici ?

– Oui, enfin ça dépend, balbutie-t-il.

– Madame Lemière ne se sent pas très bien ce matin, auriez-vous l'obligeance de l'aider à monter ses commissions chez elle, elle habite au premier étage.

Benoît se tourne vers la dame en question, madame Lemière doit avoir dans les 80 ans, c'est une femme menue, son dos très voûté a dû en outre lui retirer dix bons centimètres. Un visage tout en rondeur, illuminé par deux petits yeux très bleus contrastant avec la couleur encore poivre et sel de ses cheveux. Elle a dû être très brune dans sa jeunesse. La forme de sa bouche semble s'être figée au fil des ans en un petit sourire pincé, lui donnant un air perpétuellement joyeux. Elle est vêtue d'un imperméable de toile bleue passablement élimé, boutonné jusqu'au col et serré à la taille par une ceinture de la même matière, elle porte des souliers noirs à la forme indéfinissable qui semblent avoir le même âge qu'elle. Ses mains sont fines et aussi noueuses que les racines d'un petit arbuste, les phalanges de ses doigts toutes déformées, témoins sans doute d'une dure vie de labeur. Elle ne porte aucun bijou.

– Eh bien… Où habitez-vous madame ? demande Benoît, hésitant.

– Dans cet immeuble, au premier étage, je vous l'ai dit, intervient l'autre dame.

Benoît ne peut s'empêcher de froncer les sourcils. *Grande surface dans bel immeuble haussmannien disposant d'un vaste salon pour recevoir*, tels étaient les termes de l'annonce dénichée par Sophie quatre ans auparavant qui avait conduit le couple à acheter cet appartement. Que fait cette petite dame à l'apparence aussi modeste dans cet ensemble de grand standing d'un quartier huppé de la capitale ? Il ne l'a, en outre, jamais croisée auparavant, alors même qu'elle habitait quelques étages en dessous. Elle était trop âgée pour être une domestique, peut-être est-elle simplement en visite chez des enfants. « Ne vous dérangez pas, cher monsieur, je vais tout à fait bien et je vais rentrer tranquillement chez moi maintenant » reprend madame Lemière. Son amie réagit aussitôt, saisissant sa main entre les siennes.

– Allons Odette, soyez raisonnable, je vous ai vue chanceler il y a cinq minutes à peine et vous êtes encore toute pâle, il ne faut pas prendre ça à la légère, d'ailleurs, je vais appeler votre fils pour qu'il vienne vous voir dès cet après-midi.

– Paul est en vacances, ne le dérangez pas pour si peu, il se ferait inutilement du souci, vous savez comment il est avec sa vieille maman. Il est parti chez un camarade en Normandie, vous savez, mon Paul n'a pas beaucoup d'amis et il n'est pas souvent parti en vacances. (Madame Lemière a prononcé ces derniers mots en baissant la voix et le regard en même temps.)

– Avec mon aîné c'est pareil, combien de fois le lui ai-je rappelé ? Les années passent mon petit, il faut savoir lâcher prise, tu vas te tuer à la tâche ! Quel âge ça lui fait à votre fils madame Lemière ?

– Paul a eu 62 ans l'hiver dernier. Le temps passe si vite, répond cette dernière en hochant la tête les yeux fermés.

La scène se passe devant la grille de l'entrée, la plus âgée des deux femmes s'est assise sur le petit mur qui délimite la résidence, l'autre lui tient toujours la main. Benoît a horriblement mal à la tête et il aspire à rentrer chez lui le plus vite possible pour prendre un cachet d'aspirine. Et le voilà au beau milieu d'une discussion entre deux charmantes petites vieilles dames du quartier dont il ignorait l'existence il y a encore quelques minutes. Il faut s'échapper, vite.

– Excusez-moi mesdames, je suis assez pressé et on m'attend, interrompt-il l'air impatient.

– Vous voyez Gisèle, ce monsieur doit s'en aller, laissez donc, je vais m'en arranger.

– C'est hors de question Odette, s'il vous plaît monsieur, quel est votre nom ?

– Benoît Maréchal, marmonne-t-il sur un ton neutre.

– Monsieur Benoît, vous permettez que je vous appelle par votre prénom ? Vous êtes bien jeune, j'ai de grands enfants comme vous, enfin, ils sont partis depuis longtemps mais… Quel âge avez-vous donc ?

– J'ai… Je viens d'avoir 33 ans, balbutie-t-il surpris par la question.

– Gisèle, rendez-vous compte, ce jeune homme est attendu, allons, il doit avoir une petite famille, ne le mettons pas en retard.

« Oui… Enfin non, mais… » La seconde femme n'a pas l'air de vouloir le laisser partir. De surcroît on recommence à parler de famille et d'enfants, Benoît s'impatiente, fuir, vite.

– Monsieur Benoît, cette dame a 81 ans, savez-vous ? reprend la plus jeune.

– Quatre-vingts-deux Gisèle, vous êtes aimable, vous me rajeunissez !

– Quatre-vingts-deux ? Vous êtes d'avril bien sûr, où avais-je la tête, un Bélier n'est-ce pas ?

– En effet, un Bélier, le début du mois. Un beau signe, paraît-il.

– Et vous jeune homme, quel est votre signe ?

L'astrologie, voilà bien le genre de sujet auquel Benoît n'accorde aucun intérêt, il répond légèrement agacé : « Je crois que c'est Lion, enfin je ne suis pas sûr… Un animal en tout cas ».

– Le temps passe et nous retenons ce jeune homme prisonnier, vous ne voudriez pas qu'il ait des ennuis avec sa dame, tout de même ? reprend madame Lemière.

– Elle est en vac… Enfin oui, bref, euh… Je dois y aller en effet, coupe-t-il.

Tout en faisant un gros effort pour rassembler ses esprits encore engourdis par l'alcool, Benoît ferme les yeux et se dit pour lui-même « il faut que je m'extirpe de là et vite, ces deux grands-mères sont redoutables, voilà bien un quart d'heure qu'elles me tiennent la jambe à raconter leurs petites vies alors que je suis en plein drame professionnel. J'ai besoin de calme et de concentration, il me faut réfléchir au coup d'après, élaborer un plan, rebondir. Abrégeons rapidement. »

Le moyen le plus rapide pour s'en sortir c'est encore de monter les courses de sa voisine, il se baisse, se saisit du cabas et reprend plus aimablement :

– Bien entendu, je vais aider cette dame, où dois-je vous accompagner ?

– Vous êtes charmant, monsieur, j'habite juste au premier, la porte de gauche.

– Une bonne journée madame Lemière, demain chez le boucher, 10 heures ?

– Parfait, ça sera bien, 10 heures, chez le boucher.

– Au revoir Odette !

– Merci encore Gisèle, au revoir et à demain.

– Au revoir, euh... Madame, lance rapidement Benoît qui a déjà franchi la porte du vestibule tandis que Gisèle s'éloigne.

– Un commerçant qui ouvre sa boutique un 1er mai, nous sommes drôlement gâtées ne trouvez-vous pas, monsieur Benoît ? Suivez-moi, ce n'est pas loin, vous vous donnez bien de la peine pour moi.

– Ne vous inquiétez pas pour ça, madame, il faut bien s'entraider entre voisins.

Lui, qui ne sait pas même le nom de son voisin de palier, n'en revient pas d'avoir prononcé cette phrase. Tout en attendant l'ascenseur, il se souvient... « Il s'appelle Le Goff. Un Breton sans doute. Il laisse ses chaussures sur le palier, ce sagouin. »

À tout hasard il demande :

– Depuis combien de temps habitez-vous là madame Lemière ?

– Ma foi, ça doit remonter à... Attendez voir. Oui, c'était en 54, Paul avait huit ans.

Cette voisine inconnue s'est installée ici bien avant son arrivée et jamais il ne l'a remarquée ni même soupçonnée. Les portes de l'ascenseur s'ouvrent, la vieille dame sort à petits pas tout en fouillant dans son sac à la recherche d'une clé. Figé derrière elle, Benoît ne peut s'empêcher de l'observer en imaginant l'histoire parallèle qu'elle a pu vivre ici même, les chemins qu'elle a pu emprunter, ou les personnages rencontrés.

2.
Odette

« Tu iras loin Benoît, tu ne le sais pas encore mais tu iras loin. Dans la vie, tout est question de rencontres et toi tu as le sens de la communication. » À l'époque, Benoît était étudiant dans une école de commerce, ces mots avaient été prononcés par son maître de stage à l'occasion d'un entretien final clôturant une période de six mois passés dans une entreprise. C'était pour lui une de ces phrases entendues un jour et que son esprit méticuleux avait gravées à jamais en mémoire, il ne manquait jamais de se les rappeler après s'être senti particulièrement fier d'un discours ou d'une simple conversation. Aussi curieux que cela puisse paraître, c'est justement cette maxime qui vient à son esprit à cet instant précis. Parmi toutes les autres, pourquoi celle-ci ?

Malgré les vapeurs d'alcool et ce maudit étau qui persiste à martyriser sa boîte crânienne, notre esprit cartésien ne peut s'empêcher de se lancer dans un processus d'analyse. C'est une rencontre, certes, mais certainement pas de celles auxquelles il est habitué.

« En quoi cette dame âgée pourrait m'aider à aller plus loin ? » s'interroge-t-il, légèrement amusé. La curiosité est une vertu chez Benoît, qui aime à se qualifier lui-même de « machine à chasser l'information » lorsqu'un client lui fait remarquer son caractère intrusif. Entre-temps, madame Lemière a ouvert la porte de son logement et invite de la main Benoît à la suivre avec cette expression un peu gênée des personnes qui n'aiment guère les irruptions dans leur univers. Un mélange de honte et de sentiment d'infériorité assombrissent légèrement les traits de son sourire figé. Benoît, tout à ses pensées, pénètre dans le logement : « Une petite vieille toute rabougrie et tout sourire que j'ai aidée à porter ses provisions s'avère être une voisine que je n'avais jamais remarquée, ni sans doute jamais croisée, menant tranquillement une vie parallèle en ces mêmes lieux à des horaires différents. Incroyable. »

Parvenant presque à oublier son terrible mal de crâne, il répond à l'invitation d'un léger hochement de tête, puis pénètre dans l'appartement en portant le cabas à deux mains devant lui. Son regard avide d'information parcourt les lieux à toute allure, scrutant le moindre recoin, il a la bouche entre-ouverte tel un touriste à qui l'on montrerait les oubliettes d'un château médiéval.

La porte palière donne sur une entrée assez sombre. « Attendez que j'allume, vous verrez mieux », dit-elle en actionnant l'interrupteur électrique qui réveille un lustre rond en verre jaunâtre et dépoli fixé au plafond par un simple câble. La lumière faible et chaude permet de distinguer les contours de ce qui semble être une entrée, chaque mur est recouvert d'un papier peint à fleurs d'un ton beige, comme il avait pu en voir chez les grands-parents de son ex-femme. « Entrez, ne faites pas attention au désordre, je n'ai pas encore fait mon ménage aujourd'hui », poursuit-elle en pénétrant dans une pièce encore plus sombre. Tandis que madame Lemière est affairée à enlever son imperméable, Benoît se place au centre de la pièce et en observe les contours en tournant doucement sur ses talons. Il tient toujours le cabas à la main, l'air ébahi et la bouche toujours ouverte. Face à lui, une petite bibliothèque aux portes en verre renferme quelques dizaines de livres, à côté un petit meuble d'angle supporte un poste de télévision d'un autre âge, semblable à celui que possédaient ses grands-parents à la campagne. Près de la fenêtre, un guéridon de bois aux pieds recourbés de style Louis XV, recouvert par un napperon en dentelle surmonté d'un vase contenant des fleurs séchées. Sur la droite, une table en formica comme il en avait déjà vu l'été dernier au vide-greniers du quartier où Amandine avait réussi à le traîner pour chiner, comme elle aimait à dire. « Tu ne vas tout de même pas acheter ces horreurs ? » Comment les gens peuvent-ils aimer perdre leur temps à contempler les poubelles des autres et parfois même les acheter ? « Tu n'as aucun sens artistique, ils ont vécu ces objets, ils ont une âme », répliquait-elle à cet homme dont elle était suffisamment amoureuse pour continuer à espérer qu'elle pourrait le faire changer un jour. « C'est bourré de vermine, c'est bien pour ça qu'on l'appelle le marché aux puces, non ? Et où vas-tu mettre ça ? » La plupart du temps, ces conversations finissaient mal. Benoît tenait beaucoup au standing de son duplex décoré à grands frais par un obscur artiste du Marais et faisait systématiquement barrage à toute intrusion d'objet qui aurait pu nuire à cet équilibre visuel qui lui était si cher. « Et puis sans blague, c'est tout de même chez moi ! » Rien de comparable chez madame Lemière, aucun objet d'art ni bibelot de luxe, c'est lisse, rangé, tout paraît en sommeil attendant on ne sait quel événement. Autour de la table recouverte d'une toile cirée à motifs rouges, sont rangées trois chaises à l'assise en osier, en face de la fenêtre, le long du mur, trône un long buffet en bois sombre, parsemé de petits trous de bestioles et orné de deux lourdes portes fermant avec de grosses clés. Le tout semble provenir du même vide-greniers précité. Sur le buffet trône un petit sapin synthétique et quelques photos dans leurs cadres, en noir et blanc pour la plupart. « Dieu que c'est triste, on se croirait chez les parents d'Amandine dans leur village de bouseux. » Note pour le lecteur : des beaux-parents ça reste des beaux-parents et Benoît n'a pas eu plus de chance avec ceux d'Amandine qu'avec ceux de son ex-femme.

Le dénuement fait apparaître la pièce plus grande qu'elle ne l'est réellement, tout semble vide, l'œil ne s'arrête sur rien, hormis peut-être la photo de ce jeune garçon aux yeux clairs, enfermée dans un cadre aux bords sculptés dont la dorure s'écaille avec le temps. L'esprit absorbé par l'observation de cet environnement, Benoît croise soudain le regard de l'occupante des lieux revenue de sa penderie. Elle l'observe avec indulgence, les mains croisées sur le ventre et les yeux mi-clos, son sourire et les couleurs de son visage sont revenus. Elle penche très légèrement la tête à gauche. Elle a dû être belle dans sa jeunesse. « Vous pouvez poser le cabas ici, cher monsieur, je le porterai à la cuisine. » Tandis que Benoît pose le sac sur la table, son interlocutrice poursuit d'une voix douce : « Vous prendrez bien un petit verre de porto ? » Porto égale alcool, en un éclair, le signal d'alarme s'est déclenché sous le scalp de Benoît, ravivant la douleur : « Surtout pas ! Enfin, je voulais dire, je ne veux pas vous déranger », trouve-t-il à répondre, partagé entre son horrible mal de tête et le désir de ne pas écourter l'entretien avant d'avoir obtenu toutes les réponses à ses questions.

– Vous ne me dérangez pas, il n'est pas encore midi et j'ai encore bien le temps de me mettre en cuisine. Je ne reçois pas souvent du monde et ça fait bien plaisir, dit-elle d'une voix enjouée.

– Puis-je avoir un verre d'eau, s'il vous plaît ? J'ai... Enfin, je ne bois pas d'alcool... Le matin..., s'empresse-t-il de corriger, comme si le mensonge était trop gros.

En suivant des yeux madame Lemière partie chercher un verre dans la cuisine, il continue à s'interroger : « Que fait-elle de ses journées ? Combien de pièces y a-t-il ? Au moins une chambre en plus de la cuisine, une salle de bains. »

– Tenez, cher monsieur, elle n'est pas très fraîche mais je n'ai que de l'eau du robinet.

– Merci, ça fera parfaitement l'affaire.

Une curieuse impression de malaise le parcourt à cet instant, tout dans cet univers exprime la modestie de l'existence de cette vieille femme. Buvant son verre d'eau à petites gorgées, il jette à nouveau un œil sur les lieux, une boule au fond de la gorge. Un sentiment nouveau pour Benoît.

– Tu agis comme un nanti, tu as tout ce que tu veux et n'as besoin de rien ni de personne d'ailleurs, hurlait Amandine.

– Cesse donc de vociférer, viens me rejoindre dans le lit.

– Tu es franchement pénible Benoît, mes parents pensaient nous faire plaisir en nous offrant d'habiter chez eux pendant les vacances.

– On sera bien mieux à l'hôtel, tu en fais un plat, c'est tout petit leur bicoque, on sera les uns sur les autres, tu me vois sortir à poil de la douche et tomber sur ta mère ? Bonjour madame Bertrand, lance-t-il railleur, en tentant d'imiter un canard.

– Tu es vraiment un âne. Elle est sans doute petite cette maison, mais pleine de souvenirs, et infiniment plus grande à mes yeux que ton stupide hôtel !

Cette discussion avec Amandine sur ce qui fait la grandeur d'une maison lui revient à l'esprit en une fraction de seconde. Sans doute, cette dame a-elle l'impression de vivre dans un château, eu égard au nombre de souvenirs qu'elle y a amassés. Tout cela demeure un mystère pour Benoît. Quelle que soit la valeur de son mobilier, comment diable a-t-elle fait pour se retrouver dans cet immeuble cossu du 16e arrondissement de Paris ? Malgré le mal de tête persistant, l'esprit cartésien poursuit son implacable analyse. A-t-elle acheté lorsque l'immobilier était moins cher ? Peu probable, ce quartier de Paris a toujours été hautement bourgeois et à moins de remonter au Moyen Âge… Locataire ? Un loyer Loi 1948, voilà la réponse, un léger sourire vient éclairer le visage de Benoît, la première équation est ainsi résolue et il vide son verre d'un trait aussitôt accompagné d'un « ahhh » de satisfaction. Le pauvre propriétaire, quel manque à gagner quand on connaît les prix du marché dans ce quartier, il doit être dépité de ne pouvoir pleinement en jouir ! Il ne doit plus être jeune non plus ou bien peut-être est-ce un héritage.

– Voulez-vous un autre verre ?

– Oui, s'il vous plaît, répond-il, espérant ainsi prolonger l'entretien.

Savourant son triomphe, il prend une large inspiration et s'avance machinalement vers le buffet. Des enfants, des adultes, ils sourient, posent, tous paraissent si sérieux. Son regard s'arrête sur le grand cadre doré au centre, le jeune homme porte un costume sombre proprement boutonné, le style est un peu strict, « la mode d'un autre âge », il doit avoir une vingtaine d'années. Bien que la photo soit en noir et blanc on devine qu'il est blond, ses cheveux sont coupés très court sur les côtés et une longue mèche plaquée en arrière vient couronner un visage aux traits incroyablement fins. Il ne sourit pas, son expression est grave et mélancolique, impression de gravité renforcée par une petite cravate noire fermant l'encolure de sa chemise blanche. Le regard de cet homme est extraordinaire, il devait avoir des yeux bleus ou verts magnifiques. Benoît, qui ne s'est jusqu'alors jamais intéressé à la gent masculine, reste subjugué par la beauté des traits, par l'intensité du regard.

– C'est votre mari ? ose-t-il demander tandis qu'elle lui tend le verre plein.

– C'était il y a bien longtemps…

Le visage de madame Lemière revêt soudain une tout autre expression, ses yeux se sont posés sur le cadre doré, un regard plein de tendresse et d'amour, un regard bouleversant. Son souffle est devenu plus long, elle porte sa main droite sur son cœur, tout son être semble envahi à cet instant d'une formidable quiétude, elle a dû aimer cet homme avec passion. Plusieurs longues secondes s'écoulent, seul le bruit à peine perceptible de la rue vient perturber cet instant de recueillement. « Son mari doit être mort il y a longtemps vu la façon dont elle en parle », pense-t-il. Si oui, était-ce lui le propriétaire de l'appartement ? Dans ce cas, elle aura dû porter le poids des impôts liés à la succession, ça expliquerait bien des choses.

Absorbé par ses réflexions matérialistes, le regard de Benoît demeure rivé sur le cadre, il fronce les sourcils faisant appel à sa fantastique mémoire, essayant d'y reconnaître un voisin qu'il aurait pu croiser dans le vestibule ces dernières années. Il n'a pas remarqué madame Lemière qui, s'étant reculée de quelques pas, a saisi une des chaises et s'y laisse tomber en souplesse, sans aucun bruit.

– Ça fait du bien de s'asseoir, s'exclame-t-elle, quand vous aurez mon âge vous comprendrez.

Benoît sursaute, sans toutefois pouvoir détacher son regard de la photo.

– Oui bien sûr, répond-il surpris.

– Alors monsieur Benoît, racontez-moi. Y a-t-il une madame Benoît dans votre vie ?

Les coups bas sont la plupart du temps imprévisibles. Alors qu'il se sent presque en symbiose avec les lieux, ses sens s'imprégnant de la moindre odeur, couleur, ambiance, texture, tandis qu'il a l'impression d'avoir pénétré une sphère incroyable tant elle est différente de celles dans lesquelles il a l'habitude d'évoluer, il plane à des dizaines de mètres de hauteur quand il est soudain contraint à l'atterrissage d'urgence. Benoît peine à trouver ses mots, totalement décontenancé par la question. Jamais personne auparavant ne s'est permis d'en poser une aussi directe, personnelle, presque impudique. Il s'est tourné vers son hôtesse, la bouche ouverte, mais ne parvient pas à prononcer un mot. Elle le regarde de ses beaux yeux bleus perçants, aussi malicieux que ceux d'un enfant parvenu à ouvrir tout seul un grand pot de confiture. Elle ne le quitte pas du regard, attendant patiemment une réponse à cette simple et effroyable question.

– En Normandie, parvient-il à balbutier, elle est en Normandie. Enfin chez ses parents, pour… pour le week-end.

– J'ai vécu en Normandie dans mon jeune temps, enchaîne-t-elle.

Benoît reprend ses esprits, il est temps de se ressaisir et de recouvrer l'avantage, il se redresse et serre les poings, on lui recopiera le coup du sac de commissions, non mais sans blague ! Persuadé que la vieille dame risque de lui demander où se situe la maison familiale, il se creuse la tête et tâche de retrouver le nom du village de ses beaux-parents. « Un truc en ille comme Deauville en moins connu, un trou à côté d'un autre trou, mais moins gros… Trouville, pas ça non plus ». À sa grande surprise, elle change de sujet et, sans aucune pudeur, repart à l'assaut de la forteresse sentimentale de notre compère.

– Et vous l'aimez votre petite amie ?

– Ah… Oui… Enfin… Nous nous aimons.

Benoît souffle et laisse apparaître un sourire satisfait, « Ça, c'est de la réponse, rien à dire, c'est propre et ça clôt le débat. » Le voilà plus détendu, certain d'avoir marqué le point. Il s'est laissé surprendre au début, abusé par l'innocente apparence de son interlocutrice qui n'est pas sans lui rappeler sa grand-mère. Ou plutôt l'image qu'il se fait de celle qui aurait été sa grand-mère, car il ne l'a pas tellement connue. Certes, il y en a eu deux, mais l'autre était décédée avant sa naissance. Odette Lemière (il se souvient que c'est le prénom que lui donnait son amie) est l'image de la grand-mère de roman, un roman plutôt classique, avec des blouses à fleurs et des chignons, et bien que Benoît n'ait pas lu de fictions depuis la fin de ses études, c'est tout à fait ça. Sans aucun doute, il se serait méfié d'une mamie type publicité télévisée, celle à l'épaisse crinière immaculée, posant sur son entourage un regard indulgent et néanmoins supérieur du genre « j'ai la carte vermeil et je porte des strings en dentelle », de celles qui vous étendent en trois petites phrases assassines un gendre pas assez parfait à leurs yeux lors du repas dominical, avec le sourire, entre le fromage et la tarte aux fraises faite maison. Il devra à l'avenir se montrer plus prudent, même s'il est peu probable qu'il ait un jour à mener une négociation avec une personne aussi âgée. Ne jamais baisser la garde, quelles que soient les apparences, l'âge est synonyme d'expérience et il sait que c'est là son point faible.

« Pourquoi ne l'épousez-vous pas alors ? »

Son regard pétillant est fixé sur Benoît, bleu, d'une intensité incroyable, tout son être exalté par la curiosité en cet instant. La maligne a remarqué que l'annulaire du jeune consultant ne portait pas d'alliance, dans son monde cela signifie : pas pris. Benoît sent le malaise monter, il a chaud, sa tête déjà endolorie tourne, ses mains deviennent moites, il est totalement déconcerté. Odette, quant à elle, ne bouge pas, bien campée sur sa chaise en osier, les jambes parallèles et les pieds bien à plat. Elle plonge ses yeux dans les siens avec douceur, fouillant en lui comme si elle feuilletait un livre. Benoît est mis à nu devant cette femme, jamais auparavant il n'a vécu situation plus inconfortable, toute sa carcasse est chamboulée et son cœur s'emballe au fond de sa poitrine. Tout ceci n'a duré que quelques secondes, une force phénoménale s'est abattue sur ce malheureux pourtant en pleine possession de ses moyens, hormis ce fichu mal de tête. Les journaux du matin pourraient titrer : « Une dame de 82 ans sans défense met KO un professionnel de la rhétorique en deux rounds. » Pour Benoît c'est terminé, il s'approche de la table et saisit une chaise, la tire à lui et s'assoit lourdement, terrassé. Il n'y a plus de raison de se défendre, Odette est trop forte, ils ne combattent pas à armes égales, pire encore, elle joue à domicile sur un terrain dont il ignore tout. Il regarde au sol les pieds du buffet, n'osant pas affronter le rayon bleu qui le suit dans ses moindres mouvements. Il reprend d'une voix d'enfant :

– Nous en discutons, elle surtout, moi, vous savez…

– Qu'est-ce que je sais ?

– J'ai été marié pendant cinq ans, ça n'a pas marché, nous étions trop jeunes, nous avons divorcé il y a deux ans de cela. Je ne suis pas très pressé de recommencer, dit-il dans un long souffle.

– Ah le divorce, à mon époque c'était autre chose. Monsieur Benoît, la vie ça ne dure pas longtemps, à trop réfléchir et à trop attendre, vous allez passer à côté et vous retrouver un beau jour à mon âge, seul.

– On dit qu'il n'y a pas d'âge pour rencontrer le prince charmant et vous êtes encore en pleine forme, essaie-t-il.

Si seulement il était possible de rattraper ces mots, mais comment peut-on sortir pareilles sornettes ? C'est décidément le jour de la honte, fort heureusement, ça ne tue visiblement pas. Regrettant aussitôt cette réplique stupide, il se réfugie dans la contemplation de ses souliers tel un écolier, les mains glissées sous les cuisses.

– Vous savez monsieur Benoît, pour rencontrer le prince charmant, il faut le vouloir, et moi, cela fait bien longtemps que je ne me rends plus au bal, répond-elle amusée.

– Ah ! Ah ! Ah ! reprend-il d'un mauvais rire forcé, en profitant tout de même de l'occasion pour relever la tête.

– Voyez-vous, quand on a aimé, on peut bien mourir car ensuite, plus rien n'a réellement d'importance.

L'expression de son visage est à cet instant magnifique, grave et sereine, Benoît ne parvient toutefois pas à saisir le sens du message adressé, car il s'agit bien de cela.

« Vous parlez de votre mari sur la photo ? »

Sa curiosité émoustillée reprend le dessus, sa tête est tout à fait relevée désormais, il imagine une histoire digne d'un conte pour enfant, attendant avec ferveur le moment inévitable où la princesse et le chevalier vont s'embrasser. Il est pendu à ses lèvres. Elle tourne la tête avec lenteur vers le cadre, puis émet un léger soupir. Que fait la princesse ? Où est le chevalier ? Eh bien ? Benoît s'apprête à relancer la conversation quand il perçoit une très fine larme qui perle au coin de l'œil gauche. Elle tire de sa poche un petit mouchoir brodé de fil rouge et le porte à ses yeux, d'un geste très lent, sans un mot. Il se sent démuni, le registre des sentiments n'est pas souvent ouvert chez lui et il a toujours savamment évité ces sujets glissants et trop peu rationnels. Ne sachant que dire, il se dérobe dans la contemplation des fleurs de la toile cirée, dans l'attente d'un événement salvateur.

– Si vous l'aimez, vous devriez l'épouser monsieur Benoît, ne laissez pas la vieillesse vous atteindre avant d'avoir vécu ce qu'il y a de beau dans la vie. La vieillesse, c'est une belle saloperie.

– Euh… En ce moment, c'est un peu compliqué pour moi.

– Vous avez des soucis ?

– À dire vrai, je viens de perdre mon travail, ça me perturbe beaucoup. Je suis encore sous le choc et ne réalise pas, c'est arrivé hier, ce fut brutal et… Enfin, c'est très important ce travail pour moi, j'ai bâti une carrière à la force de mon esprit depuis bientôt dix ans et ce qui arrive est injuste. J'ai toujours été ultra performant, mes évaluations sont excellentes, s'il n'y avait pas eu ce revirement de stratégie le trimestre dernier il y a de fortes chances que j'aurais obtenu ce poste de…

– À la fin, vous savez, on meurt, coupe-t-elle.

– Pardon ? Comment ?

– Je ne comprends pas tous pas les mots que vous me dites, monsieur Benoît, je ne suis qu'une petite vieille que le bon Dieu a oublié de rappeler, mais si la vie m'a appris une chose, c'est qu'à la fin, il n'y a pas de récompense pour ceux qui ont bien travaillé. Il y a juste la Grande Faucheuse et c'est tout. J'ai perdu beaucoup de proches tout au long de mon existence, j'ai vu beaucoup de choses, la guerre... Il y a fort à parier qu'ils auraient tous souhaité avoir une bonne situation comme vous, pouvoir gagner leur vie et élever leurs enfants dans une maison chauffée l'hiver, les envoyer à l'école, peut-être auraient-ils aimé pouvoir se plaindre d'avoir perdu leur travail injustement comme vous le faites. Mais ils sont simplement morts, c'est comme ça. Alors, ne perdez pas de temps avec des choses futiles, ne gâchez pas votre existence à regarder le mauvais côté de ce monde, trouvez l'Amour, chérissez-le, quand bien même ce ne doit être que pour un court instant, croyez-moi, ensuite on peut mourir.

– Votre mari a eu de la chance, rencontrer une femme telle que vous. J'espère qu'un jour quelqu'un prononcera pareils mots à mon sujet.

Cette banale réplique est la seule qui lui vient à l'esprit, ayant volontairement fui les sentiments des autres autant que les siens, son instinct de survie lui commande de laisser glisser. Benoît ne le sait pas encore, mais cet instant va le marquer à jamais, il y aura un avant, puis un après. Lui qui a toujours vécu dans le rapport de force, il ressent ici une puissance inouïe dont il ignore tout. Il ne comprend pas à cette seconde qu'il souhaiterait tout savoir de l'homme de la photo, sur la nature de leur relation, comment on peut être amené à déclarer que plus rien ne peut compter alors qu'il y a tant de merveilleuses choses à posséder sur cette terre.

– Nous avons été heureux, nous nous retrouverons quand le bon Dieu l'aura décidé, c'est ainsi, ajoute-elle avec un petit sourire triste.

– Est-il... Je veux dire, a-t-il disparu il y a longtemps ?

– En effet...

– Et ne vous êtes-vous jamais remariée ? Pardon, cela ne me regarde pas, je suis navré.

Pourtant Benoît meurt d'envie de connaître la réponse, intrigué par un propos d'une telle intensité. Cette femme aurait-elle pu vivre un second amour ? Après tout, il avait bien dit un jour « je t'aime » à Sophie. Ça devait être deux ou trois mois après leur rencontre, elle lui avait offert une magnifique montre-bracelet qu'il a depuis perdue et il avait laissé parler ses sentiments. N'était-il pas parvenu à redire les mêmes mots à Amandine, l'an passé ? À l'issue d'une de ces nombreuses disputes où elle menaçait de le quitter, il avait alors senti un horrible manque et n'avait pu contrôler son cœur. Cela peut donc arriver puisqu'il l'a lui-même vécu, de là à dire qu'il peut maintenant mourir, en revanche, il n'en est pas convaincu.

– À mon âge, il n'y a plus grand-chose qui me gêne, si ce ne sont les douleurs, répond-elle avec un nouveau petit sourire.

Sentant qu'elle va poursuivre, il lui rend son sourire et se garde bien de prononcer toute parole pouvant l'arrêter dans son élan.

– Ma vie de femme s'est éteinte avec lui, je ne souhaitais pas connaître un autre amour.

Ainsi donc, les sentiments de madame Lemière pour ce garçon ont été si forts qu'elle a sacrifié pour lui le reste de son existence. Le mystère s'éclaircit, un amour de jeunesse comme seuls les enfants en sont capables. Benoît devait avoir quatorze ou quinze ans, elle s'appelait Marie, ils s'étaient rencontrés le premier jour des vacances d'été et lorsque le dernier jour l'inévitable séparation était survenue, il s'était senti plus mal que jamais, ne s'alimentant presque plus, n'ayant goût à rien. Puis le cours des événements avait repris, peu à peu les contours de son visage s'étaient effacés de sa mémoire, il ne l'avait jamais revue. Il n'avait jamais oublié cette leçon qu'il avait mise sur le compte de son inexpérience, ce premier chagrin d'amour qui lui avait permis d'être bien plus fort aujourd'hui. Comment est-ce possible que des gens puissent en rester à ce stade ? Des faibles ? Il faut grandir, que diable, ne pas avoir peur d'aller de l'avant, de prendre des risques, de se blesser, se relever et gagner, toujours gagner. Benoît réalise soudain qu'il a prononcé ces derniers mots à voix haute, il tourne les yeux vers la vieille dame craignant qu'elle ait pu entendre. Essayant de faire diversion, il pointe du doigt une autre photo posée sur le buffet. « Et là c'est votre fils ? Un petit garçon en culotte courte y prend la pose, les mains croisées devant lui, enserrant un béret ou un chapeau mou. »

– C'est Paul, mon fils. Nous venions d'arriver à Paris, il n'avait pas 9 ans.

Madame Lemière regarde le petit garçon, attendrie, son sourire figé est un peu plus marqué qu'à l'habitude, trahissant l'effort commis pour compenser l'émotion qui la submerge à l'évocation des souvenirs liés à cette image. Ses yeux sont humides. Benoît se sent gêné, sans doute n'aurait-il pas dû l'encourager à faire revivre ces vieux souvenirs enfouis.

– Je suis désolé, Madame, si je vous ai importunée avec mes questions, dit-il avec maladresse.

– Ne soyez pas désolé, ce ne sont que quelques larmes, tant qu'il y a de l'émotion, il y a de la vie, ressentir c'est vivre, n'est-ce pas ?

– C'est une belle philosophie.

– De ma longue existence, les souvenirs que je garderai jusqu'à mon dernier souffle sont ceux qui m'ont fait ressentir quelque chose. La tristesse, la joie, l'amour, voyez-vous je n'ai pas fait d'études et j'ai tout appris sur le tas, pour une vieille femme comme moi, la vie se résume à une succession d'événements de cette nature. Quand je ferme les yeux, c'est pour me souvenir des bons moments, fort heureusement, il y a suffisamment de matière et jamais le soir venu je n'ai eu peur d'aller me coucher.

Combien de temps a duré cette conversation ? Il serait bien incapable de le dire, une demi-heure, peut-être davantage. Il est sans doute temps de partir car elle a prononcé ces derniers mots en se levant, puis elle range la chaise sous la table en prenant soin de l'accompagner jusqu'au bout, à deux mains, d'un geste lent et assuré.

En prenant congé de madame Lemière, Benoît comprend qu'il vient de recevoir quelque chose qui s'assimile à une leçon de vie, ça ne lui était plus arrivé depuis l'adolescence lorsque son père venait l'entreprendre le soir dans sa chambre, monologuant d'un ton grave sur un sujet aussi sensible que la réussite d'un concours ou le sens d'un mot. Madame Lemière le raccompagne à la porte d'entrée située à quelques pas seulement, lui signifiant au revoir d'une petite moue et d'un clignement des yeux accompagnés d'un petit signe de la main, sans un mot elle referme doucement la porte derrière lui.

Benoît reste un instant immobile, l'esprit sens dessus dessous, incapable d'une quelconque réflexion, il se dit qu'il va devoir repasser tout ce film au ralenti et pousser l'analyse plus avant. En gravissant lentement l'escalier, à chaque marche il se rappelle un mot, une phrase, une image. Parvenu au palier du cinquième étage, il fouille dans sa poche, se saisit de la clé qui ouvre la porte de son appartement, entre, puis claque la porte et pose la clé sur la table basse. Par automatisme il saisit son téléphone portable resté là depuis la veille. Aucun appel, pas de nouveaux courriels.

Il semblerait que son accès à la messagerie électronique du cabinet ait déjà été coupé. « Les vaches, ils n'ont pas perdu de temps », dit-il à haute voix dans un souffle d'exaspération.

3.
Amandine

Après avoir avalé deux cachets d'aspirine noyés dans un grand verre d'eau, Benoît s'assied à sa table de cuisine, le regard fixé sur le téléphone mobile posé devant lui. Toujours pas de programme, ni courriel urgent à lire ou autre étude à terminer pour le soir même, il n'a strictement rien à faire. Depuis des années, Benoît se dope à l'adrénaline, au stress, au café, et il faut bien l'avouer, il lui arrive de prendre quelques pilules d'amphétamines dont il parvient toutefois à ne pas trop abuser. Il vit sous perfusion, et comme tous les êtres dépendants privés de leur substance, il est désormais en manque. Ce vide soudain est la chose la plus effrayante qu'il ait jamais connue, il se sent totalement perdu, seul, un sentiment nouveau l'envahit, la peur. Peur de quoi ?

Son subconscient connaît la réponse, paraît-il, du moins c'est ce que répétait le psychanalyste qui l'a suivi l'année suivant le divorce.

– Pourquoi foncez-vous toujours ainsi, monsieur Maréchal ?

– J'aime aller vite, que ce soit au boulot ou sur la route, la vitesse me grise, cela maintient mes sens en éveil.

– Quand vous foncez dans votre voiture, vous ne ralentissez jamais pour admirer le paysage ?

– Non, jamais… La route c'est monotone, ça ne m'intéresse pas vraiment.

– Ne vous dites-vous jamais qu'il y a des choses à voir malgré tout, des choses plus subtiles, parfois cachées, qui nécessitent une observation plus attentive ?

– Non, vraiment pas…

Le thérapeute marqua un grand silence et prend une longue inspiration, il était assis face à Benoît, celui-ci ayant toujours refusé de s'allonger sur le divan comme s'il était malade. Il le fixa avec attention, droit dans les yeux, expira lentement, inspira à nouveau, puis, satisfait de son effet il se lança :

– Je crois que vous avez peur du monde qui vous entoure, Benoît, vous qui êtes profondément cartésien vous n'en percevez pas le sens et cela vous effraie.

– Ah... Et donc ? répond Benoît avec un léger mépris dans la voix.

– Et donc vous foncez, cela vous permet de ne pas avoir à regarder autour de vous, votre esprit est ainsi occupé à autre chose qu'à réfléchir sur votre propre condition. Vous avez choisi de vous duper vous-même, Benoît, car vous ne voulez pas savoir qui vous êtes et pourquoi vous êtes là.

– Vous vous trompez, docteur...

– Je ne suis pas docteur, je suis votre thérapeute Benoît, vous n'êtes pas malade...

– Très bien, peu importe, vous vous trompez, voilà tout... Je me sens parfaitement bien, je sais exactement d'où je viens et où je vais, et si je suis ici, c'est uniquement pour faire plaisir à ma mère qui se fait un sang d'encre pour son fils qui vient de divorcer.

– Vous vous mentez à vous-même une fois encore, mon jeune ami. Libre à vous, mais souvenez-vous de ceci : le jour où le train dans lequel vous vous trouvez s'arrêtera, vous n'aurez plus le choix et il vous faudra bien en descendre. Espérons que ça ne sera pas en rase campagne ! ajouta-t-il amusé de sa propre métaphore.

Benoît saisit son Blackberry, le dernier message datait de lundi soir, Amandine lui indiquait qu'après leur dispute de la veille elle avait besoin de calme et partait chez ses parents en Normandie. Il avait bien essayé de la rappeler, cependant le téléphone ne passe pas chez ses beaux-parents, c'était bien la raison pour laquelle il avait toujours évité d'y mettre les pieds. « Ce trou fait partie des 2 malheureux pour cent du territoire qui ne sont pas couverts par le réseau », répétait-il d'un air grave pour justifier que, devant impérativement rester joignable pour tel ou tel dossier en cours, il ne pouvait se permettre de l'accompagner.

« Fichue semaine. » Il était toutefois habitué aux escapades d'Amandine, elle était jeune et d'un tempérament fougueux, comme lui ne cédait jamais, ça se terminait invariablement de la même façon. La plupart du temps elle partait dormir chez une copine, et dans les cas plus graves, chez ses parents. C'était assez régulier en fin de compte, et comme les plus grosses vagues sur le rivage, une fois sur sept, puis elle revenait quelques jours plus tard, calmée et pétrie de bonnes intentions. Lors de sa douloureuse et éthylique soirée de mardi, il avait dû essayer de la joindre une vingtaine de fois sur son téléphone portable. Enfin, elle rappelle.

– Salut. Tu as cherché à me joindre…

– En effet, tout va bien ?

Ayant anticipé que dans quatre-vingt-quinze pour cent des cas, les gens retournent la question, il se préparait à une longue plaidoirie visant à se présenter en victime, ce qui lui permettrait d'une part de se faire plaindre et d'autre part d'étouffer toute velléité de revendication de la partie adverse.

– Il fait beau et j'avais besoin d'air. Je ne sais pas où nous allons toi et moi et j'ai beau être d'une nature optimiste… Écoute, ça n'est pas facile à dire surtout par téléphone, mais voilà, j'ai bien réfléchi et…

– Amandine, j'ai perdu mon travail, interrompt-il.

– Comment ? Ça a coupé, peux-tu répéter s'il te plaît ?

– J'ai été viré hier, voilà. Sans préavis, mis à pied comme un vulgaire brigand.

– Je… Benoît, je suis sincèrement désolée, je sais à quel point ton travail comptait pour toi. Que vas-tu faire maintenant ?

– Te rejoindre.

– Pardon ?

– J'ai envie d'être avec toi et par ailleurs ça me permettra de découvrir où tu as vécu enfant. Après deux ans de vie commune, ça n'a rien de si étonnant.

– Enfin, Benoît, excuse quelque peu ma surprise, mais… Tu n'as jamais cessé de répéter que tu ne souhaitais pas revenir dans ce trou où il n'y a même pas le téléphone et puis, nous deux…

Aux grands maux les grands remèdes. L'urgence, c'est de combler le vide et de définir une trajectoire à suivre, il est inenvisageable de rester tourner en rond ici, particulièrement lors de cette fête du Travail où tout est fermé quatre jours durant. Sur la route, il est certain que les idées constructives reviendront naturellement et qu'il retrouvera tous ses moyens. Amandine avait toujours été, de son plein gré ou non, un bâton sur lequel il pouvait s'appuyer.

– Il n'y a que les imbéciles qui ne changent pas d'avis, dit-il d'un air presque joyeux.

– Tu es sérieux ? Tu ne peux pas savoir depuis combien de temps j'attends de t'entendre dire ça, je vais prévenir mes parents, nous sommes au supermarché de Beaumont pour faire les courses, on va prévoir pour quatre et on t'attend demain pour le déjeuner.

– Beaumont, bien… Dis-moi, où est-ce exactement ton village ?

– Saint-Germain-des-Vaux, tu prends l'autoroute de Normandie jusqu'à Caen puis direction Cherbourg, ensuite... N'as-tu pas un GPS dans la voiture ?

– Si, bien sûr. À demain.

Le moral est remonté dans la seconde, une mission, un plan, un but, des repères familiers sont revenus. Sa montre indique 14 heures, l'attente se présente difficile et l'angoisse d'une nouvelle soirée de solitude lui noue la gorge, il faut partir le plus vite possible afin de rester dans le mouvement. Il saute de son tabouret et se saisit d'un grand sac marin dans le placard de l'entrée, après y avoir jeté quelques affaires, il prend les clés de sa voiture, verrouille la lourde porte blindée et se dirige vers le parking. Parvenu devant l'ascenseur, il opère un rapide demi-tour qui lui permet de récupérer le chargeur de son Blackberry ainsi qu'une grande bouteille d'eau dans la cuisine. « Il ne doit y avoir que des buveurs de calvados dans ce coin. Et zut, le téléphone ne passe pas là-bas... » Il jette le sac dans le coffre de sa voiture parquée au sous-sol, s'installe au volant, puis démarre aussitôt.

« Entrer destination », commande-t-il au système de navigation.

– Veuillez indiquer le nom de rue et la ville, répond une voix métallique.

– Saint-Germain-des-Vaux.

– Vous avez demandé : Saint-Germain-en-Laye, dites oui, pour confirmer.

– Mais non... marmonne-t-il, j'ai dit Saint-Germain-des-Vaux.

– Destination inconnue. Veuillez entrer une nouvelle destination.

– Même la technologie ignore où est ce bled, ça n'est pas possible !

Il s'arrête sur un emplacement d'arrêt de bus et entreprend de saisir manuellement le nom du village. Il trouve en définitive Saint-Germain-des-Vaux, « même le mot veau s'écrit différemment là-bas », puis valide la saisie et reprend sa route.

La circulation dans les rues est encore fluide, il est temps de partir avant le flot des candidats au week-end. La lumière éclatante de ce printemps parisien en magnifie tous les bâtiments. « Tout devient beau avec un peu de soleil. » Les trajets de Benoît sont plutôt studieux à l'accoutumée, aussitôt en voiture c'est toujours le même rituel : il connecte le téléphone de bord et passe ses premiers appels, son assistante ayant pris l'habitude de lui envoyer tous les jours un message avec la liste des personnes à contacter. Cette fois, il allume la radio et sélectionne une station de musique classique. Tout est paré, la Porsche rutilante se fraye un chemin vers la Porte d'Auteuil dans un trafic qui se densifie, et poursuit sa route dans la direction de l'autoroute de l'ouest. Le système de navigation indique 375 kilomètres et presque

4 heures de trajet. « Cela devrait permettre d'arriver avant l'heure du dîner, à condition qu'il n'y ait pas trop d'embouteillages et que les beaux-parents n'aient pas décidé de dîner plus tôt que d'habitude. » Il y a encore du travail avant que ces derniers soient en mesure de dire du bien de l'ami de leur fille unique et un retard en pareille occasion pourrait être mal vu par des gens aussi pointilleux au sujet des horaires de repas, d'autant plus que l'invité n'est pas attendu avant le lendemain. La circulation est maintenant très dense. Une heure et demie s'est déjà écoulée au passage de Mantes-la-Jolie et Benoît ronge son frein dans l'étroit habitacle. « Que font-ils tous sur ma route… Personne ne travaille donc, à cette heure ? » Encore deux heures pour atteindre la sortie pour Deauville et les plages du Calvados. La route est enfin libre et le coupé tente de rattraper son retard en filant à des vitesses largement réprimées par la loi. Benoît rit à l'idée de se faire contrôler en excès de vitesse avec cette voiture de fonction au nom de la société qui vient de le jeter à la porte. « La tête du responsable des services généraux recevant un procès-verbal alors que je suis déjà dehors, pense-t-il, s'il n'y avait pas le risque de perdre mon permis pour de bon, ça mériterait de le faire exprès ! »

Le trafic est toujours fluide, à peine quelques poids lourds ; tout le monde s'est arrêté à Deauville, semble-t-il. Une émission de radio sur un scandale des étiquetages de poissons frais couvre à peine le bruit du moteur. À ce rythme d'enfer, l'auto parvient rapidement au terme de l'autoroute de Normandie et traverse la ville de Caen, préfecture du Calvados. Benoît n'a jamais mis les pieds à Caen, ville martyre comme il l'a pourtant appris en classe, dont la plus grande partie a été rasée lors de sa libération en 1944. La voiture franchit le viaduc de Calix qui relie les deux rives de l'Orne, et poursuit sa route sur la nationale 13, une autoroute qui n'en est pas une, aménagée en quatre voies il y a quelques années, en partie « grâce aux subventions de l'usine de retraitement des déchets nucléaires de la Hague », selon son beau-père. Il avait appris cette information à l'occasion du premier dîner de Noël en compagnie des parents d'Amandine, ceux-ci ne tarissant pas d'éloge sur cette innovation qui leur permettait de réduire considérablement le temps du trajet vers leur village, situé non loin des installations de la COGEMA*. Pour autant, apprit-il ce soir-là, l'installation dans les années 1960 de cette fameuse usine avait alimenté une abondante polémique entre les pro-nucléaires et les militants écologistes. La promesse de création de nombreux emplois dans cette région isolée de tout, peinant à se remettre des blessures infligées lors de la longue bataille pour sa libération en 1944 et dont l'économie était restée ancrée dans la

* Compagnie générale des matières nucléaires..

culture de la terre, l'élevage et la pêche, avait eu raison des arguments en faveur de la protection de la nature et du paysage. Ce site magnifique situé sur les hauteurs de la Hague était en outre balayé par les vents d'ouest qui, en cas de catastrophe, auraient permis au nuage contaminé de se dissiper plus rapidement au-dessus de la mer.

« C'était si beau avant, où que l'on soit on ne peut plus manquer de voir cette horrible usine », avait soupiré madame Bertrand, la mère d'Amandine. « Il suffit de regarder de l'autre côté, avait raillé Benoît légèrement aviné, et vous pourrez évacuer plus rapidement avec votre belle route lorsque tout explosera comme à Tchernobyl. » Fier de son trait d'humour et occupé à mimer l'explosion avec ses bras, Benoît ne s'était pas rendu compte que trois paires d'yeux le fixaient sévèrement. Monsieur Bertrand avait jugé ce Parisien arriviste et imbécile et n'avait plus souhaité le revoir. Sans compter que pour sa défense, Benoît avait ajouté d'un air très suffisant que c'était une plaisanterie et que si on ne pouvait plus s'amuser les soirs de fêtes il n'y avait plus qu'à aller se pendre à un réverbère. Le dîner s'était terminé dans une atmosphère glaciale et l'explication du lendemain fut musclée. « Tu es tout de même un bon gros imbécile, Ben, il va te falloir naviguer vent debout durant un sacré bout de temps avant que mon père daigne te considérer comme autre chose qu'un parfait abruti parisien ! »

À l'évocation de ce souvenir, Benoît hausse les épaules et soupire profondément. Pourquoi faut-il toujours qu'il tombe sur des belles-familles aussi coincées ? Ses pensées sont interrompues par la voix féminine du système de navigation de la voiture qui l'invite à quitter la quatre-voies pour s'engager sur une petite route vers l'ouest. Ébloui par le soleil couchant de cette fin d'après-midi, Benoît chausse ses lunettes de soleil, tout en pestant contre cet astre qui pourrait tout de même éviter l'axe de sa route. Ce nouvel éclairage donne à la campagne un aspect plus mystérieux, la magnifique couleur verte du paysage prend des reflets dorés et bien que d'ordinaire peu contemplatif, Benoît jette des regards curieux de droite et de gauche. La voiture poursuit son chemin sur cette étroite départementale, traversant à l'occasion quelques petites agglomérations désertes à cette heure où les habitants entament leur dîner.

« Mon Dieu que c'est long », peste Benoît entre ses dents. Il se sent toutefois en pleine forme. Le prochain panneau indique la direction de Beaumont-Hague et à nouveau une magnifique route quatre-voies s'offre à lui. « Ce doit être la fameuse route atomique du beau-père, » s'amuse-t-il. Beaumont apparaît, puis les premiers contours de l'horrible usine. Le système de navigation l'engage à prendre la prochaine sortie. « C'est en effet très vilain, au moins nous serons d'accord sur un point avec les beaux-parents », cela n'avait pourtant pas retenu son attention lors de son premier séjour, il se souvient qu'Amandine était au volant et n'avait cessé de parler de tout le trajet, alors même qu'il essayait de terminer la lecture du bilan financier d'un client anglais.

La Porsche franchit enfin le périmètre du village de Saint-Germain-des-Vaux, offrant au regard une harmonie de petites maisons en granit entrecoupées de ruelles étroites. De la pierre, partout, toits des maisons compris. Les constructions ont des murs épais et des fenêtres étroites, tout semble avoir été conçu pour résister à un ouragan, ce qui ne laisse que peu d'illusions sur le caractère venteux du coin. Benoît gare sa voiture sur un petit parking, devant un restaurant qui semble ouvert. « Au moins ne mourrons-nous pas de faim ! » Il coupe le contact et se saisit de son téléphone : pas de réseau. La situation se complique car il ne sait pas où se trouve la maison. « Y a-t-il une cabine téléphonique dans ce coin ? » Se rendre au restaurant s'avère l'option la plus judicieuse, « ils doivent avoir le téléphone » et notre voyageur n'a rien avalé de toute la journée. À sa descente de voiture, il est immédiatement saisi par le froid, bien que le soleil soit toujours présent, la chaleur de ses rayons ne parvient pas à percer l'épaisse atmosphère chargée d'humidité. Il enfile sa veste en toute hâte, claque la portière, puis se dirige vers l'établissement dont la devanture allumée laisse imaginer une ambiance réchauffée. À l'instant où il s'apprête à saisir la poignée de la porte, celle-ci s'ouvre d'elle-même, laissant apparaître comme par miracle le visage guilleret de madame Bertrand en personne, sortant du petit établissement une bouteille de vin à la main. La surprise est totale, le temps semble suspendu une longue seconde avant que Benoît retrouve ses esprits en même temps que la parole.

– Bonsoir Catherine.

– Benoît ! Amandine ne nous avait pas dit que vous viendriez si tôt, nous ne vous attendions pas pour le dîner, enfin ne vous inquiétez pas, il doit certainement rester de quoi vous sustenter. Vous devez être fatigué par cette longue route.

Monsieur et madame Bertrand se rendaient à la capitale visiter leur fille deux ou trois fois par an, une véritable expédition pour ces gens qui n'avaient jamais pris l'avion de leur vie.

– Je ne suis pas fâché d'être arrivé et j'ai hâte de retrouver Amandine.

– Elle est à la maison avec son père, j'étais venue au restaurant chercher du vin blanc pour ma recette de demain, Henri a oublié d'en acheter hier, suivez-moi !

Benoît emboîte le pas à madame Bertrand, ils s'engagent dans une petite ruelle en pente dépourvue de trottoir. À l'époque où le village s'est construit, le seul engin susceptible de le traverser devait être une carriole à cheval qui devait avoir juste la place de passer, du moins dans un sens. « On pourrait y tourner un film d'époque, rien ne semble avoir changé en un siècle. » Ils parviennent devant une magnifique bâtisse, longue et trapue, bordée habituellement de magnifiques bosquets de grandes fleurs roses dont Benoît n'a jamais retenu le nom mais qui semblent ce soir avoir disparu. « Les hortensias ? Ils vont fleurir d'ici l'été, les plantes ne sont pas très en avance cette année, le soleil a manqué. » Madame Bertrand ouvre la porte et Benoît la suit à l'intérieur de la maison où règne une délicieuse odeur de feu de bois. Ce parfum lui remémore son précédent et unique séjour où il apprit qu'au mois d'août, au Groenland comme dans la Hague, les cheminées fonctionnent. Celle-ci est assez vaste pour y rôtir un mouton entier et chauffe agréablement la large pièce. Il quitte rapidement sa veste dont madame Bertrand le débarrasse, puis s'avance dans la salle à manger. Celle-ci est simple et rustique, à droite, l'œil est attiré par une batterie de casseroles en cuivre accrochées au mur, au-dessus d'un vieux poêle à bois orné de faïence bleue qui ne fonctionne plus mais que l'on garde « parce que ça fait joli ». En face, la fameuse cheminée à moutons, puis à gauche, une longue table en bois qui semble avoir été taillée à la hache dans le tronc d'un chêne.

– Amandine chérie, ton ami est arrivé ! lance madame Bertrand d'une voix forte.

« Ami ».

Que leur fille unique convole avec un divorcé n'était déjà pas facile à accepter par les parents d'Amandine, mais que celui-ci ne soit pas assez courageux pour l'épouser comme tout honnête homme, voilà qui avait achevé de les décevoir. Aussi, ne rataient-ils aucune occasion de rappeler à Benoît qu'il était considéré comme une simple relation d'Amandine.

« Si vous l'aimez, vous devriez l'épouser monsieur Benoît. » Les propos de madame Lemière lui reviennent à l'esprit. « Qu'est-ce qu'ils ont tous avec cette histoire de mariage, comme si les sentiments pouvaient faire l'objet d'un contrat, » marmonne-t-il dans sa barbe.

Un bruit de galop, c'est Amandine qui dévale les escaliers et lui saute au cou, l'enserrant de toutes ses forces. Son sourire radieux et sa joie communicative font l'effet d'un coup de fouet pour Benoît.

« On verra, un jour peut-être », pense-t-il en pressant le corps chaud et mince de la jeune fille contre lui.

– Je suis si heureuse de te voir ici, tu ne peux pas imaginer !

– Moi aussi ma chérie, tu m'as beaucoup manqué.

– Viens, allons faire un tour, il fait encore bon et j'ai envie de t'avoir pour moi toute seule !

– Ça ne peut pas attendre demain ? Enfin... Il ne fait plus très chaud et je n'ai rien avalé de la journée...

– Bien sûr, mon pauvre cœur, suis-moi. Oh Benoît, c'est à peine croyable que tu sois là, je suis... (Elle se serre contre lui.) Tu as bien fait de venir, tu sais, je commençais très sérieusement à gamberger... Ces derniers mois, tu m'as poussée à bout, je n'y croyais plus... Enfin... J'avais vraiment décidé de tout arrêter, je ne sais plus quoi penser...

– Mais non, allons, tu t'emballes comme toujours, tout va bien, répond-il calmement en lui passant la main dans les cheveux.

La cuisine est adjacente à la salle à manger dans le prolongement du bâtiment, elle est aussi large que la pièce principale et c'est le fief de madame Bertrand qui s'éclipse discrètement à l'arrivée des jeunes tourtereaux. « Je vais voir ce que fait Henri », dit-elle d'une voix douce. Tandis que Benoît prend place à la petite table, Amandine ouvre le réfrigérateur et en sort un bol contenant un reste de risotto qu'elle met dans le four à micro-onde. « C'est cuisiné d'hier soir, prends une assiette derrière toi, les couverts sont dans le tiroir de la table. » Ne se faisant pas prier, le jeune homme s'exécute, puis dévore le plat réchauffé d'un solide appétit.

– Tu me racontes ? interroge-t-elle.

– Ils m'ont viré, ces fumiers, ils font vraiment n'importe quoi. À ce rythme, ils vont couler le cabinet, c'est d'ailleurs tout le bien que je leur souhaite.

Benoît ne s'attarde pas longtemps sur son histoire de licenciement, harassé par les événements de la journée et aidé par l'atmosphère fraîche et humide de la presqu'île, il se couche aussitôt monté dans la chambre de sa compagne située à l'étage et s'endort d'une traite. Réveillé au matin par la lumière pénétrant par les orifices des volets de bois, il se frotte les yeux et observe la pièce autour de lui. La chambre d'Amandine est tapissée d'un horrible papier à fleurs bleu et blanc, une grande armoire en bois, une chaise, quelques tableaux représentant alternativement des bateaux et des paysages, rien de bien personnel. Tout est silencieux. Il n'a pas entendu Amandine se lever. Complètement ragaillardi par une douche rapide, il descend dans la salle à manger du rez-de-chaussée d'où montent les effluves d'une délicieuse odeur de pain grillé, signe qu'un petit-déjeuner l'attend. Amandine est attablée devant un journal posé sur la table.

– Bien dormi ? lance-t-elle gaiement.

– Comme un plomb, ça faisait bien longtemps que ça ne m'était plus arrivé.

À cet instant, l'imposante carrure de monsieur Bertrand apparaît dans l'encadrement de la porte de la cuisine.

« Bonjour monsieur. » Le premier regard ne laisse rien présager de bon, Benoît réalise à cet instant qu'il a toujours fait le maximum pour achever de convaincre cet homme qu'il était un individu abject et dénué d'intérêt. Jamais il n'a cherché à savoir qui était Henri, ce qu'il aimait ou ce qu'il pouvait ressentir. Non. Il s'était jusqu'à présent contenté de rester sur son terrain, de juger à travers son petit référentiel de valeurs parisiennes et hautaines, de considérer la place de cet individu sur terre en fonction de ce qu'il représentait dans son monde de compétition et d'argent. Il n'y avait, bien entendu, pas de rôle pour le père d'Amandine dans le théâtre quotidien de Benoît et l'homme fier qu'il était devait ressentir ce dédain comme une blessure insupportable.

Henri Bertrand est grand et large d'épaules, le dos légèrement voûté, d'imposants sourcils surmontent un regard dur et profond. Benoît ne se souvient pas l'avoir jamais vu sourire. Il a sans doute atteint une petite soixantaine et son visage parsemé de nombreuses rides ne peut mentir sur une vie qui n'a pas dû être facile tous les jours. Le regard de Benoît reste fixé sur cet homme, pour qui il n'a éprouvé jusqu'ici que condescendance et dédain. Que doit-il penser à cet instant en le voyant chez lui ? Benoît sent monter en lui un sentiment de malaise et l'éclair d'un instant, il semble comprendre ce que ce père a pu ressentir durant leurs précédentes rencontres.

« Bonjour… », marmonne d'un ton neutre Henri Bertrand en haussant les épaules de façon presque imperceptible et, dans la foulée, il quitte la pièce. Pour la toute première fois de sa vie, Benoît ressent de la honte, honte d'avoir pu être considéré par quelqu'un comme un sale type, celui que l'on méprise et l'on déteste. Cette soudaine prise de conscience ne lui ôte pas pour autant l'appétit, et il rejoint aussitôt Amandine à la table du petit-déjeuner.

– Bonjour chérie, dit-il en l'embrassant sur le front.

– Je n'ai pas osé te réveiller, tu dormais comme un bébé.

– Ça faisait longtemps que je n'avais pas dormi ainsi, c'est curieux, je ne me souviens même pas de m'être couché !

– On dort bien ici, il n'y a pas de bruit, aucune lumière, pas de ces saletés d'interférences de portables, dit-elle amusée en le regardant machinalement composer le code de son téléphone mobile.

– Je ne m'y fais pas, un pays où on ne capte pas, répondit-il en rangeant son appareil dans un profond soupir.

– Café ?

– Tu crois que ton père me déteste ?

– Parce que tu t'intéresses à ce que pensent les gens maintenant ? Les ondes radioactives de la COGEMA n'ont pas tardé à faire effet, il faudrait songer à prolonger ton séjour mon chéri.

– Ça va, je disais ça, enfin… Sois sérieuse un instant, me déteste-t-il ?

– N'as-tu pas tout fait pour parvenir à ce résultat ?

– Et comment peux-tu m'aimer, alors que je suis le sale type qui fait tout pour que le père de sa copine le déteste ?

– L'espoir, Benoît, l'espoir qu'un jour tu deviendras le mari idéal que j'ai vu en toi le premier jour, répondit-elle en riant. Et d'après mes copines, j'ai du mérite de te supporter, alors incline-toi devant sainte Amandine et pense à aller parler à mon père à l'occasion, ça serait agréable pour tout le monde qu'au minimum vous vous supportiez tous les deux.

– Sainte Amandine, je rêve… Bon, j'essaierai.

À cet instant, Catherine Bertrand passe la porte d'entrée chargée d'un sac rempli de légumes.

– Bonjour la jeune classe, bien dormi ?

– Salut maman, oui très bien.

– Il ne pleut pas, pourquoi n'emmènes-tu pas Benoît visiter le pays ? Souviens-toi, la dernière fois ton ami avait du travail et n'avait pu s'éloigner de la maison.

– Excellente idée, bonjour Catherine.

Tandis que sa mère s'éloigne vers la cuisine, Amandine le saisit gentiment par les cheveux.

– Mais c'est bien, dis, tu réponds à ma mère maintenant, t'aurait-on changé ?

– Garce.

– Maman, cria-t-elle, Benoît va aller parler à papa, fais-moi penser à brûler un cierge dimanche prochain à l'église.

– Toi, tu ne perds rien pour attendre !

Amandine rit de bon cœur et bien que ce soit à ses dépens, cela plaît à Benoît, elle est encore plus radieuse quand elle est impertinente. Madame Bertrand fait mine de ne pas entendre, sans doute par pudeur, bien qu'elle veille à garder ses distances, cette femme est profondément bienveillante et l'essentiel est que sa fille soit heureuse.

« Filez, je vais débarrasser, profitez du soleil. »

Les tartines beurrées sont avalées rapidement et après avoir prudemment enfilé de bonnes vestes matelassées, le petit couple franchit la porte d'entrée. Malgré le soleil, une fine couche de brume humide et fraîche enveloppe le paysage, contribuant à créer une ambiance fantomatique. Amandine lui saisit le bras et d'un pas décidé, descend la petite rue en direction de la mer. À quelques centaines de mètres on aperçoit les crêtes blanches des vagues venant crever contre les rochers de la côte. La beauté sauvage de ce mélange de mer et de campagne est unique, seules quelques vaches blanches et noires apportent une touche vivante à l'ensemble, on se croirait dans un tableau de Millet.

– Il y a des hôtels, dans le coin ?

– Toi et tes hôtels, pourquoi pas un casino tant que tu y es ?

– Et pourquoi pas ? Où donc accueillez-vous les touristes ?

– Ils ne viennent pas, ils ont trop peur de se faire dévorer par les indigènes !

– C'est malin. Enfin il y a bien quelques touristes qui viennent ici autrement que pour se suicider, non ?

– La Hague est un pays qui se mérite Benoît, il faut aimer la nature, savoir communier avec elle pour apprécier cette région, les amateurs sont rares et en général se contentent de peu de confort. Ils campent dans un champ, voyagent en camping-car ou s'arrêtent dans une maison d'hôtes. Regardez-moi ce petit Benoît tout perdu loin de son monde, vite de la pollution, mon royaume pour un métro !

– Ça va, moque-toi... Ce sont plutôt des malheureux qui se sont éloignés par inadvertance de leur route et n'ont eu d'autre choix que d'atterrir ici.

– Exactement, nous veillons à ce qu'il n'y ait aucun panneau indicateur et personne ne sait que la région existe !

Amandine rit à nouveau, un large sourire qui laisse apparaître un nombre incroyable de dents. Le jour où Benoît l'a rencontrée dans le métro parisien, c'est une des premières choses qu'il a remarquées : « Elle en a des dents, cette fille. » La journée commence bien, au contact de la jeune femme Benoît se sent plus léger, libéré d'un poids dont il ignore encore la nature. Tout en marchant, ils poursuivent leur conversation.

– Quand j'étais petite, reprit-elle, nous avions souvent la visite de touristes allemands qui avaient connu la région sous l'Occupation, aujourd'hui ce sont leurs enfants ou petits-enfants.

– On revient toujours sur les lieux du crime.

– Ne sois pas stupide, la plupart étaient des gamins à l'époque, ils n'ont pas choisi leur camp et n'avaient pas l'âge de choisir leur cause. Ils ont atterri ici, ce qui n'était pas si mal comparé à ce qu'ils auraient pu connaître sur d'autres fronts. Lorsque j'étais enfant, il y avait au pays une vieille femme, madame Fleury, qui racontait que les soldats allemands jouaient à la marelle dans la cour de sa ferme. Ils devaient avoir 13 ou 14 ans, tout au plus. Moi qui l'écoutais, je devais avoir à peu près le même âge, cette anecdote m'a marquée.

– Les Normands qui ont connu cette époque ne doivent néanmoins pas avoir gardé un bon souvenir des Allemands.

– J'ai plus souvent entendu parler des dégâts causés par les bombes alliées que des problèmes avec l'occupant à dire vrai, mon grand-père disait toujours qu'il valait mieux ne plus en parler, qu'il fallait oublier. Je crois que l'histoire telle qu'elle a été écrite ne lui convenait pas, il a perdu beaucoup de famille et de nombreux amis dans les bombardements, il en a gardé jusqu'à sa mort une haine féroce contre les Anglais. Pauvre papy. Les petits vieux de mon enfance ont presque tous disparu aujourd'hui, les maisons ont été vendues à des Parisiens ou des Anglais d'ailleurs, la fin d'une époque !

À un ou deux kilomètres du village ils parviennent à l'extrême pointe ouest du Cotentin, le Cap de la Hague. Pour Benoît, c'est aussi dépaysant que le désert du Sahara ou un atoll du Pacifique, il n'avait jamais rien vu de tel, d'autant que la campagne n'est pas son terrain de prédilection. Pas de voiture, rien que des vaches blanches, noires et blanches, ou marron et blanches dans de petits champs délimités par des murs de pierres sèches et des haies, tout est d'un vert éclatant et la mer semble être partout autour. Ce mélange de terre et mer est apaisant, étonnant et certainement unique. Il n'y a presque pas d'arbres, le feuillage des quelques spécimens rencontrés semble ciselé par le vent marin, sculptures brutes et sauvages. Le couple longe ensuite la côte par un petit chemin étroit jusqu'à un sémaphore, dont la présence vient ici rappeler que l'homme est malgré tout parvenu à s'approprier les lieux. Quelques centaines de mètres plus avant ils s'arrêtent devant une croix de granit plantée là, un calvaire évoquant le lointain naufrage d'un sous-marin et de son équipage dans ces parages dangereux du Raz Blanchard.

– Goûte cet air, remplis tes poumons !

– Il y a toujours autant de vent ?

– Cesse donc de te plaindre, regarde comme c'est beau !

Face à eux, à quelques encablures de la côte, se dresse un phare construit sur un tout petit îlot . La mer moutonne furieusement à son embase.

– Comment accède-t-on à ce phare ?

– On n'y va pas, tout est automatique depuis une quinzaine d'années.

– Et avant ?

– Il y avait une relève des gardiens, en fonction de l'état de la mer ils restaient deux ou trois semaines, je ne sais plus, il faudrait que tu demandes à mon père.

– Trois semaines, coupés du monde ? Ils devaient devenir fous !

– Imagine-toi que lors des tempêtes d'hiver les vagues atteignent la lanterne du phare à plus de cinquante mètres de haut. Ça devait être impressionnant d'assister au spectacle là-dedans.

– Il fallait avoir un sérieux problème avec la vie pour faire ce métier, très peu pour moi.

– Allez râleur, viens, on rentre par un autre chemin.

Ils reprennent leur marche. Face au vent cette fois, les oreilles sifflent et la conversation se réduit à quelques courtes phrases. La civilisation revient aux approches de Auderville, « le dernier bastion français, après c'est l'Angleterre », s'amuse Amandine. Tandis qu'ils remontent la rue principale du village le vent se fait moins cruel et la conversation peut reprendre.

– Regarde l'église. J'y allais à la messe avec mes grands-parents, viens, on va voir si c'est ouvert, ça fait longtemps que je n'y suis pas entrée.

– Visiter une église ? Pourquoi pas après tout, peut-être pourrai-je m'asseoir, je suis éreinté.

Des murs épais, une architecture massive, de petits vitraux étroits qui ne veulent pas laisser pénétrer la lumière et le vent.

– Tu as vu les maquettes de bateaux ? Certainement l'œuvre de tes gardiens de phare durant leurs trois semaines de service pour éviter de s'entre-tuer.

– Ce sont des ex-voto, inculte, des offrandes que les familles de pêcheurs faisaient pour remercier le ciel.

– Remercier de quoi ? D'être nés dans ce trou perdu ?

– D'avoir survécu à une tempête, d'avoir pu guérir d'une maladie, d'avoir réussi à être enceinte. Les gens d'ici étaient très pieux, tu ne crois donc en rien ?

– Si, je crois que deux et deux font quatre, que la Terre tourne autour du Soleil, que je suis supérieurement intelligent et fantastiquement admirable d'avoir bravé ce terrible chemin pour te retrouver !

– Je suis certaine que tu en es convaincu, c'est bien ça le pire. Fais une petite prière, le bon Dieu dans sa miséricorde aura peut-être pitié et te rendra ton boulot.

Avant qu'il ait eu le temps de se précipiter sur elle, Amandine s'enfuit en courant au dehors, riant à gorge déployée. Lorsqu'il parvient à l'attraper avec l'envie de la punir de son blasphème envers son sacro-saint travail, ils se retrouvent au beau milieu des tombes qui entourent l'édifice. Ce cimetière semble aussi vieux que peu ordonné, les sépultures sont dressées dans tous les sens.

« Lesdos… Damourette… Paris… Il faut bien être normand pour porter un tel nom. » Très fier de sa blague, Benoît poursuit son inspection, déchiffrant avec peine les noms sur les vieilles pierres recouvertes de lichen. Soudain, il marque l'arrêt devant une toute petite pierre tombale, celle-ci semble n'avoir pas été entretenue depuis bien longtemps.

– Lemière…

– Eh bien, qu'est-ce qui t'arrive, tu as l'air tout drôle ?

– J'ai rencontré une petite vieille hier, il faut que je te raconte, elle s'appelle Lemière justement.

– C'est un nom assez répandu par ici, il doit y avoir des Lemière dans tous les cimetières de la région.

– Curieuse coïncidence, ça serait bien le diable si c'était le même clan.

– Tu sais, nous sommes tous un peu cousins ici, d'ailleurs tu as pu te rendre compte des effets secondaires de la consanguinité dans la famille, dit-elle en louchant de façon abominable.

– Ça et le nucléaire, il faudra sans doute que j'accorde les circonstances atténuantes à ton père.

À peine avait-il prononcé cette phrase qu'il se rend compte qu'il a dépassé la ligne rouge, Amandine perd aussitôt son sourire et poursuit sur un ton devenu très sérieux tout en lui assénant quelques coups de poing.

– Ça n'est pas drôle Benoît, tu ne vas pas recommencer, ne touche pas à ma famille !

– Aïe, attends, cesse de taper, j'ai promis que j'irai lui parler, arrête, tu me fais mal !

Amandine a déjà tourné les talons et s'échappe furieuse du cimetière, les larmes aux yeux. Benoît lui emboîte aussitôt le pas en essayant de la retenir par le bras.

– C'était une blague, n'en fais pas toute une histoire, allez, arrête-toi s'il te plaît.

– Lâche-moi, tu ne respectes rien, tu blesses les gens sans même t'en apercevoir, et la seule chose que tu trouves à dire c'est que c'est pour rire. Tu ne changeras donc pas Benoît, tu n'as pas compris que je n'en peux plus de ça ? Tu méprises tout et tout le monde, on ne sera jamais une famille !

– Je ne voulais pas te blesser, on plaisantait, avoue que ton père n'est pas commode non plus, d'ailleurs vu le plat que tu me sers, ça doit être héréditaire, dit-il d'un ton mielleux.

– Mais tu crois vraiment que je plaisante ? Ça fait des mois et des années que je subis tes sarcasmes et tes attaques gratuites sur ma famille, mes goûts, mes besoins, qu'est-ce que tu as d'autre à m'offrir ? Quand est-ce que tu penses à moi ? À me rendre heureuse ? À construire quelque chose ensemble ? Je ne suis pas un pot de fleurs, Benoît !

– Et c'est dommage, un pot de fleurs, au moins, ça ne pense pas tout le temps qu'à lui, ricane-t-il.

– Ah te revoilà bien tel que tu es, méchant et condescendant, tu n'aimes pas ma famille et tu ne m'aimes pas Benoît, fiche le camp, retourne d'où tu viens ! Tu m'as eue par surprise, comment ai-je pu être assez sotte de penser que tu aies pu changer en si peu de temps.

Elle interpelle le conducteur d'une camionnette blanche qui passe dans la rue, celle-ci s'arrête à sa hauteur. « Salut Damien, tu me déposes chez les parents ? » Elle monte dans la voiture qui redémarre à petite vitesse. Courant derrière elle, Benoît n'en croit pas ses yeux, l'air désespéré de celui que l'on abandonne au fin fond d'une forêt inconnue, il lui lance : « Et moi je fais quoi ? Hé ! Je me suis tapé 400 bornes pour venir te voir, et toi, tu me plantes là ? »

Mais la voiture ne s'arrête pas et Benoît commence à réaliser le tragique de la situation. « Merci, hein ? Je ne sais pas même où je suis, ni où est garée ma voiture, oh ! Oh ! Amandine ! » hurle-t-il. La camionnette s'éloigne. Tournant sur lui-même, il cherche vainement quelque chose, quelqu'un, une solution. Il y a bien un restaurant mais il est fermé, un hôtel, fermé également. « Il fallait que ça tombe le 1er mai, au secours ! » À cet instant, arrive une autre automobile, il se précipite sur elle en jetant littéralement les mains sur le capot, contraignant le chauffeur à s'arrêter.

– Non mais vous z'êtes fada ? J'aurais pu vous écraser !

– Excusez-moi, il faut absolument que vous me veniez en aide, je suis perdu et je dois retrouver ma voiture.

– Perdu ? Mais vous êtes au milieu du village, où est-elle votre bagnole ?

– Sur un parking, devant il y a un restaurant, ça n'est pas loin mais je ne suis pas du coin et ne sais pas dans quelle direction aller.

– À Saint-Germain-des-Vaux ?

– C'est ça ! Le restaurant, à Saint-Germain-des-Vaux.

– Montez, je vous dépose.

– Merci, vous me sauvez la vie.

– Pas de quoi, c'est à deux pas, vous n'étiez pas vraiment perdu…

4.
Juliette

Quatre minutes plus tard, l'homme arrête son véhicule devant le parking, Benoît descend en balbutiant quelques remerciements, puis se dirige d'un pas décidé vers sa voiture. Assis au volant, il prend une grande inspiration, puis se calme, il est à nouveau dans son univers. « J'ai encore de l'essence, un GPS, on va s'en sortir. » Il se demande alors s'il ne serait pas opportun de tenter de retrouver la maison et Amandine, il hésite, finalement non, quand elle est braquée ainsi il lui faut deux ou trois jours pour redescendre, inutile d'insister ça serait pire. « Il est 10 heures, en roulant bien je serai à Paris en milieu d'après-midi. Qu'est-ce que je vais bien pouvoir faire ? Tout le monde est parti en week-end à la campagne et tout est fermé. Elle est belle la France ! » peste-t-il. Décidé à ne pas rester un instant de plus en ces lieux hostiles, il insère la clé dans le contact et actionne le démarreur. Le moteur de la Porsche s'ébroue en douceur, émettant un ronronnement familier qui achève de le rassurer. « JE lui donne une chance, JE me déplace dans son bled perdu, ELLE me plante là, eh bien au revoir madame, reste donc avec tes parents ! » Il indique au système de navigation le chemin de la veille, en sens inverse cette fois. « Continuer tout droit », dit la voix synthétique du robot. Vingt-cinq minutes plus tard, cette même voix lui explique comment rejoindre la nationale 13 à l'embranchement de Brix. Ensuite vient Valognes, le « Versailles normand », comme l'indiquent les panneaux, puis Montebourg, Sainte-Mère-Église. C'est à cet instant que le témoin de réserve de carburant s'allume au tableau de bord, accompagné d'une brève alerte sonore.

« Il va falloir trouver une pompe, maintenant. » À la sortie de Sainte-Mère-Église, une zone d'activités est indiquée ; Benoît prend la bretelle d'accès et après quelques hésitations, se retrouve sur le parking d'une station de carburant offrant de surcroît un service 24 heures sur 24. Le plein effectué, Benoît reprend place au volant sans toutefois lancer le moteur. Il n'avait pas pensé à ce qu'il pourrait bien faire une fois parvenu à destination, dans un Paris vide d'une partie de ses habitants, ayant profité de ce pont du 1er mai pour s'accorder un week-end prolongé. Sans ordre du jour ni amis à voir, le moral de Benoît chute brusquement à l'idée de poursuivre un voyage sans réel but, si ce n'est celui de s'enfermer pour déprimer entre les murs de son appartement. Le temps est néanmoins au beau fixe et l'idée d'un verre en terrasse lui vient soudain à l'esprit. « Il est bientôt midi, un petit apéro au soleil et on fait le point. » Un objectif, certes plutôt à court terme, mais c'est mieux que rien et cela redonne un sens à son errance. Benoît commence par chercher avec quelques difficultés la sortie de la zone d'activités, mal cartographiée dans le GPS de son auto. « Trouver un bistro ouvert avec une terrasse, un 1er mai, allez courage, j'ai bien réussi du premier coup avec la station essence. » Il s'engage sur une petite route bordée par d'épaisses haies vertes, de l'autre côté de la nationale. « Je finirai bien par tomber sur un village, le réservoir est plein et le téléphone capte même le réseau, tout bon ! » s'enthousiasme-t-il. Il traverse plusieurs agglomérations aux noms se terminant par ille, cependant aucune d'entre elles ne semble disposer d'un restaurant ni même d'un petit bistro. « La France ne boit plus, quelle misère. » À Boutteville, il croise enfin un autochtone, un homme occupé à décharger des bûches de bois de la remorque de sa voiture.

– Bonjour monsieur, excusez-moi, je cherche un restaurant ouvert, vous en connaissez un dans le coin ?

– Faut aller à Sainte-Marie-du-Mont.

– Sainte-Marie-du-Mont, répète Benoît, c'est dans quelle direction ?

– Continuez tout droit, puis gauche, gauche, vous ne pouvez pas vous tromper.

– Merci.

L'image de la bière fraîche en terrasse, sous les rayons de ce premier soleil de mai, devient plus nette dans son esprit, allant jusqu'à engendrer une soif subite. Il la veut cette bière. Excité par ce petit bonheur sur le point de se concrétiser, Benoît force l'allure, le moral est déjà remonté en flèche quand il croise le panneau d'entrée du village de Sainte-Marie-du-Mont. La belle voiture grise parcourt encore quelques dizaines de mètres avant de déboucher sur la place de l'église. En toute logique il est arrivé au cœur de l'agglomération et il est temps de se garer, ce qu'il fait aisément au pied même de l'imposant clocher. En descendant de voiture, il ôte ses lunettes de soleil pour mieux jauger l'édifice. Bien qu'il ne se soit jamais intéressé par le passé à l'architecture, il ne peut s'empêcher d'être impressionné par la hauteur de ce clocher qui domine largement les toits environnants, reposant sur une nef surdimensionnée en regard de toutes les constructions alentour. Cette église ne ressemble en rien à celle du village des parents d'Amandine dont la rusticité s'accordait parfaitement à l'environnement dur et venté de la Hague. Ici, de nombreux détails ornent ce clocher-donjon à la forme octogonale et Benoît, dont l'humeur est devenue subitement joyeuse, en parcourt du regard les particularités avec plaisir. Il fait quelques pas autour de l'édifice puis, tournant sur lui-même, découvre enfin ce qu'il était venu chercher : la terrasse d'un restaurant ouvert qui, de surcroît, est au soleil. À petits pas rapides, il traverse la rue, franchit le seuil de la terrasse déserte et, tel un enfant dans une pâtisserie, hésite sur le choix de la table. Il se dirige tout d'abord vers l'une d'elles située au centre en plein soleil, puis se ravise aussitôt. Non, il sera mieux tout au bord, plus près de la place circulaire de l'église. Le trafic routier ne devrait pas être un souci en ce jour de fête. Satisfait de son choix, il se laisse tomber d'un coup sur la chaise, étend avec lenteur chacune de ses jambes devant lui, et croise les mains sur son ventre. L'heure est idéale pour un apéritif, il n'y a plus qu'à attendre l'arrivée du serveur. Benoît pose ses lunettes et ferme les yeux, le visage tourné vers les rayons du soleil. Cinq minutes s'écoulent sans que rien ni personne ne vienne perturber la quiétude de cette scène. Ce doit être la première fois de sa vie qu'il se retrouve ainsi, seul à table. Oui, c'est même certain car il n'en retrouve aucune trace dans ses souvenirs. « Quand je pense que certains méditent ou vont au spa pour se relaxer… » Amandine avait bien tenté de lui faire découvrir la méditation, cependant l'instant était toujours mal choisi ou le téléphone sonnait, de cette expérience seules quelques recommandations subsistaient. « Ferme les yeux et concentre-toi sur ta respiration, accepte les bruits qui t'entourent, identifie-les, laisse chaque son ou chaque pensée te pénétrer sans chercher à les combattre. » Ça n'avait jamais fonctionné, d'autant qu'il avait horreur par-dessus tout de perdre son temps. « C'est l'occasion ou jamais » pense-t-il. Les yeux toujours clos, il tente de focaliser son attention sur les bruits environnants. Il identifie quelques chants d'oiseaux tout d'abord, puis le bruissement du vent dans les arbres, une voiture au loin, la méthode doit fonctionner car les battements de son cœur se font plus lents. « La respiration maintenant, on souffle, lentement, on inspire… Ça n'est pas si difficile, finalement. » Pour un personnage comme Benoît, dont les deux hémisphères du cerveau sont susceptibles de travailler au même moment sur deux sujets différents, sentir tout son être ne faire qu'un est une vraie découverte et une sensation très agréable au demeurant. Des images lui viennent alors à l'esprit, une paire de chaussures, les pigeons du parc en face de chez lui à Paris, Amandine… Inconsciemment sa bouche s'est entr'ouverte comme pour mieux goûter l'air normand qui glisse sur sa langue.

« Vous dormez ? »

En une fraction de seconde, les images se sont envolées et les petits oiseaux ont cessé de chanter. Se redressant brusquement sur sa chaise, Benoît lève les yeux et tombe sur le visage souriant de la serveuse. La jeune femme doit avoir une vingtaine d'années, c'est une jolie brune aux cheveux retenus en queue-de-cheval, elle porte un jean délavé et un pull rose clair. Si elle ne s'était pas ainsi présentée à lui il l'aurait certainement prise pour une cliente.

– Pardon ? Non, pas…

– Bonjour, qu'est-ce que je vous sers ?

– Un demi, s'il vous plaît.

– Et un demi qui marche.

Quelques minutes plus tard, la demoiselle revient avec un plateau, puis dépose un verre et une assiette d'amuse-gueules devant son client.

– Et voilà. Souhaitez-vous ensuite déjeuner ou seulement prendre un verre ?

– Déjeuner.

– Le plat du jour c'est andouillette-frites. Je vous apporte le menu.

Une fois la serveuse éloignée, Benoît se saisit délicatement du verre plein à ras bord tel un fragile écrin, évitant de faire tomber ne serait-ce qu'une goutte de ce précieux nectar dont l'évocation seule a suffi à lui redonner toute son énergie. Il est hors de question que cet instant subisse la moindre perturbation extérieure, un rapide tour d'horizon lui ayant confirmé qu'il est à nouveau le seul être vivant à la ronde, il porte le verre à ses lèvres d'un geste assuré et déguste sa boisson à petites gorgées. En reposant le verre sur la table avec un long soupir de satisfaction, il prend conscience de deux choses : l'une étant que le verre est déjà à moitié vide, l'autre qu'il lui faut désormais s'atteler à établir un nouveau programme pour les heures, voire les jours à venir. Afin de prendre conscience du caractère dramatique de cette situation, encore faut-il préciser que planifier n'avait jamais été son fort, il était parvenu depuis des années à déléguer habilement cette tâche, selon les cas à son assistante et à ses compagnes successives. Benoît aimait vivre l'action, sentir le décor bouger autour de lui et lorsqu'il fallait décider il choisissait toujours de suivre son instinct, ce qui ne lui prenait jamais plus d'une poignée de secondes. « Pour décider, il faut être un nombre impair, et trois c'est déjà trop. » Cette phrase de Clemenceau lui permettait de systématiquement mettre un terme aux tergiversations de son équipe ou aux interminables discussions au cours desquelles chacun se proposait de peser le pour ou le contre, avant de lancer une quelconque action. Tel le capitaine d'un vaisseau, il ordonnait de virer de bord et il revenait naturellement aux autres d'organiser la manœuvre. Aujourd'hui, les circonstances sont toutefois différentes, il n'y a pas de situation complexe à soumettre à son analyse, ni de contexte extraordinaire à considérer ; il est seul, dans un monde inconnu.

– Je vais prendre l'andouillette et une autre bière.

– Très bien monsieur, avec frites ?

– Avez-vous autre chose ?

– Nous n'avons pas de salade car c'est le 1er mai, aucun frais n'a été livré ce matin, on peut vous mettre du riz ou des pâtes.

– Des frites, c'est très bien.

« Que peut-on faire un jour férié ? », pense-t-il en croisant les bras sur sa poitrine, tout en suivant des yeux le parcours de la seconde bière qui se pose sur la table devant lui. Le plaisir de ce deuxième verre n'est curieusement plus le même, cette fois il ne ressent rien de plus extraordinaire que s'il s'agissait d'eau du robinet. L'effet magique s'est estompé, il ne reste rien de la merveilleuse phase d'attente cristallisée autour de cette idée initiale toute simple qui lui avait procuré tant de plaisir. Il lui faut maintenant trouver rapidement une nouvelle envie à assouvir, « une marche après l'autre », songe-t-il. Rapidement signifie en outre que cela doit se produire dans un lieu proche, il est inutile de penser étaler entre-temps les 3 heures de route qui le séparent de Paris. « Andouillette-frites, je vous apporte la moutarde, bon appétit ! »

– Dites-moi, êtes-vous du coin ?

– Oui, c'est le restaurant de mes parents.

– Vous devez bien connaître les environs ?

– Je suis née près d'ici, mais je ne sais pas tout non plus, que souhaiteriez-vous connaître ?

– Qu'est-ce qu'il y a à faire par ici ?

– Si vous avez une voiture, il y a plein de choses à faire, des bars, des boîtes de nuit, qu'est-ce que vous aimez comme musique ?

– Je pensais plutôt à cet après-midi, dans les environs proches.

– À Sainte-Marie-du-Mont ? Là, en revanche, il n'y a pas grand-chose, à part les musées…

– Les musées ?

– Sur la guerre, par ici il y en a beaucoup, des gens viennent du monde entier pour les visiter.

– À ce point ? Ce sont des musées célèbres ?

– Ce sont plutôt de petits musées, il y a eu une grosse bagarre par ici lors du Débarquement, la région a gardé beaucoup de séquelles et de lieux de mémoire. Tenez, le clocher par exemple, il a dû être reconstruit.

Benoît tourne machinalement la tête en direction de l'église, cherchant une trace pouvant témoigner de cette histoire. « Je vous laisse manger, ça va être froid. Nous avons quelques prospectus à l'intérieur si le cœur vous en dit. » Dans sa jeunesse, il avait appris à l'école qu'il y avait eu un débarquement en Normandie lors de la dernière guerre mondiale, pour autant il ne s'était jamais posé la question de savoir où, plus exactement, l'action s'était déroulée. Dans sa famille, on ne parlait jamais de cette période, comme si rien ne s'était jamais passé.

L'andouillette, bien qu'un peu cuite, est engloutie avec grand appétit et Benoît, toujours raisonnable, commande un simple café.

– Pouvez-vous m'apporter les brochures dont vous m'avez parlé tout à l'heure, s'il vous plaît ?

– Je vous apporte ça avec le café.

Après avoir posé la tasse sur la table, elle ouvre un dépliant devant Benoît. C'est la réduction d'une carte d'état-major de la région, fortement simplifiée et parsemée de petites photos.

– Sur cette carte vous avez à peu près tout, le mémorial de Caen, le cimetière américain et là, Sainte-Mère-Église qui n'est pas très loin.

– Qu'est-ce que vous me conseillez ?

– Nous sommes le 1er mai, j'ignore ce qui est ouvert, à dire vrai. La plupart des sites sont de l'autre côté de l'Orne, vers Omaha Beach et Caen, vous pouvez cependant commencer votre visite dans les alentours immédiats, avec les parachutages.

– Qu'est-ce que c'est les parachutages ?

– Le Débarquement s'est déroulé le 6 juin, comme vous le savez. Dans la nuit précédente, les Alliés ont envoyé des parachutistes prendre des positions stratégiques et baliser le terrain pour les troupes terrestres qui devaient arriver par la mer quelques heures plus tard. Ici même, par exemple, tout autour de la place, il y a quelques panneaux indiquant les faits d'armes des parachutistes à Sainte-Marie-du-Mont.

L'esprit toujours à l'affût de nouvelles informations, Benoît reçoit cette explication avec autant d'intérêt que s'il venait d'apprendre que sous ses pieds se cachait une mine d'or. Il se lève légèrement, et tourne la tête en direction de la place, espérant apercevoir l'un de ces fameux panneaux. Flattée d'être écoutée avec une telle attention, la jeune serveuse reprend son récit de plus belle, le visage devenu sérieux, puisant visiblement dans sa mémoire à la recherche de leçons apprises il y a fort longtemps.

– L'église a changé de camp à plusieurs reprises, durant cette nuit-là, les Allemands avaient établi un observatoire au sommet du clocher car c'est le point le plus élevé des alentours. Il paraît qu'on peut, de là-haut, apercevoir les plages toutes proches d'Utah Beach où ont débarqué des troupes terrestres. Il demeure des traces de ce jour-là, à l'intérieur. Lorsque j'étais petite et devais aller à confesse, je passais mes doigts dans les petits trous laissés par une rafale de mitraillette dans le confessionnal. Ça a drôlement bardé ici, le clocher a été détruit par les canons américains, ça a été un véritable traumatisme pour les gens d'ici.

La bouche à moitié ouverte et passant l'extrémité d'une des branches de ses lunettes de soleil sur sa lèvre inférieure, Benoît écoute avec attention, plongeant avec délice dans un univers nouveau, lui offrant opportunément l'occasion d'oublier l'autre, du moins pour un temps.

– Mon grand-père n'aimait pas trop en parler, c'était leur clocher, vous comprenez, ça leur a fichu un sacré coup. Sainte-Marie-du-Mont a été libéré dès l'après-midi du 6 juin et la guerre a continué aux alentours. Savez-vous que vous vous trouvez dans le tout premier village libéré par les Alliés ? On se chamaille un peu avec les gens de Sainte-Mère-Église qui revendiquent également le titre, c'est la guerre du tourisme de mémoire, fait-elle en riant à nouveau, mais ne vous laissez pas abuser par la vérité historique version Hollywood, le premier village libéré c'est ici ! Je vous refais un café, celui-ci doit être froid.

Benoît la regarde s'éloigner, la tasse à la main, vers l'intérieur du restaurant. « C'est passionnant cette histoire, j'ai bien fait de venir me perdre ici plutôt que de rentrer me morfondre à Paris », dit-il à voix haute en se frottant les mains l'une contre l'autre. Ce nouveau café à peine posé sur la table, il invite d'un geste de la main la jeune femme à s'asseoir en sa compagnie, puis, fort de cette nouvelle proximité, relance la discussion.

– Votre grand-père est-il toujours du monde ?

– Il va sur ses 85 ans, toute sa tête mais le dos le fait souffrir.

– S'il a vécu tout ceci, il doit avoir de nombreuses anecdotes à raconter j'imagine.

Le visage de la jeune fille laisse transparaître une certaine gêne, puis elle reprend d'une voix plus grave, en détournant le regard.

– Ça va vous sembler surprenant, compte tenu du patrimoine historique de la région, mais… Les vieux d'ici n'aiment pas trop évoquer la période vous savez.

– Ils ont dû souffrir de l'Occupation, j'imagine, enfin, la première commune libérée tout de même, ce dut être un moment inoubliable, il ne vous en parle jamais ?

– Rarement, ou alors en des termes, comment dire… Les commémorations, les films avec les héros d'un côté et les méchants Allemands de l'autre, tout le tralala, c'est bien pour le tourisme et on ne va pas s'en plaindre, seulement… La réalité n'était pas aussi simple.

– Que voulez-vous dire ?

– Il ne faut pas les juger, mais mettez-vous à leur place, pour les habitants de la région, la guerre a surtout commencé en 44…

– Je ne vous suis pas, répond-il interrogateur, mes leçons d'Histoire sont certes loin mais cette partie de la France n'a-t-elle pas été envahie dès 1940 ?

– Bien sûr, cependant en 40, il n'y a pas eu de combats en Normandie, rien n'a été détruit. Les gens n'ont assurément pas vu arriver les troupes d'occupation de gaîté de cœur, mais pour la majorité d'entre eux, ils ont pu reprendre leurs activités quotidiennes.

– Vous voulez dire qu'ils n'étaient pas si heureux que ça d'avoir été libérés ?

– Non, évidemment non, c'étaient des Français et personne n'a jamais regretté d'être débarrassé des Allemands, mais comprenez-les, la Normandie a payé le prix fort, un peu trop fort pour certains. La plupart n'avaient jamais entendu un coup de feu et du jour au lendemain ils ont vu leurs maisons détruites par des bombes, des familles entières ont été ensevelies, il y a eu presque cent mille maisons détruites en deux mois. Sans compter les troupeaux…

– Les troupeaux de vaches ?

– Les bovins, les ovins, la région n'avait jamais manqué de lait, de beurre, de fromage ou de viande, puis les troupeaux ont été décimés lors des combats et les populations n'avaient plus grand-chose à manger. Leur vie a vraiment basculé en 44, c'est pour cette raison que tous les Normands ayant vécu la période ne sont pas forcément enthousiastes à déterrer ces souvenirs, ou peut-être en allant plus loin en direction de Paris…

Elle s'interrompt, baisse à nouveau les yeux, puis elle se lève d'un coup, ayant recouvré son sourire et conclut : « Comme dit mon grand-père, il vaut mieux oublier tout ceci, profitez de votre séjour pour visiter les sites, enfin ceux qui sont ouverts, je vais vous chercher l'addition. »

Il est déjà presque 15 heures. Benoît n'a pas envie de rentrer chez lui ce soir. Il se jette en arrière sur la chaise en ramenant les bras derrière la tête, étend ses jambes et réfléchit. Paris non, tout le monde est parti en week-end. Retourner chez les parents d'Amandine, mauvaise idée. Rester dans les environs et visiter quelques sites, après tout pourquoi pas, ne vient-il pas de se découvrir une passion pour l'histoire vécue de ce coin de France ? C'est une belle opportunité de se remplir l'esprit avec de nouvelles choses et éviter de ressasser autour des événements de ces derniers jours.

– Savez-vous où je peux trouver un hôtel ou une chambre d'hôtes, par ici ? demande-t-il à la serveuse qui lui dépose l'addition dans une petite coupelle en plastique jaune.

– Les hôtels il n'y en a guère, du moins pas dans le village, vous pouvez aller au *Holdy*, c'est une chambre d'hôtes à la sortie de Sainte-Marie, on dit que c'est bien.

– *Le Holdy*, répète Benoît interrogateur.

– Vous prenez cette rue et vous suivez les panneaux indiquant la batterie du Holdy, dit-elle en pointant du doigt une route partant de la place de l'église.

– Merci mademoiselle, puis-je vous demander votre prénom ?

– Juliette.

– Au revoir Juliette et merci pour la visite !

Benoît repart les mains dans les poches en fredonnant, puis se décide à aller visiter l'intérieur de l'église en question. Il pousse la porte qui lui résiste, c'est fermé.

« Si même les curés célèbrent la fête du Travail, où va le monde… »

5.
Daniel

La batterie du Holdy est située à la sortie du village et l'aspect récent des panneaux laisse à penser que l'établissement vient d'ouvrir ses portes. Le dernier signal invite Benoît à quitter la rue, puis à emprunter un chemin situé sur sa droite, ce qu'il fait pour tomber quelques mètres plus loin nez à nez avec une antique Jeep américaine, emmenée par deux hommes. Le chemin n'est pas assez large pour laisser passer de front les deux véhicules qui sont contraints à s'arrêter. Le conducteur de la Jeep descend et vient au-devant de Benoît qui ouvre sa vitre. C'est un homme d'une cinquantaine d'années à la silhouette massive, coiffé d'une casquette de cuir qui surplombe un visage rond au milieu duquel trône un large sourire.

– Mazette, dit-il après avoir émis un sifflement admiratif, c'est une sacrée bagnole que vous avez là, on n'en voit pas beaucoup par ici des comme ça !

– Bonjour, je suis à la recherche d'une chambre pour cette nuit et on m'a dit qu'il y avait une sorte d'auberge par ici.

– C'est bien ici, c'est chez moi, en revanche je suis complet pour ce soir. La prochaine fois pensez bien à nous appeler pour réserver, tenez voici une carte.

Tandis que Benoît fixe le petit morceau de carton qu'il tient dans ses doigts, l'homme poursuit.

– Nous organisons aussi des excursions en Jeep sur les sites historiques des parachutages qui ont eu lieu dans les environs, tenez, poursuit-il en désignant du pouce sa voiture, on démarre le tour et je n'ai qu'un client, si le cœur vous en dit, vous êtes le bienvenu.

Benoît n'a pas répondu, détachant enfin les yeux de la carte, il considère à présent son interlocuteur. Son regard laisse deviner l'ampleur de la déception en cet instant, il est hanté par le spectre du retour à Paris dans la solitude et l'ennui.

– C'est 50 euros pour une heure et demie environ, mais vous ne serez pas déçu ! reprend l'homme fièrement. Ce ne sont pas des sites que vous pourrez voir ailleurs !

« Une heure et demie, se répète Benoît, c'est toujours ça de gagné, ensuite nous aviserons. »

– C'est entendu !

– Parfait, je vais reculer la Jeep, vous pouvez laisser votre voiture devant la maison.

Quelques minutes plus tard, Benoît se retrouve assis à l'arrière de cette antique voiture de couleur vert olive, dont le capot est orné d'une magnifique étoile blanche faisant sans doute référence au domaine militaire, dont le consultant parisien ignore tout. L'engin est rudimentaire et Benoît est très mal installé, l'épaisseur de la banquette est ridicule et le dossier bien trop petit pour s'appuyer. Sans compter qu'il n'y a pas de ceinture de sécurité et que de l'ensemble émane une forte odeur d'essence. Avoir l'esprit d'aventure c'est bien joli, mais il y a tout de même des limites et il faut avouer qu'à cet instant notre camarade ne se sent pas rassuré.

– D'où venez-vous ? demande le chauffeur à la casquette de cuir.

– Je viens de Paris. Je m'appelle Benoît Maréchal.

– Enchanté, je m'appelle Alex, je viens de Belgique, répond le passager qui n'avait pas encore eu l'occasion d'ouvrir la bouche. Vous faites la tournée des plages ?

– C'est-à-dire que non, je ne suis pas très plage et il fait un peu froid, en fait, je suis tombé un peu par hasard dans ce coin…

– Ah…, fait le Belge, visiblement déçu, qui se retourne face à la route.

Âgé d'une bonne quarantaine d'années, Alex est un passionné d'histoire de la Seconde Guerre mondiale, venu de Bruxelles pour une semaine de pèlerinage sur les sites du Débarquement allié de 1944. Ses cheveux sont coupés si court qu'il est difficile de savoir s'il est blond ou roux, il porte un uniforme vert sous un blouson d'aviateur et des brodequins en cuir d'époque. Alex a été biberonné à l'histoire de cette période par son grand-père qui a vécu la libération de la Belgique par les forces armées américaines, il est devenu un grand collectionneur de reliques de cette époque, consacrant la totalité de ses congés payés à assouvir sa passion en parcourant les champs de bataille et les sites historiques consacrés à cette guerre en Europe. Pour lui, les plages ce sont bien évidemment celles où ont débarqué les armées alliées venues libérer l'Europe du joug nazi, elles sont au nombre de cinq, étalées sur les départements du Calvados et de la Manche, et son programme de visite est bien chargé. Il connaît déjà fort bien la majorité des sites et des musées pour les avoir visités à plusieurs reprises, ce qui l'intéresse, c'est la quête de nouveaux sites et d'anecdotes inédites, aussi, a-t-il aussitôt réservé son séjour à la batterie du Holdy, lorsque quatre mois plus tôt il a découvert sur un forum internet l'existence de ce tour des sites dédiés au parachutage dans la zone de Sainte-Marie-du-Mont. Pour Alex, un homme comme Benoît n'est qu'un non-initié avec lequel il sera impossible d'échanger autour de sa passion, « espérons qu'il ne posera pas trop de questions stupides au moins », pense-t-il alors.

Daniel Palus est également un passionné de cette période. S'il n'est pas né dans la région, il s'est employé à rapidement rattraper son retard en questionnant les anciens des villages alentour et en lisant à peu près tout ce qu'il a pu trouver comme ouvrages traitant de cet épisode particulier. Aussi curieux que cela puisse paraître aux ignorants comme Benoît, un événement qui n'a finalement duré que quelques jours en juin 1944 a donné naissance à un volume d'archives si important qu'une vie entière ne suffirait pas à les absorber. En bon passionné, Daniel aime à échanger avec ses semblables, mais ce qu'il préfère par-dessus tout, c'est découvrir LE scoop, être le premier à découvrir LA nouveauté, LE site où s'est déroulée l'action, L'anecdote ignorée de tous qui lui permettra de décrocher sa place reconnue d'expert parmi les experts de cette petite communauté.

Alex et Daniel parlent un même langage, usent d'acronymes mystérieux et font référence à des événements ou des lieux qui n'évoquent malheureusement rien pour Benoît. Comprenant rapidement qu'il a affaire à un néophyte après les premiers échanges, Daniel adapte son propos afin d'assurer un service de qualité auprès de ce client qui possède une si jolie voiture. Son discours débute par la citation de circonstance :

– Le principal ennemi de l'historien c'est le cinéma. Hollywood met si bien en scène les images dans la tête des gens que cela devient au fil des années des faits historiques. Dans ce coin par exemple, il n'y avait personne après la guerre pour avoir envie d'évoquer cette période, lorsque les premiers journalistes américains sont venus sur le terrain pour raconter l'Histoire avec un grand H, ils ont vite déchanté !

L'occasion est trop belle pour Benoît qui a horreur d'être relégué au second plan et plus encore d'être considéré comme un inculte.

– On les comprend, les maisons détruites, les troupeaux abattus, il fallait aller à Paris pour trouver un gars qui crie « vive les Américains ! » répond-il crânement.

– Exactement, reprend Daniel nullement impressionné. En outre, il ne faut pas oublier que pour constituer ses divisions aéroportées, l'Amérique est allée recruter jusque dans les prisons. Dans la 101e division qui a œuvré ici par exemple, il n'y avait pas de place pour les enfants de chœur et nombreux sont ceux qui ont choisi l'Armée pour sortir du pétrin ou de la misère. Faut avoir des gars à l'estomac bien accroché pour sauter d'un avion en marche en pleine nuit, dans un pays inconnu d'où on vous tire dessus ! Pour en revenir à mon histoire, ça fait plus de cinquante ans qu'Hollywood met dans la tête des gens que ce sont de braves soldats animés des meilleures intentions du monde qui sont venus libérer la France de l'occupant en atterrissant sur la place de Sainte-Mère-Église. La réalité est malheureusement plus complexe et nettement moins politiquement correcte. Ces gars se sont étripés sans aucune pitié, s'infligeant les pires tortures que vous puissiez imaginer.

– Les paras accrochés dans les arbres que les Allemands ont fait brûler vifs en dégoupillant leurs propres grenades au phosphore, reprend le Belge en hochant la tête l'air grave.

– Brûlés vifs en effet, on a retrouvé certains paras émasculés à la lame de couteau ou empalés sur des baïonnettes avant même d'avoir pu toucher le sol, sans compter tous ceux qui se sont noyés, incapables de nager avec leurs quarante kilos de paquetage, dans les marais de Carentan que les Allemands avaient inondés pour la circonstance. Aucun film n'a montré ça, mais c'est la triste réalité. Alors, imaginez comment des gars qui ont échappé à cet enfer ont pu se comporter avec les populations civiles par la suite ! Au Holdy, il y a eu une véritable tuerie lorsque la batterie a été prise par les boys, j'ai retrouvé de nombreux vestiges sur le terrain, en face, c'était des troupes d'élite allemande, des parachutistes également.

– Le fameux 6e régiment, ils ont sauté en Crète en 41, reprend Alex avec passion.

Benoît les écoute avec attention, la bouche ouverte. La conversation a pris une tournure inattendue et bien qu'il ne comprenne pas tout, il ressent un profond malaise à l'évocation d'une telle violence. Dans son monde habituel on ne tue que professionnellement, avec tact et élégance, et si à la fin ça peut parfois se terminer aux antidépresseurs, personne n'a encore jamais commis de telles atrocités.

Quittant une route goudronnée, la Jeep emprunte maintenant un petit chemin de terre, puis marque un arrêt devant une vaste demeure.

« La ferme de Franqueville, c'est ici même que le général Taylor a établi son quartier général de campagne… », poursuit Daniel en exhibant d'un classeur des photos d'époque représentant la scène exacte, 64 ans plus tôt. Benoît n'écoute plus le guide, l'émotion ressentie quelques instants plus tôt lui laisse à présent la gorge sèche et une crampe d'estomac. La guerre est un concept très éloigné du monde dans lequel il évolue, certes il ne peut ignorer les informations entendues à la radio sur les conflits en cours, son cerveau avait néanmoins assimilé l'image du conflit à l'adjectif « lointain ». Une guerre c'est forcément loin, dans un pays où les droits de l'homme ne se sont pas encore imposés comme en France. Cette fois c'est différent, il est sur le lieu précis où l'action s'est produite, des hommes sont morts, du sang a nourri la terre ici même et c'était hier. « Tu es né en 1975, ces événements se sont produits 31 ans avant ta naissance, c'est-à-dire qu'il s'est écoulé davantage de temps depuis que tu es sur Terre. C'est fou, c'était hier… » Ce rapide calcul mental ajoute à la dimension dramatique celle de la proximité, ça ne s'est pas exactement produit hier, mais plutôt avant-hier, et comment se fait-il que ses parents ne se soient jamais préoccupés de tout ceci ? Pourquoi ne lui en a-t-on jamais parlé ?

Pour la première fois de sa vie, Benoît a le sentiment de sentir l'Histoire, il ne s'agit plus d'une simple leçon apprise dans un manuel scolaire ou d'une inscription sur un monument auquel plus personne ne prête attention tant il semble avoir été là depuis la nuit des temps.

Emportés par leur passion commune, Daniel et Alex poursuivent leur discussion d'experts, laissant Benoît sur la touche. Ce dernier parvient malgré tout à enregistrer quelques bribes.

– Si le maire de Sainte-Mère-Église n'avait pas fait des pieds et des mains pour faire venir les cinéastes et les journalistes dans sa commune à la fin des années cinquante, ce serait resté un trou perdu, c'est à Sainte-Marie-du-Mont qu'il s'est passé le plus d'événements, seulement voilà, personne n'en parle !

– C'est assurément là que la Libération a débuté, d'ailleurs, c'est le général Taylor qui a accueilli en premier les troupes débarquées à Utah Beach à Pouppeville, bien avant Gavin et sa 82e division aéroportée à Sainte-Mère-Église, reprend le Belge de plus belle.

– Ça vous plaît, monsieur Maréchal ? interroge soudain Daniel, interrompant ce long dialogue de passionnés érudits.

– Beaucoup, je ne pensais pas qu'il s'était passé tant de faits historiques par ici, c'est à peine croyable.

– Et vous n'êtes pas au bout de vos surprises, attendez un peu de voir où je vous emmène, une histoire telle que vous n'allez pas en revenir !

Quelques minutes plus tard, la Jeep s'immobilise devant une église. Bien que nettement plus petite que celle de Sainte-Marie-du-Mont, elle n'en demeure pas moins particulièrement curieuse avec son clocher ancré au milieu de la nef centrale, donnant à l'ensemble l'impression d'une croix plantée dans le sol jusqu'à son milieu.

L'équipage descend de voiture et fait quelques pas en direction de l'église, puis Daniel qui marche en tête s'arrête face à l'édifice, les mains jointes comme s'il était en prière. D'une voix solennelle, il commence à narrer sa fameuse histoire :

– Nous sommes à Angoville-au-Plain, vous n'avez certainement jamais entendu parler de ce lieu et pourtant, il s'y est déroulé l'une des plus incroyables histoires de toute la Seconde Guerre mondiale.

Marquant une longue pause prolongeant l'effet de suspense, il reprend tout en s'avançant d'un pas solennel vers l'entrée du cimetière qui entoure l'église.

– Nous sommes le 6 juin 1944, au cœur de la zone de parachutage de la 101e division de parachutistes, des hommes du 501e régiment prennent le village d'Angoville. Les combats sont rudes, et deux infirmiers établissent rapidement un poste de secours dans l'église afin de s'occuper des blessés.

Arrivé devant la petite porte de l'église, il se retourne vers ses clients.

– Seulement voilà, les Allemands en face sont coriaces et n'ont pas l'intention de céder le village aux envahisseurs venus des airs, ils reprennent le village et ce poste de secours où de nombreux blessés sont soignés par nos deux infirmiers !

Savourant l'effet de surprise chez ses interlocuteurs qui ignoraient tout de cette histoire, il poursuit en accompagnant cette fois son flot de paroles par de grands gestes.

– Et que croyez-vous qu'il va se passer ? C'est la bagarre, il y a les Américains d'un côté, des soldats allemands de l'autre dont ces fameux paras du 6e régiment, des troupes d'élite, il n'est pas question de se faire de cadeau, c'est une lutte à mort !

Marquant à nouveau un silence, il baisse les bras, puis poursuit plus lentement. Benoît est tétanisé par le suspense, il a l'impression de vivre la scène.

– Lorsque les Allemands pénètrent dans l'église ils découvrent les blessés américains. En temps normal il n'y aurait pas eu de pitié. Boum ! Boum ! Boum !

Agitant une mitraillette imaginaire de gauche à droite, Daniel fait mine de tirer une rafale. Seulement voilà, les infirmiers US ont aussi recueilli et soigné des soldats allemands, c'est ce qui va leur sauver la vie. Et à nouveau les blessés affluent, de l'autre bord cette fois, puis le village va changer à nouveau de main, plusieurs fois, jusqu'à ce que le 8 juin les Américains prennent définitivement le contrôle du village.

Alex est au comble de l'excitation, c'est exactement le genre d'anecdote susceptible de sustenter sa passion pour l'histoire de cette période, tremblant d'émotion il pénètre dans l'église sur les pas de Daniel. Pour Benoît, c'est un choc d'incompréhension, comment peut-on d'abord s'entre-tuer, puis se mettre d'accord pour se soigner afin de mieux s'entre-tuer à nouveau. Tout ceci lui semble aussi incroyable qu'absurde. Il rejoint ses deux compères dans l'église. Daniel s'avance dans la nef et reprend :

– Voyez les taches sur les bancs ? C'est du sang, il y en a au sol également, regardez à cet endroit, la pierre est comme mangée par le sang. En deux jours, ils vont soigner 81 blessés américains, allemands, quelques civils et même un enfant. Et le plus incroyable dans cette histoire, c'est qu'il n'y a pas eu un seul décès parmi les blessés.

Benoît est secoué par cette histoire, il demeure figé devant ces ignobles taches sur les bancs de bois où chaque dimanche, des paroissiens prennent certainement place à l'occasion de l'office dominical. Il s'agit de véritable sang, celui de ceux qui se sont battus afin de savoir si la génération de Benoît devait être libre ou asservie. Pour la première fois de son existence, il comprend que tous ces événements se sont réellement passés. L'esprit troublé par des pensées confuses et de nombreuses questions sans réponses, il ressort de l'église et marche dans le petit cimetière, promenant machinalement son regard sur les tombes. L'une d'elles en marbre noir est particulièrement fleurie et ornée de petits drapeaux américains et français. « À la mémoire des parachutistes du 501e régiment de la 101e division aéroportée américaine… » Plusieurs noms suivent, le premier est W.B. Haynes, né en 1920, mort le 9 juin 1944, puis quatre autres noms. « Haynes… Tu avais 24 ans, à cet âge-là je terminais tout juste mes études », songe-t-il.

La visite touchant à sa fin, notre guide rassemble ses clients qui reprennent place dans la vieille Jeep, puis c'est le retour à Sainte-Marie-du-Mont. Benoît est tellement secoué par ce qu'il vient de vivre qu'il ne se souvient pas avoir pris congé de Daniel et Alex, il remonte tel un automate dans sa voiture et trace la route droit devant lui. La tempête intérieure provoquée par ce flot de sentiments confus et contradictoires l'accompagne tout au long du trajet de retour vers Paris, tant et si bien qu'il ne retrouve réellement sa lucidité qu'après avoir proprement rangé la Porsche dans le parking de son immeuble. Combien de temps s'est-il écoulé ? Il n'en a pas la moindre idée, ça n'est qu'après avoir franchi le seuil de la porte de son appartement que son corps tout entier appelle au secours, harassé par la fatigue de cette si longue journée commencée en compagnie d'Amandine. Après quelques pas, il s'écroule sur le divan du salon, incapable de reprendre le contrôle de ses pensées qui tourbillonnent.

6.
Gisèle

Lorsque ses paupières s'ouvrent, il est 10 heures le lendemain, Benoît a dormi d'une seule traite. Un rapide coup d'œil à la table de nuit sur laquelle est posée une boîte de Xanax à moitié ouverte lui apporte la justification qu'il cherchait. Il étire chacun de ses membres, d'abord les jambes, puis les bras, le cou, baille à s'en décrocher la mâchoire, puis, dans un mouvement lent de balancier, il s'assoit péniblement sur le bord du lit. « Un café, un bon footing et une douche, ça devrait me laisser le temps de reprendre mes esprits et organiser la suite de la journée », pense-t-il.

Quelques minutes plus tard il sort de l'immeuble vêtu d'un legging noir et de chaussures de course orange, assorties à son T-shirt fluo. Nous sommes vendredi 2 mai, la météo est superbe et la rue déserte. En se dirigeant vers le café le plus proche à trois pâtés de maisons de là, Benoît a le sentiment de faire l'école buissonnière. Il s'arrête en chemin à la boulangerie située au coin de la rue, et achète une part de flan pour son petit-déjeuner. Il reprend ensuite son chemin. La première bouchée est rapidement avalée et au fur et à mesure que le parfum du dessert envahit ses papilles, tout un flot de vieux souvenirs remonte à la surface. La dernière fois que son cerveau a enregistré les saveurs vanille d'un flan pâtissier, cela doit bien remonter à une vingtaine d'années. Pourquoi a-t-il ce matin-là choisi de commander un flan et non un croissant ou un pain au chocolat comme à son habitude ? Sa grand-mère lui achetait des flans à la pâtisserie lorsqu'il était enfant, le dessert devait être mangé après le déjeuner du dimanche, ce qui n'était pas une mince affaire après un gargantuesque déjeuner pour un estomac d'enfant. Il n'était pas rare que le petit flan rond survive jusqu'au milieu de l'après-midi, Benoît le déposait alors sur le coin du buffet, derrière le cadre de la photo de mariage de ses grands-parents, bien à l'abri des regards et venait prélever une bouchée à intervalle régulier. Prélever est bien le mot, tant la façon d'opérer frisait l'acte chirurgical. Tout d'abord, il ne fallait pas se faire prendre, la sanction aurait été sans appel : « Donne-moi ça garnement, on ne mange pas entre les repas ! » Ensuite, la taille de la bouchée devait être adaptée à une éventuelle situation d'urgence. Croiser le regard d'un de ses grands-parents, les joues bien rondes alors qu'il était occupé à mastiquer, aurait été fatal. Il fallait être prêt à sacrifier sans hésiter ladite bouchée pour le cas où il eut été nécessaire de répondre à haute voix à toute forme de question. Dans une telle situation, la bouchée devait pouvoir être avalée sans peine en une demi-seconde.

Benoît n'a pas gardé un souvenir éperdu de sa petite enfance, grandir le plus vite possible pour conduire une voiture ou piloter un avion était alors sa seule préoccupation. Ce petit morceau de dessert ne venait-il pas lui rappeler que certains épisodes de sa vie avaient peut-être été effacés un peu trop tôt de son esprit et qu'il serait opportun de faire une pause dans cette course effrénée à parcourir le temps ? Tout à sa réflexion existentielle, il termine d'un seul geste son café crème sur le coin du zinc, au moins celui-ci n'aura pas la chance de laisser son empreinte dans le registre de ses prochains souvenirs. Onze heures. « Suis-je déjà allé courir à une heure pareille ? » Sans attendre la réponse, il se met à trottiner dès la sortie du café, tout en actionnant au même instant le chronomètre de sa montre. La philosophie de Benoît a toujours été de considérer que toute activité, aussi pénible soit elle, pouvait se transformer en un plaisir intense dès lors que la question de la performance entrait en ligne de compte. Il en venait parfois à rêver à des compétitions d'envois de courriels, de politique interne d'entreprise ou de management stratégique. « Je serais imbattable ! »

« J'aurais dû prendre des lunettes de soleil », ronchonne-t-il en se rappelant qu'il va lui falloir apprendre à vivre à ces nouveaux horaires, lui qui d'habitude ne court que tard le soir. Parvenu à l'entrée du bois de Boulogne, il croise une jeune fille portant un T-shirt rose moulant avantageusement les formes de son buste. Elle doit avoir une vingtaine d'années et sa foulée est aussi peu académique qu'efficace. Elle sautille d'une jambe sur l'autre comme si ses chaussures étaient montées sur ressorts et ses bras remontent jusqu'aux yeux à chaque foulée. « Que d'énergie perdue ! » Animé par un besoin inexorable de montrer à cette jeune ingénue la bonne façon de courir, Benoît allonge sa foulée de manière progressive afin de la rattraper, le souffle appuyé sur deux temps. Le bip de sa montre branchée en mode cardiofréquencemètre lui indique que son rythme cardiaque a dépassé les 170 pulsations par minute. « Elle va voir. » Benoît se rapproche moins rapidement qu'il ne le pensait, elle doit forcer l'allure exprès, c'est certain. Il accélère le rythme pour mieux combler la distance. Après une centaine de mètres, il sait que le chemin marque une courbure dans une légère montée, et qu'il lui faut dépasser la donzelle avant ce virage s'il veut maximiser le différentiel de vitesse. Elle serait avantagée dans cette portion de terrain par sa plus faible masse corporelle et pourrait ne pas sentir suffisamment l'appel d'air provoqué par le passage du corps de Benoît la dépassant à vive allure. Un double bip. « La vache, me voilà dans le rouge. »

Une petite dizaine de mètres le séparent de la jeune fille, son cœur bat à tout rompre dans sa poitrine et il souffle comme un bœuf. « Ne pas lâcher, ce doit être le changement de rythme de vie de ces derniers jours qui me coupe les jambes, ça va forcément revenir. » À l'instant où il arrive à sa hauteur, elle amorce le virage avant d'attaquer la montée. Benoît ne voit déjà plus rien, les yeux remplis de larmes et l'esprit trop concentré sur la course pour parvenir à les essuyer d'un revers de main. La côte est terrible, ses cuisses sont tétanisées, il ne sent plus le bas de ses jambes et n'entend pas l'alarme de sa montre qui sonne en continu, indiquant que le cœur a dépassé le rythme cardiaque maximum autorisé pour un homme de son âge. Ses oreilles bourdonnent, et chaque pulsation de son cœur résonne dans ses tempes. « Je vais l'avoir. » Soudain Benoît trébuche, son pied gauche heurte sa cheville droite et il se sent tomber vers l'avant de façon inexorable. Il s'abat de tout son long sur le ventre, son menton heurtant le sol. Il ne ressent toutefois aucune douleur. Le souffle coupé, il peine à se redresser sur un bras afin de libérer sa cage thoracique du poids de son corps. Sa bouche est ouverte au maximum et il aspire l'air avec avidité, tout en poussant un vilain râle. Il suffoque.

« Ça va monsieur ? Vous vous êtes fait mal ? » Alertée par le bruit de la chute, l'insolente a fait demi-tour et se tient accroupie devant lui, la main posée sur son épaule. L'humiliation est à son comble, Benoît voudrait lui dire que tout va bien, qu'un caillou tombé du ciel a certainement roulé sous sa chaussure à l'instant où son pied allait toucher le sol, mais aucun son ne parvient à sortir de sa bouche. À chaque inspiration il produit un halètement de mourant.

– …

– Attendez, je vais vous aider à vous redresser, dit-elle en lui saisissant le bras.

– …

– Vous voulez que j'appelle un médecin ?

– …on…

– Il y a des gens là-bas, hé ! S'il vous plaît ? Venez m'aider, il y a un blessé !

– On… on… a… va…

Répondant à l'appel de la jeune fille, ils sont désormais quatre hommes accroupis autour de Benoît, quelle plaie, un bon infarctus aurait au moins pu lui épargner ce spectacle navrant dont il est l'acteur principal. Le souffle lui revient progressivement au fur et à mesure que le rythme de son cœur ralentit, il sent en revanche la douleur l'envahir peu à peu, les genoux, les mains, le menton, le choc a été violent.

– C'est votre père ?

– Non, je ne le connais pas, il courait derrière moi, j'entendais un énorme souffle et soudain un grand bruit. Je me suis arrêtée, et voilà.

À 14 ans Benoît a eu un bel accident de vélo. En vacances avec ses parents en Haute-Savoie, il avait emprunté le vélo du fils de la ferme dans laquelle ils logeaient. Une descente prise à fond, un virage, des graviers et pour finir une clôture de fils de fer barbelés. La rage ressentie à cet instant le renvoie exactement à cet épisode : « Quel con… Non mais quel con… Allez, pouce, on revient cinq minutes en arrière, s'il te plaît mon Dieu… »

– On vous appelle une ambulance ?

– Non… Pas la peine, ça va aller… Merci…, balbutie Benoît penaud.

– Vous êtes tout égratigné, il faudrait vous faire nettoyer les plaies au moins.

– Ça va aller, j'en ai vu d'autres…

– Vous soufflez fort, vous êtes sûr que ça va ? reprend un des coureurs.

Il se lève avec difficulté, soutenu par quatre paires de bras. « Pourvu que je ne croise personne qui me connaisse. » Ici et à cette heure, il devrait normalement être tranquille. Une chose est certaine en cet instant : l'air de 11 h 30 ne porte pas comme celui de 20 heures et son organisme ne fonctionne donc pas de la même façon. « C'est incroyable la différence que cela peut avoir, il faudra que je me renseigne sur ce phénomène de densité d'air. »

Le retour s'effectue à grand-peine, ses jambes sont douloureuses et raides, ses égratignures le brûlent. La honte qui l'envahit est d'une intensité bien supérieure encore et agit finalement comme un puissant anesthésiant. « Un pingouin fluorescent amoché aux genoux, aux coudes et au menton, » il baisse les yeux et tente malgré tout de forcer le pas, tout en empruntant la rue de l'église moins passante que le boulevard. Encore dix petites minutes à ce rythme et il sera définitivement à l'abri des regards. Devant l'église cependant, son chemin est barré par un petit attroupement. Une cérémonie, semble-t-il, des personnes âgées vêtues de noir à la mine triste. Benoît s'apprête à traverser la rue, puis se ravise, ne pouvant retenir un léger sourire malgré sa situation. « Ne sois pas parano non plus, il y a peu de chance qu'il y ait parmi eux un de tes collègues. »

« Ex-collègues », se reprend-il aussitôt.

– Monsieur Maréchal ?

– Pardon… ? Comment ?

À l'évocation de son nom, il sent son cœur s'emballer de plus belle, il panique, des sueurs froides, ça n'est statistiquement pas possible de tomber sur une connaissance ici et à cette heure.

– C'est bien vous, monsieur Maréchal, je ne vous ai pas reconnu tout de suite dans cette tenue. Mon Dieu, c'est terrible !

– Ne vous en faites pas, ce n'est rien.

C'est Gisèle, la compagne de sa voisine rencontrée deux jours plus tôt, elle semble bouleversée. « C'est bien ma veine, une chance sur un million pour que je tombe sur quelqu'un qui me connaît, alors même que je me trouve dans cette situation dégradante », se dit-il.

– C'est horrible, quel choc, reprend-elle.

– Je vous assure, ça va aller, je suis costaud.

– J'ai bien du chagrin, vous savez…

Bien que Benoît souhaite à cet instant être à des années-lumière de cette scène, la peine de cette dame âgée le touche. Ils ne se connaissent pas et pourtant, elle paraît immensément contrariée, sans doute a-t-elle été touchée par son grand cœur lorsqu'il a aidé son amie à porter ses courses. Sa vie doit être bien plate pour surréagir de la sorte aux événements extérieurs, ou bien ce sont les blessures de son visage, peut-être plus importantes qu'il ne le pense, « on va aller vérifier ça dans le miroir ».

– Je vous assure que je vais bien, ce ne sont que des égratignures, je vais aller soigner cela maintenant.

– Ah oui… Oui… Mais… madame Lemière…

– Vous la saluerez de ma part, tiens, j'étais en Normandie ces derniers jours, c'est amusant non ?

– Elle… mais elle est morte, monsieur Benoît.

– Pardon ?

– Oh, j'en suis toute retournée, elle qui était d'une nature si joyeuse.

– Pardon… Vous parlez bien de madame Lemière, celle avec qui nous avons discuté mercredi dernier ?

– Oui, notre Odette, elle va tellement me manquer.

Benoît est abasourdi, il oublie un instant l'urgence de sa situation. Comment est-ce possible ? Il a perdu ses grands-parents certes, mais ils étaient très malades et après des mois et des années entre les cliniques et les soins à domicile, tout le monde était plutôt soulagé. Madame Lemière n'était pas dans cette situation, c'est incompréhensible. Une contraction le saisit au bas-ventre, une soudaine sensation de grésillement, pareille à celle ressentie lorsqu'il a appris qu'il était licencié.

– Mais que s'est-il passé ? Elle avait l'air en pleine forme mercredi, c'est insensé !

– Eh bien, nous nous voyons le matin à 10 heures chez le boucher, sauf le vendredi car c'est le jour du poisson et le mercredi car monsieur Hardy ferme sa boutique, c'est pour ça qu'il tenait à ouvrir ce 1er mai car c'était un jeudi. Monsieur Hardy c'est le boucher, c'est un honnête homme vous savez, Odette et moi n'allions jamais ailleurs, il a de la bonne viande et il nous donnait toujours les meilleurs morceaux. Rien à voir avec cette horreur de supérette sur l'avenue...

– Et que s'est-il passé ? coupe brutalement Benoît.

– Quand nous nous sommes rencontrés, nous étions mercredi, alors monsieur Hardy était fermé.

– J'ai bien compris, et ensuite ?

– Jeudi à 10 heures, je suis allée comme convenu chez le boucher chercher une tranche de filet. Je l'avais commandée mardi, Odette qui était avec moi avait pris une paupiette. Nous n'avons plus beaucoup de distractions à nos âges, alors le rendez-vous chez le boucher, c'est important, on se retrouve, on parle d'un peu de tout... Avant, c'était plus tôt, mais avec l'âge on a besoin de plus de temps pour se préparer à sortir.

– Je vois... Donc, à 10 heures ?

– Oui, à 10 heures, je suis arrivée quelques minutes en avance et comme il n'y avait personne dans la boutique, nous avons commencé à discuter avec monsieur Hardy et son petit commis, un bien gentil jeune homme...

– J'en suis sûr et qu'est-il arrivé ?

– Nous discutions, le temps a passé, et il est franchement bavard monsieur Hardy, quand il est parti sur ses histoires de maisons de campagne, on ne peut plus l'arrêter !

– Très bien, et ensuite ? s'impatiente Benoît.

– Ça oui, il est très bavard, enfin c'est un bon garçon, il me rappelle un peu mon Julien.

– Et à 10 heures, qu'est-ce qui s'est passé avec madame Lemière ?

– Eh bien... Rien.

– Comment ça rien ? Mais vous venez de me dire qu'elle était décédée ?

– Oh, ma pauvre Odette, sanglote-t-elle, qu'est-ce que je vais devenir sans elle !

– Allons ne vous mettez pas dans des états pareils madame, ça va aller, je… Je suis là. Reprenons voulez-vous, je ne comprends pas bien. À 10 heures, où était madame Lemière ?

L'instant d'une seconde, Benoît se souvient qu'il est habillé en fluo, qu'il saigne des genoux, des coudes et du menton, qu'il doit filer se désinfecter, se doucher, se changer et peut-être même appeler son psychanalyste afin d'évacuer rapidement cette fâcheuse histoire et pourtant, quelque chose le retient. Il veut comprendre ce qui est arrivé à cette petite dame, ce qui s'est passé chez le boucher, avant, après, pourquoi…

– Eh bien, elle était morte…

– Morte… Mais enfin, de quoi ? Comment ? Qui l'a trouvée ?

– C'est madame Da Silva, la concierge.

– Qui l'a trouvée où ? s'agace Benoît, en insistant sur le dernier mot.

– Elle lui montait son courrier ou sonnait simplement pour une petite causette, vous savez, ça permet de prendre des nouvelles, ces choses-là se perdent et c'est bien malheureux. Maria est de l'ancienne école, aux petits soins tous les jours, cela fait plus de 30 ans qu'elle travaille dans l'immeuble d'Odette, pensez si elle la connaissait !

– Vous a-t-elle dit ce qui s'était passé ?

– Elle est montée sonner à sa porte, jeudi vers 9 h 30, et ça ne répondait pas. Elle aurait pu penser qu'Odette était déjà partie aux courses mais elle l'aurait entendue passer devant la loge. Maria est redescendue chercher le double des clés et est entrée dans l'appartement…

– Et… Et alors ?

– Eh bien…

Gisèle s'étouffe dans un sanglot, imaginant sa pauvre amie étendue à terre, sans vie.

– Elle était là… C'était fini. Odette était partie au ciel…

L'intense curiosité laisse soudain place à l'étonnement, c'est donc si simple de mourir ? Un jour on discute avec un inconnu, on parle d'amour, on lui donne une leçon de vie… Puis le lendemain, on meurt ? Il aurait voulu prendre dans ses bras cette dame au cœur douloureux mais il se retient. Sans doute par pudeur, ou peut-être serait-ce cet insupportable manque d'empathie dont Amandine l'accuse si souvent de faire preuve. Instinctivement son regard se tourne vers la petite assemblée. Il n'y a qu'une dizaine de personnes, toutes d'un âge certain.

– Tout le monde est bouleversé par la nouvelle, monsieur le curé a eu l'idée de dire une messe à son intention ce matin. Le pauvre Paul, il a l'âge de mon Julien, ce doit être terrible de perdre sa maman. Ah mon chéri, que va-t-il advenir de toi lorsque je ne serai plus là ?

– Son fils ?

– Je… Je parlais du mien, de Julien.

– Paul… Il est ici ?

– Bien sûr, c'est ce garçon qui discute avec monsieur le curé, répond-elle en le désignant de la main.

Paul est de dos, Benoît ne distingue qu'une silhouette droite comme le tronc d'un bouleau, portant un costume sombre et légèrement trop petit, la douleur de la perte d'une mère doit être terrible, à tout âge. L'homme prend congé de l'ecclésiastique, puis se tourne vers Gisèle vers laquelle il se dirige pour la saluer. Il marche d'un pas très lent et régulier, de cet individu semble émaner une immense lassitude.

– Merci pour tout madame Adam, c'était une belle messe.

– Votre maman va beaucoup me manquer, vous savez, j'aurais tant aimé demain pouvoir aller à Pouppeville lui dire un dernier au revoir, c'est malheureusement loin et à mon âge…

– Je suis navré de vous priver de cela mais que voulez-vous, c'est là où est enterrée la famille et maman avait déjà tout organisé au cas où. C'est une chance que l'inhumation puisse se faire aussi rapidement, tout le monde a beaucoup aidé.

– Paul, voici monsieur Maréchal, un voisin qui habite l'immeuble de votre maman, reprend-elle en désignant Benoît.

L'homme lui serre la main tout en le remerciant d'un hochement de tête, en croisant son regard Benoît cherche dans ses yeux bruns et tristes un indice, un message, quelque chose qui puisse raccrocher ce personnage à l'image de cette petite femme qu'il lui a été donné de ne croiser qu'une fois. En vain. Benoît suit des yeux la fine silhouette qui s'éloigne pour saluer un autre petit groupe de personnes, puis se détourne en saluant poliment son interlocutrice, il est temps de rentrer.

La course, la chute, la brutalité de cette nouvelle, Benoît est profondément bouleversé. Un bon remontant, voilà ce qu'il lui faudrait. En pénétrant dans l'appartement, les mots de madame Lemière lui reviennent à l'esprit, « si vous l'aimez… » Sans doute ne serait-il jamais allé rejoindre Amandine en Normandie sans cela. Cette femme lui a offert quelque chose qu'il ne saurait qualifier, un je-ne-sais-quoi d'immensément bon, un cadeau comme il n'en avait jamais reçu.

L'eau chaude de la douche coulant sur ses écorchures le ramène à la réalité. Il faut qu'il se renseigne sur cette histoire de densité d'air le matin, il reste tant de choses à apprendre. « Je me suis bien fait surprendre, tiens ! »

Comme par un fait exprès, c'est à cet instant que la sonnerie du téléphone retentit, obligeant Benoît à sortir précipitamment de sa douche, mouillant tout sur son passage jusqu'au portable laissé sur la table du salon.

– Allô, oui ?

– C'est moi, dit Amandine, je voulais prendre de tes nouvelles.

– Je me suis cassé la figure ce matin en courant, à part ça, je…

– Tu t'es cassé quelque chose ? coupe-t-elle brutalement.

– Non, simplement quelques écorchures et…

– Ah ! répond-elle soulagée, tu m'as fait peur.

– Tu sais, la petite vieille dont je t'ai parlé en Normandie.

– Le nom au cimetière ?

– Oui, Lemière, eh bien elle est décédée.

– Elle était peut-être malade…

– Ce n'est pas l'impression qu'elle m'a faite justement, je suis sidéré. En rentrant de mon footing raté, je suis passé devant l'église, tiens-toi bien, c'était une cérémonie à son intention.

– Pour un second rendez-vous, c'est déroutant en effet, que lui est-il arrivé ?

– Je l'ignore, justement. Ça m'en fiche un coup.

– Tu la connaissais si bien que ça ?

– Non, je l'ai rencontrée mercredi… J'allais tout te raconter au moment où tu m'as planté, nous avons beaucoup discuté et ce qu'elle m'a dit m'avait quelque peu remué. C'est d'ailleurs pour cette raison que je suis venu te rejoindre, ça va te paraître absurde, mais ça a réveillé en moi quelque chose que j'ignorais.

– Tu es venu me rejoindre parce qu'une petite vieille que tu ne connais ni d'Ève ni d'Adam a juste réveillé en toi quelque chose qui t'a donné envie de rejoindre ta fiancée ? Mon Dieu ! Benoît, tu es toujours aussi adroit avec les femmes, un jour il faudra qu'on me donne une vraie bonne raison du pourquoi je me suis attachée à toi.

– Ne t'énerve pas… Ça n'est pas tout à fait ça.

– C'est pourtant ce que tu viens de dire à l'instant !

– Oui, enfin c'est ça et ce n'est pas ça.

– Ôte-moi d'un doute, ta chute, c'était bien sur la tête ?

– Je me suis peut-être mal exprimé, excuse-moi, enfin, tu ne trouves pas ça perturbant qu'on puisse disparaître comme ça ?

– Ce qui me perturbe c'est toi, Benoît, depuis quelque temps tu n'es plus le même, alors pardonne-moi mais il va me falloir un petit temps d'adaptation à ta nouvelle personnalité. As-tu prévu d'autres changements importants dans les jours à venir ?

– C'est pourtant bien toi qui me reproches qu'on ne se parle jamais et qu'on ne passe pas assez de temps ensemble !

– Non mais quel goujat ! Tu te souviens de la raison pour laquelle je suis partie chez mes parents tout de même ? Benoît, depuis quelque temps on est sur le point de se séparer, ça ne t'a pas échappé ça ?

– Tu exagères toujours, c'est toi qui as décidé que...

– Comme oses-tu ? Tu n'es jamais là, depuis qu'on se connaît tu ne m'as jamais emmenée en week-end ou en vacances sans passer la moitié du temps pendu à ton fichu téléphone, ces dernières semaines à part s'engueuler on ne se parle même plus ! Alors oui, j'ai décidé très égoïstement que pour préserver ma santé mentale il était préférable que je prenne le large. J'ai bientôt 30 ans tu comprends, et j'en ai assez d'attendre le vrai commencement de notre histoire.

– Il faut toujours que tu t'emballes, la preuve ce week-end c'est bien moi qui suis venu te voir non ? Si tu ne m'avais pas fichu à la porte cela aurait pu être un superbe moment.

– Quelle idiote ai-je été, oui cela aurait pu être formidable Ben, j'ai même cru l'éclair d'un instant que tu avais fait tout ce chemin parce que tu m'aimais.

– C'est le cas, c'est...

– C'est parce qu'une voisine a réveillé en toi l'envie, voilà, il est magnifique ton amour, Benoît ! Je vais devoir te laisser car j'ai autre chose à faire maintenant et merci beaucoup pour les nouvelles, t'entendre m'a tout à fait détendue. Je me demande si je ne préférais pas l'ancien Benoît, c'était un gros connard, mais il était facile à cerner, lui !

– Amandine ? Allô ?

Elle lui avait raccroché au nez. « Quel caractère, c'est incroyable ! Pour une fois que je tente de partager avec elle ce que je ressens, voilà le résultat. »

Il est presque 14 heures, Benoît est chez lui, blessé, courbaturé, affaibli physiquement et sentimentalement. De surcroît, la disparition de madame

Lemière le perturbe émotionnellement au point qu'il se sent faible et vulnérable. Si dans une telle situation on ne peut pas compter sur sa femme, à qui se fier ? L'instinct de survie prend le dessus. Ayant saisi le téléphone, il parcourt le répertoire en s'arrêtant sur chaque nom.

« Boulot… Boulot… Toujours Boulot… Menu, filtrer les contacts personnels, voilà… »

Il y a nettement moins de noms, sans doute a-t-il commis quelques erreurs de saisie en renseignant le champ « personnel » car la liste est franchement courte.

« Il faudra que je regarde cette histoire de répertoire. »

« Antoine… Louis… Non, non. »

Il lui faut en outre trouver une relation de confiance qui ne connaisse personne au bureau, il n'est pas question de perdre une heure à devoir lui expliquer pourquoi il a été remercié. L'exercice est ardu, pour la plupart d'entre eux Benoît est l'exemple à suivre, toujours au sommet dans son travail.

« Lucie. »

Ça n'est pas un prix Nobel, mais elle a toujours su l'écouter sans trop poser de questions. Comme elle ne comprenait rien à ses affaires, c'était toujours agréable de pouvoir lui parler sans peur de recevoir des dizaines de questions en retour. Seul bémol, elle pourrait croire que son histoire avec Amandine est terminée et se mettre en tête qu'il est intéressé par elle. Ça fausserait le discours. Et dans son état il n'est pas à l'abri de faire une bêtise, évitons les ex. La liste se résume à quelques noms seulement.

« Stéphane ? »

– Salut mon vieux !

– Tiens Ben, on te croyait mort, tu habites toujours sur terre ?

– Ah, ah ! sacré Stéphane, répond-il d'un rire forcé, comment te portes-tu ?

– Tout va bien, au fait, j'ai déjeuné avec Christophe avant-hier, on a parlé de toi, tu sais qu'il a été nommé chef d'agence ? C'est une belle carrière pour quelqu'un parti d'aussi bas, pas autant que la tienne mais il mérite le trophée du labeur.

– Ce cher Chris, ça fait longtemps que je ne l'ai pas vu.

– Sa femme nous a rejoints pour prendre le café, je ne sais pas ce qui s'est passé chez elle mais si tu avais vu cette bombe qu'est devenue Véronique, un véritable canon !

– Cette chère Véro, ça fait longtemps aussi.

– Maintenant que les enfants sont plus autonomes ils ont retrouvé un équilibre de vie, tu te souviens comme ils en ont bavé au début ? Ah les enfants, quelle épreuve, et maintenant ils font du sport, sortent, ils se font plein de petits week-ends entre amis. Enfin la belle vie !

– Oui, la belle vie… C'est bien.

– Quel veinard ce Christophe d'avoir une femme pareille après 10 ans de mariage, chapeau !

– Oui, chapeau…

– Sinon moi ça va, les enfants sont en pleine forme, tu sais que le grand a gagné le second prix du Conservatoire ? À 7 ans c'est très prometteur, quoiqu'il arrive il est heureux c'est le principal, et puis ça fait plaisir à sa mère, elle est drôlement fière tu sais.

– C'est bien, ça, bravo… Et ta femme, toujours des problèmes au boulot ?

– Ah non, c'était il y a deux ans ça, la rentrée s'est très bien passée, c'est sa troisième année avec les CM2 et tout est bien rodé maintenant, elle est très heureuse.

– Vraiment ? C'est chouette…

– Et toi ? Toujours à fond ? Le boulot, les femmes ? Enfin ta femme…

– Ça n'est pas toujours facile, parfois on est un peu secoué, des épreuves qui surgissent au moment où on ne s'y attend pas, d'ailleurs à ce propos…

– Des épreuves ? Ah ! Tu me fais bien rire tiens, on ne t'a pas rayé la Porsche tout de même ?

– Non, ah, ah, enfin je voulais te dire…

– Benoît, je dois te laisser, j'ai pris ton appel entre deux réunions et je dois filer. On déjeune un de ces jours, la bise mon vieux !

– Oui, bien sûr… À bientôt, répond Benoît d'une toute petite voix.

Le moral est encore descendu de quelques marches. Ce besoin de ne parler que du bonheur des autres, « de sa femme qui est trop belle, de ses mômes trop intelligents et moi dans tout ça ? On peut crever alors, quel égoïsme… »

La fin du répertoire est rapidement atteinte, à la lettre z on trouve zMaman. Depuis quelques années sa mère était reléguée dans la catégorie des recours ultimes, à n'appeler qu'en cas d'extrême urgence, lorsque le fond est proche. Benoît avait pris l'habitude d'ajouter le préfixe « z » aux noms de tous ceux auxquels il ne souhaitait plus parler directement, cela signifiait pour ceux-ci que tous leurs appels étaient systématiquement renvoyés sur boîte vocale et l'objet du message était soigneusement étudié avant d'envisager un rappel. Il faut toutefois signaler pour la défense de Benoît que recevoir un appel de sa mère au beau milieu d'un rendez-vous n'était pas simple à gérer. Aussi, valait-il mieux pour tout le monde qu'elle puisse laisser un message qu'il pourrait le cas échéant écouter à un moment qui s'y prêtait davantage.

« J'appelle ou non ? »

Elle risquerait de se faire un sang d'encre à l'idée que son fils n'ait plus de travail, et il devrait alors passer des heures à la réconforter plutôt qu'autre chose, ça n'est pas à franchement parler ce dont il a besoin. Elle serait en outre capable de lui faire part de ses propres soucis de couple, ça n'était définitivement pas une bonne idée. Reposant le téléphone, il pousse un long soupir. Jamais il ne s'est senti aussi seul de toute sa vie. Le manque provoqué par ce trou béant dans son quotidien est insupportable. « Comment font les autres ? »

7.
Sophie

– Les gens normaux ont une vie privée, une vie sociale ET une vie professionnelle Benoît. Toi, tu n'as qu'une vie professionnelle.

– Pourtant, tu es ma femme, ça illustre bien que j'ai parfaitement réussi à composer vie de famille et boulot !

– Je suis ta femme mais je n'ai aucune place dans ta vie Benoît, je ne compte pas, je n'existe pas. Alors adieu Benoît, ça n'aurait jamais dû commencer.

C'est dans ces termes que Sophie lui avait annoncé sa décision de demander le divorce, ce qu'il avait somme toute plutôt bien vécu, convaincu qu'une trop faible capacité d'adaptation n'était pas compatible avec sa vision progressiste des choses. Peut-être n'avait-elle pas complètement tort ?

– Allô… Sophie ?

– Oui… ?

– C'est Benoît.

– Benoît ? Mais pourquoi tu m'appelles ?

– Ça n'est pas facile à dire, je me demande si au fond, tu n'avais pas un peu raison et je voulais en discuter avec toi, voilà…

– Raison sur quoi ? Et enfin pourquoi m'appelles-tu maintenant, après toutes ces années ?

– J'ai été viré de mon boulot et depuis…

– Enfin ! C'est certainement la meilleure chose qui pouvait t'arriver mon pauvre Benoît et c'est pour m'annoncer cette bonne nouvelle que tu m'appelles ?

– Ça m'a fait réfléchir sur deux ou trois choses que tu me reprochais à l'époque et je me disais que tu n'avais peut-être pas complètement tort sur certains aspects.

– Certains aspects ? Notre divorce n'était qu'une formalité afin de régulariser une erreur de jeunesse, j'en ai tiré la leçon, je t'ai rapidement oublié et j'ai depuis lors reconstruit ma vie. Au cas où ça t'intéresse, sache que je me suis remariée avec un homme formidable et suis enceinte de sept mois.

– Ah… Toutes mes félicitations, je suis content pour toi… Sincèrement…

– Merci.

– De mon côté c'est plutôt le vide, en fait je ne vais pas très bien pour tout te dire. Ça ne m'était jamais arrivé d'être si seul.

– Et tu appelles ton ex-femme pour te sentir moins seul.

– Euh… Oui, en un sens, pour échanger ce sentiment avec quelqu'un susceptible de le comprendre car tu me connais bien.

– Tu n'as jamais fait aucun effort pour développer ta vie sociale, pour t'entourer. Hormis tes copains d'enfance qui te supportent parce que votre relation a dépassé la période de prescription, tu ne m'as présenté que des collègues de bureau. Les bagnoles, les collections de montres, les concours de celui qui aura la plus belle et la plus grosse, voilà le résumé de la vie que j'ai connue avec toi. La compétition, Benoît, ça n'est pas vraiment le vecteur d'une amitié saine et désintéressée.

– Tu es un peu dure.

– Je n'ai aucune rancœur contre toi car notre expérience m'a fait grandir et je ne serais pas devenue celle que je suis sans avoir surmonté cette erreur. Néanmoins, je ne suis pas la personne qui peut t'aider et pour être très honnête, n'ai de surcroît pas la moindre envie de le faire. Va voir un psy, Benoît, je te souhaite de tout cœur bonne chance.

– Oui… Merci et… Et elle a raccroché… Cinq ans de vie commune et pas même quelques minutes à m'accorder, l'ingratitude des femmes…

« Tu fais pitié, petit », disait sa grand-mère lorsque enfant il était triste. Faire pitié. Quelle horreur. À cet instant, il repense à cette autre grand-mère, madame Lemière. Qu'aurait-elle dit ?

« Si vous l'aimez… » Elle en a de bonnes Odette, à son époque les filles étaient peut-être moins exigeantes et certainement moins compliquées qu'aujourd'hui. Il suffisait d'une belle rencontre et l'affaire était entendue semble-t-il. « Une belle rencontre… » se répète-t-il.

Deux ans plus tôt, en sortant d'un déjeuner au restaurant, il avait eu la désagréable surprise de voir partir sa voiture en fourrière. Un emplacement réservé aux convoyeurs de fonds selon l'agent verbalisateur, aussi, avait-il été obligé de prendre le métro pour retourner au bureau. Cela faisait bien

10 ans qu'il n'avait plus mis les pieds dans ce lieu infect. Un des collègues avec lesquels il avait déjeuné, ayant assisté à cet injuste crime en riant de bon cœur, fouilla dans sa serviette et en sortit un bouquin qu'il lui tendit.

– Tiens, tu trouveras le temps moins long dans ton petit métro. Je viens de le finir, c'est un bon roman.

L'agent de la RATP était formel quant à la route à suivre, il allait devoir supporter un trajet d'une quinzaine de stations agrémenté d'un changement de ligne. Heureusement qu'à cette heure, Benoît avait pu trouver aisément à s'asseoir. Partout autour de lui des gens tristes, le regard perdu dans le vide, la plupart vêtus de couleurs sombres. Avec son costume en laine bleu rayé et sa cravate rouge, il avait l'impression d'attirer tous les regards sur lui. Le refuge de la lecture lui parut le meilleur moyen d'éviter de contempler davantage ce démoralisant spectacle et c'est sans grande conviction qu'il se plongea dans l'ouvrage prêté par son collègue. Les pages défilaient et il n'en retenait rien. Ne parvenant pas à s'intéresser à l'histoire, il laissa son regard se promener à nouveau, parcourant les alentours en toute discrétion. Les chaussures…

« Vous pouvez connaître la personnalité de quelqu'un à ses chaussures. » Aimait à répéter son professeur de philosophie de terminale. Ce dandy aurait été écœuré du spectacle qui s'offrait maintenant à ses yeux. Ici, une vieille paire de baskets répugnantes et usées jusqu'à la corde, là des semelles en plastique épais, la palme de l'originalité revenant à cette paire dépareillée de bottes, chaque pied d'une couleur différente. La dernière mode, peut-être ? Son regard s'était arrêté sur une bottine à talon située de trois-quarts face. Le modèle était élégant, sans doute un chausseur de marque. Le talon était fin et prolongeait de façon agréable le profil du bas d'une jambe moulée dans un collant foncé. Le bout était anormalement usé et une fine poussière recouvrait l'ensemble. Sans doute une personne coquette mais légèrement négligée, se dit-il. En levant le regard, quelle ne fut pas sa surprise de tomber sur un large sourire surmonté de deux magnifiques yeux bleus. Une jeune effrontée en apparence amusée par son air quelque peu dégoûté, le fixait avec insolence en riant de toutes ses dents.

Surpris de s'être ainsi fait prendre, il se replongea immédiatement dans son livre et tenta de disparaître entre les lignes. Il avait beau essayer de se concentrer, le sens de la première phrase de cette page ouverte au hasard lui échappait toujours après trois ou quatre tentatives. Il sentait en outre le regard de sa compagne de voyage toujours posé sur lui. Quel âge pouvait-elle avoir ? Sans doute 25 ans. Était-elle jolie ? Blonde ? Brune ? Aucune idée. Le choc de ce regard moqueur avait inhibé toutes ses facultés d'observation. Il ne put s'empêcher de relever la tête. Elle était toujours là, les yeux rieurs et ses lèvres s'entrouvrirent à nouveau pour laisser apparaître un large sourire bordé d'un nombre incroyable de dents. Benoît devait afficher une expression curieuse, tant elle semblait amusée. Il replongea dans le livre, déployant des trésors de concentration, tout en prenant bien soin de paraître le plus hautain possible. Cette petite grue doit comprendre qu'ils ne sont pas du même monde et que ses sourires n'ont aucun effet sur lui. Le regard se faisait maintenant insistant, dérangeant. Le prenait-elle pour une bête curieuse ? Selon les critères de Benoît, sa tenue, bien que classique, était à la dernière mode masculine, et il était en outre apprêté et rasé de façon impeccable. Ce déjeuner regroupait toute l'équipe et il était impensable de paraître moins que parfait ; c'était d'autant plus aisé d'en déduire qu'il n'était pas accessible au commun des mortels. Toujours ce regard. Elle le tenait en joue, il lui fallait agir et vite. Encore huit stations avant le changement, c'était bien assez pour renvoyer cette impertinente à son rang. La tactique était simple, l'action devait se produire au redémarrage du train, après la prochaine station. La sonnerie retentit, les portes claquèrent, un léger soubresaut et le métro repartit. C'était le signal. Il leva alors les yeux vers le plan de la ligne, dans un mouvement de tête lent et très digne, tâchant d'exprimer à cet instant toute sa lassitude et son dédain dans une inspiration profonde. Le piège était armé. Feu ! Au ralenti, pour que l'effet soit amplifié au maximum, il tourna alors la tête en direction de la jeune impudente, contenant une tension à son comble et des poumons gonflés à bloc. Puis, il abaissa les yeux vers elle en poussant le plus magnifique et sonore des soupirs. L'alignement fut parfait, la manœuvre exécutée à la perfection et Benoît se mit à dévisager la jeune femme sans aucune pudeur. Son sourire avait disparu, mais ses lèvres restaient légèrement entr'ouvertes. Elle était blonde. Ses cheveux légèrement ondulés maintenus en arrière par une sorte de gros élastique de couleur. « La vache, elle est vraiment jolie, » pensa-t-il. Surtout ne rien manifester, elle devrait craquer d'un instant à l'autre. Les secondes durèrent des heures, qu'attendait-elle pour baisser le regard et lui accorder une victoire bien méritée ? Le train commença à ralentir, la prochaine station n'était plus très loin et un nouvel arrêt n'était pas prévu dans le plan initial. Les poumons de Benoît étaient désormais vides. Que faire ? Reprendre une respiration normale ? Ce serait rendre les armes, relâcher la pression de ce soupir qui était censé l'écraser. Il se sentit étouffé par le manque d'oxygène, puis il commença à rougir, figé dans sa posture.

Soudain, l'impensable se produisit. Sans un mot, elle se pencha vers lui et se saisit du roman que ses mains n'enserraient plus que de façon distraite. Elle tira de son sac un stylo avec lequel elle griffonna quelque chose sur la première page du livre. Elle le referma d'un geste rapide, rangea posément le stylo dans son sac tout en levant les yeux vers Benoît, puis se leva… Et vint l'embrasser sur la bouche, devant tout le monde !

« Je descends ici. Tu m'appelles ? » dit-elle, de la façon la plus naturelle au monde en se dirigeant vers la porte du wagon avec son insolent sourire.

Benoît était rouge comme une pivoine, cloué sur place. Il n'eut même pas le temps de prononcer un mot que la demoiselle était descendue du wagon, sa longue et fine silhouette échappant à son champ de vision, noyée rapidement dans la foule. Le train repartit, il ne réalisait toujours pas ce qui venait de se produire, parmi ses compagnons de voyage personne ne semblait avoir prêté attention à la scène. Il ouvrit le livre, à la première page elle avait écrit : Amandine 06 94 32 52 0…

« Si cette sans-gêne s'imagine que je suis un garçon facile, elle va déchanter. Et zut, ma station… »

Ainsi avait-il rencontré celle qui entra dans sa vie aussi naturellement que lorsqu'elle l'avait embrassé dans le métro parisien ce jour-là. Était-ce une belle rencontre ?

« Sans aucun doute… Si seulement elle n'avait pas cet épouvantable caractère. »

8.
Mathilde

« Si vous l'aimez… » Benoît s'était-il seulement jamais posé la question ? Pas vraiment. Amandine avait toujours mené la danse, sa jeunesse et son énergie avaient impressionné Benoît et dès les premières semaines il avait trouvé facile de se laisser aimer. Facile et tout à fait confortable. Elle était passée maître dans l'exercice d'optimiser chaque minute du précieux et infiniment cours laps de temps libre qu'il lui accordait après de longues journées passées au bureau. Amandine prenait cette tâche très à cœur, considérant posément les options en fonction de la météo ou d'un événement à ne manquer sous aucun prétexte, elle s'efforçait à ce que tout soit toujours parfait pour l'homme qu'elle aimait. Dîner en ville, opéra, théâtre ou week-end en amoureux, Amandine était devenue pour lui une seconde assistante personnelle, en charge de l'organisation de ses maigres temps libres. Accoutumé à ce mode de délégation dans l'exercice de son travail, Benoît s'était parfaitement habitué à cette situation qui lui offrait d'une part une incomparable tranquillité d'esprit et, d'autre part, l'occasion de pratiquer l'un de ses hobbies favoris, la critique.

– Elle était franchement nulle cette pièce, quel ennui.

– Comment peux-tu dire ça ? Les décors étaient somptueux et l'interprétation de l'héroïne absolument remarquable, qu'est-ce que tu peux être difficile !

– Que veux-tu, tu m'as habitué à mettre la barre si haut !

– Vil flatteur, à ce propos tu pourrais aussi proposer des sorties de temps en temps, c'est vrai, c'est toujours la même qui s'y colle.

– Tu fais ça si bien… Et je bosse, moi.

– Tandis que moi je ne fais rien ? Tu es vraiment gonflé, qu'est-ce que tu crois ? Que mon existence est moins importante que la tienne ?

L'inévitable séance de pugilat verbal qui découlait de ces sorties culturelles était devenue le moment clé de la soirée, dont la durée variait en fonction du temps nécessaire à trouver le lieu pour clore la discussion sur un ébat torride, souvent un parking ou une porte cochère. C'était là leur mode de fonctionnement : générer un maximum d'émotions en un minimum de temps.

La belle Amandine était de surcroît un atout majeur lors des soirées professionnelles de son homme, portant admirablement la robe de soirée et charmant les clients les plus retors grâce à son magnifique sourire, il ne serait pas exagéré de convenir qu'elle était pour notre jeune ambitieux la femme parfaite. Exception faite de cette manie de ramener systématiquement la conversation sur le même sujet : faire un môme.

Tiens, même son assistante Mathilde…

– On dirait que tu le fais exprès.

– Pourquoi dis-tu ça ?

– Parce que le désir de maternité te fait peur, ton enfant intérieur n'a sans doute pas fini sa mue et cela t'empêche d'envisager de procréer.

– En voilà des phrases compliquées, te voilà psy désormais ?

– Je ne suis que ton assistante, monsieur Benoît, mais je lis des livres, moi, et je te vois.

– Et que vois-tu ?

– Que tu passes ta vie au boulot car c'est facile pour toi, c'est une sorte de prolongement naturel de l'école qui te renvoie à nouveau à ton enfance.

– N'importe quoi, j'aime mon job, mon enfance n'a rien à voir là-dedans !

– Peut-être, mais ton job ne t'aime pas, lui. Un job ça ne peut pas aimer, une femme, oui. Et la tienne trouve le temps long lorsque tu n'es pas avec elle.

– Merci chère Mathilde pour cette leçon de philosophie, j'y penserai ce soir avant de m'endormir, c'est promis !

– Je te dis ça parce que je t'aime bien, tu es différent Benoît, on se demande d'ailleurs ce que tu fais ici. Tu dois être le seul à ne pas avoir tenté de me sauter dans cette boîte, hommes et femmes confondus ! Ce ne sont que des reptiles, l'argent, le pouvoir, tes collègues ne parlent que de ça. Je suis sûre que ça n'est pas ton moteur, je me trompe ?

– C'est une question que je ne me suis jamais posée, j'aime gagner, j'ai un état d'esprit sportif !

– Encore ta petite enfance Ben, tu as quelque chose à prouver à tes parents et tu reboucles tel un hamster dans sa roue.

– Tu sais ce qu'il te dit le hamster ?

– Qu'il va être en retard à son prochain rendez-vous s'il ne se dépêche pas. On devrait déjeuner ensemble un de ces jours, je suis certaine que tu serais intéressé par ce que j'ai à t'apprendre sur toi.

Mathilde aimait bien jouer à la grande sœur avec son directeur. Bien qu'à peine plus âgée que lui, elle était dotée comme la plupart des femmes qui ont eu l'occasion de croiser son chemin, d'une maturité bien supérieure à la sienne. Sa vision des choses était déroutante, elle échappait à toute logique, du moins à celle en vigueur dans le référentiel intérieur de Benoît. Elle était persuadée qu'il s'était perdu dans cet univers hostile, tel un Petit Prince à la recherche de son mouton. Nourrie des théories du bon docteur Jung dont elle avait dévoré l'œuvre intégrale, il était évident que Benoît souffrait intérieurement. Son *persona* était aussi magnifique qu'éloigné de sa vraie personnalité et il dépensait une énergie considérable à masquer sa part d'ombre. Elle était convaincue qu'il avait occulté inconsciemment les périodes de sa vie susceptibles de mettre en exergue ce visage caché et se cantonnait désormais au rôle facile du grand professionnel insensible. Pour l'avoir rencontrée à plusieurs reprises, il ne faisait aucun doute pour elle qu'Amandine était celle qui pouvait tout faire basculer, encore eût-il fallu qu'il lui laisse l'occasion de percer cette affreuse cuirasse. Seulement, il faisait tout pour résister, alors qu'il l'aimait au fond avec passion. Comme tous les hommes, il laissait la lâcheté guider sa vie et ça n'était pas étonnant que le monde en soit ainsi réduit à un tel niveau de médiocrité.

Benoît aimait bien Mathilde, non seulement ses analyses le faisaient beaucoup rire, mais elle était toujours bienveillante avec lui, n'hésitant pas à masquer ses petites erreurs aux yeux de ses collègues, contribuant par-là à entretenir l'image de guerrier invincible qu'il s'était si patiemment construite. La confiance aveugle qu'il lui portait n'était pas seulement basée sur ses compétences professionnelles, avec elle il n'avait pas besoin de se protéger, elle ne le jugeait jamais. Le regard qu'elle lui renvoyait était différent de celui des autres, il n'y avait ni jalousie ni crainte, ni peur ni doute, il était profondément sincère.

« Comme celui d'Odette. »

Benoît est avachi sur son canapé, enserrant le téléphone de ses doigts crispés, le regard perdu dans le vague à ressasser le souvenir de son assistante philosophe.

Dommage qu'elle n'ait pas eu l'opportunité de rencontrer madame Lemière, son analyse aurait été intéressante. Malheureusement Odette a emporté avec elle ce regard si particulier qu'elle a posé sur lui et il n'en saura sans doute jamais la signification. Comment regardait-elle l'homme de la photo ?

« Qu'est-ce que ça peut bien te faire ? » se répond-il à voix haute, surpris de s'être laissé aller à ce genre de pensées. Pourtant, dans sa tête les images défilent, il imagine Odette à 20 ans, le garçon de la photo. Bon, ils ont connu le Grand Amour, admettons. Ressent-il de la jalousie à cet instant ? L'Amour, il connaît bien, ça ne peut pas être cela. Les yeux peut-être. Lui aussi aurait aimé les avoir clairs. Ses parents avaient cependant les yeux marron et les lois de la génétique sont formelles, il n'avait que très peu de chances d'échapper à cette couleur. Les bords de son iris sont toutefois légèrement verts, ce qu'il ne manque pas de faire remarquer lorsque la question lui est posée. La coquetterie est jolie, mais la mention sur son passeport à ce sujet est sans équivoque : yeux marron.

Il pose le téléphone sur la table basse située devant lui et dans une profonde inspiration se passe les mains dans les cheveux en se redressant. L'image d'une bouteille de vin entamée dans le réfrigérateur lui vient à l'esprit. Cette soudaine motivation parvient à l'arracher de son siège, il se lève malgré les nombreuses courbatures qui le tiraillent au moindre mouvement, souvenirs de son douloureux épisode sportif du matin. En quelques pas il se retrouve dans la cuisine, face à l'objet de son soudain désir. Il se saisit d'un des grands verres à vin suspendus au-dessus du bar et se sert copieusement. Puis, la bouteille dans une main et le verre dans l'autre, il regagne son canapé. « Il y a Paul. »

Tout en avalant une première gorgée de bordeaux, il tâche de se souvenir du visage de cet homme. Il aurait aimé pouvoir lui parler, lui raconter la rencontre avec sa défunte mère qui l'avait tant marqué émotionnellement, c'est dommage.

« Trop froid ce pinard. Il est fermé à double tour. »

Comme le regard de cet homme, fermé, sombre, noir…

« NON… ! » Benoît a hurlé, il se redresse brusquement manquant de justesse de renverser verre et bouteille.

« Il avait les yeux noirs, ça ne fait aucun doute, ou marron je ne sais plus mais bon sang, j'en suis presque certain, en aucun cas ils étaient clairs ! »

« Attends, reprenons tout depuis le début, calme-toi, tu as dû oublier un élément important… » Benoît se rassoit, le cœur bat anormalement vite et les pensées défilent à une vitesse vertigineuse.

Odette Lemière avait de magnifiques yeux bleus impossibles à oublier. La photo de son mari sur le buffet était en noir et blanc certes, mais n'avait-il pas les yeux clairs ? Tout se trouble dans son esprit, d'un seul geste il avale le contenu du grand verre. Oubliant ses tourments il se retrouve dans un état d'excitation extrême. Il se relève, tourne en rond dans le salon, s'arrête devant la fenêtre, revient vers le canapé, ses fonctions cognitives se sont réveillées et son cerveau tourne à plein régime. Il a le sentiment d'avoir découvert quelque chose d'énorme, une sorte de trésor fabuleux, du moins une raison de s'occuper pour les prochaines heures. Cette femme qui l'avait tant marqué est aujourd'hui disparue, c'est à son mystère qu'il va s'attaquer. Alors qu'il se morfondait ne sachant que faire quelques minutes plus tôt, le voilà fou de joie, ses petites misères oubliées, son licenciement, Amandine. Tel un chevalier de la Table Ronde il part à la conquête du Graal, bousculant par mégarde la table basse. La bouteille de vin à moitié pleine vacille, bascule, puis roule vers le bord répandant généreusement son contenu. Avant qu'il ait eu le temps de la saisir elle tombe sur le tapis blanc dans une grosse flaque violette.

« Zut et zut ! »

9.
Maria

« Par où commencer ? Trouver Paul ? Non… La photo tout d'abord, il faut rassembler les preuves et ensuite envisager les hypothèses possibles. »

Benoît se précipite dans l'escalier en direction du premier étage et de l'appartement de la disparue, prêt à dévaler quatre à quatre les premières marches… Puis s'arrête brutalement après quelques mètres, l'élan brisé par les courbatures. Il remonte non sans difficulté le chemin parcouru jusqu'à son palier et appelle l'ascenseur.

« La porte sera fermée, tu ne vas tout de même pas l'enfoncer ? »

Les portes coulissantes de la cabine se referment sur notre ami tandis qu'il hésite à appuyer sur le bouton du premier étage. Il ferme les yeux afin de mieux réfléchir, le doigt figé en direction du clavier gradué de l'ascenseur, puis, presse fermement le bouton du rez-de-chaussée.

« La concierge. Gisèle a dit que madame Da Silva lui apportait son courrier chaque matin. »

Il se dirige d'un pas raide vers la porte vitrée de la loge, et frappe au carreau. Maria Da Silva lui ouvre presque aussitôt.

– Qu'est-ce que c'est ?

– Bonjour Madame, je suis Benoît Maréchal, j'habite au cinquième, nous nous sommes déjà croisés.

– Ah, le fantôme du cinquième, on ne vous voit pas souvent. Par la Madone, que vous est-il arrivé au visage ? demande-t-elle surprise, en voyant les dégâts.

– Un accident, je suis tombé ce matin.

– Pas dans mes escaliers j'espère ?

– Dans le bois de Boulogne, j'étais parti courir et… madame Da Silva, je voulais vous parler d'un autre sujet, comment dire…

Ces derniers mots ont été prononcés sur le ton de la confidence, éveillant immédiatement la curiosité de la gardienne.

– En quoi puis-je vous être utile ?

– C'est au sujet de la locataire du 1er étage, madame Lemière, j'ai appris ce matin qu'elle était décédée.

– Oh c'est une tragédie, c'est moi qui l'ai trouvée, pensez donc, fait-elle en joignant les mains sur son cœur, une si gentille dame…

– Oui en effet, c'est terrible… reprend-il sur le même ton de confidence.

– Vous la connaissiez ? Elle ne m'a jamais parlé de vous.

– Peu… À dire vrai, j'ai fait sa connaissance mercredi, nous avons longuement discuté dans son salon, aussi, cela m'a bouleversé quand je suis passé à l'église tout à l'heure.

– Vous étiez à la cérémonie ? Je ne vous ai pas vu, pourtant… répond-elle suspicieuse.

– Eh bien… Non, en effet, j'ai croisé Gisèle en passant, c'est elle qui m'a tout raconté.

– Hmm, madame Adam. C'était une belle cérémonie.

– Vous la connaissiez bien, je veux dire… Enfin, j'aurais aimé la connaître un peu plus… Si vous pouviez…

– Elle habite ici depuis bien longtemps, bien avant que nous prenions la loge avec mon mari. Elle était originaire de Normandie, c'est là qu'elle va être enterrée, auprès de sa famille.

– Ah oui, en Normandie, je connais un peu également… Savez-vous dans quel village ?

Le mensonge est gros et Benoît n'est pas à l'aise, il ne faudrait pas que la concierge devienne soupçonneuse sans quoi la conversation tournerait court.

– Attendez voir…

Elle fouille dans la poche de sa blouse et se saisit d'une petite feuille de papier.

– Pouppeville. C'est le nom que m'a donné son fils au cas où je souhaite me rendre aux obsèques. Malheureusement j'ai trop de travail ici, je ne peux quitter la loge.

– Pouppeville, oui, j'ai déjà entendu ce nom.

Sans toutefois parvenir à retrouver à quelle occasion, il poursuit :

– Et son fils Paul, habite-t-il aussi Pouppeville ?

– Non, Paul vit à Paris, mais j'ignore dans quel quartier, je ne l'ai pas souvent rencontré et il est plutôt du genre taiseux si vous voyez ce que je veux dire. Ça me fait penser que je dois demander son adresse à madame Adam, afin de faire suivre le courrier.

« La photo », pense-t-il.

– J'ai un service à vous demander, voyez-vous, j'avais prêté à madame Lemière un… un document et j'aurais bien aimé le récupérer. Vous pourriez peut-être m'ouvrir ?

– Un document ? Quel genre de document ?

La concierge fronce les sourcils d'un air interrogateur, il ne faut pas se tromper de réponse, elle seule peut le mener au portrait.

– Une photo, répond-il après un court instant d'hésitation, la photo du village des parents de ma compagne qui habitent en Normandie. Je la lui avais laissée afin qu'elle puisse… l'étudier plus longuement.

Ramenant ses bras croisés sur la poitrine, Maria ne semble pas complètement satisfaite de la réponse, Benoît enchaîne aussitôt et joue le tout pour le tout :

– Le village a bien changé depuis la dernière fois qu'elle l'a vu, pensez, c'était il y a plusieurs dizaines d'années, depuis ils ont construit des maisons, des ronds-points, des… supermarchés.

– Bon… Je vous accompagne, j'en profiterai pour ouvrir les volets et aérer.

– Merci…

Tandis qu'elle part au fond de la loge chercher la clé, notre enquêteur tente d'improviser la suite des événements.

« Réfléchissons. Le cadre est sur le buffet, la pièce n'est pas grande et je vais avoir la concierge sur le dos. Il me faut trouver un moyen de l'éloigner de la pièce un instant, le temps d'agir. » L'excitation est palpable, il lui faut garder son sang-froid et ne pas commettre d'impair, il n'y aura pas de seconde chance.

– Allons-y, dit-elle en empruntant l'escalier.

– Je vous suis.

Aussitôt arrivée devant la porte, Maria fait fonctionner la serrure et pénètre dans la pénombre de l'appartement. Les volets métalliques ajourés laissent pénétrer néanmoins quelques rais de lumière en cette fin d'après-midi.

– J'ai coupé le compteur électrique, on va ouvrir les volets, annonce la concierge à son compagnon d'exploration qui la suit dans la petite entrée.

– Laissez-moi vous aider, intervient aussitôt Benoît, je m'occupe du salon tandis que vous pourrez ouvrir la fenêtre de la chambre.

– Ah… C'est bien aimable, je vous remercie, marmonne-t-elle.

Ouvrant la fenêtre d'un jeu de main rapide, Benoît actionne le verrou du volet, tout en suivant de l'œil Maria jusqu'à la voir disparaître dans l'embrasure de la porte de la chambre. Un court pas chassé l'amène devant le buffet, il se saisit du cadre, retourne calmement l'objet dont il décroche les agrafes qui retiennent le fond. Son cœur bat à tout rompre. Craignant un retour impromptu de la concierge, il n'ose respirer afin de garder toutes ses capacités auditives. D'un geste habile, il parvient à enlever le carton sur lequel est posée la photo, et s'empare de celle-ci pour la glisser immédiatement dans l'encolure de sa chemise. Ne pouvant tenir davantage sa respiration, il vide doucement ses poumons tout en refixant le carton derrière le cadre, verrouille les agrafes, puis le repose. L'opération n'a duré qu'une quarantaine de secondes. L'intensité de la lumière du jour émanant de la chambre lui apprend que Maria a ouvert les volets et qu'il faut s'attendre à la voir surgir à tout instant. Un second pas chassé en direction opposée le renvoie à sa position initiale, devant la fenêtre du salon, dont il parvient tout juste à replier complètement l'un des deux battants avant que Maria ne soit sur lui.

– Eh bien, vous n'y arrivez pas ?

– Ça y est, je me suis coincé un doigt avec le verrou, quel imbécile ! plaisante-t-il d'une voix légèrement trop forte pour être naturelle.

– Laissez grand ouvert, que ça aère un peu.

Se tournant vers la concierge, il jette un coup d'œil inquiet vers le buffet où trône un cadre vide : le jeune homme aux yeux clairs a cédé sa place au gris uniforme d'un carton. Ça serait bien le diable qu'elle n'ait jamais remarqué ce cadre, d'autant que c'est certainement elle qui a fermé l'appartement la dernière fois. « Détourner son attention, vite, sans quoi je vais me faire pincer. » Les mains sur les hanches, Benoît fait alors mine de chercher dans la direction opposée, près de la petite table, embrassant d'un regard insistant toute la zone alentour. La diversion semble fonctionner, car Maria fait aussitôt de même.

– C'est une petite photo à bord blanc de la taille d'une carte postale, elle était restée sur la table lorsque j'ai pris congé l'autre jour.

– Je ne vois rien, peut-être a-t-elle glissé par terre ? dit-elle, en tirant une chaise de la main droite.

– Suis-je bête ! s'exclame Benoît, elle m'avait dit vouloir la montrer à Paul, sans doute l'a-t-elle mise dans son sac à main.

– Paul est venu chercher quelques effets personnels de sa mère hier, j'ignore s'il a pris le sac à main, renchérit la gardienne.

Tandis qu'elle tourne la tête de droite et de gauche à la recherche de la photo ou du sac à main, Benoît la saisit avec délicatesse par le bras, afin de mettre fin à ses investigations. Et avec un sourire quelque peu forcé :

– Ne vous dérangez pas davantage, madame Da Silva, c'est certainement ainsi que ça s'est passé. Si vous voyez Paul, je vous remercie de lui poser la question. À dire vrai je me sens mal à l'aise, je la revois vivante au milieu de la pièce, là, il y a quelques jours à peine, ça me prend au ventre. Je préfère sortir…

– Ne m'en parlez pas, réplique-t-elle bouleversée, désignant le tapis du salon d'un grand geste désespéré.

Passant le bras derrière son dos, Benoît l'accompagne vers la sortie d'un geste compatissant mais sûr, laissant derrière eux les fenêtres ouvertes. L'air grave, elle referme la porte à double tour, tandis que Benoît reprend avec douceur :

– Pauvre Paul, perdre sa mère doit déjà être une épreuve terrible. Quand je pense qu'à peine l'enterrement achevé il va devoir se plonger dans le tri des affaires et vider l'appartement, je n'ose me mettre à sa place.

– Dans son malheur il a au moins un peu de temps avant de devoir rendre les clés, le loyer est payé pour encore six mois.

Cette dernière information retient tout particulièrement l'attention de Benoît. Six mois de loyer représentent une coquette somme, en outre la tournure de phrase employée par Maria laisse à penser que la période réglée est plus importante encore. Par quel mystère cette dame âgée qui ne roulait visiblement pas sur l'or a pu se permettre d'avancer une somme d'argent aussi importante ? Interloqué, Benoît demeure sur le palier, tandis que Maria a déjà descendu quelques marches. La questionner davantage sur ce sujet particulier pourrait éveiller la méfiance de la concierge. « N'insistons pas. La preuve est sous ma chemise et la mission est un succès. Prenons le temps de réfléchir à la prochaine étape et ne commettons pas d'erreur. » Madame Da Silva est déjà en bas de l'escalier menant au rez-de-chaussée quand Benoît l'apostrophe :

– Bonne journée madame, demandez bien à Paul s'il a retrouvé la photo lorsque vous le verrez, je remonte chez moi !

– Oui, oui, bonne journée à vous également, chantonne-t-elle pour toute réponse.

À peine réfugié dans ses pénates, Benoît déboutonne sa chemise et sort la photo qu'il pose sur la table basse, après avoir pris soin d'éponger le vin renversé à l'aide d'un torchon. Puis, il prend place sur le canapé face à elle et l'observe avec la plus grande attention.

« Les yeux sont clairs, ça ne fait aucun doute. »

Il se dégage du regard de l'homme cette même impression de tristesse, de jeunesse, de gravité que Benoît avait ressentie lors de sa première visite à l'appartement. « Un enfant grimé en grande personne », se dit-il. Tout est austère, tiré à quatre épingles, le blanc est trop blanc, le noir trop noir, les contrastes trop marqués. Pour autant, une singulière énergie intérieure émane de ce jeune homme et ses yeux sont véritablement extraordinaires. En retournant le cliché, il s'aperçoit que la photo porte une mention crayonnée au verso : une date, novembre 1943. Rien d'autre. Un petit carnet de notes est posé sur la droite de la table ainsi qu'un stylo. Il l'ouvre à une page vierge et écrit en titre :

Odette Lemière, 2 mai 2008.

Puis il ajoute :

Photo jeune homme.
18 ou 20 ans au plus.
Yeux clairs, cheveux bruns.

Il marque une pause, inspire profondément, puis ajoute une double flèche sous le texte accompagné des mots suivant :

Qui est-il ?
Son nom ?
Relation avec Odette ?

Hésitant quelques secondes encore, il complète :

Les yeux : il n'est pas le père de Paul.

La concierge sait peut-être quelque chose sur la question des loyers, ce serait toutefois maladroit d'insister. La grand-mère de Benoît ne manquait jamais un épisode des enquêtes de l'inspecteur Colombo diffusé en fin d'après-midi, c'était un rituel auquel il se prêtait volontiers lorsqu'il était en vacances chez ses grands-parents. Le petit Benoît était fasciné par l'esprit d'analyse de cet homme qui trouvait toujours le coupable, or le grand policier marquait toujours des pauses entre les interrogatoires des témoins, il croisait l'information au fur et à mesure et revenait plusieurs fois à la charge jusqu'à confondre le suspect. Sans doute les contraintes de la production imposaient-elles de tenir en haleine le téléspectateur une heure durant, mais à l'époque cette considération échappait au jeune garçon qui ne voyait là que la preuve du génie de cet enquêteur. À l'instar de l'idole de sa jeunesse, il allait ménager ce premier témoin et éviter d'éveiller chez lui le moindre soupçon.

10.
Monsieur Hardy

Après une courte nuit, Benoît s'éveille de fort bonne humeur. Il n'a rêvé ni de travail ni d'Amandine pour la première fois depuis le début des événements. À dire vrai, il ne se souvient pas même d'avoir rêvé cette nuit, le principal étant qu'il se sente reposé. Les premiers mouvements sont néanmoins douloureux. Ses membres sont raides comme des morceaux de bois, et les multiples contusions de l'accident d'hier semblent se réveiller en même temps que lui. Une longue douche fraîche suivie d'un frugal petit-déjeuner composé d'un yaourt périmé et d'un grand bol de café achève de lui remettre les idées en place. Le téléphone aussitôt remis sous tension indique 8 h 45 en ce samedi 3 mai et la météo promet une journée chaude avec de forts risques d'orages. « Vous n'avez aucun nouveau message », annonce la voix synthétique. Posant aussitôt le téléphone, il se saisit du petit carnet d'enquêteur, l'ouvre et relit sa prose de la veille au soir.

Pouppeville.

« C'est là qu'il faut chercher, j'en suis certain. » Odette devait être inhumée hier après-midi ou ce matin, il n'a pas bien compris et se reproche d'ailleurs de ne pas avoir posé la question. Un tel manque de rigueur est très contrariant. Certes, il débute dans le rôle d'investigateur, mais cela n'excuse pas pareille négligence. Il est en effet un débutant confirmé : que ce soient de nouvelles missions, de nouvelles passions, de nouvelles relations, Benoît a passé sa vie à débuter, et il ne peut souffrir d'avoir pu commettre une telle bourde.

« Bon. Il faut se rendre sur place. »

Se saisissant d'un stylo, il ajoute quelques lignes au carnet.

Retrouver les traces de la famille.

« Les funérailles, quel imbécile... », se dit-il en se frappant le front d'un revers de la main, ses parents et amis habitent certainement dans un rayon de plusieurs kilomètres aux alentours et cela aurait été l'occasion unique de tous les rencontrer réunis lors de la cérémonie. Une fois rentrés chez eux, ça va être long et compliqué de les retrouver, sans compter qu'il aurait été si facile de leur parler sans éveiller le moindre soupçon, à la sortie du cimetière. Le plan était si parfait. Il se voit sans peine, serrant tour à tour les mains de ces personnes imaginaires, l'air contrit, glissant quelques mots à un cousin, une relation de longue date, glanant de-ci de-là de précieuses informations auprès de ces malheureux en deuil. « C'était ma voisine à Paris, je l'ai rencontrée sur le tard mais quelle belle personne, vous qui avez dû la connaître plus jeune, comment était-elle ? » Ou encore : « Quelle perte pour le quartier, tout le monde l'aimait, vous savez, elle devait compter de nombreux amis par ici, non ? » C'est épouvantable, manquer une telle occasion n'est pas pardonnable. Même l'excuse du boucher, chez qui il n'a jamais mis les pieds, lui aurait offert une magnifique courte échelle dans sa quête de vérité auprès des commerçants du coin, « elle s'y rendait tous les matins à 10 heures, une horloge suisse je vous assure, enfin je ne vous apprends rien, j'imagine qu'elle avait ses habitudes chez les détaillants du village, non ? » Et ainsi de suite, il aurait pu en un minimum de temps faire le tour de la question et élucider le mystère. « Quel mystère ? »

Un léger sourire vient soudain détendre son visage crispé, chassant toute trace d'irritation. Cette histoire fleure bon le mystère, il en est sûr, son instinct ne le trompe que rarement et il est persuadé que quelque chose est enfoui là-dessous. Ça ne fait aucun doute. Mais après quel lièvre doit-il courir ? Pour trouver la clé, encore faut-il qu'il sache dans quelle direction chercher, ou plutôt ce qu'il souhaiterait trouver. L'origine des yeux de Paul dénonçant une parenté illégitime ? Naturellement, cette question le préoccupe au plus haut point, elle a été en outre le catalyseur de sa propre réaction, ce qui a déclenché son désir de mener l'enquête. La réponse ne le satisfait cependant pas, en vieux routier il ne se laisse plus guère abuser par les apparences. Toujours cet instinct, affûté comme une lame de rasoir par les expériences passées, qui tente de lui dire quelque chose. Quatre ans plus tôt, alors qu'au terme de presque deux semaines de travail intense avec l'ensemble de son équipe il s'apprêtait à rendre une proposition finale à un grand client du cabinet, Benoît avait, à la stupéfaction générale, décidé de tout arrêter. « On s'est trompé de cible, il faut tout recommencer, » avait-il simplement argumenté. Ce jour-là, Benoît avait joué le tout pour le tout. Sans le soutien indéfectible de ses 8 collaborateurs, bien qu'épuisés d'avance à l'idée de refaire en quelques jours l'équivalent de ces deux semaines de travail, il aurait été démis de ses fonctions par sa direction qui ne pouvait envisager un tel virage dans la dernière ligne droite. « Vous êtes fou Benoît, elle est très bien cette étude, cela reprend tous les éléments transmis par le client et la conclusion va dans le sens de ce qu'il voulait entendre, » avait répondu l'associé principal du cabinet.

– Justement, c'est un leurre. Les informations qu'il nous a communiquées ne pouvaient nous amener à une autre conclusion.

– Expliquez-vous Maréchal, je ne comprends rien.

– Souvenez-vous qui nous a missionnés et posez-vous la question du pourquoi.

– Eh bien ?

– La mission de notre cabinet c'est d'aider nos clients à prendre les bonnes décisions pour leur entreprise, pas de cautionner la politique personnelle d'un de ses dirigeants au détriment de l'ensemble des collaborateurs.

– Comment ? Ne me prenez pas pour Mère Thérésa, qu'est-ce que vous avez derrière la tête Maréchal ?

– Nous allons reconsidérer l'étude en y ajoutant d'autres sources d'information et mettre en exergue la vraie situation.

– Pour défendre la veuve et l'orphelin, vous plantez un couteau dans le dos d'un client qui vous a payé cette étude, justement dans le but de motiver ses choix auprès de ses pairs, êtes-vous devenu fou ?

– Toutes ces veuves et orphelins réunis vont nous apporter beaucoup plus de business que notre client dans les mois à venir, vous voyez cher président, l'honnêteté paye toujours…

Le succès retentissant de cette aventure à haut risque qui s'était conclue par d'incroyables retombées financières pour le cabinet lui avait valu le surnom de Benoît-le-Sioux. L'étonnement général de ses collègues ne se limitait pas à savoir comment il était parvenu à comprendre la manœuvre, ils avaient été ébahis devant le calme et la sérénité avec lesquels ce garçon, bien que menacé des pires conséquences par sa direction en cas d'échec, avait mené toute l'affaire. Depuis ce jour, Benoît n'avait plus jamais écouté d'autre voix que celle de son instinct, conforté une fois pour toutes dans la certitude que celui-ci ne pouvait se tromper. Sans doute les récentes péripéties dont il était victime étaient-elles liées à ce fâcheux travers, ce postulat n'étant pas partagé par tous au cabinet.

« Quel mystère ? »

Après s'être accordé une courte pause-café, Benoît reprend sa place sur le divan. Chaque épisode de *Colombo* commençait par la découverte d'un corps, le héros s'attelait ensuite à identifier le mobile du crime qui lui permettait de sélectionner quelques suspects. Bon. Le cadavre il l'avait, c'était Odette.

Cause de la mort ?

Il sourit en écrivant ces mots, il n'a pas entendu parler d'effusion de sang et a constaté lui-même que les lieux de l'événement étaient restés dans le même état que lors de sa première visite. La victime était âgée et son cœur certainement fatigué, la raison même de leur rencontre 4 jours auparavant n'avait-elle pas été son incapacité à porter ses emplettes ? L'expérience lui ayant toutefois appris que les questions les plus évidentes sont bien souvent celles dont il faut se méfier le plus, il ajoute :

Inconnue.

Qu'aurait fait Colombo ? Remontons quatre jours plus tôt lors de sa rencontre avec madame Lemière devant l'immeuble. Elle revenait de ses commissions journalières, particulièrement fatiguée. Le premier témoin dans cette histoire est son amie, il note :

Interroger Gisèle Adam.

Il a compris qu'elles se voyaient presque tous les jours, or ce mercredi matin, Gisèle a trouvé Odette toute chamboulée et a même évoqué un malaise. Cela s'était-il déjà produit ? Gisèle Adam sait peut-être quelque chose, il faudra la faire parler à l'occasion. Il ne faut pas évacuer l'éventualité d'une simple fatigue que Gisèle aurait montée en épingle, la grand-mère de Benoît prenait une aspirine chaque jour, et appelait son médecin au moindre éternuement. La coïncidence est malgré tout singulière, Odette fait un malaise et décède le lendemain, cela n'est peut-être pas uniquement le fruit du hasard. Est-ce là le mystère qu'il faut percer ? « Non, il doit y avoir autre chose » lui dicte son instinct. Il reprend la chronologie de l'histoire. À la suite de leur rencontre, il monte le sac de courses à son appartement, puis il est invité à prendre un verre de porto. Il ferme les yeux pour mieux revivre la scène, le petit appartement, l'ameublement modeste, le cadre, les yeux clairs… Que s'est-il passé ensuite ? Ils ont discuté et Odette l'a interrogé sur Amandine. Non. Tout compte fait elle n'a jamais évoqué Amandine, elle lui a parlé de sa femme et lui a demandé s'il l'aimait, et pourquoi il ne l'épousait pas. Après coup il est simplement rentré chez lui. « Il n'y a pas de mystère là non plus, » s'agace Benoît, « c'est trop facile, » quelque chose lui échappe, c'est certain. Tenant le carnet dans une main et le stylo dans l'autre, Benoît relit posément le déroulé de l'action en espérant qu'un nouvel indice lui revienne. « Bon… Ensuite ? » Il est parti en Normandie chez les parents d'Amandine retrouver cette dernière.

Un rapide coup d'œil sur son téléphone lui indique qu'il est 9 h 50. Brusquement il se lève, jette carnet et stylo sur la petite table, court vers sa chambre et ouvre une penderie dont il sort quelques affaires. Il s'habille avec précipitation, manquant de perdre l'équilibre en enfilant son pantalon. Après avoir chaussé la première paire de baskets rencontrée, il se précipite dans le vestibule. Ayant l'instant d'une seconde pensé dévaler l'escalier afin de gagner du temps, il se ravise, puis retourne devant la porte de l'ascenseur qu'il appelle aussitôt. « Fichues courbatures. » Parvenu sur le trottoir de la rue, il se dirige raide comme un robot et le visage crispé par la douleur, en direction de l'échoppe du boucher. À 10 heures, il devrait pouvoir y rencontrer le témoin numéro un de cette histoire, dont il espère pouvoir tirer quelques informations. Il arrive non sans peine devant la devanture vitrée du petit magasin, encore vide de tout client. Les mains posées sur les hanches, il s'arrête un instant afin de reprendre son souffle. Cette marche bien rapide dans l'air lourd et humide l'a de surcroît mis en nage, l'obligeant à s'essuyer les tempes à l'aide d'un mouchoir. Désormais présentable, il attend son témoin. Cinq, dix, puis vingt longues minutes s'écoulent, quelques clients se succèdent dans la petite boutique, mais pas de Gisèle Adam. À 10 h 30, Benoît à bout de patience pénètre à son tour dans la boucherie, croisant le chemin du dernier client qui le salue d'un mouvement de tête.

– Bonjour, qu'est-ce que je vous sers ?

– Eh bien… Une tranche de jambon, s'il vous plaît.

– Jambon cuit ou jambon cru ?

– Euh… ce que vous avez de… du jambon pour faire un sandwich.

– Les deux peuvent convenir, ça dépend de ce que vous préférez.

– Votre meilleur.

– Bien monsieur, j'ai un jambon à l'os maison dont vous me direz des nouvelles, quelle épaisseur la tranche ?

– L'épaisseur… pour un sandwich… pas trop épaisse mais pas trop fine non plus, répond Benoît hésitant.

Tandis que l'artisan armé d'un long couteau à lame très fine s'attaque à une imposante pièce de jambon gris, contournant avec soin un gros os en son centre, Benoît cherche autour de lui un prétexte à lancer la conversation : au sol, de petits carreaux noir et blanc saupoudrés de sciure de bois ;

sur la droite, une étagère couverte de bocaux de légumes ; à sa gauche, l'étalage réfrigéré et tout au fond, la caisse enregistreuse. En manque d'inspiration, Benoît tente une approche sur la météo, on ne prend jamais de risque à parler du temps qu'il fait.

– Il fait lourd aujourd'hui.

– Ah ça, ils ont annoncé de l'orage dans l'Ouest, on va y avoir droit, pour sûr !

– Certainement, c'est ce que m'a dit ma voisine pas plus tard qu'hier, ça va nous tomber sur le coin de la figure avant la fin de la semaine, reprend Benoît l'air grave de celui qui dévoile une information de la plus haute importance.

– Voilà, ça vous convient l'épaisseur ? demande le boucher en exhibant l'énorme tranche qu'il vient de couper.

L'entretien doit absolument durer plus longtemps, quitte à dévaliser le stock du brave homme. Benoît reprend :

– C'est parfait. Pouvez-vous m'en faire une seconde s'il vous plaît, plus fine si possible, c'est pour ma femme vous comprenez.

– Vous êtes sûr ? Il y en a bien pour deux dans celle-ci, tenez, 230 grammes !

– En effet, répond Benoît qui ignorait jusqu'alors qu'il y avait un poids réglementaire des tranches de jambon. Il me faut un rôti également.

– Bœuf ? Veau ? Porc ?

– Du bœuf, c'est très bien.

– J'ai un excellent filet, ça fond dans la bouche comme du beurre, vous m'en direz des nouvelles. Pour combien de personnes ?

– Deux. Enfin quatre, j'oubliais, nous invitons les voisines. Tenez, puisqu'on en parle…

– Petits ou gros mangeurs ? interrompt-il.

– Ce sont des personnes âgées voyez-vous, elles mangent assez frugalement. C'est d'ailleurs l'une d'entre elles qui m'a conseillé votre établissement, vous devez peut-être la connaître…

– Je reçois beaucoup de clients, je ne peux pas tous les connaître, répond-il occupé à trancher le morceau de rôti.

Voilà l'opportunité qu'attendait Benoît, il s'engouffre aussitôt dans la brèche.

– Gisèle Adam, une adorable petite dame, ça vous dit quelque chose ?

– Madame Adam ! En effet, c'est une habituée, on la voit tous les jours ou presque.

– L'avez-vous vue ce matin ?

– Ah non, pas aujourd'hui, il doit lui rester du rosbif d'hier et puis…

– Oui ?

Tout en emballant avec soin le morceau de viande rouge foncé qu'il vient de couper, le boucher poursuit d'une voix plus grave.

– Elle ne doit pas avoir grand appétit, ces jours-ci.

– Oui je comprends, le choc, cette pauvre madame Lemière.

– Ah vous êtes au courant ? Ça lui en a fichu un sale coup, pensez donc, elle est partie du jour au lendemain ! La veille elle était là, à la boutique…

– Mercredi en effet, c'est à peine croyable…

Benoît se rappelle les commissions qu'il a portées le jour de leur rencontre.

– Non, c'était mardi, le jour des paupiettes. Mercredi je ferme. Remarquez que je resterais bien ouvert, mais l'inspection du travail risquerait de me tomber dessus parce qu'on déclarerait que je travaille trop, quel pays je vous assure !

– Mardi, au temps pour moi. Et donc c'est jeudi qu'elle n'est pas venue au rendez-vous avec madame Adam n'est-ce pas ? reprend aussitôt Benoît, afin de ne pas quitter le sujet qui l'intéresse…

– Oui jeudi, normalement on n'ouvre pas les jours fériés, mais comme je ferme le mercredi, faut bien faire tourner le commerce… La malheureuse, quelle épreuve. Remarquez, poursuit-il sur le ton de la confidence en fixant Benoît d'un œil de connivence, elle s'attendait à quelque chose, ça, j'en suis sûr.

– Que voulez-vous dire ?

– Elle n'était pas dans son assiette l'Odette, je ne l'ai pas vue puisque j'étais fermé mercredi, mais elle m'a raconté.

– Qui ça, Gisèle ?

Le boucher jette un œil vers la porte du magasin, comme s'il avait peur que quelqu'un surprenne la conversation. Assuré qu'ils étaient bien seuls, il prend appui sur son comptoir des deux mains, regarde Benoît droit dans les yeux et annonce comme s'il allait dévoiler un secret d'état :

– Oui, madame Gisèle. Elle m'a raconté que la veille, son amie Odette avait reçu une lettre et que ça l'avait toute tourneboulée.

Savourant cet instant solennel, il marque une pause, satisfait d'avoir suscité une telle attention chez son interlocuteur. Puis reprend :

– Il paraît même qu'elle a fait un malaise en bas de chez elle, moi je ne sais pas, mais ça me semble louche cette histoire.

– Louche ? Vous a-t-elle expliqué ce qu'il y avait dans la lettre ?

– Aucune idée, mais je ne serai pas étonné d'apprendre que ce soit ça qui l'ait tuée.

Puis, reprenant une attitude normale et recouvrant un large sourire, il poursuit d'une voix plus détendue.

– Peut-être que ça n'a rien à voir, ma femme me dit que je lis trop de romans policiers, ah, ah, ah ! Et avec ça, je vous mets quoi ?

– Comment ?

– Pâté ? J'ai une superbe terrine de lapin, je l'ai sortie du four ce matin même.

– Non merci, ça sera tout, répond Benoît qui se saisit du sac en plastique que lui tend monsieur Hardy.

– Alors, ça nous fait 43 euros.

Heureusement pour Benoît, son portefeuille était resté dans la poche intérieure de sa veste. Après un court instant de frayeur, il se rassure en touchant du bout du doigt le cuir de l'objet rangé près de son cœur, puis règle le patron.

– Le ticket… Voilà. Une bonne journée, en vous remerciant !

– Merci, vous de même, répond aimablement Benoît.

Que pouvait contenir cette lettre ? Et quel genre de lettre peut tuer des gens ? Le raisonnement du boucher ne tient pas debout. Une facture ? C'est peu probable, le loyer est réglé pour six mois et elle ne doit pas crouler sous les impôts. Difficile à croire qu'il s'agit d'un problème d'argent. Paul n'a pas eu d'accident puisqu'il était en pleine santé hier à l'église, ça n'a pas de sens non plus. Et si le contenu de la lettre avait été si terrible, n'en aurait-elle pas fait mention lors de leur conversation ? Benoît a beau essayer de se rappeler un indice, un détail dans leur échange qui aurait pu avoir trait au contenu de cette lettre, rien ne lui revient. Après être rentré dans son appartement et avoir placé la viande au réfrigérateur, il reprend son carnet et note les dernières informations.

Lettre reçue mercredi 30 avril.
Quel contenu ?

Puis, il s'en retourne dans la cuisine se préparer une tasse de café, tout en réfléchissant à l'échange qu'il vient d'avoir avec ce nouveau témoin. Odette avait reçu une lettre le matin même, puis était partie faire ses courses. Quelque chose lui échappe encore. Tout en reprenant sa place dans le canapé face au carnet ouvert, Benoît essaie de mettre ses pensées au clair. De deux choses l'une, soit Odette avait lu cette lettre avant de partir faire ses courses, soit elle avait attendu d'être rentrée pour la lire. Dans la seconde hypothèse il n'est pas possible d'en relier le contenu au malaise qu'elle avait fait en rentrant. Quant au premier cas, il est difficile de concevoir qu'après avoir pris connaissance d'une lettre au message assez terrible pour avoir provoqué chez elle quelque malaise, elle ait pu s'en aller aux commissions comme si de rien n'était.

Lien entre lettre et malaise ?

Difficile à croire. Pourtant, madame Adam a bien confié au boucher qu'Odette était tourneboulée après avoir reçu une lettre, on ne peut donc complètement éliminer toute relation de cause à effet. « Récupérer l'information à la source, il me faut trouver Gisèle Adam. » Tout en mâchonnant le capuchon de son stylo, Benoît se creuse la tête sur la meilleure façon de rencontrer ce témoin capital. « Une fois le rosbif terminé, elle retournera peut-être demain chez le boucher ? » À l'évocation de l'artisan, une information qu'il n'avait pas relevée sur le moment lui vient soudainement à l'esprit. Monsieur Hardy a dit que la veille de sa mort, Odette était dans sa boutique. Or, la veille du jour où Odette a été découverte, c'était mercredi, jour de fermeture. Monsieur Hardy faisait référence au jour des paupiettes, le mardi. Dans cette hypothèse, Odette fermait les yeux pour la dernière fois le mercredi. Voilà qui donne à Benoît une perspective nouvelle de l'affaire. La personne ayant découvert sa défunte voisine est Maria, la concierge, qui s'est inquiétée de ne pas la voir descendre jeudi matin comme à l'accoutumée. Benoît se redresse, effaré parce qu'il vient d'imaginer. Et si Odette Lemière s'était effectivement éteinte mercredi et non jeudi ? Le lendemain du jour des paupiettes, comme l'a évoqué le boucher. Le jour où, lui-même, l'a rencontrée pour la première et la dernière fois : mercredi ! Après quelques secondes de réflexion il se rassoit, puis note sur le carnet :

Jour de la mort : mercredi ou jeudi.

« Qu'est-ce que ça change ? » se dit-il. Elle reçoit la lettre, on ne sait pas si elle la lit avant ou après être sortie faire ses courses, elle fait un malaise sur le chemin du retour, puis c'est leur rencontre. Lors de leur discussion il n'a rien remarqué d'anormal, elle était d'humeur joyeuse et rien ne laissait présager qu'elle partirait pour de bon dans les prochaines heures. Benoît n'a certes pas côtoyé un grand nombre de futurs défunts, toutefois lorsque sa grand-mère est partie, elle était alitée à l'hôpital depuis de nombreuses semaines. L'image de madame Lemière souriante dégustant à petites gorgées son verre de porto ne cadre décidément pas avec celle d'une mourante. Un frisson lui parcourt subitement l'échine : il avait refusé le verre de porto, cette bouteille aurait-elle été empoisonnée ? Qui pouvait vouloir la mort d'une petite dame âgée vivant seule, dont la seule distraction était de discuter avec ses voisines de quartier ? « Le mobile, il me faut trouver un mobile, » se dit-il. Tout en haut d'une nouvelle page du carnet il note :

Mobile.

Puis, il établit en dessous la liste des noms de toutes les personnes de sa connaissance se rapportant à l'affaire.

Gisèle Adam.
Maria Da Silva.
Monsieur Hardy.
Paul.

Notre enquêteur est très excité, toutes ses pensées sont occupées à dénouer cette épineuse affaire. Le licenciement, Amandine, tous ses tracas ont momentanément disparu. « Voyons, ne négligeons aucune hypothèse », poursuit-il. Gisèle aurait-elle un intérêt à ce que son amie vienne à disparaître ? C'est peu probable, d'ailleurs elle semblait sincèrement émue lors de leur rencontre à la sortie de l'église, ou bien il s'agit d'une dissimulatrice de grand talent. La concierge, ensuite. Le porto est une boisson portugaise, comme madame Da Silva, elle pourrait tout à fait avoir offert cette bouteille à Odette en gage d'amitié. En outre, elle possède le double des clés de son appartement et connaît les horaires de sortie plutôt réguliers de sa locataire, elle peut techniquement pénétrer dans son logement en toute discrétion. Quel serait alors son mobile ? Il compte sur ses doigts : l'argent, la peur du chantage, le crime passionnel… Cette dernière option peut sans aucun doute être évacuée, eu égard à l'âge de la victime. Restent les deux premières, Odette a-t-elle été éliminée parce qu'elle faisait chanter sa concierge ? Les deux femmes parlaient quotidiennement selon Gisèle, cette proximité aurait-elle amené Maria à faire des confidences fâcheuses à madame Lemière ? Possible. L'argent maintenant, la vieille femme ne donnait pas l'impression de rouler sur l'or, toutefois, l'expérience de Benoît lui a appris que les apparences sont souvent trompeuses. Madame Da Silva avait à ce propos fait allusion au bail payé d'avance par sa locataire, six mois d'un loyer parisien peuvent représenter une jolie somme pour une concierge. Satisfait des progrès significatifs de son enquête, Benoît se frotte les mains, ce mobile est tout à fait plausible. Il tente maintenant d'imaginer le cours des événements tels qu'ils auraient pu se dérouler : le facteur passe vers 9 heures mercredi matin. Maria réceptionne, trie rapidement les enveloppes, puis apporte à Odette son courrier environ 30 minutes plus tard. Dans le tas, se trouve une mystérieuse lettre dont Odette parle à son amie Gisèle, avec laquelle elle a rendez-vous pour aller faire ses courses. Maria entend sortir la vieille dame, prend son double des clés et pénètre dans le petit appartement. Elle a tout le loisir d'empoisonner le porto, voire de subtiliser la lettre compromettante. Ça se tient. Vingt-quatre heures durant, la gardienne se livre à ses occupations habituelles, puis, s'en va tranquillement découvrir le corps le lendemain matin. Benoît sent qu'il touche au but, il se lève d'un bond malgré la raideur de ses jambes, tourne nerveusement en rond autour de la table basse, il sait qu'il vient de franchir une étape importante. Faut-il appeler la police ? « Pourquoi ne pas poursuivre l'enquête ? » se dit-il, n'a-t-il pas en quelques heures su analyser la situation et mit un nom sur le principal suspect ? Quelle frustration serait-ce que de laisser les policiers découvrir ce que Benoît sait déjà, en outre, son agenda des prochains jours est assez libre et cette aventure commence à le passionner. « Non, pas la police, rassemblons tout d'abord les preuves. » Afin de confondre son suspect principal, il lui faut mettre la main sur la bouteille de porto. Or, madame Da Silva s'est rendue chez Odette à plusieurs reprises depuis l'avant-veille, elle en aura sans doute profité pour faire disparaître cette pièce à conviction. Par ailleurs, le décès de l'octogénaire n'ayant pas été jugé suspect, un permis d'inhumer aura été décerné immédiatement par le médecin venu constater le décès et comme par hasard tout s'est parfaitement goupillé pour que l'enterrement ait lieu seulement trois jours après le décès, un délai particulièrement exceptionnel compte tenu du jeudi de l'Ascension combiné à la fête du Travail cette année ! La concierge ayant été la première à découvrir le corps, c'est probablement elle qui a appelé le praticien, de là à imaginer qu'elle ait pu faire appel à un complice il n'y a qu'un pas. En tout état de cause, il est trop tard pour procéder à l'analyse du sang de la victime et pour obtenir un permis d'exhumer, il faudrait être en mesure de présenter des preuves irréfutables. L'affaire se corse et cette piste s'arrête là, il faut tenter de la recouper par un autre chemin. Une mission pour Benoît-le-Sioux, l'occasion de démontrer qu'il a une fois encore raison devant tout le monde et d'avoir tout simplement quelque chose à faire…

Quel mobile pourrait avoir un boucher de quartier à éliminer une cliente fidèle ? La candidature de monsieur Hardy au rôle de suspect ne peut être retenue. Paul, le fils de la victime ? Les histoires de familles recèlent parfois de terribles secrets, mais quel intérêt aurait-il pu avoir à faire disparaître sa mère ? L'argent de l'héritage, encore eût-il fallu qu'Odette soit riche. Il faudra néanmoins creuser l'histoire des six mois de loyer payés d'avance, note Benoît dans son carnet.

Six mois d'avance.

Puis il s'extrait non sans mal du divan et se rend dans la cuisine préparer un nouveau café. Dans le réfrigérateur, il attrape le paquet renfermant la tranche de jambon, déroule l'emballage et croque à pleines dents dans la charcuterie encore roulée. « Pas mal », se dit-il en mastiquant. Quelques minutes plus tard, la totalité de la tranche a disparu. Il jette le papier dans la corbeille et avale d'un trait le contenu de sa tasse de café. Sa montre lui indique 14 h 25, il est temps d'envisager la suite. Trouver Gisèle Adam ? Au fond, que pourrait-elle lui apprendre de plus qu'il ne sait déjà ? Si Odette s'était confiée à elle en ce qui concerne le contenu de la lettre, la bavarde en aurait certainement fait part au boucher qui le lui aurait répété à coup sûr. Quant à retourner dans l'appartement, ça n'est guère envisageable. La bouteille et la lettre n'y sont certainement plus et madame Da Silva pourrait se sentir soupçonnée. « Ne pas l'inquiéter, surtout. » Une personne avertie en vaut deux, et il serait préférable de la laisser penser que tout s'est déroulé selon ses plans. Un jour ou l'autre elle commettra une erreur, et là, il ne la ratera pas. Reste Pouppeville. Bien qu'il ait manqué la cérémonie, il devrait pouvoir retrouver sur place quelques parents, ou fréquentations susceptibles de le renseigner sur la vie de la victime, ou sur l'existence d'une fortune éventuelle. Il ferme le carnet qu'il glisse dans la poche arrière de son pantalon, puis s'écrie : « En avant ! »

Toujours courbaturé depuis le malencontreux épisode du footing, il fait appel une fois encore à l'ascenseur qui le descend jusqu'au parking. Il jette son sac dans le coffre avant de la Porsche et démarre rapidement. Il est 15 heures, le logiciel de navigation de la voiture indique que Pouppeville sera atteint dans 3 heures et 10 minutes. « On va devoir passer la seconde » se dit Benoît en forçant l'allure à peine la Porte d'Auteuil franchie. Le moteur s'exprime franchement sur cette autoroute de Normandie déserte, propulsant le bolide à une vitesse vertigineuse. Pour la première fois depuis le début de notre histoire, Benoît est heureux.

11.
Denis

Le trafic est fluide et la voiture de sport n'a aucun mal à tailler sa route à vive allure, jusqu'à ce que le signal sonore de la jauge à essence vienne à nouveau rappeler à son pilote qu'il serait temps de marquer une pause. L'auto sort à la première aire de services après Rouen. Il avise une pompe disponible et remplit le réservoir de sa voiture, puis se dirige vers la boutique en sifflotant afin de régler son plein de carburant.

– Bonsoir, la 5 s'il vous plaît, dit-il en tendant sa carte de crédit.

– Jolie voiture, vous devez ramasser tous les radars avec un bolide pareil.

Pour toute réponse Benoît esquisse un sourire tout en composant le code de sa carte de crédit.

– Si vous allez vers Deauville prenez garde, avec l'orage ils sont du genre nerveux.

– Qui ça ?

– Les gendarmes pardi ! Ils ont sorti tout leur attirail, pensez donc, avec les week-ends prolongés ils ont de quoi faire.

– Merci de l'avertissement, mais je vais passer trop vite pour eux.

– Faites aussi attention à l'orage, à la radio ils disent que ça devrait tomber.

– Je serai arrivé avant, au revoir et merci !

Benoît repart crânement dans un vrombissement de moteur, puis reprend rapidement le rythme de sa course, calé sur la file de gauche. À peine une quinzaine de minutes plus tard, les premières grosses gouttes de pluie viennent claquer bruyamment contre la vitre du pare-brise, « allons bon » grogne-t-il en maintenant l'allure. Brusquement, sans aucun signe précurseur, un énorme déluge s'abat sur la route. Impossible d'y voir à plus de dix mètres et Benoît doit freiner de toute urgence de peur d'emboutir un usager qui le précède. Ignorant la présence ou non d'obstacles autour de lui, il sent la panique l'envahir. S'il s'arrête, il prend le risque de se faire percuter par un véhicule venant de l'arrière ; s'il change de file, ça sera peut-être un camion. Il n'a jamais vu un tel spectacle, le bruit est assourdissant et la voiture donne l'impression de flotter au milieu d'un étang. En l'absence du moindre repère, il tente en désespoir de cause de rejoindre le bas-côté droit en priant pour que personne ne vienne lui couper la route. Par miracle, il semble se trouver à la hauteur d'une sortie car un rail de sécurité est planté devant lui. Il emprunte immédiatement ce qui lui semble être la bretelle d'accès, soulagé de s'en être tiré à si bon compte. Tous feux allumés, il poursuit à faible allure son chemin dans un paysage apocalyptique, le ciel est d'un noir d'encre. Dans le fracas épouvantable des trombes d'eau tombant sur l'habitacle, la voiture plonge soudain vers l'avant et glisse sur le côté, comme une barque que l'on met à l'eau. Benoît ne peut s'empêcher de laisser échapper un cri, tout en actionnant le volant pour tenter de rattraper sa trajectoire. Rien à faire, les roues directrices ne répondent plus, les freins non plus d'ailleurs, au terme d'une interminable glissade, la 911 s'immobilise après avoir effectué un demi-tour sur elle-même. Benoît est pétrifié, n'osant pas lâcher le volant, tétanisé par la peur face à la force incroyable des éléments. Avec lenteur, il ramène ses mains tremblantes sur ses genoux, tandis que le rythme de son cœur ralentit. À sa montre il est 17 heures et pourtant on se croirait en pleine nuit. La pluie cesse brusquement, l'orage s'éloigne, le ciel s'éclaircit peu à peu mais il est encore difficile de distinguer les contours du paysage. Le vacarme a laissé place à un silence angoissant, le moteur s'est arrêté tout seul. Avec précaution, Benoît tente d'ouvrir la portière, mais immédiatement un flot d'eau boueuse s'introduit dans l'habitacle. Il la referme aussitôt en s'aidant des deux mains et contemple avec effroi les dégâts autour de ses baskets blanches. Il actionne le lève-vitre électrique côté conducteur, et par chance celui-ci fonctionne. Heureusement la batterie est située assez haut sous le capot avant et elle a échappé à la noyade. À la lumière d'un ciel qui se dégage enfin, il découvre avec horreur qu'il est au beau milieu d'une large étendue d'eau dont il ne perçoit pas les contours. Il tente non sans mal de s'extirper du petit coupé par la fenêtre latérale et surmontant le handicap des courbatures toujours présentes, parvient à se hisser debout sur le toit en légère pente. Autour de lui, rien, que de l'eau, sale de surcroît, avec çà et là des arbres qui émergent. La panique l'envahit à nouveau. Et s'il était le seul survivant d'un cataclysme qui venait de dévaster le pays ? Il sait nager bien sûr, mais dans de l'eau claire et ici il semblerait que ce soit surtout de la boue. Et dans quelle direction aller ? Appeler les secours, vite. Avec beaucoup de précaution il redescend dans l'habitacle récupérer son téléphone portable, mais s'aperçoit vite qu'aucun réseau n'est disponible. « C'est pas vrai… La théorie des ennuis maximums ! » À plusieurs reprises, remonté sur le toit de l'habitacle, il tente vainement de capter un réseau. La nuit commence à tomber, et l'humidité ambiante refroidit rapidement l'atmosphère, le faisant frissonner sous la fine veste de lin qu'il a enfilée au départ de Paris. Il se résigne et se réfugie à l'intérieur. Les heures passent, l'obscurité est maintenant totale, s'ajoutant à la solitude. L'angoisse monte à l'idée de passer la nuit dans ce si petit espace, le dos plié et les jambes toujours endolories par l'épisode du bois de Boulogne. Changer de position est un calvaire. Les heures qui s'écoulent paraissent des siècles, entre chaque regard qu'il jette sur la petite horloge de bord, seules quelques minutes se sont écoulées, c'est une véritable torture sans compter cette humidité froide qui s'infiltre partout. Il tente de s'évader mentalement en focalisant son esprit sur son enquête, Odette, les témoins, la chronologie des événements. Mais son corps est trop douloureux pour lui permettre de réfléchir. Il abandonne. Comment en est-il arrivé là ? Quatre jours plus tôt, il jouissait d'une situation sociale et professionnelle enviable, l'horizon était clair et sa route toute tracée, rien ne laissait présager qu'il allait être frappé par cette terrible injustice qui le plaque aujourd'hui plus bas que terre. La condensation accumulée sur les vitres par sa respiration dans un espace aussi clos, commence à ruisseler sur les habillages de cuir du tableau de bord et des garnitures des portières, rejoignant en longues coulées la mare boueuse qui recouvre les tapis de sol. Son corps ne cesse de frissonner, il pense aux quelques affaires qu'il avait emportées au départ de Paris, toutefois le coffre qui se situe à l'avant du coupé est à moitié immergé, ce qui ne laisse guère d'espoir quant à l'état de son contenu. Et si un nouvel orage survenait ? Que pourrait-il faire, prisonnier de cette carcasse d'acier et coupé du monde extérieur, sans réseau téléphonique ? Benoît n'est pas croyant, son esprit cartésien l'ayant toujours préservé de la moindre soumission à un culte, il ne sait pas prier. Pourtant, à cet instant, il se surprend à envisager qu'une force extérieure soit mêlée à tout ça, car il faut bien l'admettre, pourquoi est-il ainsi visé, lui qui n'a rien fait pour mériter de subir un tel enchaînement de catastrophes ? Son boulot tout d'abord, Amandine ensuite, la voiture dont il était si fier maintenant, le malheureux Benoît ne peut résister davantage, toute machine humaine même préparée aux coups durs a ses limites, de tristes sanglots le submergent, il est presque 3 heures du matin et il ne s'est jamais senti aussi seul. Il aimerait qu'Amandine vienne le chercher, maintenant, que son bureau le rappelle en lui expliquant qu'il a été la victime d'une monumentale erreur, il est presque disposé à tout leur pardonner pour que tout redevienne comme avant, comme si ces quatre jours n'avaient jamais existé. Soudain, sur l'écran de son téléphone posé sur le tableau de bord, un message d'alerte indique que la batterie a atteint son niveau le plus faible. Ce téléphone c'est la lumière du canot de sauvetage, s'il s'éteint il n'y a plus d'espoir. Vaincu pour la première fois de sa vie, coupant par réflexe son Blackberry pour sauvegarder ce qu'il reste d'énergie, Benoît sanglote désespérément tandis que de nouvelles cataractes de pluie commencent à crépiter sur son abri de fortune.

Il m'est encore aujourd'hui très pénible d'évoquer cet épisode, le lecteur devra me pardonner cette intrusion dans le récit, mais je me dois d'intervenir auprès de celui qui, assis certainement très confortablement en cet instant, ne peut mesurer à quel point l'homme devient vulnérable une fois privé de ses repères. Pour réellement ressentir l'aspect dramatique de la situation dans laquelle se trouve notre ami Benoît, il faudrait s'imaginer en pleine nuit, transi de froid, enfermé dans un espace clos, trop petit, humide, perdu au milieu d'une étendue d'eau dont on ignore les limites et de surcroît privé de toute communication. À cela il serait nécessaire d'ajouter un contexte psychologique extraordinaire, consécutif à un injuste licenciement et une douloureuse rupture amoureuse, le tout dans une période temporelle extrêmement réduite. Vous l'aurez compris, Benoît n'est certes pas une petite nature, mais pour la première fois de son existence il a été écrasé par le poids monstrueux d'un événement réellement exceptionnel.

Ensuite… Ensuite, un grand trou noir, le héros terrassé ne se souvient plus de rien. Syncope, sommeil ?

Ce dimanche 4 mai 2008, lorsque Benoît ouvre les yeux, le soleil brille dans un ciel d'un bleu intense. Il est roulé en position fœtale sur le siège passager. Il essaie de déplier ses jambes, ce qui réveille en partie le souvenir du cauchemar qu'il vient de vivre, mais il est vivant et notre histoire peut reprendre son fil.

Il souffre atrocement du dos et ne sent plus ses orteils ni ses mains, anesthésiés par le froid. Il actionne la vitre électrique de sa portière qui descend dans un abondant ruissellement d'eau. Par la même manœuvre que la veille, très difficilement à cause de ses membres douloureux et engourdis, il parvient à s'extraire du coupé, et une bonne minute plus tard se trouve debout sur le toit.

La chaleur des rayons du soleil encore timide à cette heure matinale, parvient néanmoins à réchauffer son visage. Il se sent revivre peu à peu, les idées noires s'en sont allées avec la nuit. Tout devient beau sous le soleil. D'un mouvement lent de la tête, Benoît effectue un tour d'horizon. L'avant de la voiture est planté jusqu'au milieu des portières et le compartiment arrière abritant le moteur, légèrement en l'air, donne à l'ensemble l'image d'un canard occupé à fouiller le fond d'un étang. Une cinquantaine de mètres plus loin, on devine l'autoroute juchée au sommet d'un imposant remblai. La voiture a atterri dans le champ situé en contrebas de la bretelle de sortie, étrangement dépourvue d'un rail de sécurité. Emporté par l'eau et la boue, le coupé gris a glissé sur une vingtaine de mètres, avant de s'immobiliser au milieu d'une large mare. À la lumière du jour, l'étang de la veille semble désormais tout à fait franchissable, si ce n'est qu'il va falloir s'enfoncer dans ce liquide boueux, probablement jusqu'au-dessus des genoux. Au terme de ce tour d'inspection, Benoît attrape son téléphone éteint depuis la veille et tente de redémarrer l'appareil. Tandis qu'il compose son code personnel à quatre chiffres, une voix se fait entendre.

« Oh ! Monsieur ! » De l'autre côté de la mare, à une quarantaine de mètres environ, un homme juché sur le marchepied d'un tracteur qu'il n'avait pas entendu approcher, lui fait signe. Benoît se redresse immédiatement et répond en agitant les deux bras bien au-dessus de la tête, fou de joie à l'idée de sortir enfin de ce bourbier.

– Venez me chercher ! Oh hé, vous m'entendez ?

– Comment avez-vous atterri là ? hurle l'homme vêtu d'une combinaison jaune et verte.

– Un accident... L'orage. Pouvez-vous venir me chercher ?

– Il va falloir une grue pour vous tirer de là, on risque d'embourber le tracteur, répond l'homme qui se dirige maintenant vers le naufragé.

Il est muni de hautes cuissardes en caoutchouc qui lui permettent de s'approcher, tâtant à chaque pas la nature du sol sous la surface de la mare boueuse. Parvenu à une dizaine de mètres de Benoît, il s'arrête :

– Ça fait combien de temps que vous êtes là ?

– Depuis hier soir, j'ai été surpris par l'orage...

– Je vais vous ramener au village, vous pourrez téléphoner à un dépanneur.

– J'ai surtout besoin de vêtements secs et d'un bon petit-déjeuner, vous n'imaginez pas la nuit horrible que j'ai passée, répond Benoît en descendant avec précaution du toit de la Porsche.

– Attendez, laissez-moi vous aider, dit l'homme maintenant à proximité de l'épave, enfoncé dans l'eau jusqu'aux cuisses.

Allongeant un bras vers son sauveur, Benoît doit se résoudre à mettre une jambe dans l'eau, tant pis pour ses baskets blanches. Prenant appui sur l'homme aux cuissardes, il consent à plonger la seconde jambe et s'enfonce jusqu'au-dessus des genoux. Puis il se met en marche avec beaucoup de précaution, dans les pas de l'homme aux longues bottes. De retour sur la terre ferme, il peut contempler le triste spectacle de sa magnifique 911 enfouie le nez dans l'eau et les fesses en l'air. « On dirait un animal mort... Ils vont être contents au bureau, » pense-t-il.

Puis, il grimpe sur le tracteur qui repart en direction du village.

– Vous avez eu de la chance que je sois passé par là, je faisais le tour de l'exploitation après l'orage. Au village, il y a eu beaucoup de casse, la plupart des caves sont inondées et la foudre est tombée sur un arbre de la place de l'église, on n'a jamais vu ça !

– J'avoue que la chance, ces jours-ci... vous êtes bien son premier clin d'œil. Savez-vous s'il y a dans le coin une dépanneuse susceptible de sortir ma voiture de ce bourbier ?

– Ah ça, il y en a bien une chez Burnouf, le garagiste, mais ça m'étonnerait qu'elle puisse tirer votre bagnole de là. Avec la flotte ça fait ventouse, vous comprenez, faudrait une grue afin de la tirer en même temps par l'arrière et vers le haut.

Quelques minutes plus tard, ils abordent une rue principale autour de laquelle Benoît peut apercevoir quelques maisons, une place d'église avec son église et un café, encore fermé à cette heure. Voilà le village.

– Vous allez m'accompagner à la ferme, on doit avoir quelques vêtements secs pour vous dépanner et un bout de pain.

– C'est bien aimable, merci. Y a-t-il un hôtel ouvert ?

– Un hôtel ? À Rouen sûrement, mais pas de ça chez nous. On peut vous héberger une nuit ou deux si vous voulez. Où allez-vous ?

– À Pouppeville... répond Benoît tout en jetant un œil à son téléphone qui semble avoir retrouvé le réseau.

– Connais pas. Mon fils a le même fourbi, reprend le conducteur ayant aperçu le Blackberry, faut voir l'usine à gaz !

– A-t-il un chargeur ? Pour le téléphone...

– Sûrement, faut lui demander, seulement il n'arrive pas avant l'heure du déjeuner. Il s'est marié l'année dernière, maintenant il vit après la sortie du village à 2 kilomètres d'ici.

– Je m'appelle Benoît Maréchal, encore merci, sans votre aide je serais toujours perché sur le toit de ma voiture.

– Pas de quoi, moi c'est Denis Loisette et ma femme que vous allez voir, c'est Monique.

Le tracteur pénètre dans la cour d'une jolie ferme, puis s'arrête devant ce qui doit être le bâtiment d'habitation, à l'allure plus moderne que les autres. Il s'agit d'une petite exploitation dont l'activité semble être à première vue l'élevage de vaches laitières. Denis se dirige vers la porte d'entrée, suivi par Benoît. Il ôte ses cuissardes au profit d'une paire de sabots de caoutchouc, ouvre la porte, et appelle sa femme.

– Monique ! On a un invité, descends voir.

La généreuse silhouette d'une femme entre deux âges vient à leur rencontre. Les cheveux attachés à la hâte, vêtue d'un jogging noir et d'un large chandail vert, elle semble sincèrement ravie d'accueillir un étranger dans son logis malgré l'heure encore matinale.

– C'est un monsieur que j'ai trouvé sur le toit de sa voiture, dans la mare aux Cerfs près de l'autoroute.

– Bonjour madame, Benoît Maréchal, annonce-t-il en serrant la main qui lui est tendue.

– Monique Loisette, vous avez eu un accident ?

– En quelque sorte, oui, avec le déluge d'hier soir je suis sorti de la route et la voiture est maintenant sous… Enfin, presque sous l'eau.

– Hier soir ? Vous y avez donc passé la nuit ? dit-elle la main sur le cœur, en constatant qu'il est en piteux état.

– Hélas oui, j'ai froid et mal partout…

– Vous avez le visage tout égratigné, voulez-vous que j'appelle un médecin ?

– Ah… Non merci, ça, c'est un autre accident, répond piteusement Benoît.

– Décidément, vous n'avez pas de chance. Allez donc prendre une bonne douche chaude, je vais vous porter des vêtements propres.

– Merci madame.

– Vous pouvez m'appeler Monique, madame ça me vieillit. Je vous prépare un café et des tartines, poursuit-elle en indiquant la salle de bains à Benoît.

Après avoir refermé la porte de cette pièce entièrement recouverte de carrelage rose à ornement floral, Benoît quitte avec empressement ses vêtements trempés, puis se glisse dans la cabine de douche. Après deux bonnes minutes consacrées à trouver le bon réglage de température, il se glisse avec délice sous le jet salvateur. L'eau chaude coule le long de son corps encore engourdi par le froid et les blessures musculaires, transformant cet épisode banal en l'expérience la plus délicieuse de ces derniers jours. Immobile, le visage dirigé vers la pomme de douche, il sent son corps se réchauffer peu à peu. Trois coups frappés à la porte et une main vient déposer une pile de vêtements sur le petit tabouret de l'entrée. « J'espère qu'il vous reste de l'eau chaude, parce qu'on a déjà pris nos douches mon mari et moi ce matin et le ballon ne chauffe que la nuit. » Puis elle referme la porte, laissant Benoît à sa toilette, jouissant de l'instant présent tel un naufragé qui retrouve soudain la terre ferme. Un agréable nuage de chaleur envahit peu à peu la pièce. Coupant l'eau il se saisit d'une bouteille de gel douche et savonne avec beaucoup de délicatesse son corps endolori. « Quelle aventure, se dit-il, et tout ça pour avoir porté un malheureux sac de courses… » Après 4 bonnes minutes de savonnage intensif, passées à lister toutes les raisons qui l'avaient conduit en ce lieu, la mousse commence à lui couler dans les yeux. En tâtonnant, il trouve le robinet et actionne successivement l'eau chaude puis l'eau froide afin de retrouver une température adéquate. En vain. Le mélange est au mieux à la limite du tiède et fraîchit rapidement. Rien, décidément, n'aura été épargné à notre pauvre Benoît qui, rassemblant tout son courage, se jette sous le jet devenu complètement froid afin d'éliminer l'énorme quantité de savon utilisée. Après ce rinçage bien rude, c'est tout grelottant qu'il se saisit de la serviette mise à sa disposition pour se sécher. Sur le tabouret l'attendent un épais pull à col boutonné, un t-shirt jaune et un pantalon de toile beige de deux tailles au-dessus de la sienne. Il décide malgré tout de remettre son caleçon sale, la forme du slip proposé par madame Loisette n'ayant plus cours dans le monde civilisé depuis bien longtemps. Après s'être assuré que tout était en ordre dans la salle de bains, il retrouve ses hôtes attablés autour d'un café dans la cuisine. Un bol encore fumant lui est destiné, ainsi que deux belles tartines beurrées.

– Vous avez eu assez d'eau chaude ? lance Monique, en se dirigeant à son tour vers la salle de bains.

– Bah, après ce que j'ai pris sur la tête hier soir, ce ne sont pas quelques gouttes d'eau fraîche qui vont me faire peur, répond-il goguenard en saisissant le bol.

– Je retourne aux champs, dit Denis, en passant je toucherai deux mots à Burnouf pour votre voiture. Pouvez pas vous tromper, le garage est tout droit en sortant à gauche, vous entrez directement, il y est toujours fourré, même le dimanche.

– Merci encore. Pourriez-vous également demander à votre fils le chargeur de son téléphone, je suis à sec de batterie.

– Ma foi oui, je l'appelle tout de suite, répond monsieur Loisette en ouvrant la porte d'entrée.

À cet instant, la femme de ce dernier revient en tenant à la main un téléphone qui sonne.

– J'allais le mettre dans le tambour de la machine avec votre pantalon, un coup de chance qu'il ait sonné.

Après lui avoir confié l'appareil, elle repart avec le linge sale vers sa buanderie.

– Allô ?

– Où es-tu ?

– Amandine ! Tu ne peux pas savoir ce que ça me fait p…

– Où es-tu, répète-t-elle en s'arrêtant sur chaque syllabe, j'ai essayé de t'appeler toute la nuit.

– Je ne sais pas trop, en fait je suis…

– Tu ne sais pas où tu es… ? coupe-t-elle.

– J'ai eu un accident, la voiture est fichue…

– Tant mieux, sans cette stupide bagnole tu vas peut-être redevenir moins con. La tache de vin sur le tapis du salon, c'est aussi un accident ?

– J'ai juste pris un verre, laisse-moi t'expliquer… Tu es rentrée à Paris ?

– Tu ne m'expliques rien Benoît, tu me dis simplement où tu es, avec qui, et vite !

Le ton d'Amandine devient cassant.

– Eh bien, bafouille-t-il, je suis reparti en Normandie hier… Pour te voir.

– Ne me prends pas pour une gourde Ben. Qu'est-ce que tu es allé faire en Normandie ?

– C'est compliqué, tu m'interromps tout le temps, laisse-moi poursuivre…

– C'est l'impatience Benoît, j'ai tellement hâte de savoir ce que tu vas me dire, allez, je t'écoute.

– C'est au sujet de la voisine, j'ai découvert tout un faisceau d'indices qui laissent à penser que sa mort n'est pas aussi naturelle que ça. Et devine où elle est enterrée : en Normandie !

– Encore cette bonne femme ? Tu es siphonné mon pauvre, il y a une semaine tu ne la connaissais pas et aujourd'hui tu t'en préoccupes comme si elle était ta propre grand-mère !

– Elle me rappelle un peu ma grand-mère… Enfin, celle que j'aurais aimé avoir.

– Tu me fatigues vraiment Benoît, ton licenciement te travaille, je peux le comprendre. Mais j'ai encore en travers de la gorge notre dernière conversation, alors s'il te plaît, laisse cette petite vieille reposer en paix et redescends sur Terre t'occuper des vivants !

– Attends, tu ne trouves pas ça incroyable ? Elle a les yeux bleus, son fils a les yeux marron et son…

– Je te quitte Benoît… Je prends mes affaires, pas la peine de me rappeler je ne te répondrai pas.

– Amandine, attends !

Encore sous le choc des derniers mots prononcés par la jeune femme, il recompose immédiatement son numéro, à la première sonnerie la batterie de l'appareil rend l'âme, mettant un terme définitif à la conversation.

« C'est pas vrai, non mais ça n'est pas vrai ! hurle-t-il les larmes aux yeux, ça ne va jamais s'arrêter ? »

– Vous avez un problème, Benoît ?

La fermière revenue de la buanderie pose une main sur son épaule, le visage remplie de compassion.

– C'est ma femme, le téléphone coupe juste à l'instant où… Laissez tomber, ce n'est rien, je la connais, dans deux ou trois jours elle va me rappeler et tout rentrera dans l'ordre.

L'autopersuasion. Il avait toujours obtenu d'excellents résultats avec cette pratique. Il suffisait d'attendre et Amandine se calmerait, il lui offrirait à l'occasion un nouveau tapis, plus beau que le précédent et tout serait oublié.

– Si je peux vous aider, Benoît…

Elle a prononcé cette dernière phrase d'un ton devenu très familier, en insistant sur son prénom. C'est à l'instant où elle retire la main posée sur son épaule dans un effleurement, qu'il s'aperçoit que le pull vert a laissé place à un chemisier blanc, moulant une imposante poitrine et dont la transparence ne cache aucun détail du motif en dentelle du soutien-gorge. D'un rapide pas de danse latéral il s'esquive, puis, arborant un large sourire il répond :

– Je dois absolument aller chez le garagiste, le temps de mettre mes chaussures.

– Je les ai mises à sécher dans la buanderie, vous pouvez emprunter une paire à mon mari en attendant, allez donc voir dans le dressing.

Elle a prononcé ce dernier mot avec plus de « s » qu'il n'en faut. Benoît n'est pas tombé dans n'importe quelle maison, et il ignore peut-être qu'on peut trouver dans les campagnes les mêmes raffinements qu'à Paris.

– Le dressing… Où est-il ?

– Dans notre chambre, suivez-moi.

– Vous n'auriez pas plutôt des bottes ? Ma voiture est au fond de l'eau, répond-il très vite, soulagé d'avoir trouvé une échappatoire à ce qui pourrait être un traquenard.

– Il y a des bottes dans la remise, juste à droite en sortant, reprend-elle visiblement déçue de ne pouvoir exhiber son dressing.

Convenablement chaussé et ayant revêtu une veste de chasse également trouvée dans la remise, il se met en route. À gauche en sortant, a dit Denis, puis tout droit.

Le village est assez petit, construit le long de la rue principale ; les établissements *Burnouf Père Fils* sont situés juste avant le panneau indiquant la sortie du village. De multiples épaves d'automobiles et de camions plus ou moins rouillées jonchent un vaste terrain, rangées dans un ordre échappant à toute logique. Sous l'enseigne principale on devine l'entrée du bureau d'accueil, située juste à côté des grandes portes coulissantes de l'atelier, officiellement fermé au public en ce jour. Benoît se dirige vers cette petite porte blanche vitrée sur la partie haute, sur laquelle pend un petit panneau rectangulaire : ouvert. À l'intérieur de la pièce où flotte une odeur plutôt agréable de vieille voiture, il tombe sur un long comptoir blanc orné de multiples traces de doigts noirs.

– Qu'est-ce que c'est ? demande monsieur Burnouf père, en bleu de travail et cigarette aux lèvres.

– Bonjour, je suis sorti de la route durant l'orage et ma voiture est embourbée dans un champ. C'est tout près de l'autoroute, il y a une large mare autour.

– Hmm… La mare aux Cerfs ?

– Je crois que c'est le nom qu'a employé monsieur Loisette.

– Le champ Loisette, c'est bien la mare aux Cerfs. Vous vous z'êtes pas planté à l'endroit le plus accessible.

– Auriez-vous une dépanneuse pour me sortir de là ?

– Faudra certainement une grue, c'est déjà un champ d'gadoue en temps normal, avec la flotte qu'est tombée c'est l'enlisement à coup sûr. On doit pouvoir en faire venir une de Rouen, mardi ou mercredi.

– C'est que j'ai encore de la route à faire et je ne peux pas attendre 3 jours, on ne peut pas déjà essayer avec une dépanneuse ?

– Bon… On va aller voir.

Invitant Benoît à l'accompagner dans un vieux 4 × 4 tout rouillé, monsieur Burnouf père, la clope toujours au bec, explique qu'il a repris l'institution de son paternel, qui lui-même la tenait de son grand-père, mais que n'ayant pas d'héritier, il avait bien peur que cette brillante lignée de garagistes prenne fin avec sa retraite. Le monologue du bonhomme s'arrête à l'instant où il aperçoit la Porsche. Un long silence auquel succède un sifflement introduit la suite de son propos.

– Hé bien… Vous z'avez pas loupé vot'coup. C'est quoi comme bagnole ?

– Une Porsche 911.

– Ah ! La grenouille bien sûr, on peut dire qu'elle a r'trouvé son élément, ah ! ah !

– Vous croyez pouvoir la sortir de là ?

– Ça mon gars, pour sûr que non, et avec la flotte qu'elle a bue de toutes parts, z'êtes pas près de reprendre la route. J'espère qu'z'êtes bien assuré.

L'assurance. C'est son assistante qui s'occupe de ces affaires-là, la situation ne s'arrange décidément pas. Comment va-t-il s'en tirer cette fois ? Après tout, ils l'ont viré comme un malpropre et dans les brefs échanges qu'on lui a accordés, il n'a nullement été question de la voiture. Et puis il a le droit d'avoir un accident de la route comme tout le monde, enfin !

– Eh bien… La voiture appartient à mon employeur, c'est le week-end et à dire vrai je ne sais pas trop comment ça va se passer.

– Passez-m'voir au garage quand vous saurez, elle devrait pas se sauver toute seule d'ici là, répond-il d'un ton placide, se dirigeant les mains dans les poches vers son 4 × 4.

– Savez-vous où je peux louer une voiture ?

– Louer une voiture ? À Rouen certainement…

Devant l'air contrit de son interlocuteur, le vieux garagiste réfléchit un instant :

– Sinon y'a bien une solution…

– Laquelle ?

– J'ai quelques véhicules de prêt pour les clients, histoire d'les dépanner un jour ou deux. Si vous m'signez une autorisation d'prise en charge pour vot'Porsche, vous devenez client.

– Très bien, et… En quoi cela consiste ?

– Vous déclarez à vot'assurance qu'la bagnole est prise en charge par les établissements *Burnouf Père Fils*. Comme ça, on se charge de tout le tintouin avec la grue et les travaux d'remise en route. Et dans quelques semaines, vous retrouvez une auto toute neuve.

– Ça me va. Et vous me prêtez un véhicule ?

– Hé ouais, le client est roi, surtout avec un chantier pareil.

Benoît se frotte les mains, la roue tourne et les choses avancent enfin dans le bon sens. Une fois la voiture en main, il va pouvoir reprendre sa route vers Pouppeville et poursuivre le fil de son enquête. Ce sursaut d'enthousiasme est toutefois terni par la soudaine image d'Amandine pliant ses affaires dans leur appartement. Elle n'était jamais allée aussi loin au cours de leurs précédentes disputes, cette fois cela prend une tout autre ampleur et jamais il n'avait imaginé qu'elle puisse partir pour de bon. Une pensée en chassant une autre, il tente de se rassurer : on ne quitte pas quelqu'un pour une tache de vin, surtout quand on choisit une couleur aussi salissante pour un tapis. Entre-temps, le 4 × 4 est arrivé au garage et il est temps de prendre possession de sa nouvelle monture mécanique.

– V'là la bête, les plaquettes sont neuves et la vidange est faite, z'êtes tranquille.

Benoît a beau chercher, il ne voit rien qui ressemble à une automobile dans son champ de vision, aussi demande-t-il timidement au père Burnouf d'être plus précis.

– Ben celle-là, répond-il en désignant de la tête un vieux break blanc à la couleur passée.

L'ouverture d'esprit est une qualité primordiale pour Benoît, presque autant que la culture générale et pourtant, aucune de ces deux grandes facultés ne lui permettent de mettre un nom sur pareil objet.

– Mais... Elle a quel âge ?

– Aucune idée... Elle roule, elle freine, elle est pas au milieu d'une mare avec ses copines grenouilles, elle.

– Il y a une marque ? Un modèle ? reprend-il en faisant nerveusement le tour de l'auto.

– C't'une Renault, c'est même écrit d'ssus, vous n'êtes pas trop branché voiture on dirait. Une R18, ça marche du tonnerre, même avec 300 kg de matériel dans l'coffre, et y'a un autoradio. Il faut juste me signer un papier et elle est à vous, poursuit le vieux garagiste après s'être allumé une cigarette. Les papiers y sont dans la boîte à gants. Cherchez pas à fermer la portière conducteur à clé, l'verrou est pété et j'ai eu un mal de chien à la déverrouiller, conclut-il.

S'étant assis au volant, le jeune parisien entreprend d'actionner les manivelles lève-vitres afin de chasser l'odeur de tabac et d'humidité qui règne à l'intérieur. Le choc de la rencontre initiale estompé, Benoît signe quelques minutes plus tard l'ordre de prise en charge de la Porsche et procède à l'échange des clés.

– Pensez à prévenir vot'assureur et à m'ramener le break avec le plein, et vous gourez pas à la pompe, ça roule au mazout. Allez, bonne route.

« Au moins on sait qu'il y a un moteur, » rumine cyniquement Benoît après avoir fait démarrer le break.

12.
Monique

Après avoir manœuvré en marche arrière parmi les épaves de la cour, il franchit le portail d'entrée des établissements *Burnouf* en direction de la ferme Loisette. « Bon. Nous voilà à nouveau véhiculés, propres, habillés, et même si je ne ressemble à rien dans cet accoutrement, au moins c'est assorti à la voiture. »

À l'affût derrière sa fenêtre, guettant le moindre mouvement alentour, Monique n'a pas immédiatement reconnu son invité à l'arrivée de la bruyante voiture blanche dans la cour de sa ferme. Aussi s'est-elle portée au-devant du visiteur, prête à l'accueillir à la porte. L'horloge du clocher sonne les deux coups sourds de la demi-heure après 10 heures, au chemisier transparent s'est ajouté une paire de chaussures à talons compensés et une bonne couche de maquillage. Monique Loisette est sur son 31, Benoît sur ses gardes.

– J'ai cru que c'était le facteur, vous avez trouvé une voiture ?

– Oui, répond-il sans grande conviction.

– Restez-vous déjeuner avec nous ?

– Mais certainement, merci de votre hospitalité.

– Oh je vous en prie, ça n'est rien, on reçoit les jeunes et j'ai préparé un gigot.

Les jeunes ? Sans doute ces frusques le vieillissaient légèrement mais ce n'étaient pas les siennes et il n'y avait aucune raison de se laisser cataloguer parmi les vieux.

– Vous recevez ? Je ne veux pas vous déranger… dit-il en ôtant ses bottes avant d'entrer dans la cuisine.

– C'est le fils et la belle fille, la famille quoi, alors pas de chichi !

Cette dernière phrase a tôt fait de rassurer Benoît, non seulement il ne ferait pas de chichi mais il vient de comprendre avec un grand soulagement que Monique s'est faite belle pour l'occasion, et non pour lui.

C'eut été néanmoins flatteur et après réflexion, il regrette un peu de ne pas être l'objet de cette métamorphose. Elle n'est nullement vilaine et cette opulente poitrine réveillait en lui un instinct primaire qui le fait se sentir plus mâle encore. Rassuré, il baisse la garde et engage la conversation avec son hôtesse. Après tout, il est bloqué ici pour encore quelques heures, le chargeur de son téléphone n'arrivant qu'à l'heure du déjeuner.

– Vous êtes du coin ? questionne Benoît.

– Ah pour sûr, je suis née à 20 kilomètres d'ici, Normande pure souche.

– Connaissez-vous Pouppeville ?

– Jamais entendu parler. C'est où ?

– Après Caen, dans la Manche.

– Oh la Manche, le bout du monde ! On ne va jamais jusque-là.

Ce n'est pas ici qu'il fera avancer l'enquête. D'ailleurs, il ignore toujours le nom de ce village. Alors qu'il s'apprête à questionner Monique Loisette sur ce point, un long bâillement lui coupe la parole et lui arrache quelques larmes. La nuit précédente fut courte, et très inconfortable. Peut-être pourrait-il se retirer sans être impoli pour faire une courte sieste ?

– Bien sûr, je vais vous montrer la chambre d'amis, répond Monique qui l'invite à le suivre.

À peine parvenu dans la pièce située à l'étage il s'écroule de tout son long sur le lit moelleux et s'endort avant même que Monique eût quitté les lieux, puis il se réveille exactement dans la même position. Son premier mouvement, c'est de fermer la bouche, le second de chercher une horloge autour de lui. Des bruits de voix lui parviennent du rez-de-chaussée, des rires, de la vaisselle que l'on range. Il s'assoit sur le lit quelques secondes pour reprendre ses esprits, puis s'aventure dans le couloir. Les bruits de conversation se font plus proches, au son de la bonne humeur ambiante il peut en déduire qu'il a raté le gigot. Arrivé en bas de l'escalier, les regards convergent vers lui et une clameur se fait entendre.

– Excusez-moi, marmonne-t-il.

– Votre téléphone est rechargé à bloc, lui répond Denis en lui montrant l'appareil posé sur la table devant la place vide.

– On vous a gardé une assiette, venez-vous asseoir ! enchaîne joyeusement Monique en écartant une chaise de la table.

Benoît prend place, glisse le Blackberry dans la poche de son pantalon et dévore les deux belles tranches de gigot qui s'y trouvent, ainsi que les haricots verts.

– Ce ne sont pas ceux du jardin parce que ça n'est pas la saison, mais ils ne se défendent pas mal ne trouvez-vous pas, lance la maîtresse de maison.

– En effet, répond-il la bouche pleine.

Autour de lui siège Denis, le patriarche, en bout de la table, armé d'un large sourire et d'un grand ballon de rouge à la main. À sa droite le même Denis, mais en plus jeune, chemise à carreaux identique et sourire aviné équivalent. Sur l'autre aile se trouve tout d'abord la place vide de Monique qui s'affaire à charger le lave-vaisselle, puis la bru, cheveux blond platine aux racines, rouges ensuite, des yeux charbonnés et brillants parce qu'elle n'a pas l'habitude de boire mais là, c'est jour de fête vous comprenez. Les présentations sont rondement menées, Benoît voilà machin, et là c'est machine, alors Paris c'est comment, bref, tout le monde s'aime et parle fort, avant que le deuxième digestif n'expédie l'assemblée à la sieste une bonne demi-heure plus tard. Seule Monique affairée à ranger la cuisine échappe à l'hécatombe.

Pour Benoît, il est temps de récupérer ses affaires et de prendre congé. Pensez-vous qu'elles sont sèches, allons voir dans la buanderie répond-elle. Benoît récupère tous ses vêtements, remercie et se dirige dans la salle de bains pour se changer. Une affaire de quatre minutes et trente secondes. Ayant recouvré son allure citadine, il se permet de demander à Monique s'il peut emprunter plus longuement le pull-over, sachant que les nuits sont fraîches et que son sac est resté dans le coffre de sa voiture perdue au milieu d'une mare. Pas de problème lui dit-elle, je vais même vous laisser quelques affaires de rechange afin que vous puissiez poursuivre votre séjour, pensez simplement à me les rapporter à l'occasion. Benoît lui explique qu'il est temps pour lui de reprendre la route, il est bien entendu très gêné de ne pouvoir dire au revoir à tout le monde, mais il doit vraiment y aller maintenant. Monique l'empoigne gentiment par les épaules et se permet de lui faire la bise, c'est 4 par chez nous assure-t-elle, le serrant le plus possible contre elle. Il s'installe rapidement au volant de sa Renault blanche qui démarre dans un nuage de fumée noire. Direction Pouppeville.

Le portail de la ferme à peine franchi, Benoît stoppe sur le bas-côté laissant le moteur tourner dans un concerto de claquements métalliques et sort le téléphone dans sa poche. Le code saisi, le petit appareil accroche enfin la borne réseau la plus proche, et émet 5 bips retentissants. Le premier message c'est Amandine, 17 h 05, où es-tu, je viens de rentrer, il faut qu'on se parle, le second c'est Amandine 17 h 25, qu'est-ce que tu fais avec ton téléphone, rappelle-moi, le troisième à 17 h 25, ce n'est pas Amandine mais Bérénice des services généraux. « Benoît Maréchal ? C'est Bérénice des services généraux, nous souhaitons récupérer votre véhicule de fonction, vu que vous avez été mis à pied il n'y a pas de préavis et vous devez nous le restituer rapidement, voilà, merci de me rappeler au plus tôt. » Bérénice c'est un petit carré plongeant auburn et artificiel de 25 ans environ, taille moyenne, plutôt jolie et élégante, qui lui faisait de l'œil comme toutes les femmes du cabinet au temps de sa gloire, c'est-à-dire jusqu'à la semaine dernière. Les vautours commencent à tourner, ils n'auront pas attendu bien longtemps. Message suivant, 18 h 45, Amandine semble inquiète et n'enregistre qu'un seul mot : « rappelle. » À 22 h 12 le ton est franchement mauvais, si c'est une blague elle est de très mauvais goût, rappelle-moi de toute urgence, merci. Une femme qui s'inquiète n'est-elle pas avant tout une femme qui aime ? Une fois encore elle s'est monté la tête, l'ego de Benoît lui souffle que les choses rentrent enfin dans l'ordre. Après avoir posé le téléphone, il enclenche la première dans un craquement de pignons, prêt à démarrer, puis revient au point mort. « Zut, c'est par où ? » Pas de GPS dans cette vieille guimbarde, dans le vide-poches en revanche se trouve une simple carte routière de Basse-Normandie. « À l'ancienne, » s'amuse-t-il. Le chemin vers l'autoroute mémorisé, il pose la carte sur le siège passager et prend enfin la route.

À peine 10 minutes plus tard, il est à nouveau sur l'A13, et dans la bonne direction de surcroît. Un quart de tour au potentiomètre de l'autoradio, et la cabine résonne des premières notes du second mouvement de la septième symphonie de Beethoven.

13.
Ludovic

Conduisant d'une main nonchalante, Benoît se détend enfin, les soucis de ces dernières heures s'envolent et il est grand temps de reprendre le cours de l'enquête.

« À nous deux Maria Da Silva. »

Deux heures plus tard, il emprunte la sortie vers Sainte-Marie-du-Mont et Pouppeville. Le village dont est originaire Odette Lemière est en effet situé à proximité de celui où s'est arrêté Benoît deux jours plus tôt. « Pas fâché d'arriver, se dit-il, les oreilles vont pouvoir se reposer. » Un panneau indiquant l'entrée du village le laisse toutefois perplexe, cela ressemble plus à un lieu-dit qu'à un village. Aucune place de l'église à droite ni à gauche et il est entouré de champs. La Renault effectue un demi-tour, revient sur ses pas et prend la première route à droite. Quelques dizaines de mètres plus en avant, il s'arrête à la hauteur de deux personnes discutant devant une maison. Benoît descend de la voiture et leur adresse un grand bonjour.

– Vous n'avez pas traîné, lui répond le plus jeune.

– Je vous demande pardon ?

– Vous êtes bien le couvreur ?

– J'ai peur qu'il s'agisse d'une méprise, je suis Benoît Maréchal, je ne suis pas couvreur.

– Ah… En voyant arriver la voiture j'ai cru que c'était lui. C'est pour notre toiture, c'est vieux tout ça et il commence à pleuvoir à l'intérieur. Avec les orages ça ne s'est pas arrangé et on s'est dit qu'il fallait faire quelque chose.

– J'ai bien peur de ne pas pouvoir vous aider, en revanche peut-être allez-vous pouvoir me renseigner, je cherche la maison Lemière.

– Lemière ? Connais pas… Suis là depuis 79, jamais entendu ce nom-là.

– Et savez-vous où est le cimetière le plus proche ?

– Sainte-Marie-du-Mont.

Après avoir prononcé cette dernière parole, l'homme lui tourne le dos et emmène son acolyte vers l'intérieur de sa maison. Benoît est stupéfait. Odette n'a pas été enterrée ici et il n'y a même pas d'église. Alors quoi, il a failli se noyer dans le naufrage de sa voiture, subi une nuit entière de tortures dans l'habitacle humide, fait tous ces kilomètres et bravé tous les dangers pour rien ? Un tourbillon d'idées accapare son esprit, pourquoi, comment et d'un coup, disparaît… Face à lui, le flanc d'une montagne, immense, noire, infranchissable. C'est l'amoncellement de ses tourments, ce qu'il ne veut pas voir depuis le début de cette aventure, préférant vivre dans le déni plutôt que se poser la moindre question. Brusquement, tout lui revient à l'esprit, un formidable choc cinématographique, l'ordinateur posé sur le bureau, ce rapport qu'il s'apprête à terminer, les images se succèdent à une vitesse folle, puis cet appel téléphonique du responsable des ressources humaines… Benoît, pourriez-vous monter un instant, je vous attends dans mon bureau, bien Olivier, j'arrive tout de suite. Il se lève et boutonne sa veste en chantonnant, bonjour Sara, comment vas-tu ? Hello Bernard, alors cette mission à Munich ? Tous ces collègues qu'il croise et qui ne lui répondent pas, oui là et là, regardez ! Sur le film ça ne fait aucun doute, celui-ci évite son regard, celle-là se retourne sur lui, arborant un étrange sourire, tous savent, ils jouissent du spectacle qui leur est offert et ne veulent surtout pas en rater une miette, la mise à mort de l'empereur qui a été trahi et poignardé dans le dos par ses plus proches collaborateurs, tous ligués contre lui. Pourquoi ? Il s'annonce, entrez s'il vous plaît, Maréchal, vous êtes débarqué avec effet immédiat, remettez-nous votre badge et veuillez suivre Yvan qui va vous reconduire au parking, nous nous occuperons de vos affaires et de votre ordinateur portable. Pas de musique, juste un horrible acouphène qui l'empêche de penser. Mais pourquoi ? Après le choc, l'humiliation, devoir suivre l'agent de sécurité par l'escalier de secours afin de ne pas croiser qui que ce soit, il n'a pas compris, c'est un robot qui monte dans sa voiture et rentre chez lui, il est 18 h 56, c'est fini.

Ses jambes toujours courbaturées ne le portent plus, il s'assoit maladroitement au bord de la route en s'aidant de la main. Il respire avec difficulté, secoué par de violents spasmes, d'un revers de manche il essuie les gouttes de sueur qui lui tombent dans les yeux, il a horriblement froid. Il tente de se relever, en vain, tout tourne, son regard ne parvient plus à accrocher le moindre repère, il ne parvient plus à réfléchir. Mais enfin, pourquoi ? L'orage, l'accident, ça n'était rien finalement, juste un préambule pour mieux le préparer à subir le véritable choc.

À cette minute, Benoît-le-Sioux a cessé d'exister, ne reste plus qu'un jeune homme qui se sent terriblement seul…

Le jeune Ludovic est fier de sa moto, c'est un cyclomoteur certes, mais avec des vitesses comme les grosses motos, ce qui change tout. Depuis qu'il a monté un plus gros gicleur de carburateur, l'aiguille du compteur taquine les 70 à l'heure à fond de cinquième. Si seulement son père le laissait monter un kit de plus grosse cylindrée, il pourrait prendre 15 ou même 20 kilomètres de mieux. Tant pis, avec ses économies et l'argent de son seizième anniversaire il passera le permis 125 centimètres cubes et là, ça sera une autre dimension. Le match de l'après-midi a été mouvementé avec la pluie, le terrain était une véritable pataugeoire et plusieurs de ses camarades se sont blessés. Lui n'a rien, mais ses deux tenues sont couvertes de boue et le match retour est demain, lundi. Au bénéfice d'un jour de grève de l'Éducation nationale prévu de longue date, les clubs s'étaient entendus pour organiser la revanche dans ce laps de temps très court. Il va falloir jouer serré avec sa mère car, faute d'un maillot propre, il risque de rester sur le banc de touche. C'est à cet instant qu'il l'aperçoit. Du coin de l'œil il a d'abord cru que c'était le Terre-neuve des voisins qui s'était une nouvelle fois fait la malle. Dans un crissement de freins, le deux-roues s'immobilise une dizaine de mètres plus loin. Contact coupé, béquille latérale en position, Ludovic fait quelques pas vers l'animal tout en dégrafant son casque. En fait de chien, ça ressemble plutôt à un ivrogne, couché sur le côté, à même la route.

– Ça va, monsieur ? Il ne faut pas rester sur la chaussée, vous m'entendez ?

L'homme est blanc comme un linge et sue abondamment, il respire anormalement vite avec de gros hics irréguliers. « La vache, se dit-il, celui-là en tient une belle et il n'est même pas encore l'heure de l'apéritif. » Pourtant, il ne sent pas l'alcool comme les copains du foot dans le même état après les troisièmes mi-temps. Il est peut-être malade. En un éclair, Ludovic a trouvé là, l'objet de sa diversion : il va ramener son malade à sa mère infirmière. Ça fera un sujet de discussion à la maison et avec un peu de chance elle proposera de lancer une machine afin de laver les affaires souillées de ce malheureux. Cette perspective décide Ludovic à prendre les choses en main. « Faut pas rester sur la route, tenez-vous à moi, je vais vous aider à vous lever. » Du haut de ses 15 ans, Ludo est un gaillard bien bâti et il a tôt fait de remettre sur pied le vagabond en plaçant son épaule sous son bras.

– Je vous emmène à la maison, maman est infirmière et va bien s'occuper de vous.

– Merci… bafouille notre Benoît.

– Vous avez mal quelque part ?

– Partout…

La maison Baudet est à une centaine de mètres de là, de ce court épisode, Benoît ne garde aucun souvenir.

– Maman ! J'ai trouvé un blessé sur la route ! hurle Ludovic en ouvrant la porte.

Un bruit de galopade à l'intérieur, une femme affolée se précipite du premier étage, dévalant l'escalier quatre à quatre. « Où est-il, mon Dieu, mais que s'est-il passé ? » Bref, à peine quelques secondes plus tard, elle se tient devant un Benoît livide, la bouche grande ouverte mais bien vivant. Après un rapide examen visuel de haut en bas puis de bas en haut, l'excitation de Manon Baudet retombe. Elle semble déçue à la vue de son blessé qui ne présente pas un état si dramatique que ça, quelques ecchymoses au visage qui ne sont plus très fraîches et puis regardez, il ne saigne même pas. Il faut préciser au lecteur que Manon est une infirmière hautement qualifiée, après son diplôme elle a œuvré deux années durant aux urgences de l'hôpital de Caen et des accidentés de la route, des suicides ratés, des victimes de rixes, elle en a vu des douzaines. Suite à son mariage elle tombe rapidement enceinte et le couple quitte la grande ville pour s'installer à Pouppeville où elle a grandi. La vie n'en est pas moins agréable et les nuits bien plus calmes qu'aux urgences. Ils emménagent dans une grande maison héritée de sa grand-mère et puis, c'est moins pollué ici. Toutefois, le métier n'est plus le même. Le tour des personnes âgées en soins à domicile, quelques piqûres et beaucoup de petites misères. Le quotidien est parfois interrompu pour une urgence dans les écoles ou sur les stades alentour, un bobo plus grave que les autres, parfois même quelques points de suture. Alors, un accident de la route, juste devant chez elle, c'était inespéré ! Le saisissant par l'autre aisselle, Manon prend rapidement les choses en main et aidée de son fils conduit Benoît à l'intérieur du logis.

– Tenez-vous à moi, asseyez-vous sur la chaise, vous avez mal quelque part ?

– Toujours la même question, il avait déjà répondu pourtant.

– Je me sens moulu de partout…

– Qu'est-ce qui vous est arrivé ?

– Je me suis fait virer…

Viré de quoi ? Interloquée, posant les mains sur ses hanches le temps de digérer l'information, l'infirmière marque un temps d'arrêt puis rajuste une mèche de ses cheveux blonds décolorés derrière l'oreille, afin de poursuivre l'interrogatoire plus à son aise. Si on l'avait expulsé d'une voiture il serait plus amoché que cela, que voulait-il dire ?

– Ludo, va me chercher un verre d'eau, ensuite tu rapportes ma trousse.

– Vous êtes tombé ? poursuit-elle.

– De haut… Tous, ils savaient, les salauds…

– Je ne comprends pas un traître mot, s'agace Manon, pouvez-vous reprendre depuis le début s'il vous plaît ?

D'un geste assuré, elle ouvre la fermeture éclair de l'affreux pull à col camionneur, puis remonte la manche droite afin de prendre sa tension. « Ludo, ça vient cette trousse ? » Allons-y, je vous écoute. Qui est cette femme qui lui pose ces questions et puis, où est-il ? Ah oui, il se revoit tomber sur la chaussée, le jeune garçon à la mobylette. Bon. Il est assis, on lui reprend son verre d'eau vide, visiblement il est en sécurité.

– Ils m'ont lynché, pourquoi… J'étais le meilleur, ils vont planter la boîte sans moi, traîtres et abrutis.

– Neuf… Ça n'est pas brillant, Ludo, prépare-lui un thé chaud. Vous n'avez pas de diabète ?

– Non…

– Mets-y trois morceaux de sucre. Continuez, je vous écoute.

– Après je suis tombé dans le bois, en courant…

Propos incohérents, tension basse, visiblement ce garçon a subi un choc, pourtant il ne porte pas de trace visible d'accident et ne sent pas l'alcool. En bonne professionnelle, il faut savoir avouer ses limites et puis il n'est jamais inutile de consulter l'avis d'un expert, aussi décide-t-elle d'appeler le docteur Gosselin. À cette heure, il doit terminer sa tournée et n'a peut-être pas encore attaqué l'apéro.

Benoît n'a gardé aucun souvenir de cet interrogatoire qui lui a été raconté ultérieurement : on l'a déshabillé, ausculté, manipulé, vous avez mal quand j'appuie là ? Non ? Et là ? Puis on l'a rhabillé, allongé sur un lit, forcé à avaler quelques pilules, j'aimerais aller aux toilettes, oui bien sûr, surtout dites-moi si vous avez du sang dans les urines, vous devez vous reposer un jour ou deux, avez-vous de la famille dans le coin ? Des amis ? Non. Que faites-vous par ici si vous ne connaissez personne ? Un déclic, une connexion, les souvenirs court termes reviennent, c'est vrai que faisait-il ici, eh bien il est là pour confondre Maria Da Silva.

« Je cherche les Lemière. »

Le médecin se gratte la tête en répétant ce nom, les Lemière, je ne vois pas, et vous Manon ? Non plus, personne ne connaît quelqu'un qui porte ce nom par ici. Avez-vous regardé dans l'annuaire ? Lemière, Lemière, il y en a bien mais pas sur la commune, vous êtes certain du nom, oui, Maman est-ce qu'on fait une machine pour les affaires du monsieur ? Resté en embuscade, le jeune Ludovic a attendu le moment opportun pour intervenir, oui, s'entend-il répondre, gagné, il jouera le match demain.

« Faudrait interroger la mère Lecœur, elle connaît tout le monde », déclare le praticien.

Bonne idée, pourquoi n'y a-t-elle pas pensé Manon, Guillemette Lecœur son ancienne institutrice. En 40 ans de carrière, celle que tout le monde appelle « mademoiselle Guillemette » avait vu défiler dans sa classe à peu près tout le monde dans un périmètre de 10 kilomètres, sur deux générations. Le docteur Gosselin est l'un des rares à se permettre de la nommer plus familièrement, d'une part car, ayant fait ses études à Caen, il avait échappé à son autorité et d'autre part, il soignait ses moindres tracas de santé depuis plus de 20 ans et s'était fait de la personne une tout autre image.

N'ayant personne à qui confier un malade dont les vêtements étaient dans le coffre à linge sale avec les maillots de foot du jeune Ludovic, Manon Baudet se mit en devoir d'accueillir le convalescent sous son toit, ce qui en temps normal n'aurait pas manqué de faire jaser dans le village. Fort heureusement, avec la caution du médecin on ne pourrait y voir que l'accomplissement de son sacerdoce médical. Et puis, ça ne pouvait tout de même pas être de sa faute si le Bon Dieu avait choisi son logis de femme seule pour y déposer l'un de ses fils égarés et c'était tant mieux pour elle si celui-ci était encore jeune et présentable.

La nuit a été paisible et a permis au subconscient de Benoît de faire le tri dans ses pensées, si bien qu'au matin, il se sent nettement mieux, le cœur réchauffé par le feu naissant d'une sourde colère couvant au fond de lui. Il lui avait fallu moins de 5 jours pour comprendre ce qu'il lui était arrivé et mettre un nom sur pareille situation : une trahison. Ce raccourci bien commode lui permet désormais d'en vouloir à quelqu'un – encore faudrait-il savoir qui – et de canaliser son énergie dans cet unique sentiment. On avait voulu sa peau, lui qui avait toujours été exemplaire au travail, un vrai professionnel avant toute chose, il s'était dépensé sans compter pour une bande d'ingrats qui ourdissaient en secret un complot visant à le faire tomber, lui, Benoît Maréchal, l'un des plus brillants associés de ce cabinet de Judas.

On va voir ce qu'on va voir et il n'est pas question qu'il accepte la première excuse du genre : « Benoît la boîte a besoin de toi, ça va mal tu sais », non, son orgueil attend beaucoup plus, avant d'imaginer pouvoir un jour pardonner. C'est là une formidable occasion de prouver à tout le monde qu'il a une fois encore raison. Tout d'abord, il va les laisser mijoter, sans donner de nouvelles à qui que ce soit qui pourrait renseigner ses bourreaux certainement à l'affût de la moindre nouvelle croustillante. Ils hésiteront forcément sur la raison de ce silence, entre une grosse dépression ou des vacances à l'autre bout du monde. Quelle ne sera pas leur surprise à tous ces médiocres, lorsqu'ils verront sa photo passer en boucle à la télévision et en première page des journaux, apprenant totalement ébahis la sensationnelle histoire de la concierge meurtrière élucidée par le nouveau Sherlock Holmes parisien : Benoît Maréchal. Quelle revanche ! Et quand tous ces opportunistes s'acharneront à le rappeler, dans l'espoir d'associer leurs misérables noms à son prestigieux panache, il ne décrochera même pas. Pas avant la cérémonie de remise de sa Légion d'honneur, à laquelle le Tout-Paris se bousculera. Amandine sera splendide en robe Chanel, perchée sur des escarpins immenses à la hauteur de son inaccessibilité et lui, Benoît Maréchal, héros de la nation sur lequel tous les regards convergeront... Pour l'heure, il est attablé devant un solide petit-déjeuner, portant à merveille l'ensemble de jogging prêté par l'adolescent.

– Si vous voulez, je peux vous accompagner la voir, j'ai un second casque, dit Ludovic à leur invité qui rêvasse en mâchonnant une tartine de confiture.

– Je vous demande pardon ?

– Mademoiselle Guillemette, je peux vous emmener la voir si vous voulez, nous sommes lundi et on devrait pouvoir la croiser à la sortie de la messe de 9 heures.

– La messe un lundi ?

– Depuis que l'ancien curé est parti nous en partageons un nouveau avec les paroisses alentours, il fait des rotations et la messe ici, c'est lundi matin. Elle ne doit pas souvent rater l'office, si vous voulez on tente le coup.

– Excellente idée, je vous suis.

– Tenez Benoît (le ton de Manon se fait plus intime après une nuit sous le même toit), voici quelques affaires de feu mon mari qui devait avoir la même carrure que vous. Le temps que les vôtres finissent de sécher.

– Pourquoi tu dis ça maman ? Papa n'est pas mort.

– Tais-toi, il a décidé de partir, c'est pareil, coupe-t-elle irritée.

Une fois encore, le pantalon est trop large pour Benoît et la chemise aurait pu en contenir deux comme lui. Ayant récupéré son fameux pull à col camionneur, sauvé in extremis du tambour de la machine à laver, il accompagne le jeune motard au garage. Tout en marchant, celui-ci lui glisse sur le ton de la confidence :

– Faut pas croire ce qu'elle dit, mon père c'est un type bien, c'est juste qu'il n'est pas né ici, et pour un ingénieur c'est compliqué de trouver un travail à la campagne. Il est parti à Cherbourg, il travaille à l'usine nucléaire, c'est un bon boulot mais maman ne veut plus qu'il vive ici. Avant, il revenait le week-end, maintenant c'est une fois par mois et encore, il doit dormir chez les voisins, ça fait toute une histoire. Tenez, c'est mon deuxième casque, serrez bien la jugulaire.

Occupé à vérifier le contenu de sa boîte vocale – vide – Benoît a écouté d'une oreille distraite son jeune compagnon. C'est au moment où celui-ci lui tend un casque jaune à paillettes couvert d'autocollants qu'il réalise ce qu'il s'apprête à faire.

– On peut aussi y aller en voiture, la mienne est garée dans la rue où tu m'as trouvé hier.

– Ça va aller plus vite en meule, vous n'avez pas peur au moins ?

– Pas du tout, enfin soyez prudent car les accidents et moi, ces jours-ci…

Dans un nuage bleu et malodorant, le léger deux-roues s'arrache, emmenant ses deux passagers. « C'est à Brucheville, à cinq minutes d'ici, » hurle Ludovic pour se faire entendre de son passager malgré le bruit épouvantable de la petite cylindrée. En effet, quelques minutes plus tard, le pilote étouffe son moteur devant une petite église. Benoît met rapidement pied à terre et parvient à dégrafer la jugulaire du casque, non sans mal avec les doigts qui tremblotent.

« On est un peu en avance, l'office ne devrait pas tarder à se terminer, » commente le jeune Baudet qui s'assoit sur un muret et tire de la poche de son blouson un paquet de cigarettes. Tandis que ce dernier est occupé à se noircir les poumons, Benoît fait quelques pas dans le petit cimetière bordant l'édifice. Odette serait-elle enterrée ici ? Les sépultures paraissent anciennes, mais ça n'est pas pour autant un bon indicateur. En effet, Gisèle Adam avait parlé de caveau familial, ce qui laisse penser qu'il abrite déjà une partie de ses aïeux. Soudain, les cloches se mettent à sonner, annonçant la fin de la messe. La porte s'ouvre et les premiers paroissiens s'en vont vaquer à leurs occupations, tout en profitant de cette journée sans pluie que le Seigneur leur offre.

À l'instant où Benoît revient sur ses pas en direction de la mobylette, il aperçoit Ludovic allant à la rencontre d'une dame qui doit être l'institutrice. Les quelques enjambées qui le séparent du couple lui permettent de prendre le temps d'observer cette dernière. La silhouette est sèche comme une trique et prolongée par un joli port de tête, son visage tout en longueur et surmonté d'un chignon lui confère une allure sévère.

– C'est ce monsieur, il cherche quelqu'un dans le coin, peut-être pourrez-vous l'aider…

– Bonjour madame, Benoît Maréchal.

– Bonjour jeune homme, fait-elle en le fixant sans ciller derrière une paire de lunettes en écaille.

– Voilà, je cherche la maison de ma voisine, je veux dire sa maison de famille lorsqu'elle habitait dans la région, à Pouppeville. On m'a dit que vous étiez la mémoire du pays, c'est pour ça que je me permets…

– Qui vous a dit ça ? répond-elle sans qu'aucun trait de son visage n'ait bougé.

– Euh… Tout le monde… Enfin, c'est, c'est le docteur Gosselin, finit-il par avouer, le ton de la plaisanterie qu'il utilise n'ayant nullement déridé son interlocutrice.

– Cet ivrogne ferait mieux de s'occuper de ses affaires, coupe-t-elle sur le même ton.

– Ah… Je vois… Bon… La personne que je cherche s'appelle Odette Lemière, elle a vécu par ici il y a fort longtemps, est-ce que son nom vous dit quelque chose ?

– Non, coupe-t-elle. Son visage n'a pas changé d'expression et elle n'a toujours pas cillé.

Benoît est déçu mais avant tout mal à l'aise, cette institutrice ne lui rappelle pas de bons souvenirs, lui pour qui école et ennui sont étroitement liés, il n'a jamais été serein devant ce genre de personnage. Quant à Guillemette, elle a parfaitement catalogué ce jeune fanfaron, le genre de ceux qui restent à rêvasser au fond de la classe, incapable de contribuer à l'effort collectif. Un cancre, un bon à rien.

– Eh bien… Je vous remercie, je suis désolé de vous avoir importunée… C'était ma voisine à Paris, se croit-il obligé d'ajouter comme pour se justifier.

– Était ?

– Elle est décédée très récemment, on l'a enterrée avant-hier et je voulais lui dire un dernier adieu ainsi qu'à sa famille, enfin, j'avais cru comprendre qu'elle en avait une.

– Hmm…

Le visage de la maîtresse d'école n'a toujours pas bougé d'un trait, elle fixe Benoît avec insistance, comme si elle essayait de lire en lui quelque chose qui lui avait échappé à la première impression.

« Au revoir madame », reprend-il en reculant, pas de réponse, toujours ce masque de sphinx, il est temps de prendre congé avant de se sentir mal pour de bon.

– Y a-t-il un autre cimetière dans les environs ?

– Oui, répond l'adolescent, celui de Sainte-Marie-du-Mont. Je peux vous y emmener si vous voulez, mais il ne faudra pas tarder car je joue juste après le déjeuner.

Un bon coup de jarret sur la pédale du démarreur permet de lancer le petit moteur, vroum, c'est reparti en direction du cimetière. Guillemette Lecœur n'a pas bougé, elle regarde impassible le deux-roues qui s'éloigne sur la route en direction de Sainte-Marie-du-Mont.

14.
Le Sacristain

Au bout de 2 kilomètres, la petite moto s'engage sur la place où Benoît déjeunait quelques jours plus tôt, puis elle emprunte la première sortie sur la droite. Il en profite pour jeter un rapide coup d'œil en direction du restaurant, espérant apercevoir la jeune Juliette. En vain. La mobylette s'immobilise non loin de là sur un petit parking et nos deux compères parcourent à pied le tronçon de la rue du Général-Eisenhower qui les sépare de l'entrée du cimetière. Celui-ci est nettement plus grand que celui de Auderville, que Benoît avait découvert quelques jours auparavant et il est organisé de façon nettement plus cartésienne autour de longues allées bien droites, séparant des rangées de tombes parfaitement alignées.

– On va se répartir la tâche, Ludovic, tu prends les allées en partant de l'entrée et moi je commence depuis le fond. L'inhumation a eu lieu très récemment je crois, on cherche des empreintes très fraîches dans la terre.

Sans trop savoir à quoi s'attendre, les deux hommes entament leur quête. L'adolescent, qui ne veut pas décevoir celui qui lui permet de jouer le match de l'après-midi, détaille chaque pierre afin de déceler une éventuelle trace de manutention. Les sépultures se succèdent, toujours pas de Lemière, certaines sont neuves et d'autres très anciennes. Des noms, des dates, des palmes, des fleurs, de nombreux messages « à notre père bien-aimé », ou encore « nous ne t'oublierons jamais », rappellent que sous chacune de ces pierres reposent des monceaux de souvenirs, des joies, des malheurs, autant d'existences à qui ce monde a appartenu un jour. Soudain, un cri retentit, c'est le jeune Ludo qui semble avoir trouvé quelque chose. Benoît accourt aussi vite que ses jambes raides le lui permettent, dopé par la délicieuse dose d'adrénaline que ce simple appel vient d'engendrer.

La pierre tombale que Ludovic pointe d'un bras tendu devant lui a été manifestement descellée récemment. Elle est posée sur de solides cales de bois et de petits morceaux de l'ancien joint de ciment sont éparpillés partout autour. La pierre porte l'inscription sans équivoque « Famille Leterrier », au-dessous sont gravés trois noms suivis de dates, le tout difficilement déchiffrables tant la pierre a été abîmée par les outrages du temps. Le dernier de la liste, le plus récent chronologiquement est : Marcel Leterrier 1888-1949.

– Vous pensez que c'est la bonne tombe ? demande Ludovic.

– Ça n'est pas le nom que je cherche, finissons notre tour, répond Benoît.

Les voilà repartis en quête. Une demi-heure plus tard, il faut se rendre à l'évidence, il n'y a pas d'autre emplacement pouvant laisser supposer une inhumation récente.

– Il est presque midi, je dois rentrer déjeuner car le coup d'envoi est à 14 heures et avant cela, il y a l'échauffement et le briefing de l'entraîneur.

– Vas-y Ludovic et merci de ton aide, répond notre ami, je vais rester encore un peu et rentrerai à pied, bonne chance pour ton match.

Alors que la moto s'éloigne dans un bruit strident, Benoît se laisse choir sur un banc de pierre à l'entrée du cimetière. Il a besoin de réfléchir. Fouillant dans sa poche il attrape le petit carnet qui ne l'a pas quitté depuis Paris malgré ses fréquents changements de tenues. Sur une page vierge, il écrit :

Pouppeville.
Pas d'église, pas de cimetière.
Lemière inconnu.
Cimetière Sainte-Marie-du-Mont.
Tombe Leterrier inhumation récente.
Lien possible ?

Qu'auraient fait Colombo ou Sherlock Holmes ? « Les faits, rien que les faits », se dit-il à voix haute. Rêvant à l'article que les journaux publieront lorsque toute la lumière sera faite sur cette affaire, il poursuit pour lui-même d'un ton solennel : « Nous avons un caveau dont la pierre a été fraîchement descellée, l'exhumation d'un corps déjà présent dont le plus récent y séjourne depuis plus de 50 ans est peu probable. Il y a donc fort à parier qu'il s'agit d'une inhumation et qu'un nouveau cercueil a été ajouté dans le caveau. Ce cimetière doit avoir un registre, trouvons-le et nous aurons la confirmation voire l'identité du défunt. Où range-t-on ce genre d'ouvrage ? Certainement au presbytère ou éventuellement à la mairie. » Son monologue est interrompu par la cloche de l'église qui annonce midi. Douze coups sourds à la sonorité si caractéristique des édifices normands, qui rappellent à notre détective que c'est l'heure du repas et que d'autre part les presbytères sont souvent proches de la maison de Dieu. « Le curé de la paroisse ! » Benoît se précipite, remonte la rue

Eisenhower en courant et traverse la place vide de toute circulation à cette heure. Fort heureusement ses jambes le font moins souffrir, c'est déjà ça. Parvenu au pied du bâtiment, il tente d'y pénétrer par la porte du transept, alléluia elle s'ouvre et Benoît pénètre dans les entrailles du lieu saint en espérant y rencontrer son serviteur. « Il doit bien y avoir quelqu'un, c'est la maison du Seigneur après tout. » Son attention est alors attirée par un bruit de chaise que l'on déplace sur le sol en pierre, apparemment derrière la sacristie. Il se hâte dans la direction d'où semble provenir ce bruit et aperçoit un homme d'une soixantaine d'années, vêtu d'une veste grise et d'un pantalon noir, occupé à aligner des chaises. Il se présente à lui aussitôt.

– Bonjour, vous êtes le curé ?

– Non mon ami, le curé est déjà parti, il enchaîne les visites dans les différentes paroisses des environs et là il doit être à…

Portant sa grosse main au front d'un air de dire, je ne peux pas non plus tout retenir, il reprend :

– Vous lui vouliez quoi à monsieur le curé, je suis le sacristain de la paroisse et je peux peut-être vous renseigner.

– Certainement… Tenez-vous un registre des inhumations ? Je cherche une amie qui a été enterrée hier ou avant-hier dans le cimetière, son nom doit certainement y figurer.

– En effet, nous avons un registre dédié à cette tâche, mais j'étais en vacances chez ma sœur ces derniers jours et j'ignore s'il y a eu une cérémonie récemment.

– Avec votre permission, serait-il envisageable que je jette un coup d'œil à ce registre ?

– Ça n'est pas très régulier mais bon, il n'y a point de secret après tout, suivez-moi dans la sacristie, c'est là que nous rangeons tous les registres de la paroisse.

Excité comme un enfant sur le point de découvrir un trésor, Benoît emboîte le pas au sacristain qui le conduit dans une petite salle située derrière l'une des chapelles du transept. Il se frotte les mains, il est sur le point de faire une découverte, ça ne fait aucun doute. « Le voilà », dit l'homme en se saisissant d'un gros volume relié de cuir marron dans une petite armoire de bois. Avec des gestes appliqués manifestant un profond respect pour tous ces morts couchés page après page sur cette sorte de grimoire depuis tant d'années, il le pose sur un pupitre faisant face à Benoît, après quoi il se met à tourner lentement les pages jusqu'à la dernière utilisée. Il pointe calmement son doigt sur la ligne la plus récente, relève le buste, chausse ses lunettes glissées négligemment dans sa poche de chemise, pointe à nouveau le doigt en fronçant les sourcils :

– Il y a effectivement eu une cérémonie samedi matin, comment s'appelle votre défunte ?

– Lemière, Odette Lemière.

– Ah je regrette, ça n'est pas ce nom-là.

N'y tenant plus Benoît bondit en direction du pupitre, après un demi-tour rapide sur une jambe il bouscule légèrement le bedeau en prenant sa place devant la page ouverte. « Monsieur je vous en prie, » proteste le sacristain outré par une telle démonstration d'irrespect envers sa fonction.

Benoît n'entend pas, son cerveau bouillonne, à la dernière ligne est écrit : 3 mai 2008 - Caveau Leterrier Allée 6 - Leterrier Odette, née en 1926.

– Je vous prie de bien vouloir m'excuser... C'était une amie très chère.

– Tout de même, répond l'homme agacé par ces brusques manières. C'est vrai, ça ne se serait pas passé comme ça avec monsieur le curé, à la suite de quoi il referme rapidement le précieux registre dans un bruit sourd qui résonne dans la petite pièce.

– Connaissez-vous la famille Leterrier ?

– Non monsieur, encore que c'est un nom courant dans la région, comme vous l'avez lu, ils ont un caveau dans le cimetière de notre paroisse, nous avons de très anciennes tombes qui servent encore à accueillir les descendants. Je dois partir, je vous raccompagne.

Prenant bien soin de reconduire le malotru à la sortie de son église, il ferme la porte de l'intérieur aussitôt celui-ci dehors, le bruit caractéristique d'une serrure que l'on actionne ne laissant aucun doute sur la suite à donner à la conversation.

Face à lui, se tient la terrasse de *L'Estaminet*, le petit restaurant où Benoît avait déjeuné jeudi dernier, véritable prélude à cette épopée normande. Tout le village semble s'être donné rendez-vous en ce lieu, des familles entières sont joyeusement attablées, profitant des rayons du soleil. D'un pas rapide il traverse la place et s'avance sur l'esplanade de bois. Un serveur, portant quatre assiettes en même temps, passe devant lui sans même le regarder, « excusez-moi », il pose son précieux chargement sans rien faire tomber et repasse devant Benoît une seconde fois, « je suis à vous tout de suite », avant de s'arrêter à une table prendre la commande. Puis, glissant son carnet à souche dans la poche de sa chemise, il se dirige directement à l'intérieur de la salle, évitant soigneusement de croiser le regard de ce nouveau client qui se présente en pleine heure de pointe, et selon toute vraisemblance, sans réservation. À chaque allée et venue du jeune serveur, notre client refoulé avance d'un pas en direction de la porte d'entrée donnant sur la terrasse, tant et si bien qu'à l'occasion du quatrième passage, le garçon ne peut faire autrement que de considérer cet encombrant client qui obstrue le chemin. Un sourire forcé, dodelinant de la tête, « c'est pourquoi ? »

– Bonjour, avez-vous une table en terrasse ?

– Combien de personnes ?

– Une personne, c'est pour moi, répond Benoît avec un grand sourire se voulant amical.

– Pour quand ?

– Eh bien… Pour maintenant, voilà, c'est… pour déjeuner.

– Pour aujourd'hui ! Vous avez réservé à quel nom ?

– À vrai dire… Je n'ai pas de réservation.

– Mon pauvre monsieur il faut réserver, je suis complet là, voyez c'est plein, c'est un week-end prolongé, c'est l'heure de pointe et on court partout, la prochaine fois surtout, appelez-nous à l'avance, il faut impérativement ré-ser-ver.

Sur ces mots, le jeune serveur se glisse d'un pas souple entre son interlocuteur et le tableau présentant le menu du jour et s'échappe en direction d'une tablée de six personnes qui clame à l'unisson un grand « ahhh ! » le voyant arriver. Les mains sur les hanches, furieux que l'on ose réserver un tel accueil à un futur porteur de la Légion d'honneur, Benoît s'apprête à protester énergiquement lorsqu'une joyeuse voix féminine s'élève derrière lui.

– Vous êtes resté dans la région, finalement ?

– Ah ! Bonjour Juliette, dit-il après s'être retourné, en réalité je suis parti et revenu…

– Ça vous plaît alors !

– On peut dire ça. Dites-moi, pourriez-vous me trouver une petite table ? Votre collègue m'a quelque peu éconduit et je…

– Je vais vous trouver ça, coupe-t-elle en lui adressant un clin d'œil complice.

Elle pénètre dans la salle et revient quelques instants plus tard.

– Tenez, vous allez vous installer ici, ils ont réservé pour 13 h 30, ça vous laisse largement le temps de manger un morceau, dit-elle en lui présentant une table pour quatre personnes.

– Je vous sers un demi ?

– Volontiers, merci Juliette.

Puis il s'installe confortablement à cette grande table, arborant son plus beau sourire, après quoi il allonge très précautionneusement ses jambes endolories devant lui, en prenant bien soin de regarder dans la direction du jeune serveur qui ne manque pas de lui adresser un regard noir à chacun de ses passages. Une minute plus tard, la jeune femme est de retour avec une grande chope de bière.

– Je vous ai mis une pinte, il y a eu de la casse ce matin et nous n'avons plus de petits verres, mais je ne vous compte qu'un demi, c'est cadeau de la maison !

Puis, elle éclate de rire et lui demande s'il veut le plat du jour en direct, ça sera rapide et comme il doit libérer la table ça serait mieux que ça lui convienne. En outre, c'est une escalope normande avec pommes de terre sautées, la spécialité de la maison, et oui c'est parfait, mettez-m'en une, merci. L'avantage avec les pintes, c'est que l'on peut se permettre de boire à grandes et belles gorgées. En définitive, plus on a de matière moins on prête attention à ce que l'on consomme. Bref, trois-quarts de pinte plus tard, il est temps de revenir aux choses sérieuses et à son carnet d'enquêteur.

3 mai, enterrement Odette Leterrier.
Née en 1926.
Coïncidence ou même personne ?

Les preuves, toujours les preuves, rien que les preuves.

– Et un plat du jour, attention l'assiette est très chaude, bon appétit !

– Juliette, ça vous évoque quelque chose la famille Lemière ?

– Non…

– Et les Leterrier ?

– Non plus, vous savez ce sont des noms courants dans le pays, excusez-moi mais je dois filer, nous avons beaucoup de monde, une autre bière ?

– Oui, merci.

Et quelques minutes plus tard :

– Et voilà, est-ce que vous allez rester dans la région ?

– Oui, peut-être un jour ou deux, tout dépend de l'avancée de mes recherches. Je ne prendrai pas de dessert, juste un café et l'addition.

La pinte est proprement vidée, le café de même, « merci encore Juliette, au revoir », et il se dirige vers la sortie.

Il est 13 heures et presque 30 minutes, la table a été libérée dans le délai imparti et il a même droit à un « au revoir, monsieur » de la part du jeune serveur au moment de franchir le seuil de la terrasse.

« Et maintenant, les deux Odette. Est-ce une seule et même personne ou bien une coïncidence ? » Cette seconde option semble difficile à croire. « Qui peut m'apporter la preuve qu'il y a un lien ? » Un frisson lui parcourt soudain l'échine, la personne à laquelle il vient de penser le renvoie à une période volontairement occultée de la vie de l'élève Benoît Maréchal, tant de mauvais souvenirs et pourtant, si quelqu'un sait quelque chose, ce ne peut être que la maîtresse d'école.

« Il faut revoir Guillemette Lecœur. »

15.
Guillemette

Manon Baudet doit savoir où trouver la maison de la vieille dame, c'est certain, aussitôt il se met en chemin vers Pouppeville, rien de tel qu'une petite promenade digestive sous un radieux soleil de printemps. Profitant de ce moment de répit, il dégaine son téléphone portable afin d'interroger sa messagerie vocale. « Vous avez un nouveau message », lui répond la voix, Amandine enfin, il savait bien qu'elle ne pourrait pas bouder bien longtemps. « Benoît, c'est Stéphane, Béa a eu ta femme hier au téléphone, il paraît que c'est fini vous deux ? Rappelle-moi. » Pourquoi Amandine avait-elle éprouvé le besoin d'étaler leur vie privée auprès de la femme de son meilleur ami ? La surprise laisse place à l'irritation, puis à l'inquiétude, ça n'était jamais arrivé jusqu'alors, doit-il s'en inquiéter ? Après quelques minutes de réflexion la solution se présente enfin, limpide, indiscutable. Elle souffre certainement de ne pouvoir l'appeler, lors de leur dernière conversation cette femme têtue comme une mule n'a-t-elle pas annoncé qu'elle ne rappellerait pas ? Ne pouvant se dédire, elle s'est rabattue sur Béatrice, sachant pertinemment que Benoît en serait tout de suite informé. La coquine. Après tout, lui aussi a bien envie d'entendre le son de sa voix, de partager l'avancée de son enquête avec quelqu'un de confiance et puis faut-il l'avouer, elle lui manque un peu. « Bonjour, c'est Amandine, laissez-moi un message après le bip. » Non, pas de message, les informations de ses investigations sont encore confidentielles et il ne les partagera que de vive voix. « J'essaierai plus tard. »

La Renault blanche est là où il l'avait laissée hier, garée de travers sur le bas-côté, avec les clés sur le contact. Il hésite un instant, puis ouvre la portière pour les en retirer, c'est plus prudent, on ne sait jamais après tout, il n'a pas eu beaucoup de chance avec les voitures ces derniers temps. En poursuivant son chemin en direction de la maison de ses hôtes, il aperçoit Manon Baudet dans le jardin, armée d'un sécateur, prête à en découdre avec un épais buisson de ronces.

– Ohé !

– Alors, vous l'avez trouvée votre dame ?

– Pas vraiment, je dois parler à madame Lecœur.

– Ludovic ne devait pas vous emmener la rencontrer ce matin ?

– J'ai obtenu de nouvelles informations depuis lors qu'il me faut partager avec elle. Savez-vous où je pourrai la trouver ?

– Chez elle j'imagine, c'est la première maison à gauche lorsque vous arrivez à Brucheville, pouvez pas vous tromper, elle a des volets bleus.

– Merci !

– Vous dînez avec nous ce soir ?

– Avec grand plaisir, merci pour l'invitation.

Tel le chien de chasse qui a retrouvé la piste, Benoît sent à nouveau l'excitation monter en lui, il touche au but il le sent. Amandine sera fière de lui, elle qui se plaint toujours que l'horizon de ses aventures ne dépasse pas le bureau !

Le break se gare devant une bâtisse légèrement délabrée, la description de l'infirmière était utile, il n'y a aucune autre maison aux volets bleus. Il claque la portière et après une seconde d'hésitation, prend le chemin de la grille d'entrée. « Courage Benoît, ce n'est qu'une femme comme les autres, elle ne va pas te sauter à la gorge » se dit-il en ouvrant la grille. Avant même qu'il n'ait eu le temps d'actionner le carillon, la porte de la maison s'ouvre sur le visage dur et interrogateur de mademoiselle Guillemette.

– Encore vous, que voulez-vous ?

– Excusez-moi de vous déranger, il fallait que je vous parle.

– Je vous ai déjà dit que je ne connaissais pas votre amie, si je n'avais pas cru que c'était la voiture de l'électricien, je n'aurais pas ouvert, dit-elle sèchement.

– Je m'étais trompé de nom et le sacristain m'a heureusement renseigné, laissez-moi vous expliquer, c'est l'affaire d'une minute je vous assure… reprend Benoît sur un ton suppliant.

À l'évocation de la fonction paroissiale du témoin cité, le regard de la vieille dame s'adoucit légèrement, d'un hochement de tête elle invite Benoît à poursuivre. Comprenant qu'il n'aura pas de seconde chance, celui-ci va droit au but.

– Selon toute probabilité, mon amie a été inhumée hier dans le caveau Leterrier et je cherche des membres de la famille, des connaissances, qui pourraient me confirmer qu'il s'agit bien là de la bonne personne.

– Ils sont tous morts, répond-elle à voix basse.

– N'y a-t-il plus… aucun descendant ? insiste timidement Benoît, intrigué par le curieux ton de l'institutrice.

Guillemette Lecœur n'est pas femme à s'en laisser conter, elle qui a maté des générations de morveux n'est nullement disposée à se laisser tirer les vers du nez par ce jeune vaurien qui n'est, semble-t-il, même pas de la région. Devant le silence de la maîtresse d'école, Benoît poursuit, bien décidé à ne pas gâcher cette occasion, il joue le tout pour le tout :

– Le sacristain m'a dit que vous connaissiez bien cette famille, hasarde Benoît, si vous acceptez de me parler d'eux je serai comblé, j'ai fait tout ce chemin en mémoire de mon amie, vous comprenez...

L'argument a fait mouche, la réaction de stupeur chez l'institutrice laisse à penser que le mensonge de Benoît quant à une éventuelle confidence du bedeau, n'est pas si loin de la réalité.

– Laissez ces pauvres gens reposer en paix, ils ont assez souffert comme ça !

Benoît jubile, en plein dans le mille, la vieille connaît la famille et compte tenu de son âge, il est presque certain qu'elle a connu Odette, car il s'agit bien d'elle, il en est maintenant tout à fait sûr. Odette Lemière et Odette Leterrier ne peuvent être qu'une seule et même personne, toute coïncidence est exclue et Guillemette Lecœur doit maintenant se mettre à table. Il a été intrigué par son attitude lors de la discussion de ce matin, elle semblait chercher à cacher quelque chose c'est maintenant certain. Le mobile de Maria Da Silva ? Peut-être. Un crime passionnel ? Possible. Une histoire d'héritage, oui, ça doit être assurément une question d'argent, ceci expliquerait l'origine de la fortune cachée de sa voisine, comment elle pouvait vivre dans un quartier aussi chic de la capitale et se payer le luxe de verser plus de six mois de loyer d'avance par-dessus le marché. Tout concorde, beaucoup de gens sont prêts à tuer pour de l'argent et la concierge était dans toutes les confidences de la voisine du premier étage. Il faut remonter à la source, comprendre d'où peut provenir cet argent, si un trésor a existé, tout le village devait être au courant, l'institutrice en premier. L'échange de regards s'est prolongé plusieurs longues secondes, à présent qu'il a compris, Benoît reprend de l'assurance.

De l'empathie, du tact et de la diplomatie, il faut manœuvrer finement. Tenter de l'acheter ? Non, ça ne serait pas une bonne idée, à son âge l'argent ne doit plus représenter grand-chose, le coup du sacristain avait fonctionné en revanche... Elle se rend à la messe chaque semaine selon le jeune Ludovic qui était certain de l'y trouver ce matin.

– Vous avez bien raison, ces malheureux, c'est horrible ce qui s'est passé... C'est pour cela que j'ai pensé qu'il était de mon devoir de chrétien de venir jusqu'ici prier pour eux.

Toujours pas de réponse, l'allongement de son nez l'aurait-il trahi ? Non, le regard de son interlocutrice a changé, Benoît n'en est pas certain mais il croit y deviner de la haine mélangée à de la pitié, en baissant les yeux il aperçoit la main de la mère Lecœur crispée sur la porte, les ongles de ses doigts grattant machinalement la peinture bleue du panneau extérieur. De nombreuses séances de négociations avec les clients les plus retors toutes ces années durant lui en a appris long sur le langage du corps ; il en était parvenu à savoir identifier et interpréter tous ces petits signes incontrôlés qui trahissent les pensées de ses interlocuteurs. Celui qui jetait des regards à droite affabulait, si c'était à gauche c'est qu'il cherchait une information, la main sur la bouche c'était celui qui pense le contraire de ce qu'il dit et les doigts… Une main parle plus sûrement que la bouche de celui à qui elle appartient, car une main ne sait pas mentir. Ces longs doigts noueux qui cherchent à creuser le bois avec les ongles, ils veulent dire quelque chose, la vérité sur le trésor ? Il faut la provoquer pour qu'elle parle, la faire sortir de sa réserve. Rassemblant tout son courage et essayant d'avoir l'air très sûr de lui, il poursuit :

– Vous lui en voulez pour ce qui est arrivé, n'est-ce pas ?

– Cette garce ! explose la vieille femme. Elle les a tués !

Benoît se fige soudain, il n'en croit pas ses oreilles, Guillemette Lecœur entre en état d'hystérie, ses yeux écarquillés fixent Benoît avec fureur, Odette Lemière alias Odette Leterrier serait une meurtrière ! Cet instant semble durer des siècles, comment est-ce possible, lui, Benoît aurait porté les courses d'une tueuse ? Ça n'a pas de sens, c'est Maria Da Silva la coupable, c'est elle qui a empoisonné le porto ! Non, ça n'a aucun sens, les dates sur le caveau bien que difficilement lisibles sont espacées dans le temps, Odette n'aurait pas pu commettre tous ces crimes à plusieurs années d'intervalle. La vieille dame en transe s'apprête à fermer sa porte au nez du visiteur, Benoît s'interpose, repoussant celle-ci de toutes ses forces :

– Qu'a-t-elle fait ? Dites-le-moi, qu'a-t-elle fait ? Pourquoi la détestez-vous à ce point ?

– Elle fricotait avec les boches ! hurle-t-elle.

Benoît est plus fort et l'institutrice ne pouvant retenir le vantail plus longtemps tombe à la renverse. Il se tient debout, immobile, dans l'embrasure de la porte, tandis qu'elle gît au sol essayant de se relever, puis elle éclate en sanglots… Ému par ce triste spectacle, il se penche vers elle, lui prend le bras, elle continue à pleurer comme une enfant… « Elle les a tués, elle les a tués, » répète-t-elle entre deux sanglots.

Benoît lui prend la main, il tente de la calmer, ne sachant que dire. Tout s'emmêle dans son esprit, il a perdu le fil de son enquête, Odette aux yeux bleus, sa voisine, ce serait elle la coupable, mais coupable de quoi ? Cette femme le sait, il faut qu'elle le lui dise, il doit savoir, c'est son enquête, son article dans le journal avec sa photo. Avec beaucoup de délicatesse, il l'aide à se relever, puis la conduit vers la table toute proche dont il tire une chaise afin qu'elle puisse s'asseoir. Je vais vous chercher un verre d'eau, non, la bouteille de calvados répond Guillemette, dans le buffet, là. Il revient avec deux verres et une bouteille sans étiquette, en silence il les remplit et prend place autour de la table à côté d'elle. Après quelques gorgées d'alcool, le rythme des respirations se calme, le regard de Benoît se promène entre les fleurs de la toile cirée, il n'ose relever la tête vers l'institutrice.

Les boches… S'agissait-il d'un trésor de guerre ?

– Vous connaissiez bien Odette, n'est-ce pas ? Vous étiez son amie peut-être… ?

– Oui…

– Que s'est-il passé ? demande-t-il très doucement.

– Avant les événements elle est partie se réfugier chez sa tante… Je ne l'ai plus jamais revue.

– Les événements ?

Les verres sont vides. Benoît les remplit à nouveau, invitant ainsi l'institutrice à poursuivre. Ses larmes ont cessé de couler, elle a baissé la garde et s'est calmée, d'un ton neutre elle poursuit son récit, les yeux humides perdus dans le vague.

« Le Débarquement, en 44… Certains ici pressentaient qu'il y allait avoir de la bagarre, toutes les nuits des avions lâchaient des bombes, le matin on comptait les morts… C'était un petit village, on se connaissait tous… Tout le monde avait peur. La mère d'Odette avait une jeune sœur, Augustine, elle était partie s'installer dans la Hague avec son mari, ils y avaient une ferme. Les Lemière, c'était eux… René et Augustine. À cette époque toute la côte littorale était une zone interdite, on ne pouvait pas y entrer ni en sortir, les Allemands avaient tout bloqué. Nous autres les habitants du pays on pouvait tout juste se déplacer dans la zone, encore fallait-il avoir un laissez-passer en règle et les contrôles étaient nombreux… » Elle avale une gorgée de calva, les traits sévères de son visage ont disparu, on dirait qu'elle a rajeuni de dix ans. Elle parle avec beaucoup d'émotion dans la voix, Benoît écoute attentivement, fasciné. « Les boches étaient partout, avant ça se passait bien, c'était des braves types pour la plupart, ils achetaient nos œufs, notre lait, du cidre… On vivait presque normalement. C'est quand les bombardements ont commencé que tout a changé, ils sont devenus nerveux, il y avait comme de l'électricité dans l'air, ils voyaient des espions partout, il y a eu des arrestations, des gars du village ont disparu du jour au lendemain. Alors un jour, la mère Adèle, elle a dit comme ça, toi tu files chez ta tante. Adèle, c'était la mère d'Odette. Le lendemain matin, Odette est partie sur son vélo pour la Hague, on ne s'est plus jamais revues. »

– Et… Pourquoi… Enfin, vous avez dit tout à l'heure… Que s'est-il passé ensuite ?

« Quand elle est rentrée après la guerre j'avais quitté le pays. On n'avait plus rien ici, tout était détruit, les bêtes, les champs, les maisons… Je suis restée six années à Tours, j'avais commencé à travailler comme institutrice, ça me plaisait davantage que la vie de fermière. Et puis, j'ai eu le mal du pays, mes parents s'étaient arrangés avec le maire du village pour que je vienne enseigner ici, j'étais heureuse. À mon retour la mère d'Odette venait de mourir quelques semaines plus tôt et le père s'était muré dans le silence, il ne voyait plus personne, ne sortait jamais de chez lui. Il est mort quelques années plus tard, dans l'indifférence la plus totale. Ici, personne ne voulait en parler, c'était un sujet interdit. Quand je demandais où était Odette, on me faisait signe de me taire, chut ! (elle met son index devant la bouche) ne prononce pas ce nom, ça porte malheur ! »

– Vous n'avez jamais su ce qui s'était passé ?

– Il s'est passé quelque chose là-haut (dans la Hague, au nord-ouest de la presqu'île du Cotentin), j'ignore quoi, les gens ne parlent pas beaucoup par ici. Les vieux disaient que la mère Adèle était morte de honte à cause de sa fille, elle non plus n'osait plus sortir de chez elle dans les derniers mois de sa vie.

Elle reprend une gorgée de calvados, reste silencieuse une quinzaine de secondes. Alors que Benoît, impatient, allait la relancer, son visage redevient grave. « C'était l'épuration… On faisait la chasse aux collabos, aux profiteurs… et l'occasion était belle pour certains de régler les vieux comptes… Des histoires de voisinage, de propriété, d'adultère, rien à voir avec les boches, il suffisait que deux ou trois gaillards pointent du doigt quelqu'un en criant collabo, collabo et tout le monde reprenait en chœur… Parmi la foule il y avait de véritables gredins, à les écouter ils avaient tous été résistants pendant la guerre, c'étaient ceux qui tapaient le plus fort sur ces pauvres types, comme ça, ils espéraient passer pour des héros et faire oublier leurs propres crimes… Dans le village on se méfiait de tout le monde, la plupart des gens voulaient oublier, tirer un trait sur cette période et continuer à vivre, vous autres qui n'avez pas vécu cette horreur, vous ne pouvez pas comprendre… Quand Odette est rentrée, les gens d'ici ont commencé à raconter des histoires, comme quoi il s'était passé quelque chose là-haut et qu'elle y était mêlée… Ses parents la défendaient, ils disaient que c'étaient des affabulations, des histoires d'ivrognes, fallait voir le père Leterrier, il ne parlait pas beaucoup c't'homme-là, mais il distribuait facilement les coups de poing. Odette restait cloîtrée chez elle, comme le père et la mère ne donnaient aucune explication les gens ont fini par s'imaginer des choses, ils l'ont accusée de tous les maux, il se disait qu'elle avait fricoté avec les Allemands quand elle était là-bas… Les esprits ont commencé à s'échauffer au village, on avait besoin de coupables, la mère a eu peur qu'ils s'en prennent à sa fille, alors elle l'a envoyée se cacher, comme en 44… Cette fois, personne n'a jamais su où… À la suite de cela, ça a été pire, quand les gens ont découvert qu'Odette avait fui, ils ont interprété ça comme un aveu, si elle s'était enfuie c'est parce qu'elle était coupable… Ils ont commencé à accuser les parents, chacun y allait de bon cœur, les vieilles rancœurs se sont transformées en haine, même ceux qui ne les connaissaient pas se sont mis à les calomnier… » Guillemette ferme les yeux et baisse la tête, elle semble très affectée à l'évocation de cette histoire. Benoît, resté silencieux, pose doucement sa main sur la sienne. De grosses larmes lui coulent à nouveau le long des joues, elle hoche la tête. « C'était horrible monsieur, je vous assure. Nos parents étaient amis avant la guerre, on se voyait souvent, mais le village est petit vous savez, enfin moins qu'aujourd'hui, cependant ils ont dû choisir leur camp… Les Leterrier se sont retrouvés abandonnés de tous, isolés, pas un seul jour sans qu'une pierre ne vienne fracasser l'une de leurs fenêtres ou que leurs plantations ne soient saccagées par des vauriens. Ils vivaient cloîtrés, le moindre de leurs gestes était épié, des bêtes traquées… La mère ne l'a pas supporté, elle est morte… – un sanglot – elle est morte seulement quelques semaines après. Et le père l'a suivie dans la tombe. Voilà, vous savez tout, je n'avais jamais raconté cette histoire. »

Notre enquêteur est aussi ému que surpris, il ne s'attendait pas à un tel récit, sa main tient toujours celle de la vieille femme. Celle-ci semble apaisée d'avoir pu enfin se confier, libérée du poids de toutes ces années de silence.

– Avec elle, j'ai perdu une sœur… Elle n'est jamais revenue au pays, pas même pour l'enterrement de ses parents, nul n'en a jamais plus entendu parler. Jusqu'à ce que ce matin vous prononciez son nom…

– Vous lui en voulez… ?

– Oui… Je lui en ai voulu tout ce temps, de m'avoir privée de ma meilleure amie, de ne jamais avoir cherché à me revoir, des années durant j'ai guetté le facteur avec l'espoir qu'il m'apporte une lettre d'Odette…

– Je comprends…

– Non, vous ne comprenez pas jeune homme, vous ne pouvez pas comprendre. Une famille entière anéantie par sa seule faute, imaginez le calvaire qu'elle a fait vivre à ses parents qui en sont morts de honte ! Comment peut-on faire ça ? C'est un monstre et moi je l'aimais comme ma sœur, je n'ai jamais cessé de l'aimer malgré tout ce qu'elle a fait, ça, vous ne pourrez jamais le comprendre, monsieur !

Ces derniers mots ont été prononcés sur un ton sans équivoque, Benoît sent qu'il est temps de clore la conversation. Cette femme a livré son secret, il n'y a rien d'autre à espérer, toute sa vie elle a aimé un fantôme, sans jamais pouvoir en parler ni pouvoir se l'expliquer. Elle n'aurait probablement pas eu la même existence si Odette était restée son amie, peut-être se serait-elle mariée, aurait-elle eu suffisamment confiance dans la vie pour fonder une famille, qui sait si elle aurait été aussi sévère avec ses élèves ?

Maria Da Silva paraît maintenant bien loin de toute cette histoire. Pourtant, l'instinct du Sioux ne se trompe jamais, la concierge va pouvoir courir encore quelque temps mais trop d'indices convergent vers elle.

À l'instant où Benoît se lève pour prendre congé, il se souvient de la photo restée soigneusement pliée dans la poche de sa veste. D'un geste rapide il s'en saisit, la déplie et la présente à Guillemette Lecœur. « Connaissez-vous cet homme ? » Celle-ci prend la photo, la pose sur la table devant elle, puis se lève pour aller chercher ses lunettes posées sur le buffet. À nouveau assise, elle reprend la photo entre ses doigts et la regarde longuement. Elle lève lentement les yeux vers Benoît l'air interrogateur, puis se replonge dans la contemplation de la photo.

– C'est l'Alsacien…

– Vous le connaissez ?

– Il était hébergé chez les Leterrier à la fin de la guerre. Il était gentil, il parlait français… On avait le même âge.

– Vous savez ce qu'il est devenu ?

– Aucune idée, on ne l'a jamais revu après, conclut-elle en lui rendant la photo.

Benoît reprend le précieux document qu'il range à nouveau dans sa poche de veste.

– Après quoi, chère madame ?

– Après le Débarquement, enfin dans ces eaux-là…

– Et… vous saviez ce qu'il faisait chez les Leterrier ? Je veux dire… c'était un employé de la ferme ?

– Ah ça non ! reprit-elle avec un étrange petit rire, c'était un boche, un soldat !

– Je ne comprends pas… Benoît est stupéfait, il ne voit pas le rapprochement.

Guillemette prend cette fois le ton de la maîtresse d'école qui s'adresse à un élève auquel il faut expliquer plus lentement la leçon : « Eh bien ils nous envoyaient leurs soldats, réquisition, vous comprenez ? (Manifestement Benoît ne comprend toujours pas.) Ils vivaient chez l'habitant, les chleuhs, on les logeait, ils avaient toujours faim, on devait cirer leurs bottes. On n'avait pas le choix, c'était l'occupant qui dictait ses lois, certains étaient aimables, d'autres moins, dans l'ensemble ils étaient tous très jeunes ou très vieux, mais ils se tenaient plutôt bien, car ils avaient une peur bleue de leurs officiers dont beaucoup parlaient français. Chaque ferme avait hérité de son lot de vert-de-gris, les Leterrier offraient l'hospitalité forcée à cet Alsacien, certains en supportaient plusieurs alors il ne fallait pas qu'ils se plaignent et puis l'occupant les indemnisait de quatre francs par jour, c'était pas rien. » Combien de temps est-il resté à la ferme ? Elle ne sait plus trop, six mois peut-être, un an tout au plus. « On ne les voyait pas souvent car dans la journée ils creusaient des trous ou bâtissaient des murs pour la défense des plages, ils partaient tôt le matin et rentraient tard le soir, parfois après le couvre-feu de 22 heures. » Benoît, qui ne s'est jamais intéressé à l'histoire, se souvient que la France a été occupée lors de la dernière guerre mondiale, il imaginait que les belligérants vivaient dans des camps équipés de tentes toutes alignées, comme dans Astérix le Gaulois, jamais il n'aurait pu penser que de tels contacts avaient pu se créer entre les ennemis.

– Odette connaissait donc cet Alsacien ?

– Bien sûr, elle lui avait même abandonné sa chambre, la pauvre.

– Ah tiens ? Et... vous a-t-elle parlé de lui ?

– Pas que je me souvienne. Je vous l'ai dit : il était poli, on avait le même âge, 17 ans par là... Il parlait français, voilà tout.

– Vous souvenez-vous de son nom ?

– Si vous êtes en possession de cette photo c'est qu'Odette vous l'a donnée, elle a dû vous dire comment il s'appelait, répond-elle, une pointe d'agressivité dans la voix.

– En réalité je l'ignore, j'ai trouvé la photo chez elle et je... je pensais que c'était un parent à elle, c'est la raison pour laquelle je l'ai emportée avec moi dans l'espoir de retrouver sa famille.

– Les boches, on leur donnait tous un sobriquet, lui, on l'appelait l'Alsacien. Je crois qu'il s'appelait Gustav. J'ignore ce que vous cherchez monsieur, mais je vous ai dit tout ce que je savais. Il est tard, je suis une vieille femme fatiguée et je vous prie de vous retirer.

– Bien sûr, excusez-moi, merci encore madame Lecœur, merci.

En prenant place dans la vieille Renault, Benoît n'a pas encore bien compris le sens de toute cette histoire, il était à cent lieues d'imaginer qu'en portant les courses d'une voisine il allait pénétrer à ce point dans sa vie privée. Les preuves. Le carnet.

Mademoiselle Guillemette.
Retour en 1951.
Odette disparaît en 1946 ou avant.
Où est-elle allée ?
Pourquoi a-t-elle fui ?
Gustav l'Alsacien, soldat allemand.
Qui est-il pour Odette ?
Où est-il ?

Abasourdi par ce qu'il vient d'apprendre, il n'en est pas moins déçu. Un trésor aurait été bien plus intéressant, surtout un trésor de guerre à l'origine louche, ça, c'est du mobile. Et pourquoi pas, après tout ? L'institutrice avait dit qu'Odette fricotait avec les boches. Et si elle n'a pas dit tout ce qu'elle sait comme elle a voulu le faire croire ? Odette et Gustav auraient-ils eu une liaison ? Ils avaient le même âge, 17 ans environ, c'est tout de même un peu jeune pour ce genre de relation, et puis fricoter ne se limite pas nécessairement à cette définition. Guillemette Lecœur était institutrice, elle connaît le sens des mots et ne les utilise pas par hasard. Qu'a-t-elle voulu dire par fricoter ? Qu'est-ce que deux jeunes de 17 ans auraient pu manigancer ? Du marché noir, peut-être... Le trésor, le voilà le trésor ! Odette et Gustav se rencontrent par la force des choses, ils ont le même âge et lui parle le français, deux facteurs qui, ajoutés au fait qu'ils dorment sous le même toit, peuvent favoriser un rapprochement entre ennemis. Au fond, sont-ils ennemis ? Ce sont des adolescents, aucun n'a choisi son camp, le voilà le lien ! Le degré d'excitation monte. Lui, Benoît Maréchal est sur le point de faire toute la lumière sur un crime dont la clé est une énigme vieille de plus de soixante ans, les journaux seront dithyrambiques à l'égard du Sherlock Holmes français ! Ces deux jeunes gens vont manigancer un trafic de marché noir ou quelque chose dans le genre, et amasser un trésor. Alors que les Alliés sont sur le point de débarquer, Odette s'enfuit chez sa tante, la peur des bombardements ou la peur d'être démasquée ? Emporte-t-elle le magot ? Possible. Cela pourrait expliquer les histoires que racontent les gens de là-bas. Elle a aussi pu l'enterrer avant de partir, dans le but de le récupérer après la guerre. Bon. On perd la trace de l'Alsacien après le débarquement. A-t-il été tué au combat ? La photo date de novembre 1943, il a très bien pu la donner à Odette avant les événements de Normandie. A-t-on une preuve qu'il a survécu ? Non, pour l'instant considérons qu'il est porté disparu. Odette rapporte le magot ou le retrouve à son arrivée à Pouppeville, ça commence à jaser dans le village, ses parents sont-ils dans la confidence ? Selon toute vraisemblance, ils le sont, ce qui explique qu'ils poussent leur fille à fuir, quitte à la faire passer pour coupable aux yeux de tous. Les malheureux ne se remettent pas de ce que leur fille unique (Guillemette n'a-t-elle pas dit que tout le clan avait disparu) ait pu devenir une criminelle et se laissent mourir de honte et de chagrin. Cela explique aussi pourquoi Odette n'est jamais revenue au village, par prudence elle a même préféré couper les ponts avec sa meilleure amie, avoir de l'argent dans cette difficile période d'après-guerre aurait éveillé les soupçons. Ça se tient. À Paris, elle planque le magot et loue un appartement dans le 16e arrondissement, avec les années elle devient plus bavarde et se confie à la concierge de son immeuble qui, à coup sûr, s'est étonnée de voir cette locataire payer ses loyers d'avance. La suite, on la connaît. De quelle preuve avons-nous besoin maintenant ? Oh, oh, Amandine tu vas en tomber de ta chaise, prépare ta tenue de gala, l'heure approche !

« Bonjour, c'est Amandine, laissez-moi un message… » Bon. Elle doit être au cinéma, on rappellera plus tard. Les preuves Benoît, il faut trouver le trésor, assurément c'est le mobile du crime. Il réfléchit plus longuement. Si Odette est partie de Pouppeville avec son secret, il ne reste plus rien ici, les preuves sont à Paris. Ou dans la Hague… « S'il n'existe plus de maison Leterrier dans ce coin, je pourrai peut-être retrouver la ferme des Lemière, là-haut dans la Hague. S'il s'est passé des choses, il est possible que je retrouve un témoin, comme l'institutrice ici… »

16.
Béatrice

La pendulette de bord indique qu'il est bientôt 19 heures, zut, le dîner chez les Baudet. Tandis qu'il lance son moteur, le portable sonne. Conduisant d'une main il décroche de l'autre.

– Allô, Amandine ?

– Non, c'est Béa.

– Ah… Salut, excuse-moi, j'attendais un appel d'Amandine.

– Ça m'étonnerait Benoît…

– Comment ça ?

– Je ne pense pas qu'elle t'appelle Ben, enfin, il faut que je te parle.

– Oui, mais tâche de faire vite car je me rends à un dîner et j'aimerais disposer de quelques minutes pour rappeler ma femme avant.

– Arrête ton cirque et écoute-moi Benoît, j'ai passé la journée avec elle, c'est fini, est-ce que tu as compris ça ?

– Qu'est-ce que tu me racontes, qu'est-ce qui est fini ?

– Vous deux, votre relation, elle te quitte, Benoît c'est TER-MI-NÉ !

– C'est ridicule, c'est une blague de mauvais goût Béa, si ma femme voulait me quitter, elle me l'aurait dit !

– Elle l'a fait… Tu n'écoutes pas… Tu n'écoutes jamais et c'est bien la raison pour laquelle je t'appelle, je le fais par amitié pour vous deux, Benoît.

La Renault s'est arrêtée devant la maison Baudet dans un crissement de pneus, en plein milieu de la route. Il se passe quelque chose d'anormal, Béatrice pour la dernière fois, c'est une très mauvaise blague, non Benoît, c'est une très triste vérité, il est temps que tu grandisses et que tu cesses de te voiler la face, mais enfin, on ne quitte pas les gens pour une tache de vin sur un tapis, de quel tapis tu parles, le mien, j'ai renversé du pinard dessus et Amandine en fait tout une montagne, Benoît, je vais te parler très doucement, comme au meilleur ami de mon mari, es-tu prêt à écouter ? Oui.

– Amandine te quitte car elle ne t'aime plus Benoît, c'est aussi simple que ça, elle s'est épuisée à vouloir te faire changer, elle n'en peut plus d'avoir à quémander en permanence du temps, de l'attention, concourir contre ton sacro-saint travail, elle a besoin de quelqu'un qui l'aime pour ce qu'elle est, pas uniquement parce qu'elle est belle et présente bien dans les soirées. Jamais tu ne t'es vraiment intéressé à elle, à ses parents, à ce qu'elle aime.

– Je l'aime, moi.

– Aimer ça n'est pas que recevoir, Benoît, c'est avant tout donner et écouter pour comprendre. Toi tu prends avant tout et tu écoutes pour parler.

– En somme, elle veut me quitter parce que j'ai un trop bon boulot ?

– Pas uniquement, ton boulot c'est néanmoins une maîtresse encombrante.

– Une maîtresse qui m'a quitté elle aussi, décidément, c'est ma semaine…

– Elle me l'a dit, je suis sincèrement désolée. D'ailleurs elle aussi, elle sait combien c'est important pour toi.

– Béa, dis-lui que je souhaite lui parler, tout va s'arranger je t'assure, écoute, je ne peux pas tout te dire mais je suis sur une enquête, une histoire incroyable, les journaux vont en remplir leurs premières pages, c'est…

– Benoît, c'est fini, il faut que tu acceptes sa décision, je sais que ça va être difficile pour toi et personne ne pourra faire ce deuil à ta place, si tu admets sa décision avec tout le respect que tu lui dois, Stéphane et moi serons là pour toi. Salut.

– Allô ?

Elle a raccroché. L'auteur pourrait écrire « encore un coup de massue » ou bien « le ciel en cet instant lui tombe sur la tête ». Après l'annonce du licenciement, l'orage et l'accident, sans oublier l'émotion engendrée par les péripéties de l'enquête, le lecteur doit bien admettre que pareil enchaînement émotionnel est très exceptionnel. Ce même auteur ne se souvient d'ailleurs plus combien de temps il reste là, immobile, sous le choc, avec pour seule compagnie en cet instant le bruit étouffé de sa propre respiration, le bruyant moteur de la Renault ayant calé.

C'est le jeune Ludovic, une fois encore, qui découvre le corps. Cette fois, il ne gît pas à terre sur la chaussée mais sur le siège conducteur du vieux break. Monsieur Maréchal ? Maman nous attend pour le dîner, il faut se dépêcher car elle a horreur qu'on soit en retard à table. Sinon, on va avoir droit au grand numéro, je ne suis pas la boniche, on n'est pas à l'hôtel bref, ça serait mieux pour le programme de la soirée de ne pas traîner. monsieur ? Oui… Vous m'entendez ? Non… Il faut que vous veniez dîner, maman nous attend. Bon… Vous laissez votre voiture au milieu de la rue ?

Oui, oui… L'adolescent sent bien que quelque chose cloche. D'une nature responsable, il commence par prendre sur lui de déplacer l'auto, c'est vrai, elle est en plein milieu de la route. Et puis, c'est exaltant de conduire une voiture quand on a 15 ans, presque autant que l'école buissonnière. Benoît a quant à lui ouvert la porte, posé sa veste sur la première chaise rencontrée, c'est là que Ludovic le rattrape, debout et immobile dans l'entrée. Maman, on rappelle le docteur Gosselin ? Non quand même pas, mais que lui est-il encore arrivé ? Aucune idée, je l'ai trouvé comme ça. C'est un choc post-traumatique certainement, on va l'asseoir, bien.

– Benoît ? Je peux vous appeler Benoît ?

– Oui…

– Vous n'avez pas l'air dans votre assiette, quelque chose ne va pas ?

– Si… Si… Ma femme vient de me quitter, la semaine dernière j'ai perdu mon travail, et entre les deux j'ai détruit ma voiture et passé la nuit au milieu d'une mare de boue, sinon tout va bien je crois.

– Vous êtes tout pâle, je vais vous faire une petite piqûre, rien de méchant, juste un remontant, dit-elle en se dirigeant vers l'office où est rangée sa trousse médicale.

– Oui, c'est bien, ça… répond Benoît, complètement apathique en cet instant.

Un instant plus tard, une aiguille lui perce le cuir et diffuse sa dose euphorisante. Avec une pulsation par seconde, le cœur de Benoît permet à la substance de faire le tour de ses organes – cerveau compris – en une minute. Il est au demeurant inutile de décrire cette scène, dans la mesure où il ne s'y passa rien. Le visage reprend peu à peu des couleurs, puis un mouvement de tête latéral permet de reprendre conscience de l'espace qui l'entoure. Benoît ? Oui madame. Appelez-moi Manon, je vous prie, bien madame, Manon, oui, pardon madame, Manon… Vous vous sentez mieux ? J'ai connu pire… Vous allez goûter mon lapin chasseur, ça va vous remettre tout à fait d'aplomb. Chez Manon Baudet, chasseur signifie avec des plombs dedans et bien qu'il n'ait jamais gagné le moindre prix à la tombola, cette fois-ci c'est Benoît qui les a tous (les plombs dans son assiette).

Délicieux merci, oh vous êtes gentil, non j'insiste, vous allez me faire rougir, Ludovic, file donc faire tes devoirs, mais maman… Allez file, laisse-nous entre grandes personnes, vous savez que mon mari m'a quittée, je comprends tellement ce que vous pouvez ressentir. Ah ? Oui, ce sentiment d'abandon, de tristesse et de colère tout en même temps, ah oui ? Tiens, on va prendre un petit digestif pour faire passer toutes ces contrariétés, vous êtes plutôt whisky ou cognac ? Je ne sais pas… Ça sera prune alors, elle me vient de mon grand-père et vous allez voir, ça fait tout oublier. Ah bon…

Trois petits verres de prunes plus tard, Benoît a chaud, affreusement chaud dans son pull à col camionneur. Faites comme chez vous, je vous en prie. Bien, merci. Il fait chaud, c'est un beau mois de mai. Certainement. Une autre prune. Euh… Ça n'était pas une question. Ah bon ? Tiens, à la vôtre…

À la cinquième prune Benoît se sent revivre. C'est vrai quoi, il a eu un petit coup de mou à cause de cette cloche qui ne comprend rien à sa vie de couple, elle s'immicait… immissait… enfin… immisçait voilà, c'était rien qu'une immisceuse qui ne savait rien du tout de sa vie privée, non mais sans blague, est-ce qu'il se permet, lui, Benoît, de venir lui donner des leçons de couple à cette conne ? Que chacune reste à sa place et les vaches seront bien gardées, voilà !

Là-dessus, Manon vide d'un trait son petit verre, éclate d'un rire sonore et ouvre en grand son chemisier, d'un coup sec, à croire que les boutons ont été taillés pour ça. Ils sont gros, dis-donc. Nouveau rire, nouveau verre, hop cul sec, et cette fois c'est le soutien-gorge qui vole. Ah tiens, c'est drôle, on dirait Laurel et Hardy… Je vais vous dire madame Manon, eh ben… Habillée, on le devinerait pas… Ah ça, non ! Il est toujours difficile d'analyser une situation lorsqu'on ne se souvient pas de l'ensemble des détails et que toute notion du temps a été perdue. Après reconstitution, il s'avère que c'est un besoin urgent qui fut à l'origine de la retraite vers les toilettes, un chemin parcouru à peu près en ligne droite, et dans un temps tout à fait digne de figurer au livre des records.

Le vrai problème avec l'alcool, c'est le lendemain. Benoît se leva avec un honorable mal de tête, cependant il ne lui faut pas moins de deux heures pour en venir à bout. Restent le sentiment de honte, quelques bribes qui, sorties du contexte, ne méritent pas de figurer dans ce récit et quelques vagues images pour rappeler les faits qu'il est également préférable de ne pas décrire. Le jeune Ludovic étant parti à l'école de bonne heure, Benoît prend congé de Manon Baudet sans aucune référence à la dernière scène de la veille au soir. Les adieux sont cordiaux, mille fois merci, pas de quoi, revenez quand vous voulez, et Benoît reprend la route à bord de la vieille Renault qui démarre au quart de tour. Retour à la terrasse de *L'Estaminet*, un double café s'il vous plaît, alors vous nous quittez cette fois, je vous répondrai après mon café. Un second. Double également. Oui je pars, je vais dans la Hague, houla, dans le grand Nord en somme, on le dit, répond-il l'air blasé, couvrez-vous il y a du vent par là-bas, du vent et mes ex-beaux-parents, je ne sais pas quel est le pire…

À 10 heures passées de 30 minutes, après avoir parcouru les notes du petit carnet et vidé un troisième café (simple cette fois), notre limier établit un plan de bataille. Se rendre dans la Hague, repérer les lieux stratégiques et interroger les témoins. La routine en somme. On cherche une ferme Lemière. « Bonjour, c'est Amandine, laissez-moi un message… » Nouvelle tentative en vain, elle finira bien par décrocher. Ça serait dommage qu'elle rate le dénouement. Et puis zut, ce que les femmes peuvent être compliquées, elles ne disent rien, s'imaginent tout et un beau jour sans crier gare, elles vous quittent.

L'increvable voiture reprend la nationale 13, suivie d'un panache de fumée noire et malodorante, direction la suite des aventures de la mystérieuse voisine. Qu'a-t-elle bien pu faire de si terrible pour être amenée à couper les ponts avec sa famille et ses amis, au point que ses parents ne s'en relèveront pas et disparaîtront dans de tragiques conditions ? Tout au long de cette heure de route, il ne cesse de ressasser les propos de l'institutrice, essayant de s'imaginer l'ambiance qui pouvait régner dans cette période trouble de notre histoire, les amis d'hier se méfiant désormais les uns des autres, chacun essayant de s'en sortir, quitte à en faire tomber de plus innocents qu'eux. Il se demande bien ce qu'il aurait fait à leur place, a posteriori il est toujours facile de choisir le camp des vainqueurs, sans doute n'était-ce pas si évident à l'époque.

La sonnerie stridente du Blackberry vient troubler ses réflexions, de sa main libre il tâtonne sur le siège passager pour attraper l'appareil, puis décroche. « Allô, oui ! » dit-il d'une voix gaie, espérant une fois encore qu'il s'agit de sa femme.

– Benoît ? C'est Bérénice des services généraux, je vous ai laissé un message avant le week-end.

– Ah, bonjour Bérénice, on se vouvoie maintenant ?

– Nous avons un gros problème, comme vous le savez nous avons pour politique de faire tout ce qui est en notre pouvoir pour protéger nos employés, mais là… Vous n'êtes plus employé.

– Je ne comprends pas l'objet de ton appel et que signifie ce ton ? On se connaît depuis longtemps tout de même…

– Nous avons reçu au courrier ce matin deux procès-verbaux de gendarmerie concernant votre véhicule de fonction, des excès de vitesse commis mercredi dernier. La société ne peut en aucun cas être tenue pour responsable vous comprenez, vous ne faisiez déjà plus partie du personnel à la date où ont été commises ces infractions. Bien entendu, nous avons immédiatement pris les mesures qui s'imposaient afin de préserver les intérêts de la société, je suis sûre que vous comprenez.

Quelle plaie, pense-t-il, il ne manquait plus que ça. Mais pourquoi cet appel, ils n'ont qu'à dénoncer le conducteur et tout sera en règle avec les autorités…

– Merci pour l'information, en revanche je ne comprends pas bien ce que vous attendez de moi, il est vrai qu'en tant qu'ancien salarié (Benoît insiste bien sur ce terme) je suis toujours profondément attaché aux respects des valeurs de cette belle entreprise, mais… Pourriez-vous chère Bérénice être plus précise dans votre demande ?

– Ça va Benoît, inutile de jouer au plus malin. On veut récupérer la voiture et vite, si tu es coopératif le patron est prêt à passer l'éponge sur tes infractions.

– Nous y voilà. Et pourquoi êtes-vous si pressés ? C'est-à-dire que ça ne m'arrange pas, je suis actuellement en déplacement en province…

– J'ai une demande d'allocation concernant cette voiture, elle doit être attribuée ce matin.

– Mon successeur je présume ? coupe sèchement Benoît.

– On ne peut rien te cacher, répond son interlocutrice dans un soupir.

Benoît fulmine, il a été remercié la veille d'un week-end prolongé qui vient de s'achever, il est impossible que dans ce maigre laps de temps où la plupart des employés sont absents, autant de choses aient pu se décider, ainsi ces traîtres ont tout manigancé d'avance, le coup de théâtre, la voiture, tout était prévu de longue date, sans qu'il n'ait rien vu venir ! Ce flagrant délit de préméditation le rend fou de rage, « ils savaient tous », et en même temps tout s'explique, le choc de l'incompréhension du départ laisse maintenant place à la colère. Ces renégats, ils ont planifié leur plan dans son dos, profitant de ce qu'il était en mission, travaillant à la sueur de son front pour le profit de ces ingrats, tout s'était mis discrètement mais sûrement en musique, l'heure de sa mise à mort professionnelle avait été habilement calculée et fixée à 18 h 45, le mardi 29 avril 2008.

Entre-temps, il est sorti de la nationale 13 dans le premier village venu, moteur stoppé le long d'un champ où quelques vaches sont occupées à paître, il tente de reprendre contrôle de ses émotions en inspirant profondément.

– Benoît ? Allô ? Je suis chargée de récupérer ta voiture, où est-elle ?

D'une voix très distincte et douce, il reprend très sûr de lui :

– Je veux un courriel officiel formulant ta demande et précisant que la procédure de dénonciation sera annulée lors de la restitution.

– Tu sais bien que c'est impossible…

– L'accès à ma messagerie professionnelle ayant été coupé par vos soins, je te saurai gré de me le faire parvenir à mon adresse personnelle.

– Tu ne m'aides pas. Je vais voir ce qu'on peut faire…

– C'est ça, au revoir Bérénice.

Il raccroche satisfait. « Gagnons du temps. » Cette histoire de voiture est une épine dans le pied de son ancien employeur et il est important de rester en position de pouvoir appuyer dessus, juste un peu, non par plaisir mais pour éventuellement en apprendre davantage sur ce qui s'est réellement passé et contre-attaquer le moment venu.

17.
Stéphane

Le lecteur se demande sans doute comment fait le personnage principal de ce récit pour passer ainsi du coq à l'âne, d'Odette à Amandine, de sa voiture à son enquête, et quel rapport tout ceci peut avoir. En réalité, il n'y a qu'un seul croisement à l'ensemble de ces axes, c'est ce personnage complexe qu'est Benoît Maréchal. La première chose qui vous atteint lorsque vous le rencontrez, c'est le flot de questions qu'il va vous adresser, de la plus banale, quel plat préférez-vous, à la plus pointue, pensez-vous que cette loi puisse avoir une influence sur la balance du commerce extérieur de l'Indonésie. Vous aurez droit à un bombardement en règle, comme la plupart des personnes qui ont eu l'occasion de le rencontrer au cours de cette aventure. N'en concluez pas pour autant qu'il s'intéresse à vous ou qu'il est une personne particulièrement ouverte, non, loin de là, Benoît s'intéresse en premier lieu à lui-même et à la contribution que vous pourrez apporter dans sa quête du moment présent, le principal étant pour lui de rester le plus fort. À l'inverse, il ne faudrait pas non plus considérer notre sujet principal comme un profiteur de la pire espèce, si par bonheur vous avez la chance de penser comme lui, ou si votre route converge avec la sienne, vous trouverez en Benoît un allié formidable dont l'énergie débordante vous donnera des ailes.

C'est toute la question avec les gens qui ont des convictions, les autres sont libres de les partager ou d'avoir tort.

Le lecteur l'aura compris, nul n'a jamais réussi à éclairer Benoît sur l'éventualité qu'il puisse se tromper. Le moindre échec lui est ainsi très difficile à accepter, de même qu'admettre l'existence d'une autre forme de vérité que la sienne. Lorsque pareille situation se présente à toute personne sensée, celle-ci se remet en question. Benoît, lui, s'engouffrera dans la première échappatoire qui se présente, pourvu qu'elle puisse le conforter dans son schéma d'idées, et lui éviter la corvée des questions existentielles.

Veillant à rester scrupuleusement au cœur de sa zone de confort professionnelle depuis des années, il faut reconnaître que les événements qui s'y déroulent – par nature, sensiblement toujours les mêmes - lui donnent souvent raison. Autant dire que cette réaction en chaîne dont il est actuellement victime, cet extraordinaire désalignement des planètes d'un univers qu'il connaît si bien, échappe à toute probabilité.

Pour Benoît, il est avant tout urgent de résoudre cette affaire Odette Leterrier-Lemière, dont la gloire et les inévitables retombées médiatiques lui permettront d'une part de revenir la tête haute dans ce monde qui l'a rejeté injustement, et de l'autre de reconquérir Amandine dont les doutes de ces derniers jours ne manqueront pas de s'envoler pour de bon. En outre, l'inactivité lui pèse, Benoît est comme une machine qu'il est nécessaire d'alimenter en permanence car on ne peut la stopper. Le Sioux ne se trompe jamais, il y a une énigme à découvrir, ça ne fait aucun doute.

Mettant à profit cet arrêt téléphonique pour faire un point sur la navigation, il saisit la carte Michelin restée dans le vide-poches. On doit être par ici. Ou là. Zut, comment s'appelle ce fichu bled. Bon… L'embranchement que nous avions emprunté mercredi dernier est… Là ! Brix. Il suffit de continuer jusqu'à ce croisement et de là, hop ! La Hague. C'est plus grand que je ne l'imaginais se dit-il. Pourquoi n'a-t-il pas tenté d'obtenir des précisions auprès de Guillemette sur l'emplacement de la ferme en question ? Inutile de ressasser, il suffit de prendre un point central et de rayonner autour : Sainte-Croix-Hague, c'est en plein milieu et encore suffisamment loin du village des ex-beaux-parents. Il ne peut s'empêcher de tenter à nouveau un appel, en vain une fois encore. Si Béatrice avait raison ? Si cette diablesse s'était mis en tête de le quitter pour de bon ? À quelques jours d'un moment de gloire, ça serait vraiment idiot. Stéphane. Sa femme lui a certainement fait des confidences, en outre il a oublié de le rappeler suite à son message.

– Oui, c'est Benoît.

– Mon pauvre vieux, tu tiens le coup ?

– Évidemment, qu'est-ce que tu vas t'imaginer ?

– Permets-moi de m'inquiéter, perdre son boulot et sa femme la même semaine ça fait beaucoup pour un seul homme, il paraît que tu as même eu un accident de voiture ? Rien de grave ?

– La Porsche est restée au milieu d'une mare, ça aurait pu être plus grave…

– À la bonne heure, mais où es-tu ?

– Toujours en Normandie, je suis sur une piste incroyable, c'est encore confidentiel mais dans quelques jours à peine tu découvriras ça dans les journaux, je te promets du sensationnel !

– Ne te sens pas obligé de donner le change, enfin, je veux dire… Inutile d'inventer des histoires abracadabrantes pour faire croire à tout le monde que tu vas bien, je te connais depuis plus de vingt ans, je ne suis pas dupe tu sais…

– Tu es à côté de la plaque, je me sens parfaitement bien et…

– Dans ce cas, pourquoi m'appelles-tu ?

– Eh bien… Pour… Je fais suite à ton message d'hier, voilà tout.

– Dis plutôt que tu veux savoir si je sais des choses sur Amandine qui a passé la journée d'hier à la maison.

– Ah ? Mais… Tu lui as parlé ?

– Oui.

– Qu'est-ce qu'elle dit ?

– Elle en assez de vivre avec un fantôme, immature qui plus est, qui reste dans un autre monde pour ne pas avoir à considérer les réalités de celui-ci. Elle veut quelqu'un qui passe du temps avec elle et qui veuille construire sa vie autour d'elle, donc…

– Donc ?

– Donc, elle te quitte.

– Quelle chieuse… T'a-t-elle dit où elle allait ?

– Elle s'installe chez une copine, le temps de trouver un appartement.

– Quelle copine ? Enfin ça n'a pas de sens, tout ça pour… Non, rien.

– Je sais que ça doit être dur pour toi mon vieux, cette fois, elle a l'air bien décidée…

« Si vous l'aimez… »

– Tu es toujours là, Benoît ?

– Oui… Je dois te laisser, merci…

– Je te rappellerai demain, prend soin de toi.

Une grosse boule se forme au fond de sa gorge et des larmes montent, curieuse impression, oubliée depuis son enfance. Il se sent à nouveau très seul, dans cette fichue voiture qui sent l'huile et le tabac froid, perdu au milieu d'un monde qu'il ne connaît pas. Il voudrait appeler à l'aide mais on ne lui a jamais appris, même à son ami il ne parvient pas à se confier, il aurait envie de dire combien il se sent perdu et abandonné, demander conseil sur ce qu'il devrait faire, mais ça non plus il ne parvient pas à le verbaliser. Rentrer à Paris ? Se précipiter chez Stéphane ? Si c'est pour l'entendre répéter en boucle les raisons pour lesquelles Amandine est partie, ça n'est pas la peine. Au moins, sera-t-il plus proche d'elle… Elle ne veut pas le voir et il ignore même où elle est, Paris c'est vaste. Non. Décidément ça ne servirait à rien, ici au moins, il est dans l'action, il a une mission à accomplir, il sera bien temps de rentrer une fois ce mystère résolu, l'affaire de quelques jours à peine, et d'ici là beaucoup de choses peuvent survenir.

Le coup est passé, du moins celui-ci. Il reprend la route, direction la Hague. Pas facile tous les jours d'être un héros.

À l'embranchement de Brix, il quitte la nationale pour piquer vers l'ouest par une petite route bordée d'imposantes haies touffues. Lors de son premier passage, il n'avait pas spécialement remarqué les couleurs environnantes, ici tout est vert, du clair au foncé, avec çà et là quelques pointes de rouge et de jaune, un ensemble reposant pour l'œil, le genre de choses auxquelles il ne porte habituellement pas attention. N'était-ce pas un objet de moquerie avec les parents d'Amandine ? Il pleut tout le temps chez vous, aimait-il à railler à la moindre occasion. Amandine… Décidément, il n'a pas de chance avec les femmes, n'y pensons plus pour l'instant, « je suis certain que tout va s'arranger, » essaie-t-il de se convaincre, ce sont les premiers jours les plus difficiles et ensuite je commencerai à lui manquer, alors, c'est elle qui appellera et bien entendu, il la fera soigneusement poireauter avant de l'accueillir.

Après une vingtaine de minutes de route sur cette départementale sans croiser grand monde, il parvient enfin au village de Sainte-Croix-Hague où une petite auberge le long de la rue principale s'offre à lui. « Le parfait endroit pour débuter mes recherches », se dit-il. Après avoir garé l'auto sur le parking réservé à la clientèle du restaurant comme indiqué par le panneau, il pénètre dans l'établissement. Une salle tout en longueur, garnie d'une dizaine de tables aux nappes à carreaux rouge et blanc. Au comptoir, plusieurs habitués sirotent une bière en discutant, c'est là que les choses sérieuses commencent, bonjour, un demi s'il vous plaît, ça marche. Il lève son verre en direction des deux personnes à proximité qui lui rendent son signe d'un hochement de tête. La glace est brisée.

– Dites-moi, je cherche une ferme dans le coin, vous pourriez peut-être m'aider.

– Ah ça, des fermes, y'en a.

– Celle que je cherche appartient à la famille Lemière, ça vous dit quelque chose ?

– T'as pas fini mon gars, des Lemière c'est-y qu'y en a pas mal par ici !

Son interlocuteur doit avoir dans les 60 ans, des joues rouge écarlate et des cheveux longs et frisés qui lui tombent sur les épaules, un mélange blond et gris indéfinissable. Ce que l'on retient le plus ce sont ses yeux bleus et rieurs. Il éclate d'un grand rire forcé après cette dernière phrase, s'adressant à la fois à son comparse et au patron qui, à leur tour, sourient d'un air entendu. Elle est dans quel coin ta ferme ? Dans la Hague répond Benoît, tous se mettent alors à rire de bon cœur.

– La Hague c'est un peu vague, on voit bien qu't'es pas d'ici, t'as pas le nom du village ?

– Hélas non, je l'ignore.

– Oh patron, t'as pas un annuaire pour not'pote ?

– Tu sais bien qu'on n'a plus le téléphone, puis s'adressant à Benoît, il poursuit en levant les yeux au ciel : à cause de l'orage.

L'homme à la longue chevelure est retourné à sa conversation et le patron à sa vaisselle, quant à Benoît, il se perd dans la contemplation de son verre à moitié vide. Ce premier essai n'est pas concluant, il ne peut pas avoir chaque fois autant de chance qu'à Sainte-Marie-du-Mont se dit-il, sans doute la ferme a-t-elle changé de nom depuis la guerre, peut-être même a-t-elle disparu. Ce qu'il lui faut, c'est trouver une mémoire, une Guillemette Lecœur locale. Patron, vous êtes du coin ? Pour sûr, pur jus, c'était le restaurant de mes parents. Je cherche quelqu'un qui a vécu dans la région pendant la guerre, reprend Benoît. L'homme se redresse, jaugeant Benoît d'un regard soupçonneux, puis portant les mains sur ses hanches il lève les yeux vers le plafond faisant mine de réfléchir.

– On a bien encore quelques clients qui ont connu l'époque, y s'font rares vous savez, sont plus tout jeunes maintenant.

– Pensez-vous à l'un d'eux en particulier, un que je pourrais rencontrer ?

– C'est pour une interview ?

– En quelque sorte, je m'intéresse aux événements qui se sont déroulés ici durant la guerre.

– On en voit défiler des comme vous, remarquez on va pas se plaindre, c'est bon pour les affaires.

Un nouveau personnage portant une casquette de pêcheur sur la tête entre à l'instant, salut la compagnie, lance-t-il joyeusement, salut Marcel, répondent deux ou trois voix. L'homme plutôt rondouillard porte un chandail bleu marine arborant plus de trous que de reprises, enfoncé dans un large pantalon bleu à la couleur notablement passée, serré à la ceinture par un bout de ficelle. Ses yeux également bleus sont profondément enfoncés dans leurs orbites, ne laissant que deux fines ouvertures au milieu de ce visage aussi rouge que celui du chevelu. L'homme, qui semble être un pêcheur, vient s'accouder au bar non loin de Benoît et avant même qu'il ait demandé quoi que ce soit, le patron lui sert un whisky. Alors Marcel, t'es pas à la mer à c't'heure ? J'irai à la marée de tantôt, j'avais des choses à faire ce matin, répond-il en levant son whisky, santé !

– Marcel, t'as connu la guerre toi ?

– J'étais tout minot…

– Le monsieur à ta droite cherche des gens qui ont connu l'époque, reprend le patron en désignant Benoît.

– Bonjour monsieur, lui lance Benoît.

– Mon gars, santé…

– Vous avez connu la guerre, alors ?

– J'avais 7 ou 8 ans, suis de 37, ça nous rajeunit pas. Patron, un autre s'te plaît.

– Je cherche une ferme ayant appartenu à une famille Lemière, est-ce que ça vous dit quelque chose ?

Le pêcheur se passe la main sur le front, relevant sa casquette tout en faisant la moue, « oh ben des Lemière j'en ai connus, ça oui, mais une ferme ça me dit rien. J'étais tout môme à l'époque, le paternel il l'aurait su, ça pour sûr, il connaissait du monde, 50 ans de pêche ça en fait des clients. Remarquez, moi aussi, j'en suis même à plus que ça, mais voyez-vous, avec la retraite on peut pas vivre alors je continue un peu et puis ça m'occupe et ça permet de faire le tour des copains. »

– On te voit plus souvent faire le tour des bistros, ah ! ah ! plaisante le chevelu, allez, santé mon vieux.

Essayant de ne pas perdre le fil, Benoît reprend dans sa direction :

– Vous avez dû en voir des choses malgré tout, entendre des histoires ?

– Ah ça mon gars, pour sûr, tiens, un jour j'ai vu leur maréchal !

– On la connaît par cœur ton histoire Marcel, tiens, reprends un verre, résonne une voix. Ne se laissant pas décourager pour autant et heureux de ce nouvel auditoire, le pêcheur poursuit d'un air grave, accompagnant chaque phrase d'un mouvement de ses mains.

« Un jour, j'accompagne le paternel vendre des homards, c'était… Attends voir… Au printemps 44, avant qu'les Ricains ne nous bombardent le village, y'avait une station radar dans le coin, paraît-il, le lendemain y'avait surtout des morts et des décombres. Enfin, oui, donc j'étais avec lui et on portait des paniers avec des homards pour l'*Hôtel Lemoigne* à Urville, juste devant y'avait une grosse voiture décapotable avec des drapeaux dessus. » Marcel s'arrête une seconde afin de s'assurer de l'écoute de son auditoire, puis reprend sous le ton de la confidence. « À l'intérieur, c'était rempli d'Allemands. Le père Lemoigne nous voit arriver, y vient vers nous et il dit comme ça : c'est Rommel. Et on l'a vu, il était assis de dos à une table, avec des cartes. » Tandis qu'il reprend une lampée de whisky, Benoît qui n'avait pas perdu une miette de ce récit, interroge : et alors ? « Bah, on y a vendu nos homards pour les chleuhs, puis on est rentrés. »

Quelque peu déçu par la chute de l'histoire, le Parisien s'efforce de ne pas le montrer et tente de profiter de l'opportunité pour revenir à sa quête.

– Quelle histoire, il ne doit plus y en avoir beaucoup pour en raconter des comme ça, hasarde Benoît.

– Ceux-là sont de plus en plus nombreux au cimetière, c'est sûr...

– Je vous offre un autre verre ?

– Ma foi, le dernier alors.

– Patron, un whisky et un autre demi. Avez-vous des sandwiches ?

– Non mais je peux vous servir un plat du jour au comptoir, c'est entrecôte avec des pommes sautées, dit-il tout en servant les consommations.

– C'est parfait.

– À la bonne vôtre, Marcel.

– Santé p'tit gars !

– Dites-moi, vous qui connaissez bien les gens par ici, qui serait en mesure de pouvoir me répondre ? La ferme Lemière...

– Je sais pas bien, à c'te période y'en avait des fermes, tout le monde cultivait son lopin de terre ou avait queq' bêtes pour le beurre ou le lait – il prend une gorgée d'alcool et reprend – attendez voir... Y'a bien la ferme Gosselin, c'était la plus grosse du coin, le vieux est à la retraite depuis quelques années mais il doit p't'être savoir queq'chose.

– Où puis-je le trouver ?

« La maison de la Biale, c'est dans la vallée de la Biale comme son nom l'indique, en descendant la route vers la mer », précise le patron déposant une assiette garnie d'une magnifique grillade devant son client, « et bon appétit. »

Marcel termine son verre et prend congé, on entend le bruit du moteur d'une 2 CV qui démarre et s'éloigne.

18.
Auguste

Son repas terminé et l'addition réglée, Benoît retrouve sa voiture et consulte le chemin à suivre sur la carte Michelin. La ferme n'est pas indiquée, toutefois il parvient à situer le trait sinueux de la route de Sainte-Croix qui s'achève au village d'Urville-Nacqueville. La ferme s'appelant la maison de la Biale, je devrais pouvoir demander mon chemin une fois au village. L'étroite route débouche sur la place d'une église où Benoît s'arrête pour demander la direction de la ferme à un passant. Vous prenez à gauche puis à nouveau à gauche lui dit la dame, bien merci répond-il. Cette route-ci est encore plus étroite que la précédente, le revêtement en goudron laissant même émerger quelques touffes d'herbe par endroits. De grands arbres se dressent de part et d'autre du trajet assombri par leurs feuillages qui se rejoignent en formant une voûte qui filtre joliment les rayons du soleil. À la sortie d'un virage surgit une large bâtisse sur la gauche, quelque chose qui ressemble à une ferme. Benoît engage la Renault dans le petit chemin de terre qui y mène et immobilise son véhicule au milieu de la cour. L'ensemble assez ancien est constitué de plusieurs bâtiments de pierre aux murs solides, des hangars remplis d'un vrai capharnaüm, vestiges d'une époque où l'on ne jetait rien. Seul le chant des oiseaux vient troubler le calme de ces lieux où tout semble endormi. Il se dirige vers l'une des bâtisses qui ressemble à une maison d'habitation et frappe à la porte. À l'intérieur, aucun signe de vie, pas de chien. Il frappe plus fort et appelle à haute voix, y'a-t-il quelqu'un ? Alors qu'il s'apprête à repartir, la porte s'ouvre enfin et une voix timide lui répond :

– C'est pourquoi ?

– Bonjour madame, je souhaitais parler à Auguste Gosselin, c'est ici ?

– Oui, c'est mon père, il termine son déjeuner, que lui voulez-vous ?

Madame Gosselin fille est âgée d'une petite soixantaine d'années, elle est vêtue d'une blouse d'intérieur à fleurs et paraît inquiète qu'un étranger souhaite s'entretenir avec son vieux papa. Ayant compris qu'il devait montrer patte blanche, Benoît s'empresse de lui sourire en ajoutant qu'il cherche à s'entretenir avec son père au sujet de lointains souvenirs de la guerre. Satisfaite de cette réponse, elle entrouvre davantage la porte et Benoît est invité à entrer puis à suivre la fille de la maison jusqu'à la cuisine, dans laquelle il trouve un vieil homme attablé. « Papa, ce monsieur veut te parler. » Le vieil homme aux 80 ans largement passés lève la tête vers Benoît afin de scruter ce visiteur, puis lui adresse un petit signe de tête en guise de salut. Il porte une épaisse chemise à carreaux rougeâtre passablement élimée et une paire de bretelles, sur la tête, une casquette de laine assortie à la chemise. Tout en débarrassant les assiettes vides, la maîtresse de maison s'adresse à son visiteur :

– Asseyez-vous monsieur, un verre de cidre ?

– Volontiers. Je m'appelle Benoît Maréchal, je viens de Paris, une de mes amies récemment disparue a vécu dans la région, je cherche à retrouver des descendants, des gens l'ayant connue.

– Ah… C'est bien… répond simplement le vieil homme.

– Sa famille possédait une ferme dans les années quarante, des personnes que j'ai questionnées précédemment m'ont dit que vous pourriez peut-être me renseigner…

– Ah… poursuit-il en fixant son interlocuteur sans broncher.

– Papa connaissait beaucoup de gens, comment s'appelle cette dame ? demande la fille occupée à laver une casserole.

– Lemière, ce nom vous dit quelque chose ?

Le père fronce les sourcils, c'est que des souvenirs, il en a beaucoup, énormément même, le seul souci c'est qu'ils ne reviennent pas toujours sur commande. L'octogénaire regarde fixement son verre de cidre, semblant puiser dans ses ressources pour mieux se rappeler. Ses doigts se crispent sur le récipient, d'une voix légèrement chevrotante teintée d'un fort accent normand, il demande :

– Une amie, dites-vous ? De Paris ?

– Oui, Odette Leterrier ou Odette Lemière, elle a porté les deux noms, je ne sais pas si ça vous aide.

– Papa, ça s'rait t'y pas la ferme à Picquenot ?

Ce qu'Auguste Gosselin aime le plus dans ses vieux jours, c'est lorsque certains souvenirs resurgissent, d'un coup, sans crier gare, alors il ferme les yeux et repense aux bons moments, ça peut l'occuper des heures entières à tenter de retrouver un visage, un nom, reconstituer un paysage. Parfois, sans que personne ne sache pourquoi, on le retrouve à moitié endormi dans son fauteuil, arborant un curieux sourire, une larme au coin de l'œil. Lemière, ça lui évoquait vaguement quelque chose, il ne parvenait cependant pas à se souvenir de quoi il s'agissait. Qu'il est triste de vieillir. « Picquenot, tu dis ? » Oui, c'était ça, c'était cette histoire, il avait acheté une petite ferme après-guerre, les gens d'avant s'appelaient Lemière, c'était bien ce nom-là. L'octogénaire ferme les yeux et cherche à puiser d'autres détails, c'était il y a bien longtemps et rien ne vient, si ce n'est un sentiment qui remonte : ça n'était pas un bon souvenir.

– Vous ne vous souvenez de rien de plus ?

– Ma foi… Non.

– Et ce Picquenot, où puis-je le rencontrer ?

– Au cimetière, ça fait bien des années qu'il est mort ! reprend la fille.

Benoît voit s'envoler toutes les promesses de cette nouvelle piste jusqu'à ce qu'elle ajoute : « Peut-être que le fils en sait quelque chose, il a arrêté l'exploitation mais habite toujours là-bas. »

S'étant fait indiquer le chemin de la maison du fils Picquenot, Benoît prend aimablement congé de ses hôtes et aussitôt assis derrière le volant de sa voiture, note dans son carnet les nouveaux indices.

Ferme Lemière à Gréville rachetée par un sieur Picquenot.

Est-ce la famille d'Odette ?

La voiture suit la petite route longeant la côte qui mène au village de Gréville, la lumière de cette belle journée de printemps accentue le contraste entre le vert de la nature et le bleu de la mer qui s'étend à quelques centaines de mètres en contrebas. Bien qu'absorbé par l'analyse des nouveaux éléments de son enquête, Benoît ne peut s'empêcher de jeter un coup d'œil de temps à autre sur le paysage, c'est joli, se dit-il simplement. C'est un buste du peintre Jean-François Millet qui accueille notre enquêteur, cet enfant du pays est un peintre à la renommée mondiale, comme l'apprendra Benoît un peu plus tard, qui sait, ça peut toujours servir dans les dîners. La fille d'Auguste Gosselin lui a dit de prendre la rue longeant l'église, sur la droite une fois arrivé au buste de bronze, la ferme étant située parmi les derniers bâtiments d'un petit hameau tout au bout de la route. Le bâtiment s'appelle le *Clos Yvonne*, et n'a pas été trop difficile à trouver. Benoît s'empresse d'aller frapper à la porte. Nul ne répond. Après quelques essais infructueux, il tente de faire le tour de la bâtisse et se retrouve dans une petite cour où est stationné un vieux tracteur rouge. Tout autour de lui se dressent d'anciens bâtiments passablement délabrés, du foin dépasse des fenêtres, laissant deviner qu'il y avait jadis des animaux. Tout semble endormi, Benoît essaie de se l'imaginer au temps de sa splendeur, ici, ce devait être le box d'un cheval, là, se tenait l'étable où les vaches étaient mises à l'abri l'hiver, des poules devaient certainement se promener en liberté, picorant leur pitance dans la terre battue de la cour, peut-être qu'un chien veillait sur toute cette petite ménagerie. Il faut se faire une raison, la maison est abandonnée et il doit chercher ailleurs. En ce début d'après-midi, monsieur Picquenot fils est certainement parti faire une course ou achève de déjeuner chez un voisin, il repassera plus tard. D'un geste machinal il consulte son téléphone portable, pas de réseau, on ne doit pas être loin du bled des parents d'Amandine, se dit-il. Le voilà condamné à tuer le temps sans le confort de pouvoir joindre un proche. Après tout, qui aurait-il pu appeler ?

La petite route qui l'a mené jusqu'ici se transforme soudain en chemin d'herbe, percé de deux larges ornières laissées par les pneus des tracteurs qui l'empruntent. Curieux de savoir où cela peut mener, il suit le sentier qui descend vers la mer. Tout n'est que nature autour de lui, de nombreux oiseaux vont et viennent, rompant le silence de leurs cris sonores. À une centaine de mètres environ, le chemin débouche sur l'entrée d'un champ dont la grande barrière de bois est ouverte. Il marche maintenant sur un terrain légèrement en pente, recouvert d'herbe rase. Devant lui, la mer, il est sur le sommet d'une falaise de verdure plongeant brutalement dans l'eau, une cinquantaine de mètres en contrebas. Quel spectacle ! Les vagues viennent s'écraser avec force sur les rochers, éclaboussant au passage des groupes de dizaines de goélands engagés dans un ballet effréné, plongeant au ras des flots, remontant en chandelle et hurlant tous à la fois, peut-être par jeu, peut-être se battent-ils pour une carcasse de poisson. Fasciné par ce spectacle, Benoît reste planté là, immobile, au sommet de ce champ du bout du monde où quelques traces reconnaissables même pour un Parisien, laissent deviner qu'il est habituellement peuplé de vaches. D'habitude il n'est guère contemplatif, « c'est une perte de temps, ça sera toujours là demain », répondait-il à Amandine qui voulait toujours qu'il regarde tel ou tel détail du paysage, un monument ou un autre tas de vieux cailloux. Cette fois pourtant, il reste là, cherchant instinctivement des indices susceptibles de rattacher cette scène au monde qu'il connaît, en vain. Faute de traces laissées par la civilisation, l'image magnifique qui se présente à lui est intemporelle, identique à ce qu'elle était à l'époque où avait vécu Odette Lemière.

De retour à la ferme, il trouve une camionnette blanche garée sur le chemin devant sa Renault. Se dirigeant vers le porche d'accès, afin de retenter sa chance, il aperçoit une silhouette au milieu de la cour et se dirige vers elle. L'homme, coiffé d'une casquette de laine et portant une veste de chasse, l'a également aperçu. Il l'attend les mains dans les poches.

– Bonjour, je cherche monsieur Picquenot.

– C'est moi répond l'homme qui n'a pas bougé, dévisageant ce visiteur avec curiosité. Il saisit la main que Benoît lui tend.

– En voyant la voiture j'avais cru que c'était pour l'électricité.

– Non, désolé, mon nom est Benoît Maréchal, je voulais parler de votre ferme, « suis pas vendeur », non, rassurez-vous il ne s'agit pas de cela, peut-on s'asseoir quelque part ?

L'homme lui fait signe de le suivre, ouvre une petite porte de bois dont la partie supérieure vitrée est occultée par un voilage, et pénètre dans une pièce qui ressemble à une cuisine. Une agréable odeur, mélange de terre battue, de vin et d'un nombre indéfinissable d'autres effluves lui monte au nez. Son hôte lui désigne une des chaises autour de la table et tandis qu'il s'assoit, Benoît prend la mesure des lieux. Les murs sont peints d'une laque d'un vert très pâle, de même que les quelques meubles. Un large évier surmonté d'un robinet en col-de-cygne prolongé par un petit tuyau de caoutchouc, quelques casseroles de cuivre accrochées au mur, une pendule, tout respire la simplicité et la modestie.

– Qu'est-ce que je peux faire pour vous ? demande Jean Picquenot en ôtant sa casquette. Un verre de cidre ?

– Volontiers, répond Benoît à son hôte qui n'a pas attendu la réponse pour se saisir de deux verres.

– Du temps du père on faisait notre cidre et notre calva aussi, soupire le vieil homme, santé.

– C'est une ferme de famille ?

– Celle-là a été détruite par messieurs les libérateurs pendant la guerre, marmonne-t-il d'un air sarcastique. Avant, on était à Nacqueville-Haut, tout le village a été bousillé, reste rien…

Il prononce cette dernière phrase à voix basse, puis, baisse les yeux sur son verre. Devant l'attitude du fermier, Benoît sent qu'un peu de compassion pourrait l'aider à gagner sa confiance, s'il n'a pas vraiment répondu à sa question, c'est peut-être qu'il ne le souhaite pas, du moins pour l'instant.

– Ça a dû être terrible, étiez-vous là ?

– Oui… Toute la famille. C'était le 3 juin… Des Australiens, à ce qu'on dit…

Malgré son visage baissé, Benoît distingue parfaitement les yeux du vieil homme, devenus humides à l'évocation de ces pénibles souvenirs. Les propos de Guillemette Lecœur au sujet des destructions lui reviennent en mémoire, perdre tout ce que l'on possède du jour au lendemain, même pour une cause qui est censée être juste, ce doit être épouvantable et plus de 60 ans après, la blessure chez cet homme est toujours palpable. Les yeux rivés sur son verre, il commence un long monologue, parlant comme pour lui-même :

« Y'avait une station radio au fort de Nacqueville, avec ça les Allemands écoutaient toutes les conversations des Anglais, paraît-il. Fallait la détruire avant le jour du Débarquement, bon... Tout le village du haut y est passé. En bas aussi, à Urville, le *Village Normand*, il ne reste plus rien... Maintenant y z'ont mis un supermarché. C'était pour nous libérer, qu'ils disaient. On n'avait plus rien... Nous étions en vie, d'autres n'ont pas eu cette chance ! Queq'jours avant, les Anglais ont rasé un hameau vers Landemer, tous morts ! »

Un long silence que Benoît n'ose interrompre, cette nouvelle évocation de la souffrance vécue par ces gens de la part des vainqueurs l'interpelle, ça aurait pu être ses grands-parents après tout, jamais l'idée ne lui avait traversé l'esprit et dans les manuels d'histoires on n'en parle pas.

– Après ça, on a été hébergés chez les cousins, tout le monde en avait pris un sacré coup. D'ailleurs, le père ne s'en est jamais remis, il a bazardé toutes les terres alentour et n'a jamais voulu en reparler. Moi j'dis que ça l'a poussé dans la tombe, il est mort jeune, voyez-vous. Et pourquoi ça vous intéresse tout ça ?

– Une de mes voisines à Paris a vécu ici, elle est décédée la semaine dernière. Alors voilà, je... je suis à la recherche de descendants, d'amis, de toute personne l'ayant connue. À dire vrai, je suis actuellement dans une situation... Enfin, j'ai du temps libre et besoin de m'occuper l'esprit, alors je suis venu ici dans l'espoir d'en apprendre davantage sur elle... La seule chose que je sais, c'est qu'elle a été hébergée pendant la guerre chez sa tante dans la région, ils s'appelaient Lemière.

Jean Picquenot n'a pas cillé ; après avoir longuement fixé son interlocuteur, il ressert une nouvelle tournée de cidre, referme le bouchon de la bouteille, puis reprend calmement sur le même ton, sans aucune manifestation d'étonnement.

– Ouais... C'est bien ce nom-là, mon père avait acheté la ferme à la veuve.

– Vous vous souvenez d'eux ?

– Non, j'les ai jamais vus, c'est mon père qui s'était occupé de tout. Un jour, il revient d'chez le cousin et il dit comme ça : on a une nouvelle ferme, on part demain. On n'avait pas grand-chose à emballer, alors on est partis.

– Vous souvenez-vous de quelque chose lorsque vous êtes arrivé ici ?

– J'étais tout p'tiot, savez, y'avait des poules, des vaches, j'étais content. Le père avait rondement mené les choses car j'me souviens que les placards étaient pleins quand on a emménagé, le linge, la vaisselle, on a retrouvé ce qu'on avait perdu, à peu de chose près. Un coup de chance, parce que tout était bien rare à c't'époque. Y'avait que pour moi que c'était compliqué, c'est les cousins qu'ont donné des vêtements à ma taille pour m'habiller.

– Vous avez parlé de la veuve, c'était la fermière, madame Lemière ? Je pensais qu'elle était… plus jeune… ?

– Son mari a été tué, je crois qu'y z'avaient pas d'enfant, alors l'a tout vendu. Paraît qu'elle est morte à son tour, pas longtemps après…

– Le mari, il est mort dans un bombardement ?

– Sais pas… Un jour les parents avaient une discussion un peu agitée à propos de la ferme, la mère parlait de la bande à Malone, que tout ça porterait malheur, le père disait qu'elle devait se taire, qu'il fallait pas en parler…

– La bande à Malone, répète Benoît, pendu aux lèvres du vieux fermier, l'invitant à poursuivre.

– C'est tout ce que j'me souviens, j'étais qu'un gamin… Le père est tombé malade en 68, j'ai repris quand il est mort, l'année suivante…

– Je pense que ma voisine a vécu ici à la fin de la guerre, c'était leur nièce, elle s'appelait Odette Leterrier, ce nom vous dit quelque chose ?

– Non… J'vous l'ai dit, j'étais qu'un mouflet à l'époque, j'avais pas 10 ans, j'ai pas connu les anciens propriétaires et puis nous, on était de Nacqueville, de l'autre côté.

– Je comprends, monsieur Picquenot, vous souvenez-vous qui vous a appris la mort de la veuve ?

– Bah… Le facteur j'pense, c'est lui qu'apportait les nouvelles à l'époque. On dit qu'elle était morte de chagrin, ça m'avait marqué parce que j'savais même pas qu'on pouvait mourir comme ça…

La conversation se poursuit encore quelques minutes car le bonhomme a envie de parler, il évoque ses vaches foudroyées sur le champ de la falaise, l'arrivée de l'usine nucléaire, la mort de sa mère, la bâtisse qui ne dispose pas de chauffage hormis la cheminée de la grande pièce, mais bon, il ne fait jamais très froid ici, ça ne descend jamais sous les 5 degrés dans la maison et la neige, c'est pas trop souvent… Pour Benoît, cet homme vit sur une autre planète, dans un autre siècle, mais rien dans cet échange devenu tout à fait amical ne peut cependant l'aider dans la poursuite de l'enquête. En prenant congé du vieil homme il ne peut s'empêcher d'être ému à la pensée que sa voisine Odette Lemière, ou peut-être Leterrier, ait pu vivre ici. Le parallèle entre la rusticité du mobilier de la ferme et la modestie de celui qui équipait son petit appartement du premier étage à Paris ne fait aucun doute, il commence à la connaître, à comprendre quelle a été sa vie. Sans se l'être avoué, les propos de sa voisine l'avaient remué, les allusions à cet amour absolu qu'elle avait connu, aux péripéties de sa vie désormais si anciennes, ces questions dérangeantes qu'il n'avait lui-même jamais osé se poser… Tout ceci, associé à un besoin immédiat de combler un vide, avait déclenché cette quête. Lorsqu'il était enfant, sa grand-mère lui avait offert un livre sur la mer et les pêcheurs, il était fasciné par le destin de ces hommes partant à l'aventure au quotidien. Et lorsque au large la tempête venait à gronder et que l'horizon disparaissait, alors, ils restaient à terre réparer les filets, ou faire des petites maquettes de bateaux, en attendant des jours meilleurs. C'est exactement ce que Benoît était en train de reproduire. Avec le licenciement, toute perspective avait brutalement disparu, lui masquant la direction à suivre. Inconsciemment il ne s'était pas évertué à chercher une issue, ni ne s'était lamenté sur son sort, comme les pêcheurs de son livre il avait cherché autour de lui de menus travaux afin de s'occuper. Sans cet enchaînement d'événements, cette enquête n'aurait jamais existé, Odette Lemière serait partie aussi discrètement qu'elle avait vécu et Maria Da Silva n'aurait jamais été soupçonnée de ce crime qu'il entend bien lui faire endosser.

Cette dernière pensée le fait sourire, sa Légion d'honneur il ne l'aura pas volée.

19.
Lucien

Sur la recommandation du vieux fermier, il se rend aux *Glaneuses* non loin de l'église. Il n'est pas loin de 18 heures et il n'a, comme il se doit, pas pris la peine d'organiser sa prochaine nuit. Au bistro, deux habitués discutent avec le patron sur un fond d'accordéon, Benoît s'avance et commande un verre d'eau. Devant la moue du patron, il s'empresse d'y ajouter un demi de bière, à contrecœur cette fois, compte tenu des deux bouteilles de cidre sifflées chez le fermier.

En l'espace de quelques jours, notre personnage principal est devenu familier des débits de boissons, nouvelle expérience pour lui qui ne fréquentait jusqu'alors que les chics cafés parisiens. Déjà bien désinhibé, il se sent dans son élément et entreprend le patron en toute simplicité sur la pluie et le beau temps. Joli mois de mai, pas mal, l'an dernier c'était mieux, ah oui ? On a eu de la neige en avril, exceptionnel. Le lecteur doit se souvenir qu'à cet instant notre personnage principal porte toujours les frusques glanées lors du triste épisode de la mare aux Cerfs, mixées il est vrai, avec celles du mari de Manon Baudet. Équipé de cet accoutrement échappant à tout code vestimentaire, il se fond dans le paysage, nul en ces lieux ne saurait se méfier d'un homme portant un pull à col camionneur et un pantalon de toile trop large pour lui. Lorsque de surcroît, cet homme légèrement éméché descend d'un break âgé de 30 ans immatriculé en Seine-Maritime, on ne peut que lui accorder immédiatement sa confiance. C'est donc une conversation entre vieux camarades qui s'engage, les deux habitués ne tardant pas à y contribuer en toute simplicité.

– Et ma voisine a habité le village durant la guerre.

– Ah ?

– Oui m'sieur, Odette Lemière qu'elle s'appelait.

– Ça m'dit rien, répond le premier.

– À moi non plus, poursuit le second.

– Des Lemière, c'est courant dans le département, renchérit le patron.

– Et Malone ça vous parle ? reprend Benoît.

– Pas mieux… C'est français ça ?

Les trois hochent négativement la tête simultanément.

– La bande à Malone, pendant la guerre, continue Benoît sur le ton de la confidence, et ça, ça vous dit ?

– Pendant la guerre, on n'était pas nés mon gars ! plaisante le patron.

– Ça non, reprend le second en terminant sa bière.

– Et des bandes dans la région y'en a eu, mon père il a fait partie d'une bande, mais bon c'était après la guerre…

– T'es un fils de voyou Charles, dit l'autre en plaisantant.

– Des bandes de voyous ? interroge Benoît qui rebondit sur la plaisanterie.

– Bah, c'était quand les Américains sont partis, le pays était encore plein de matériel, des trucs en tout genre, comme les gens n'avaient plus rien, ça chapardait forcément. Des jeux de mômes, conclut Charles.

– Et votre père il était du coin ?

– Pour sûr, Grévillais pur jus !

Des bandes de voyous qui chapardaient, un larcin qui aurait mal tourné, « on chauffe. » Il faut aller plus loin dans l'investigation sur cette piste, c'est le moment ou jamais d'utiliser la méthode éthylique, comme au bureau.

– Un Grévillais pur jus ? Et ancien voyou avec ça ? Mais où est-il, que je lui offre à boire ! hurle Benoît en levant son verre, provoquant l'hilarité générale.

– Ah, ah ! Il doit être planté devant sa télé le paternel, tiens ça va le distraire, patron, je peux utiliser ton téléphone ?

– Vas-y Charles, lui répond le taulier en désignant le combiné au bout du comptoir.

D'humeur joyeuse, l'homme âgé d'une cinquantaine d'années s'empresse de composer le numéro qu'il connaît par cœur : « Salut m'man, c'est moi, passe-moi papa s'te plaît, je sais bien qu'il est devant son feuilleton, c'est pour la bonne cause, oui, j'attends… P'pa, mets tes bottes et rejoins-nous au bar, oui… Oui… Allez viens, y'a un copain qui veut t'offrir un coup et parler du bon vieux temps… C'est ça, oui, on t'attend. Il arrive. »

Une petite dizaine de minutes plus tard, une camionnette bleue se gare devant l'établissement, l'homme qui en descend c'est Lucien Mauger, né ici même en 1931, un vrai de vrai comme il aime à se décrire, il connaît tout le monde dans la commune. Un visage tout en angles, une carrure moyenne courbée par les années et les éléments, l'homme ne fait pas son âge surtout lorsqu'il s'agit de vider son verre. Après deux pastis éclusés coup sur coup, les discussions peuvent débuter ; il faut dire qu'on s'ennuie ferme à mon âge, vous savez jeune homme, les gens de ma génération partent les uns après les autres, alors bon, ça fait plaisir de parler aux jeunes qui s'intéressent au bon vieux temps !

– Vous avez connu la famille Lemière ? La ferme, au bout du chemin…

– La ferme à Picquenot vous voulez dire, corrige Lucien sûr de lui.

– Lemière c'était les précédents propriétaires… renchérit Benoît, sur le ton de la confidence.

– Ah… Peut-être… répond l'homme, suspicieux et un peu vexé d'avoir été pris de court sur son terrain.

Visiblement c'est raté, à l'instar de Jean Picquenot, Lucien ne devait être qu'un enfant en 1944, il vaut mieux l'entreprendre sur l'autre sujet, les bandes qui sévissaient dans la région.

– Il paraît que vous étiez dans une bande ?

– Ouais m'sieur, et les cognes nous ont jamais serrés ! Trois ans qu'on les a fait courir, les vaches, ah ! On en a fait des coups !

– J'imagine… Ça devait être le bon temps, pas vrai ?

– Ça, tu l'as dit fiston, on savait s'amuser alors, maintenant les jeunes y savent plus rien faire, y s'intéressent plus à rien… déclare-t-il sur un air désabusé.

– Et des bandes, il y en avait beaucoup à cette époque ?

– Oh quequ'z'unes, y'avait celle à Beaumont, puis à Gréville c'était nous !

– Et la bande à Malone, elle était d'où ?

– Comment qu't'as dit, fiston ?

– Malone, la bande à Malone, vous connaissez ?

– Des brigands, c'étaient pas des gars de chez nous ceux-là…

– Vous les avez connus ? Benoît a presque hurlé, eurêka, il retrouve le fil de son enquête.

Le vieux Lucien, regarde le jeune homme dans les yeux, puis son verre, puis Benoît à nouveau, patron un pastis, merci fiston, et tandis qu'il se fait resservir il reprend la discussion.

– On en a entendu parler, c'était longtemps avant nous, des précurseurs comme qui dirait. C'étaient pas des Français…

– D'où venaient-ils alors ?

– Ça… Lucien met son doigt sur la bouche, secret, il ne dira rien de plus à ce sujet.

– Et ils étaient dans la région ? C'était à quelle période ? insiste Benoît.

– Plus loin, j'crois… C'était y'a longtemps… Et nous, on en a piqué des poules, des vélos, ah ça oui ! Allez santé, au bon vieux temps !

C'est raté, la ligne a cassé et le poisson a filé, impossible de reprendre la conversation d'autant plus que les idées disparaissent aussi vite que les pastis s'enchaînent. La piste se termine en jus de boudin jaune, rien qui permette d'envisager une prochaine étape à son enquête. Patron, savez-vous où je peux trouver une chambre ? Pour cette nuit ? Oui. Ma foi, ici y'a rien, à c't'heure faut aller à Cherbourg, là-bas y'a des hôtels.

Après s'être acquitté d'une note plutôt sévère, Benoît s'informe sur la route à suivre et quitte les lieux. Comment aller à Cherbourg ? Facile, c'est tout droit… D'accord, mais tout droit à partir d'où ? Et ben d'ici. Sur la base des explications du tenancier, il vérifie au préalable son chemin sur la carte Michelin, puis démarre le gros diesel de la Renault.

Ayant finalement opté pour la route la plus rapide, à défaut d'être la plus droite, Benoît parvient aux abords du grand port militaire après une petite demi-heure de route, le temps de laisser vagabonder ses idées. Amandine, le licenciement, Amandine, Odette, le licenciement, Malone, Amandine… Le premier hôtel fléché l'amène sur le port de plaisance, une bâtisse moderne sans charme mais qui a le mérite de lui offrir une chambre libre et confortable de surcroît. L'établissement disposant en outre d'un restaurant, c'est la solution de facilité que retient notre héros pour se sustenter. Cette fois, pas de miracle avec le personnel de l'hôtel, aucun n'a l'âge d'avoir connu la région ou l'un des personnages de son feuilleton durant la bonne période. Le serveur lui apporte l'addition en concluant par « la guerre et moi, ça fait deux, suis pas le musée du Roule ».

– Le musée du Roule ?

– Oui, là-haut, sur la montagne du Roule…

– C'est intéressant ?

– On le dit, personnellement je n'y suis jamais allé…

« Vous avez un nouveau message, mardi 6 mai, à 8 h 38, » dit la voix métallique du répondeur.

« Allô, c'est Joël Burnouf l'garagiste, alors on l'a sortie du jus vot'bagnole, c'est pas joli joli mais ça devrait aller, par contre on a un problème avec l'assureur… Y disent que la voiture est volée, enfin bon, ça doit être une erreur mais j'ai b'soin de ma prise en charge moi, donc rappelez-moi afin qu'on puisse commencer les travaux. J'espère que vous n'avez pas eu de souci avec mon break, allez, à tantôt. »

Volée ?

Ce message, tôt le matin, n'est pas gage de bonne nouvelle, d'autant qu'il ne peut s'agir d'une erreur. Bérénice a visiblement pris les devants et déclaré la Porsche comme volée, cela évite au cabinet d'endosser la responsabilité des infractions. Comment en aussi peu de temps ont-ils pu effectuer toutes ces démarches ? La préméditation, il n'y a pas d'autre explication. Son départ a été organisé dans les moindres détails, sa voiture a été réattribuée de longue date à un successeur que tout le monde, à l'exception de Benoît, devait connaître. Le cas où l'auto ne serait pas rendue immédiatement a même été prévu et une plainte pour vol déposée par anticipation. « Les fumiers. » Ce qu'ils n'avaient pas prévu, c'est que Benoît filerait bien au-delà du périmètre du périphérique parisien, en temps normal il se serait fait arrêter à un feu rouge, dès que l'immatriculation aurait été repérée par une patrouille de police. On avait voulu le traîner dans la boue en le faisant passer pour un voleur de voitures, lui, Benoît Maréchal, après plus de huit ans de bons et loyaux services, c'est à peine croyable. Qui ça, « on » ? Patrick l'associé principal, pourquoi lui avait-il demandé l'après-midi même s'il avait terminé son étude ? C'est curieux, il lui avait toujours fait confiance, jamais il ne s'était permis de demander des comptes sur l'avancement d'une mission. S'il avait voulu s'assurer que Benoît ait tout bouclé avant de l'éliminer, il n'aurait pas procédé différemment. Et Claude, son alter ego de la branche finance, la veille, lorsqu'il l'a croisé dans le parking, n'a-t-il pas répondu à son salut par un curieux et rigolard « je ne te dis pas au revoir » ? Qu'a-t-il voulu insinuer par-là ? Le parking, la voiture, mais oui, c'est Olivier son remplaçant, bien sûr, n'a-t-il pas brigué le rôle deux ans plus tôt ? Benoît l'avait superbement coiffé au poteau. Il a demandé à Benoît une dizaine de jours plus tôt à essayer la 911, alors qu'il savait pertinemment que ce modèle n'est pas accessible aux collaborateurs de son rang. Le cynique prenait ses marques, impatient de jouer les califes à la place du calife. Olivier, que Benoît a si souvent aidé au cours de ses missions, « il savait ». Et Mathilde son assistante, comment pouvait-elle ne pas être au courant ? Elle qui siégeait au comité de direction, assurant l'intérim de la secrétaire du grand patron durant son congé maternité. Depuis quand savait-elle ? Trahi, il a été trahi par tous, ils s'étaient organisés telle une meute de loups pour faire disparaître le collaborateur devenu gênant et personne n'a tenté quoi que ce soit en faveur de l'homme, eux qu'il considérait comme ses amis.

Comment a-t-il pu être aussi stupide et aveugle ? Lui qui sait toujours tout, que l'on vient consulter de tous les horizons, le référent parmi les sages ?

Mathilde, qui connaissait chaque détail de sa vie intime avec Amandine, elle qui disait l'aimer comme un grand frère, alors tout cela n'avait jamais été que de la comédie…

Le regard vide, il se relève de sa chaise, le téléphone toujours dans la main, il frissonne, des sueurs froides perlent sur le front. Vous avez besoin d'autre chose, monsieur ? Le serveur dépose un double café noir sur la table du petit-déjeuner. Benoît se rassoit, pas pour l'instant merci, il pose le téléphone, à votre disposition et bon appétit.

Le feu de la colère se ravive au fond de lui, on ne se moque pas impunément de Benoît Maréchal, ils vont le payer cher. Reste à savoir comment. Bon. Il y a tout de même plainte pour vol et il a commis deux excès de vitesse dont les chiffres doivent être largement suffisants pour l'envoyer en correctionnelle. La seule qui peut le sortir de là c'est Bérénice Moigeaux, la jeune et jolie employée des services généraux présentement déléguée à la gestion du parc automobile.

– Bonjour Bérénice.

– Salut Benoît, tu es matinal.

– J'avais compris que l'affaire était urgente, je suis donc tout disposé à faire au plus vite. Tu devais revenir vers moi avec un courrier… Mais on peut voir ça la semaine prochaine si…

– Oui… Écoute, ça n'est pas simple, mais je me suis battue pour toi. En revanche, je ne peux rien envoyer sans avoir quelques garanties préalables, tu comprends ?

– Laisse-moi reformuler si tu veux bien : tu m'adresses un courrier me disculpant de toute infraction commise depuis mercredi dernier avec cette voiture, en échange de quoi, je t'envoie l'adresse du garage chez qui le véhicule a été déposé et où vous pourrez le récupérer. C'est bon pour toi ?

– Elle est chez un professionnel de l'automobile ?

– J'ai pris les devants, tu me connais, ajoute Benoît légèrement crâneur.

– Je t'avoue que cela nous simplifie la tâche, on ne savait pas trop comment procéder, répond-elle visiblement soulagée.

– Naturellement, tu ajoutes à la lettre que ma responsabilité ne saurait être engagée pour tout dommage subi au véhicule, entre parenthèses vol, etc., tu me suis toujours ?

– Oui, ah, ah… (Rire gêné) ça faisait partie de la procédure tu comprends, tu sais que je n'y suis pour rien.

– Bien entendu Bérénice, je n'en ai jamais douté.

– C'est entendu, je t'envoie le brouillon sur ta messagerie personnelle, si tu es d'accord avec le texte, nous faxons une version signée au garage dont tu vas nous donner les coordonnées.

– Ça me va, j'attends ton courriel et te retourne le numéro de fax du garage.

– Je savais qu'on s'entendrait Benoît, tu sais je suis désolée de ce que tu… Enfin, que tu aies été… Je t'ai toujours beaucoup apprécié, tu le sais, n'est-ce pas ?

– Et moi donc, finalisons cette affaire et prenons date pour un prochain dîner par exemple ?

– Excellente idée, à bientôt Ben !

Quelle cruche, tu m'as vraiment pris pour un imbécile, ça t'apprendra à jouer avec le feu, s'amuse-t-il en se frottant les mains. Le courriel lui parvient le temps de commander puis d'avaler une tartine avec double ration de confiture et un deuxième café. Le ton est strict, formel, c'est juridiquement parfait. Il est temps de passer à la seconde phase du plan.

– Monsieur Burnouf, c'est Benoît Maréchal, la Porsche.

– Ouais, bon, alors c'est quoi c't'histoire ?

– Tout est arrangé, c'était une erreur rassurez-vous.

– C'était sûr, avec ces scribouillards de l'assurance… Déjà qu'y m'font un tas d'histoires parce que mon atelier n'est pas digne de vot'bagnole, suis réparateur agréé moi, monsieur !

– Avez-vous un numéro de fax ?

– Oui, t'endez voir… J'vous trouve le numéro.

– Parfait, alors vous allez recevoir un fax, surtout ne le perdez pas, aussitôt reçu vous l'envoyez en recommandé à l'adresse que je vais vous indiquer, c'est pour cette histoire d'erreur, vous comprenez ?

– Ouais, ouais, c'est compris.

– Surtout, vous la postez le plus vite possible, je vous paierai le recommandé, bien entendu. Je vous écoute pour le numéro du fax.

Il faut reconnaître à Benoît un certain génie pour les situations complexes, on ne s'attend certainement pas à ce que le garage soit en province, avec obligation d'affréter un camion plateau, ça laissera un ou deux jours de délai à Joël Burnouf pour la remise en état, à grands frais… Le cabinet est bien assuré se console Benoît, très joyeux à l'idée d'avoir joué ce mauvais tour en si peu de temps et sans même quitter la table de son petit-déjeuner.

Le fort du Roule est situé tout en haut d'une petite montagne, pour y accéder le visiteur doit emprunter une route en lacets. La situation topographique est idéale, de là-haut la vue sur le port et de la grande rade est époustouflante, on comprend que les défenseurs successifs de la place aient choisi ce site pour y bâtir leurs fortifications. La construction de celles-ci a réellement débuté à la fin du XVIIIe siècle afin de protéger la grande rade de Cherbourg de l'envahisseur anglais, les Allemands n'ont fait qu'améliorer l'existant à grand renfort de béton armé. La jeune femme de l'accueil précise que pour la suite des explications il faudra attendre la visite et comme elle ne débute qu'à 10 heures, Benoît doit patienter une trentaine de minutes.

– J'imagine qu'il y a une sorte de conservateur ou de directeur du musée, ça serait possible de lui parler ?

– Eh bien, tout dépend, c'est à quel sujet ? s'enquiert la jeune femme.

– J'effectue des recherches sur des événements qui se sont déroulés ici à la fin de la guerre et j'ai quelques questions un peu techniques à poser. Je m'étais dit qu'au musée je trouverais peut-être un historien susceptible d'y répondre.

– Ah, ça va intéresser monsieur Quentin, je vois s'il peut vous recevoir, qui dois-je annoncer ?

– Benoît Maréchal.

20.
Georges

Le ciel est gris et il fait frais ce matin, Benoît qui n'a pas changé de tenue depuis deux jours, frissonne. Tandis qu'il tente de se réchauffer les mains en soufflant dessus, un homme d'une cinquantaine d'années se présente à lui.

– Monsieur Maréchal ? Je suis Georges Quentin, le directeur de ce musée.

– Bonjour, merci de vous être rendu disponible aussi rapidement.

– C'est bien normal, nous sommes entre passionnés n'est-ce pas ?

– Exactement… Je mène des recherches sur une affaire qui s'est déroulée à la fin de la guerre dans la région, il est question d'une bande de malfaiteurs.

– Une bande, hmm… Veuillez me suivre, nous serons plus à l'aise dans mon bureau pour discuter.

Les murs du bureau sont garnis d'étagères remplies de volumes de différentes tailles, des livrets, des revues, tous ayant trait à la Seconde Guerre mondiale. Il semble en effet que monsieur Quentin soit un véritable passionné.

– Si je comprends bien, vous êtes un spécialiste de la période et vous effectuez des recherches sur un fait en particulier qui s'est déroulé par ici. Vous connaissez bien la région ?

– Pas très bien je vous l'avoue, je la découvre au fur et à mesure de mes investigations.

– Vous écrivez un livre ?

– En réalité je ne suis pas historien, je mène depuis Paris une enquête qui m'a conduit jusqu'ici, le personnage principal de cette affaire a vécu dans la Hague pendant la guerre, c'est une femme et il se pourrait qu'elle ait été mêlée à des histoires disons… louches. Est-ce que la bande à Malone ça évoque quelque chose pour vous ?

– Hmm… Ce nom ne me dit rien, mais… Laissez-moi vous donner quelques éléments de contexte, cela devrait vous aider à avancer. Comme vous le savez certainement, les Alliés ont débarqué le 6 juin 1944 sur une large zone allant du Calvados au sud-est de la Manche. Pour répondre aux besoins en matériels, ils ont emporté avec eux des ports préfabriqués, les fameux Mulberry dont vous avez vu les vestiges devant Arromanches. Bien. Seulement voilà, ces installations provisoires sont insuffisantes pour acheminer les millions de tonnes de matériels nécessaires à la reconquête de l'Europe, il leur faut s'emparer très rapidement d'un port en eau profonde.

– Cherbourg ? hasarde Benoît.

– Absolument, l'objectif c'est Cherbourg qui aurait dû tomber dans les premiers jours de la bataille, sauf que les plans ne se déroulent pas comme prévu et il faudra attendre le 1er juillet pour que la ville se rende enfin. Sans compter que les Allemands ont méthodiquement tout saboté afin d'empêcher les Alliés d'utiliser ce port, il faudra encore attendre la fin août avant qu'il soit à nouveau opérationnel. À compter de cette date et jusqu'à la fin du conflit, tout, entendez bien, tout l'effort de guerre allié a transité par ici, faisant de Cherbourg le premier port au monde en termes de tonnage de marchandises.

– Incroyable…

– Les Américains ont rendu à la France le port et les infrastructures qu'ils détenaient à la fin de l'année 1945 et c'est là que vous allez comprendre le lien avec votre question.

Le directeur, satisfait de cet auditoire aussi attentif, se verse un verre d'eau avant de poursuivre calmement. Il parle avec passion, jouant avec les intonations de sa voix qui s'envole lorsqu'il dévoile une information plus importante que les autres, puis s'assourdit sur le ton de la confidence. Il prend tout son temps…

– Après la chute de Cherbourg, les défenseurs allemands ont tenté de se replier le plus vite possible dans le sud-ouest du département et éviter ainsi de rester prisonniers dans cette presqu'île qui n'allait pas tarder à être coupée en deux par les Alliés. En quelques jours à peine, la région fut libérée, si l'on fait abstraction bien sûr des îles anglo-normandes, qui ne le seront qu'après la guerre. Après trois semaines de bataille, la région est ravagée et compte de nombreux sans-logis, le cheptel bovin est décimé, les récoltes brûlées, bref, c'est un désastre et chacun essaie avant tout de s'en sortir. Or, juste à côté vous avez les soldats américains, qui eux, ont tout ! Entre juillet 1944 et fin 45, nous allons vivre presque 18 mois d'occupation américaine et ça, monsieur Maréchal, personne n'en parle dans les livres d'histoire… Car voyez-vous, en Normandie il n'y a pas eu de combats en 40, la population étant rurale il y a toujours eu à manger : du lait, du beurre, du fromage, de la viande à profusion. Les Allemands stationnés là étaient majoritairement des jeunes, ou des vétérans du front de l'Est, bien trop heureux d'être en vie pour chercher la bagarre… D'autant que dans la Manche, la Résistance s'est montrée moins organisée que dans l'Orne ou le Calvados, alors forcément, le comportement des Allemands a été plus correct ici qu'ailleurs.

– En somme, dit Benoît qui reprend les propos de Guillemette Lecœur, les populations n'ont pas vraiment changé de mode de vie.

– Ils étaient tout de même occupés par l'ennemi, ça, personne ne dira que c'était bien. Cependant les fermiers et les pêcheurs pouvaient faire du commerce avec l'occupant, ça se passait plutôt bien, surtout avec un Reichsmark à vingt francs, les soldats pouvaient tout acheter avec une simple solde. La grosse différence c'est qu'avec les Américains, ça ne s'est pas passé de la même façon. N'oubliez pas que Roosevelt avait prévu d'occuper la France comme l'Allemagne l'a été, avec les conséquences que l'on sait, sans De Gaulle et le soutien de Churchill, on n'y coupait pas monsieur Maréchal ! Les soldats se comportaient en pays conquis, ils se servaient, dans les fermes, dans les maisons et c'était normal puisqu'ils étaient les vainqueurs ! Mettez-vous à la place de ces gars, ils avaient tout de même risqué leur peau pour venir libérer l'Europe, alors la France, ce pays qui avait collaboré avec l'Allemagne, pour eux on était les vaincus et ils nous traitaient comme tels.

Il marque une pause, puis reprend, le ton est moins théâtral, visiblement il est moins à l'aise.

– Voyez-vous cher monsieur, en presque 18 mois d'occupation américaine il s'est passé beaucoup de choses… À l'époque personne ne s'en est ému, on n'en parlait pas. Pensez donc, tout le monde était bien trop heureux de se débarrasser enfin des Allemands et puis, il fallait reconstruire le pays dans un contexte où les communistes étaient les grands vainqueurs de cette guerre, dès 46, il y avait des ministres communistes en France, imaginez les relations avec les Américains !

– Il s'est passé beaucoup de choses avez-vous dit… Mais… Quelles choses ? questionne Benoît.

Le directeur s'arrête dans son élan et prend une profonde inspiration, il aurait préféré poursuivre sa tirade sur l'après-guerre, les grandes grèves, le plan Marshall, parler de l'Histoire avec un grand H.

– Personne ne se comprenait, les GIs* ne parlaient pas un mot de français et la rumeur circulait parmi les troupes selon laquelle tous les Français

* De *Galvanized Iron* (fer galvanisé), nom donné aux soldats de l'armée américaine.

qui vivaient près des côtes avaient collaboré. Les soldats se méfiaient, vivaient dans la peur des ennemis cachés par les paysans, ils pointaient leurs pistolets lorsqu'ils s'adressaient aux Français. On en a vu forcer des civils à marcher en avant des colonnes, au cas où il y aurait eu des mines ou des tireurs embusqués. La suspicion était de mise pour la moindre chose, lorsqu'on leur offrait à boire, certains obligeaient les civils à goûter d'abord, au cas où on aurait voulu les empoisonner. Les Normands avaient déjà payé bien cher leur libération, ils n'ont pas compris que leurs libérateurs puissent se comporter plus mal que les Allemands. Tout ceci n'a pas aidé à faciliter les relations dans les mois suivants. Les Américains n'avaient pas pris de mesures particulières pour gérer une telle densité de soldats, loin du front les gars étaient difficiles à tenir, vous comprenez, il n'y avait rien à faire dans le coin… Alors, pour tromper leur ennui ils allaient faire des razzias dans les fermes, le calvados, le cidre… Et puis ils ne payaient pas eux, c'étaient les vainqueurs, ceux qui versaient leur sang pour nous… Ça a été une escalade dans l'incompréhension. Après les vols il y a eu des viols, des crimes… Ces mêmes exactions qui ont accompagné l'armée alliée jusqu'en Allemagne et dans les territoires libérés. Dans les campagnes on cachait les jeunes filles, les familles leur interdisaient de sortir le soir, à Cherbourg il y a même eu des groupes d'autodéfense qui se sont créés pour tenter de maintenir la sécurité des habitants.

– Ce serait donc des bandes… de soldats ? hasarde timidement Benoît.

– Nous y voilà, c'est une possibilité, en effet. Il y a eu dans la Manche un taux de criminalité élevé dans ces années-là, compte tenu du contingent de soldats présents dans la région de Cherbourg, on peut difficilement éliminer cette hypothèse. Peu d'ouvrages traitent de ces événements, comprenez bien que pour le tourisme, ça n'est pas très vendeur. J'ai eu entre les mains quelques archives ayant trait aux plaintes déposées à l'époque et les condamnations de la police militaire qui tentait de remettre de l'ordre en faisant des exemples, c'est à peu près tout ce qui existe.

– Pensez-vous que l'on pourrait trouver une trace de ce Malone ? Je veux dire… Si c'était un soldat américain, il doit bien subsister des archives…

– Je pense que oui, avez-vous d'autres informations sur ce type ? Son unité ? Un prénom ?

– Non je n'ai que ce nom… Malone.

– Laissez-moi un numéro auquel je peux vous joindre, je vais voir ce que je peux faire.

En sortant de l'entretien, Benoît prend tout d'abord soin d'acheter une veste en polaire aux couleurs du musée, puis, ainsi armé contre le froid humide ambiant, sort se promener quelques minutes sur le belvédère. Il reprend ensuite le chemin en lacets qui descend de la montagne, et s'arrête dans un café sur le port où il compte se poser pour mieux rassembler ses idées.

Les propos de l'historien résonnent encore dans sa tête, jamais il ne s'était imaginé que de tels événements avaient pu se produire, la version officielle de l'histoire n'ayant pas jugé opportun de retenir ces détails. Faire le point n'est pas une mince affaire, nous sommes bien loin d'avoir trouvé un mobile pour madame Da Silva et il n'est pas aisé de recouper ces informations avec ce dont il dispose. « Vous avez un nouveau message… » C'est le garagiste à nouveau, il a bien reçu le fax et s'en va au bureau de poste du village renvoyer le courrier à Paris, chez Benoît. Ce dernier sourit, cette opération n'est pas très éthique mais, après tout, les méchants ce sont les autres et il peut se vanter de leur avoir joué un bon tour.

Reprenons. Des exactions ont été commises par des soldats stationnés dans la région de Cherbourg, fin 1944. Des vols d'alcool et de nourriture, d'après ce qu'il a retenu, et malheureusement, également des viols. Pour l'instant aucune information ne se recoupe avec ce qui a trait à la ferme Lemière. Jean Picquenot a bien dit qu'ils produisaient leur propre cidre et leur propre calva à une époque, mais il s'agissait de la ferme de Nacqueville, celle qui a disparu dans les bombardements, a priori aucun lien avec Odette Lemière… Quant à Odette, si elle était liée à un trafic, ça ne pouvait être qu'à Pouppeville avec l'Alsacien. Non, ça ne colle pas, cette histoire devient décidément beaucoup plus compliquée qu'il se l'était imaginée. Qui était Malone ? C'est la clé, tout repose maintenant sur le directeur du musée, si ses recherches n'aboutissent pas, Benoît n'aura plus aucune piste. C'est trop bête, se dit-il, après tout ce chemin, tout s'enchaînait plutôt bien jusqu'à présent et buter sur cet inconnu, c'est rageant.

Ça, c'était avant. Avant que Benoît et le lecteur ne sachent qui est Georges Quentin et le rôle que ce dernier va jouer dans la suite de notre histoire : un brillant universitaire diplômé en économie de la faculté de Caen, son sérieux lui permet de grimper rapidement les échelons dans la hiérarchie d'une entreprise de construction de matériaux de la région dont il devient le directeur financier. Une rupture amoureuse précédée de la mort prématurée de son père et le soir de son quarantième anniversaire, Georges prend la décision irrévocable de changer de vie. Désormais, il consacrera son temps à assouvir sa passion : l'Histoire. Et plus particulièrement celle de cette bataille de 84 jours qui changea à jamais le paysage de sa Normandie natale. Mettant à profit son tissu de relations locales, il décroche assez rapidement un stage au Mémorial de la Liberté à Caen. Un petit placement locatif hérité de son père, doublé d'une solide expérience à gérer les budgets, lui permet de se jeter à corps perdu dans cette aventure au risque finalement maîtrisé. Quelque temps plus tard, Georges Quentin saisit l'opportunité de déménager à Cherbourg pour prendre la gestion du musée du fort du Roule, ce qui n'est pas une mince affaire. Depuis l'ouverture du tunnel sous la Manche, la ville qui n'était déjà pas à proprement parler un carrefour touristique perd un grand nombre de voyageurs à destination de l'Angleterre et de l'Irlande. Ces circonstances en auraient découragé plus d'un, mais pas notre passionné d'histoire. Si les touristes ne viennent pas jusqu'à Cherbourg, alors ce sera Georges Quentin qui ira vers eux. Ses armes : un volume d'archives impressionnant, une capacité de travail hors norme et une motivation au-delà de toute imagination. En quelques années, le site Internet qu'il lance devient la référence dans le petit monde des historiens passionnés par cette période, et Georges devient une célébrité entretenant de solides relations avec ses pairs.

À l'instant même où Benoît Maréchal quitte son bureau, Georges sait déjà à quelle porte frapper pour obtenir des renseignements sur ce Malone. Seuls le décalage horaire avec la côte est des États-Unis et, avouons-le, le petit plaisir qu'il éprouve à se mettre en scène, l'obligent à ménager le suspense.

Benoît, quant à lui, avale café sur café, essayant de trouver un dénominateur commun à ce qui devient, n'ayons pas peur de le dire, un véritable plat de spaghettis. Le malheureux fait peine à voir, lui qui ne supporte pas de déléguer la manœuvre doit attendre patiemment une manifestation du Saint-Esprit, ou un appel de Georges Quentin.

Dehors le temps se dégrade et la température est singulièrement descendue, le contraste bleu et vert a laissé place à un gris omniprésent. Il ne serait pas étonnant de voir tomber la pluie. Heureusement pour Benoît, le quartier piétonnier derrière le port regorge de magasins. Il ne serait pas inutile d'en profiter pour changer de garde-robe, ce qui tue le temps et occupe notre ami jusqu'en début d'après-midi. Il se risque même à faire un peu de tourisme, déambulant dans les ruelles, s'arrêtant devant les vitrines, regardant les étalages des poissonniers. Non pas qu'il aime ça, non, il en a même une sacro-sainte horreur, mais que peut-il faire d'autre pour s'occuper l'esprit ? Amandine lui manque et plus encore, il se demande s'il ne devrait pas commencer à s'inquiéter de cette histoire de rupture. Cela fait trois jours qu'il ne lui a pas parlé et ça commence à lui peser.

Deux ans plus tôt elle avait tenu quatre jours avant de rentrer à la maison, tout sourire et les bras chargés de cadeaux. « C'est moi ! » avait-elle simplement lancé en ouvrant la porte, avant de se précipiter vers lui dans un gloussement indéfinissable. Lui s'était très dignement levé du canapé et lui avait naturellement ouvert les bras, ça va aller, moi aussi je t'aime, n'en parlons plus. Quatre jours. C'était la première fois en revanche qu'elle partait avec ses affaires, quelle dépense d'énergie inutile puisqu'il faudra tout redéménager dans l'autre sens. Les femmes sont ainsi, elles ont parfois besoin d'être au pied du mur afin de réaliser les choses, se dit-il. Selon toute apparence, Amandine tente d'attirer son attention, il ne comprend pas exactement sur quel point de détail mais dans le doute, il serait peut-être pertinent de lui signifier qu'il a bien reçu le message.

– Allô Amandine, c'est moi, je... Je t'ai comprise. Voilà, je voulais te dire que ces quelques jours de réflexion m'ont beaucoup appris sur... nous. Je dois avouer que tu n'as pas complètement tort. Rappelle-moi vite, j'ai des informations importantes à te communiquer.

Question accusé de réception, on ne peut mieux faire. La dernière partie du message est en revanche sortie toute seule, pris dans l'élan il a pensé que ça piquerait sa curiosité et qu'elle ne pourrait pas résister à l'envie de savoir. C'était sans doute un peu trop tôt. Les événements à venir ont en effet prouvé que ça n'avait pas fonctionné, mais alors pas du tout.

Le téléphone sonne pourtant, quelques minutes plus tard.

– Salut chérie, tu as reçu le message on dirait.

– Je te prie de rester correct Benoît, tu t'es déjà bien assez fichu de moi, ça ne va pas se passer comme ça !

La voix de Bérénice Moigeaux est passablement étranglée et tout à fait hystérique, l'effet de surprise passé il faut maintenant improviser une réponse.

– Bérénice ? Quelle surprise, je pensais que c'était ma femme, comment vas-tu ?

– Tu m'as prise pour une cloche, comment as-tu pu faire une chose pareille ? Tu te rends compte que je vais me faire virer ?

– Ça arrive à des gens très bien, tu sais, allons de quoi parles-tu ?

– De ta fichue bagnole, le garage a appelé, le devis est astronomique et il y en a pour des semaines !

Monsieur Burnouf, en bon professionnel, ne pouvait prendre le risque de voir repartir un véhicule sur les routes sans s'être auparavant assuré que le moindre doute était écarté, la sécurité vous comprenez, on ne plaisante pas avec ça. Apparemment il avait eu beaucoup de doutes et ça n'avait pas plu.

– Je comprends ton inquiétude Bérénice et j'apprécie sincèrement que tu m'appelles moi, un ancien collaborateur, afin de partager tes soucis...

C'est moche, il faut le reconnaître, cette jeune grue ne mérite peut-être pas une telle punition néanmoins elle est complice et pire encore, elle traîne sur le chemin de Benoît, un dommage collatéral en quelque sorte.

– Tu n'es qu'une ordure, un faux jeton, ça ne va pas se passer comme ça.

– Et pourtant si, ma chère, tu as voulu jouer avec le feu et tu t'es brûlée, vous croyez peut-être que j'ai été dupe de vos petites manigances ? Vous n'avez rien compris et ça n'est pas fini, Benoît Maréchal a toujours deux coups d'avance, au revoir chère Bérénice et propose-moi des dates pour notre dîner !

Là, c'est du cinéma, que voulez-vous, un piédestal, une assistance déjà éplorée, ça serait dommage de ne pas profiter de l'occasion pour réciter une petite tirade... Et contribuer à restaurer l'image du mythe Benoît, celle que les journaux ne tarderont pas à peaufiner dans les prochains jours. Avec un peu d'adresse il parviendra à faire adopter par tous ces scribouillards la version d'une démission volontaire, rendue nécessaire pour mieux s'investir dans une aventure risquée et totalement désintéressée, permettant de faire triompher la vérité 60 ans après. Perdu dans ses rêves, Benoît n'a pas vu le poteau que son front percute violemment, les égratignures du bois de Boulogne avaient pratiquement disparu, décidément il n'a pas de chance.

À 17 h 12, Georges Quentin se décide à rappeler Benoît, une seule phrase sur le mode énigmatique :

– Passez me voir, j'ai du nouveau.

21.
Malone

Son sang ne fait qu'un tour, la vieille Renault bondit sur la petite route en lacets et en moins de temps qu'il ne faut pour le dire, Benoît est sur place. Votre patron s'il vous plaît, c'est urgent, de la part de Maréchal, un instant je vous prie.

Afin de ménager son effet de surprise, Georges garde un visage impassible. Il faut préciser qu'il n'a pas l'occasion de se distraire ainsi tous les jours et gâcher une pareille occasion est impensable.

– Suivez-moi dans le bureau, nous serons plus à l'aise pour discuter. Mais… Que vous est-il arrivé ?

La scène n'a pas échappé à la demi-douzaine de touristes présents à la boutique de souvenirs, ébahis de voir le directeur du musée en personne accueillir un homme au visage égratigné, arborant un monumental œuf de pigeon au milieu du front.

– Ce n'est rien, alors, vous avez trouvé qui est Malone ?

Le directeur s'assoit calmement derrière son bureau, saisit une chemise cartonnée de couleur jaune et l'ouvre devant lui.

– Anderson E. Malone, né en 1920 à New York… Affecté à une unité de logistique, débarque le 8 juin 44 à Utah Beach… Début septembre, il est basé au camp de Tourlaville, tout près d'ici. Décédé en octobre 1945 en Normandie… Il n'y a pas d'information sur les circonstances de sa mort plus d'un an après les combats, en revanche…

Georges croise les mains devant lui, fixant Benoît droit dans les yeux.

– C'est un déserteur.

– Quoi ?

– Malone a déserté son unité fin novembre 1944, loin de tous les combats. On le retrouve mort presque un an plus tard, il n'a pas quitté la région. Qu'en dites-vous ?

– La bande à Malone…

– Tout juste Benoît, permettez que je vous appelle Benoît ?

– Oui, répond ce dernier, bien sûr Georges, donc nous avons affaire à un voyou déserteur.

– Il y a autre chose que vous devez savoir. Les unités logistiques affectées au camp de Tourlaville s'occupaient du ravitaillement. Avez-vous entendu parler du Red Ball Express ?

– Ce nom ne me dit rien.

– Il s'agissait d'un gigantesque dispositif comme seuls nos amis américains sont capables d'inventer, un système de convoyage à sens unique entre Cherbourg et Chartres. Des milliers de camions avançant à la queue leu leu sur cette boucle, sans jamais s'arrêter, de jour comme de nuit, transportant le ravitaillement de tout le contingent engagé sur le continent. Imaginez, vingt-huit divisions, des armes, des munitions, des vivres, des médicaments, rendez-vous compte !

Benoît essaie d'imaginer, pour lui 28 divisions ne signifient cependant pas grand-chose. Georges reprend son discours à grand renfort de trémolos dans la voix, ce garçon devrait faire de la radio, quel timbre !

– C'est 20 mille tonnes de matériel par jour… Et par tous les temps.

– Vous pensez que Malone était affecté à ce dispositif ? Benoît aimerait bien recentrer le sujet sur son Malone et le mobile de madame Da Silva.

– Laissez-moi vous expliquer, vous allez comprendre, c'est limpide : les camions roulent en convoi de cinq véhicules, espacés d'une cinquantaine de mètres, tous à la vitesse de 25 miles à l'heure et ils ne peuvent pas se doubler !

Georges avait levé le doigt en même temps que la voix sur ces derniers mots, ça devait être important mais à cet instant, il faut bien avouer que Benoît demeure perplexe quant à l'intérêt du propos. Georges enchaîne.

– Les convois se succèdent, toujours à 25 miles à l'heure…

Visiblement il attend que son interlocuteur reprenne à la volée, quelque chose comme oui bien sûr, c'est incroyable… Ce dernier se contente d'un « et donc ? »

– Eh bien, ces engins d'un autre âge et d'une autre technologie tombaient parfois en panne, et c'est là que vous allez tout comprendre. Lorsqu'un véhicule ne pouvait plus avancer, il était poussé sur le bas-côté, les autres chauffeurs avaient défense de s'arrêter pour prêter main-forte et en aucun cas le flot ne pouvait ralentir, car au bout, il y avait une guerre à mener !

Le directeur est en transe, tel un chef d'orchestre au sommet de son art interprétant la partition pour laquelle il a voué sa vie, il en savoure chaque seconde. Quel chemin parcouru depuis le service de comptabilité des établissements *Graumont Plâtre & Matériaux*. Si seulement son père était là pour le voir…

– Il y avait un atelier de réparation tous les 50 kilomètres environ, des dépanneuses avaient pour mission d'y emmener les véhicules, de jour comme de nuit. Souvent, les chargements devaient être débarqués sur place afin d'alléger l'attelage. (Un grand soupir) Vous imaginez bien que garantir le bon fonctionnement de cette mission n'était pas simple, la nuit surtout. Parfois, un soldat montait la garde près des véhicules abandonnés ou des matériels débarqués, parfois non… La tentation était grande, toutes ces victuailles dans un pays qui manquait de tout ! Malgré toutes les forces déployées par la police militaire, il y a eu des trafics en tout genre, des Français et même des Américains.

– La bande à Malone ! s'écrie Benoît qui vient de comprendre.

– Nous y voilà cher Benoît. Et savez-vous quand l'aventure du Red Ball Express a pris fin ?

– Euh… Vous allez me le dire ?

– En novembre 1944, le port d'Anvers est remis en état, permettant de livrer la marchandise au plus près de la ligne de front qui se rapproche des Ardennes. Le dernier camion emprunte le Red Ball le 16 novembre, ça ne vous rappelle rien ?

– Quand avez-vous dit que Malone avait déserté ?

– Fin novembre.

– Curieuse coïncidence…

Ça y est, une lumière vient de s'allumer dans l'esprit de Benoît, éclairant toute l'histoire. Malone, soldat américain fraîchement débarqué en Normandie est affecté au ravitaillement des troupes combattantes, il trempe dans un trafic de marchandises volées dans les camions du Red Ball Express. Le terme du dispositif fin 1944 sonne le glas de ses petites affaires, il décide alors de déserter.

– Georges, ce que vous m'apprenez là est stupéfiant. La suite devra être étayée par des faits, bien entendu, néanmoins on peut légitimement penser que Malone a poursuivi ses activités de trafiquant après sa désertion, pillant peut-être les fermes et les maisons alentour, dans cette région qui peine à se remettre sur pied.

– C'est possible, en effet.

– Dites-moi Georges, en octobre 1945, y avait-il à nouveau des journaux d'information dans la région ?

– Bien entendu, *La Presse Cherbourgeoise*, dès la libération de la ville ce fut d'ailleurs le premier quotidien de la France libre.

– La mort d'un déserteur américain aurait peut-être fait l'objet d'un article, d'autant plus s'il s'agit d'un trafiquant, est-il possible de consulter les archives de ce journal ?

– Sans aucun doute, le rédacteur en chef de *La Presse de la Manche* est un ami, je vais l'appeler tout de suite. (C'est le nouveau nom du journal, *La Manche*, c'est moins restrictif.)

Sans attendre une minute de plus, Georges prend son téléphone portable et compose le numéro de Raymond Biard, lointain petit-cousin du fondateur du journal.

– Raymond c'est Georges. Nous souhaiterions consulter tes archives de l'année 1945, le mois d'octobre plus exactement… Oui… Oui c'est cela… Quand pouvons-nous… Tu es sûr ? Je te revaudrai ça, merci.

Ce « nous » laisse à penser qu'on peut compter sur Georges désormais, après tout, Benoît reste le maître d'œuvre de cette enquête et l'association avec le directeur donnera une crédibilité supplémentaire à ses conclusions. Georges Quentin, l'éminent conservateur du musée du Roule confirme que l'intuition de monsieur Maréchal était la bonne, permettant de confondre un demi-siècle plus tard un trafic international de matériels destinés aux troupes Alliées impliquant… Bon, le trafic il l'a. Reste à trouver le lien avec Odette et le magot. Cette histoire devient croustillante et notre paladin se sent une âme de limier, après cette affaire il s'attaquera, que sais-je, au vase de Soissons, au mystère des pyramides, au…

– Vous venez ? coupa Georges.

– Pardon ?

– Aux archives, le journal, on est attendu.

En chemin, Benoît apprend que l'équipe est en nocturne sur le bouclage d'un numéro spécial pour l'été, ils auront donc tout le loisir de consulter les archives. Arrivés rue de l'Ancien-Quai, nos amis sont aussitôt amenés au sous-sol où sont entreposées les archives. Celles de 1945 ne sont pas encore digitalisées et il faudra tourner les pages des documents originaux, annonce Raymond qui fait office de guide. Bon, je vous laisse les gars, si vous avez besoin vous me demandez, tout le monde sait où me trouver.

– On commence par le début ou par la fin du mois ? interroge Benoît.

– Sur la copie du registre, c'est vers le vingt quelque chose, le second chiffre est illisible.

Georges tourne les pages, 20 octobre… 21 octobre… Benoît tente d'apercevoir les titres de la rubrique des faits divers par-dessus l'épaule du conservateur, pas simple car l'autre est pratiquement couché sur le papier. 22 octobre… 23… Comment Odette a pu être liée à Malone ? Elle a quitté

Pouppeville fin mai, et lui a débarqué en juin. Il part ensuite aux environs de Cherbourg en août. Comment se sont-ils rencontrés ?

– Benoît, je crois que je l'ai : « Drame dans la Hague », 24 octobre. Attendez, je vous lis les détails, la voix du directeur est nettement moins théâtrale que cet après-midi, l'excitation est palpable, il est dans son élément.

« Un cambriolage tourne mal au Hameau Gruchy, 2 morts.

23 octobre – Une bande de malfrats bien connue des services de police a semé l'horreur dans ce petit hameau près de Gréville-Hague. Les bandits se sont introduits en début de soirée dans une ferme, selon toute vraisemblance dans le but de dérober valeurs et alcool. Le couple de fermiers qui a tenté de s'interposer aurait été violenté, l'homme est décédé des suites de l'altercation et sa femme a été outrageusement abusée. L'un de ces hors-la-loi a également trouvé la mort dans l'attaque, l'enquête qui a été confiée à la gendarmerie n'a pas permis de confirmer l'identification du corps à l'heure où ces lignes sont imprimées. »

– On ne parle pas de Malone mais les dates correspondent.

– L'article indique que l'enquête est en cours, y aurait-il eu un autre article relatant les conclusions ?

– C'est possible, cherchons…

Les deux hommes se relaient des heures durant, épluchant chaque numéro consciencieusement, rubrique faits divers…

« *2 décembre 1945 – Épilogue dans l'affaire de Gréville.*

On se souvient de ce drame qui a ému toute la région en octobre dernier. Après plus d'un mois d'une enquête menée à huis clos en collaboration avec la police militaire américaine, la gendarmerie a rendu publiques ses conclusions. Selon le rapport d'enquête que nous avons pu nous procurer, cette regrettable affaire est l'œuvre d'une bande de déserteurs de l'armée américaine qui sème la terreur dans la région depuis des mois. À l'heure où nous imprimons ces lignes, les autorités indiquent que justice a été rendue. Deux membres de la bande, des hommes de couleur, anciens chauffeurs sur la célèbre Red Ball Highway ont été arrêtés, jugés par un tribunal militaire et exécutés par pendaison. Le troisième qui avait trouvé la mort lors de la confrontation avec le fermier a été formellement identifié par la Military Police. Il s'agit d'un homme blanc, nommé Malone… »

– Regarde les photos Benoît.

Ce tutoiement le fait sursauter, Georges lui signifie par là une certaine proximité dont il se méfie. Il connaît par trop bien ces voleurs de succès, ces champions de la dernière seconde qui s'approprient le travail des autres dans la dernière ligne droite. « Il faudra le garder à l'œil. »

L'article de journal est illustré avec trois photos de visages, deux Afro-Américains et un type caucasien.

– Nous avons une photo de Malone se réjouit Benoît, nous avançons !

« *Malgré les protestations de monsieur le maire dénonçant une enquête bâclée, la gendarmerie a classé l'affaire. Selon notre rapide enquête de voisinage, les principaux témoins de l'affaire, la fermière et sa fille, n'ont pas été entendues par les enquêteurs. On est en droit de s'interroger sur cette parodie de justice imposée par les autorités américaines, pressées de donner le change afin de masquer leur incompétence à mettre fin aux multiples crimes et larcins dont sont victimes nos concitoyens depuis la Libération. La région a déjà suffisamment souffert rappelons-le…* »

– Sa fille ? interroge Benoît, tu as bien lu sa fille ?

– C'est ce qui est écrit.

– Picquenot a dit qu'ils n'avaient pas d'enfant, la mère est morte, si la fille est toujours en vie, c'est un témoin capital !

– Qui est Picquenot ?

– C'est le fils du fermier qui a racheté la ferme après la guerre, il était gamin à l'époque des faits. C'est lui qui m'a parlé de Malone, il ne sait rien de plus. Ce qui est ennuyeux c'est que l'article ne mentionne pas Odette Leterrier, la personne que je recherche et qui aurait pu être là le soir du drame.

L'enquête avance, l'excitation des premiers instants a maintenant laissé place à un grand silence, les deux hommes s'observent discrètement, chacun ayant l'impression que l'autre ne lui a pas tout dit.

– Allons manger un morceau, veux-tu ?

Le directeur lui a posé la main sur l'épaule en prononçant cette phrase, par ce geste familier il souhaite lui signifier sa confiance. Après tout, sans lui l'enquête se serait arrêtée là et Benoît n'aurait eu d'autre choix que de rentrer se morfondre à Paris, à attendre l'appel d'Amandine qui tardait. L'invitation est acceptée et les deux enquêteurs remercient chaleureusement le camarade Biard, je t'en prie mon vieux, on déjeune prochainement, bien sûr.

Au *Café du Port*, les deux complices commandent des huîtres de Saint-Vaast et du vin blanc, après le second toast porté à la réussite de leurs investigations de la journée, Benoît entreprend de raconter toute l'histoire.

Après tout, cet homme semble honnête et d'une efficacité remarquable. Après avoir écouté le récit (Benoît s'est limité aux grandes lignes) Georges dont les yeux brillent plus que jamais, reprend d'une voix grave.

– Laisse-moi te dire ce que j'en pense.

Ça sent la longue tirade, Benoît commande une seconde bouteille de Menetou-Salon et se met à son aise.

– Dans le contingent américain en France, il y avait entre 10 et 15 % de soldats de couleur, or l'armée américaine de cette époque est encore ségrégationniste et les lois ne sont pas appliquées de façon équitable entre blancs et noirs.

– Où veux-tu en venir ?

– Les récentes études sur le sujet montrent qu'il y a eu de nombreux crimes commis par nos libérateurs dans ces années-là… La police militaire a arrêté des coupables, les tribunaux militaires les ont jugés, quelques-uns ont été pendus. Et à de rares exceptions près, c'était presque toujours des soldats noirs.

– Malone était blanc.

– Et déjà mort. L'article mentionne l'appartenance de ces hommes au Red Ball et comme je te l'ai dit plus tôt, tout a pris fin en novembre 1944. Donc ou bien ces hommes ont effectivement déserté un an plus tôt avec le soldat Malone, ou bien…

Georges jette un regard autour de lui, vérifiant que personne ne l'écoute. Puis il reprend à voix basse.

– Ou bien ce ne sont pas les bons coupables.

– Quoi ? Comment ça ?

– La plupart des crimes commis dans la région se sont produits entre juin et novembre 1944, et l'armée présentait presque à chaque fois des coupables noirs aux populations qui en avaient, du coup, une peur bleue. Or, dans une région peuplée de quelques centaines de milliers d'âmes à l'époque, un homme de couleur ça ne passe pas inaperçu, deux encore moins. Et il me paraît curieux que pendant une si longue période ils n'aient pas été dénoncés à la Military Police.

– Tu veux dire qu'ils auraient été… inventés ?

– Après deux ans de bagarre l'armée ne manquait pas de criminels dans ses geôles, disons qu'ils auraient très bien pu utiliser des hommes déjà condamnés à mort pour d'autres motifs, afin de donner le change auprès des Français. Plus des trois quarts des chauffeurs du Red Ball étaient des Afro-Américains, on dirait que ça a été mentionné exprès dans l'article pour justifier que les coupables étaient noirs.

Cette affaire devient de plus en plus compliquée, on est bien loin du cabas de la voisine du 1er. La fin du repas est mise à profit pour établir un véritable plan de bataille. Benoît doit retrouver les traces de la fille d'Augustine Lemière, peut-être encore vivante à ce jour. Quant à Georges, sa tâche sera d'en apprendre le plus possible sur Malone et les coupables désignés.

De retour à son hôtel, notre enquêteur s'effondre sur le lit. Tourmenté, il ne parvint pas à trouver le sommeil immédiatement, aucun signe de vie d'Amandine. « Demain je l'appellerai, elle finira bien par décrocher. »

Mercredi matin le temps est gris et il pleut. Après un solide petit-déjeuner Benoît se décide à appeler sa femme, la comédie commence à être longue à la fin. Une fois encore il est accueilli par la messagerie vocale « Bonjour, c'est Amandine, laissez-moi un message… »

– C'est moi, j'aimerais te parler… Si tu voulais me faire du mal, sache que c'est réussi, je n'ai pas dormi de la nuit. Rappelle-moi… Enfin, s'il te plaît, rappelle.

C'est exagéré reconnaissons-le. Il s'est tout de même tourné et retourné dans le lit pendant au moins une heure, ce n'était pas rien ! Lui qui dort comme un bébé d'habitude, elle le sait bien et devrait sans nul doute culpabiliser. Du moins c'est ce qu'il espère.

Le plan dressé la veille au soir avec Georges Quentin prévoit que Benoît retourne à la pêche aux informations, aidé cette fois d'une copie de l'article de *La Presse Cherbourgeoise* incluant les photos des coupables. Sa première destination c'est *Les Glaneuses*, choisi davantage par facilité que par calcul. Le moral n'est pas au rendez-vous ce matin, il éprouve un cruel manque, nouveau, sourd, pénible… Le mensonge de ce matin n'était pas si loin de la réalité tout compte fait.

La vieille Renault trace sa route sous la pluie, balayant à chaque coup d'essuie-glace le contenu d'un demi-verre. L'ambiance dans l'établissement est à l'image de la couleur du ciel, grise, triste. Pas un client. Le plus heureux c'est le patron, enfin quelqu'un à qui parler, un café s'il vous plaît.

– Vous avez trouvé un hôtel ?

– Oui…

– Vous en êtes content ?

– Oui…

Et puis tiens, on n'est pas venu là pour perdre son temps. Georges l'interrogera sur les résultats de la journée et il se voit mal répondre qu'il a bu des cafés en parlant de la pluie et du beau temps.

– Dites-moi patron, pourriez-vous jeter un coup d'œil là-dessus ?

Le patron chausse ses lunettes et commence à lire l'article que Benoît lui indique du doigt.

– Vous l'avez trouvé votre gars, c'est bien ça, Malone…

– En effet. Ça s'est déroulé à un jet de pierre de votre auberge, en aviez-vous entendu parler ?

– Non… Les vieux du coin en ont raconté des histoires de guerre, d'Allemands, et parfois il était question des conneries que pouvaient faire les Américains. J'en ai entendu, mais celle-ci, ça ne me dit rien.

– Dans l'article il est question de la fille des fermiers, le père a été tué et la mère est morte l'année d'après. Il est possible qu'elle ait été recueillie par des amis, des voisins… Ça vous dit quelque chose ?

– Suis né en 61 moi, à c't'époque nous les gamins on jouait à la guerre dans les blockhaus, mais ces histoires-là on n'en parlait pas, c'était pas un sujet qu'il fallait aborder avec les vieux.

Après tout, lui qui était né à peine quinze ans plus tard n'en n'avait jamais entendu parler non plus avant cette aventure. « Merci patron, bonne journée. »

Lorsqu'il arrive à la ferme Lemière située à proximité, le père Picquenot est occupé à trier des patates en écoutant une émission de radio. Tiens le Parisien, vous voilà de retour, un verre de cidre ? Non merci, il est un peu tôt encore.

– Grâce à vous j'ai pu trouver la trace de ce Malone, dit-il en lui tendant l'article.

Jean Picquenot fronce les sourcils et parcourt les titres, Ah… Oui… Il ne semble nullement ému d'apprendre que ce drame s'est passé ici même, chez lui.

– Vous n'en aviez jamais entendu parler auparavant ?

– Non mon gars… Eh ben… C'est du vilain c't'affaire…

– Il est question de leur fille, vous m'aviez dit qu'ils n'avaient pas d'enfant…

– S'ils le disent… J'les ai pas connus, j'vous l'ai dit…

– Vous m'aviez également dit que les placards étaient remplis d'affaires quand vous avez emménagé.

– Ça oui, y'avait tout !

– Vous souvenez-vous s'il y avait des robes… Des vêtements de fille ?

– Vous m'en posez des questions… C'est que c'était y'a bien longtemps…

Allons, une preuve, il lui faut une preuve, ça serait le diable si rien ne subsistait de l'existence de cette famille, rien n'était jeté à cette époque. Une ancienne robe transformée en chiffons peut-être ?

– C'est ma femme qui s'occupait du linge, j'sais pas où qu'ça peut être. J'vous l'ai dit, y'avait rien pour moi, juste des sabots trop grands.

– Des sabots de bois ?

– Oui m'sieur, à l'époque on n'avait qu'ça, c'était pas bien confortable mais ça s'usait pas vite, pas comme les cochonneries d'maintenant...

– Vous les avez toujours, ces sabots ?

– Vous m'en demandez d'ces choses... Ça doit être dans la grange.

Devant l'insistance de Benoît, le père Picquenot consent à l'accompagner dans les dépendances, une haute porte à deux battants s'ouvre, un tas de vieilleries recouvertes par une épaisse couche de poussière. Où ça peut être, ça... Ça fait longtemps que je ne les ai pas vus, faut regarder par terre, dit-il. De vieux tonneaux de bois, des bouteilles de cidre avec un système de fermeture comme on n'en fait plus ajoute-t-il, on trouve plus les joints de nos jours... Ah les voilà, 'tendez voir...

Deux paires de sabots de bois sont à moitié cachées sous un vieux meuble, Benoît s'en empare et dégage avec dégoût l'épaisse couche de poussière mêlée de toiles d'araignées qui les recouvrent.

– Ça, c'est ceux d'ma mère, montre le vieil homme en indiquant la paire la plus foncée, c'était un bottier de Nacqueville qui les avait taillés.

La seconde paire est d'une taille légèrement inférieure, la forme n'est pas rigoureusement la même, certainement l'œuvre d'un autre artisan. Sous la semelle est sobrement gravé « M.L. », est-ce le nom du bottier ou de son propriétaire ? Benoît reste perplexe, il est malaisé de définir la pointure d'un sabot de bois fait à la main.

– Y z'étaient trop grands pour moi quand on est arrivés, j'me souviens, ensuite j'ai grandi, j'les ai mis un temps... Puis l'père, il avait récupéré des bottes au camp américain, c'était drôlement plus confortable.

– Quel âge aviez-vous alors ?

– 10 ans, par là... J'étais pas bien gaillard, avec les privations pendant la croissance, les gamins de not'génération, enfin...

Si ces sabots avaient appartenu à la fille des Lemière, celle-ci était donc plus âgée, sans doute 13 ou 14 ans, se dit Benoît. Merci beaucoup Jean, permettez que je vous appelle Jean ? Si ça peut te faire plaisir mon gars, reviens quand tu veux.

Il pleut toujours. Assis dans le break, Benoît compose le numéro du musée, sait-on jamais, peut-être Georges a-t-il du nouveau.

– Monsieur le directeur est en rendez-vous, je peux prendre un message ?

Il rappellera. Le carnet, consigner l'avancée des investigations dans le carnet, il a d'ailleurs du retard dans ses notes. Où est-il ce fichu carnet ? Zut, pas moyen de remettre la main dessus, lui qui ne perd jamais rien. Un coup de Georges ? Il veut s'approprier la paternité de l'enquête, c'est ça, il lui a fauché le carnet lors d'un instant d'inattention. Se serait-il fait filtrer au téléphone pour cette raison ? Benoît enrage, on ne peut donc se fier à personne, tu ne perds rien pour attendre, c'est mon enquête et ma Légion d'honneur.

La pluie n'a pas cessé de dégringoler, une eau bien froide. Dans l'ordre des lieux à visiter dont il se souvient avoir noté les noms dans le calepin, il peut tenter la maison de la Biale. Le vieux monsieur Gosselin était de ce monde lors des événements, l'article de journal éveillera peut-être quelques souvenirs chez lui. Une vingtaine de minutes plus tard, la Renault est dans la cour de la ferme Gosselin. Benoît s'en extrait rapidement sous le déluge et se précipite à la porte de la maison d'habitation qui n'est pas fermée. Il frappe, et avant qu'on ait pu répondre, il se permet d'entrer.

Le vieil homme est à la même place que lors de sa première visite, il n'a pas levé les yeux, absorbé dans la lecture de son journal.

– Hum… Bonjour, je me suis permis d'entrer à cause de la pluie… dit maladroitement Benoît.

– Ah… J'pensais que c'était Françoise, on s'est déjà vus non ?

– Avant-hier, je suis passé vous voir au sujet de la ferme Picquenot, vous vous souvenez ?

– Ah oui…

– Et c'est bien la ferme Lemière. Tenez, je voulais vous montrer ça.

Benoît extirpe de sa poche la copie soigneusement pliée de l'article de *La Presse Cherbourgeoise* du 24 octobre 1945.

– Cela s'est passé justement dans cette ferme, peut-être en avez-vous entendu parler ?

Le vieil homme lit en silence sans manifester la moindre émotion.

– Ah… Des bandits, ils venaient dans les fermes voler not'cidre…

Une idée germe dans l'esprit de Benoît qui rebondit immédiatement :

– Vous produisiez du cidre ?

– Oui m'sieur, et du calva, l'meilleur du pays, m'en reste qu'une ou deux bouteilles pour les grandes occasions.

– Vous n'avez jamais eu de problème avec les troupes d'occupation ? Ils ne vous ont jamais volé vos bouteilles par exemple ?

– Oh non, ils les payaient, et bien, pensez avec leur Mark à 400 sous, ça leur coûtait pas cher aux fridolins…

– Je parlais des Américains ?

– Ah ça, eux, y payaient rien du tout, les vaches, y débarquaient avec leurs fusils, puis y disaient comme ça : cognac, cognac !

– Vous avez des anecdotes à raconter ? s'emballe Benoît.

– On n'avait d'jà plus trop rien quand y sont arrivés... On cachait les bouteilles sous l'foin... Et puis nos pommiers, y z'avaient tout fichu par terre avec leurs maudits avions ! Le pauvre René, lui, s'est pas laissé faire...

– René ? bondit Benoît, qui est René ?

– Le père Lemière, c'est bien d'lui dont on cause dans vot'journal.

– Vous le connaissiez ?

– Un peu, mon père leur avait vendu quéqu'bêtes avant-guerre.

Benoît jubile, pour la première fois il rencontre un témoin ayant connu les Lemière, cette fois on touche au but, c'est certain, et Odette, avait-il connu Odette ? À leur première entrevue il n'avait visiblement plus toute sa tête, les souvenirs lui sont peut-être revenus.

– Ah non, c'était pas Odette... Marie qu'elle s'appelait, répond le vieil homme sûr de lui.

– Marie ? C'était leur fille ?

– La p'tite Marie, la fille à Lemière.

« M.L. », les sabots appartenaient à Marie Lemière, la fille des fermiers du Hameau Gruchy, témoin du drame du 23 octobre 1945. Était-elle encore vivante ?

– P'têt ben, j'ai pas vu passer l'nom dans le journal, je regarde tous les jours les copains qui s'en vont... À mon âge, vous savez...

– Avez-vous une idée de l'endroit où je pourrais la trouver ?

– À Omonville, répond une voix de femme derrière lui.

Françoise Gosselin est rentrée, les bras chargés de sacs de courses et elle ne voit pas d'un bon œil cet étranger qui pose tant de questions à son père.

– Qu'est-ce que vous lui voulez à Marie ? lance-t-elle d'un ton cinglant.

– Je cherche à savoir ce qui s'est réellement passé ce soir-là, je...

– À quoi ça vous avance de remuer le passé ?

– Elle a connu Odette, ma voisine... Euh, mon amie... Il s'est passé quelque chose là-bas et je souhaiterais le savoir...

Le vieil homme n'a pas écouté l'échange, s'étant replongé dans l'article, il hoche la tête très lentement comme pour mieux se souvenir et intervient :

– C'tait pas des Noirs...

Benoît s'est retourné brusquement vers le vieil homme.

– Comment le savez-vous ?

– La gamine qui m'l'a dit à l'époque, pensez-donc, on n'en avait point vu dans l'pays...

S'adressant de nouveau à la fille, Benoît se fait plus suppliant. « Je ne lui veux aucun mal, rassurez-vous, ça m'est difficile de faire le deuil sans savoir ce qui s'est réellement passé. Cette affaire semble avoir été maquillée, pourquoi, je l'ignore, j'aimerais simplement découvrir la vérité. » S'il avait pu, il aurait versé une petite larme afin de crédibiliser son propos, malheureusement il ne savait pas encore pleurer sur commande. Cette fois, l'argument semble faire mouche.

– Marie habite Omonville, elle s'est mariée à un pêcheur, Lesdos. C'est chez eux qu'elle a été recueillie quand sa mère est morte. On n'en sait pas plus, on ne les connaît pas, c'est ce qui se dit… Maintenant, laissez-nous, on n'aime pas trop les questions dans le pays.

Benoît remercie poliment et s'éclipse rapidement. S'étant réfugié dans l'habitacle de l'auto, il se rend compte qu'il tient toujours l'un des sabots dans la main, sous la semelle la mention « M.L. » est gravée.

22.
Marie

La prochaine étape c'est Omonville où il doit trouver un pêcheur nommé Lesdos. Le sabot sera son laissez-passer, un peu comme dans Cendrillon avec une ou deux pointures au-dessus.

Un coup d'œil sur la carte Michelin lui indique que c'est au fin fond de la presqu'île de la Hague, demi-tour, il faut repasser Gréville et prendre à gauche à la hauteur d'Éculleville. Un coup d'œil à la jauge à carburant, tout va bien, le père Burnouf avait pris soin de faire le plein avant de lui confier la voiture. Il faudra d'ailleurs penser à lui rendre son auto, les travaux de la Porsche devraient lui prendre la semaine, il a encore quelques jours devant lui. Très excité, Benoît roule trop vite, il manque de peu d'accrocher une voiture venant en face sur l'étroite départementale qui serpente sérieusement. Manquerait plus que je lui esquinte sa belle Renault, pense Benoît qui calme le rythme et allume l'autoradio. Rien de tel qu'un peu de musique pour rendre le trajet plus agréable et se détendre. Un flot de violon surgit des petits haut-parleurs, tout est parfait. Encore un virage, la radio se met à crachoter, puis la musique devient inaudible. Allons bon, on se croirait chez les parents d'Amandine, pense-t-il. Les panneaux indiquent le nom du village, Omonville-la-Petite, nous y sommes. Benoît avait imaginé le village plus près de la mer, dans sa conception très rationnelle des choses un pêcheur n'est jamais loin de son bateau. Bon. Par où commencer ? Voilà une église. Mais pas de place de l'église… Le break poursuit son chemin à une allure très lente. Pas de bistro du coin non plus, ni de commerces. Et il pleut toujours. Ça ne s'arrête donc jamais dans ce fichu pays.

« La mairie, sauvé ! » hurle-t-il.

La voiture s'arrête devant le bâtiment et Benoît sort en courant afin d'éviter la pluie. La porte est fermée, il frappe, une fois, deux fois. Devant son nez une petite plaque rappelle les horaires d'ouverture de l'administration locale :

Horaires d'ouverture de la Mairie
Lundi de 15 h 30 à 17 h 30
Mercredi de 10 h 00 à 12 h 00

Poussant un juron, Benoît se précipite dans l'habitacle de sa voiture, c'est bien sa chance, nous sommes jeudi et tout est fermé. Que faire, aller frapper aux portes ? Sous la pluie il sera rapidement trempé jusqu'aux os, non merci. Le téléphone ne capte pas de surcroît, décidément, tout se présentait si bien jusqu'ici. Et qui sait ce que le directeur du musée du Roule est en train de manigancer maintenant qu'il a mis la main sur le carnet. Devant une telle conjoncture, notre enquêteur se sent désarmé. Le lecteur n'a pas idée de ce que c'est pour Benoît qu'être perdu par un temps pareil, coupé de toute communication… Si encore il pouvait appeler Amandine. Par association d'idées, il attrape la carte routière posée sur le siège passager.

Omonville-la-Petite… Saint-Germain-des-Vaux. Le prochain village en direction du nord-ouest, c'est celui des beaux-parents. Vent analogue, la pluie, pas de réseau, même sans la carte il aurait pu le déduire.

Et si elle était là-bas ? Ça expliquerait qu'elle ne répond pas à ses messages puisque son téléphone ne capte pas, la voilà l'explication ! Le moral est remonté en flèche, eurêka, ça n'était pas contre lui, d'ailleurs comment a-t-il pu un instant l'imaginer ? Tout ça à cause du réseau, quel pays… Benoît n'est pas homme à baisser les bras facilement, chaque problème a sa solution et dans toute situation il y a une issue. Il reprend aussitôt la route vers Saint-Germain-des-Vaux, manquant de peu d'accrocher une voiture stationnée sur le bord de la chaussée. Retrouver la maison. D'abord l'église, le restaurant… La rue qui descend. Benoît roule au pas, scrutant chaque maison. Enfin, la voilà. Il est bientôt 13 heures, s'ils sont chez eux, ils doivent être à table. La première salve de coups ne porte pas, il frappe une seconde fois, plus fort. La porte s'entrouvre sur le visage d'Henri Bertrand, ahuri.

– Bonjour, je passais dans le coin et…

– Et ? répond sobrement l'autre.

– Je me demandais si Amandine était là… Enfin, je sais qu'elle est là et je me disais…

– Vous vous disiez ?

– Est-ce que je pourrais entrer, il pleut vraiment beaucoup là… supplie Benoît avec un grand sourire.

C'est cet instant que madame Bertrand choisit pour s'interposer dans cette étrange discussion sur le pas de sa porte, que se passe-t-il Henri, c'est pourquoi ? Oh mais c'est l'ami d'Amandine, entrez donc Benoît, quel bon vent vous amène ? Le père part se réfugier dans la cuisine, en bougonnant quelque chose d'inaudible.

– Merci Catherine, Amandine n'est pas là ?

– Ah non, elle est rentrée à Paris, vous n'étiez pas au courant ?

– Si bien sûr... Enfin non... Elle m'avait laissé entendre qu'elle pourrait revenir ici et son téléphone ne semble pas fonctionner, enfin voilà...

– Et vous êtes venu de Paris parce que son téléphone ne fonctionne pas, répond Catherine sur un ton enjoué, avec son habituel sourire aux lèvres.

– Voilà, c'est ça... À peu de chose près.

Catherine Bertrand n'est pas née de la dernière pluie, elle connaît sa fille comme si elle l'avait faite. Par charité chrétienne elle avait invité Benoît à entrer, toutefois, ça n'était pas la seule raison de son geste généreux. Ayant la certitude de lui avoir transmis les plus saines valeurs, elle a toujours su que sa fille ne pouvait aimer ce garçon sans une bonne raison. Et voilà l'occasion qui se présente de la découvrir cette fameuse raison qui leur échappe depuis si longtemps, ne fût-ce que pour satisfaire sa curiosité, sinon pour s'amuser un peu. Il est vrai que les occasions ne sont pas fréquentes par ici, particulièrement par ce temps.

Le visiteur trempé est rapidement installé au coin du feu et tandis qu'elle lui verse une tasse de thé chaud (ils avaient terminé de déjeuner), elle porte une première estocade.

– Alors mon cher Benoît, que racontez-vous ?

En matière d'échauffourée verbale, notre bretteur n'est pas non plus un débutant, l'hypothèse selon laquelle Amandine avait évoqué ses projets de rupture avec ses parents lui a bien entendu effleuré l'esprit et il n'est pas question de jouer le rôle du dindon de cette farce.

– Je mène une enquête depuis Paris, le déroulement des événements m'a amené ici, alors pensez donc, il aurait été impoli de ne pas venir vous saluer.

– Une enquête, dites-vous ? Voilà un sujet passionnant, je suis impatiente de vous entendre.

Le ton surjoué de madame Bertrand laisse à penser à Benoît que ses doutes sont avérés, voire que sa fille a évoqué la dernière passion de son chéri pour une vieille dame du quartier.

– Vous le comprendrez aisément, je ne peux tout vous révéler pour l'instant, mais... Sachez que je suis sur le point d'élucider une affaire dont certains éléments remontent à plus de 60 ans.

– Benoît, vous ne pouvez laisser plus longtemps dans l'ignorance votre belle-mère tout de même, allons, allons mon cher, dites-moi tout, je ne tiens plus !

Elle a bon dos la belle-mère, ça, c'est un coup bas ou je ne m'y connais pas. Elle en sait beaucoup visiblement, il n'est pas question de la laisser s'amuser à mes dépens. D'autre part, c'est là une belle occasion de clouer le bec à cette sceptique qui ne croit pas en mon génie.

– Tout a commencé le 23 octobre 1945, non loin d'ici une ferme a été attaquée par une bande de brigands sans scrupule qui n'ont pas hésité à commettre l'irréparable pour satisfaire leurs plus bas instincts.

Benoît est brillant dans son explication, mêlant les gestes aux paroles et avec des intonations modulées que n'aurait pas renié un Georges Quentin, il tient un discours digne d'un documentaire d'Alain Decaux. Catherine Bertrand ne peut cacher plus longtemps qu'elle est réellement impressionnée, les ah et les oh d'exclamation du début ont laissé place à un silence religieux. Il exulte, allant même jusqu'à mimer certaines scènes pour mieux décrire quelques détails, sa première répétition d'une longue série se dit-il. Soudain, elle le coupe brusquement dans son récit.

– Quel nom avez-vous dit ?

Le sourire de la maîtresse de maison a disparu, jamais Benoît ne l'a vue ainsi, sérieuse, ses traits sont devenus graves et tristes. L'espace d'un instant il a peur, l'enfant qui sommeille en lui vient de se faire prendre pour je ne sais quelle raison, il en est décontenancé.

– Lesdos… À Omonville.

Derrière elle, la porte de la cuisine jusqu'alors entrebâillée s'est ouverte entièrement, laissant apparaître l'imposante carrure d'Henri Bertrand.

– Marie Lesdos, répète-t-elle doucement en regardant dans la direction de son époux.

Le père d'Amandine fixe Benoît sans dire un mot, les poings serrés, on peut lire une certaine panique dans son regard. Il s'approche du fauteuil de sa femme qui prend sa main entre les siennes, ils se regardent longuement. Quelque chose d'important échappe à notre enquêteur, la région est petite et il peut s'agir de voisins, si tel est le cas c'est un véritable coup de chance pour Benoît qui peut ainsi aller tout droit retrouver Marie Lesdos. Le comportement des parents laisse à penser que le lien penche davantage du côté d'Henri Bertrand. Marie serait-elle une amie d'enfance ?

– Avez-vous déjeuné, Benoît ?

Il s'attendait à tout sauf à cette question, non, répond-il sobrement.

– Venez avec moi, poursuit-elle en l'invitant de la main à le suivre.

Henri Bertrand le regarde se lever, puis le suit jusque dans la cuisine, toujours sans un mot. Cet homme qui n'est décidément pas bavard devient maintenant un véritable mystère. Benoît s'attable devant un reste de rôti avec des haricots verts qu'elle fait réchauffer au four à micro-ondes, puis le père lui sert un verre de bordeaux. Cette soudaine familiarité achève de convaincre Benoît que la pièce de théâtre est terminée, les masques tombent. Mais pourquoi ?

– Votre ami, le conservateur du musée, vous a-t-il confirmé l'identité des meurtriers ?

– Pas encore, il devait y travailler ce matin justement.

– Le téléphone de la maison est à votre disposition, Benoît, vous allez rester encore quelques jours j'imagine ?

– Oui, il me faut retrouver cette Marie Lesdos et établir le lien avec Odette Lemière.

– La chambre d'Amandine est à votre disposition.

– C'est-à-dire que…

– Vous m'obligeriez, d'ailleurs n'avez-vous pas dit qu'Amandine devait nous rejoindre ? Vous serez mieux à l'attendre ici.

Le sourire revient.

– Dans ce cas j'accepte de tout cœur, d'autant que vous avez certainement quelque chose à me raconter à votre tour… hasarde-t-il.

– Oui… Amandine vous a-t-elle jamais parlé de sa famille ? De ses grands-parents ?

– À dire vrai, elle m'a parlé de vos parents qui sont maintenant dans le Sud, c'est à peu près tout.

– Voyez-vous, Benoît… Mon mari n'a pas eu la chance de connaître ses parents. Ils sont décédés lors d'un bombardement. Comme vous l'avez évoqué très justement, la Normandie a payé un lourd tribut à sa libération et les gens de notre… Enfin, de la génération d'Henri, ont eu une enfance difficile dans la région. C'est sa grand-mère et sa tante qui l'ont élevé les premiers temps, ce n'était alors qu'un nourrisson de quelques mois. L'année suivante, elles ont recueilli une petite orpheline âgée d'une dizaine d'années, elle s'est beaucoup occupée d'Henri.

– Marie…

– En effet, Marie. Les Lesdos avaient un fils, Jacques, il n'était qu'un garçonnet à l'époque. Pour Henri, il était comme un grand frère, ils ont été élevés ensemble. Jacques a épousé la jeune orpheline quelques années plus tard, mon mari devait avoir 12 ou 13 ans. Ils habitent toujours Omonville.

Le lobe analytique du cerveau de Benoît intercepte l'information avant qu'elle ne suscite trop d'émotion chez lui, c'est absolument incroyable et totalement imprévisible. Et si ça n'était pas elle ? La Marie qu'il recherche avait au moins 13 ou 14 ans en 1945, ses sabots ne pouvaient convenir à un garçonnet de 10 ans, il les avait vus, touchés. Le vieux Auguste Gosselin aurait peut-être mélangé les histoires, les petites réfugiées, à l'époque ça ne devait pas manquer après tout. Peut-être même que les deux gamines portaient le même prénom, Marie c'est un prénom très courant et…

– Benoît, dit-elle en souriant, contrairement aux garçons, les fillettes après 10 ans ne grandissent plus beaucoup des pieds vous savez…

Ce dernier argument vient confirmer l'incroyable scénario, le père d'Amandine est lié à Odette Lemière, celle-là même dont il a porté les courses et pour une raison qu'il ignore encore, celle avec laquelle il a eu cette conversation si émotionnellement forte.

– Je peux utiliser votre téléphone ?

– Faites.

Benoît se lève et se saisit du combiné sur le guéridon. Il compose le numéro du musée qu'il a pris soin d'enregistrer dans son Blackberry. Le directeur s'il vous plaît, c'est de la plus haute importance… Oui… Benoît Maréchal…

– Georges ? J'ai retrouvé la petite.

– La fille des fermiers ?

– Oui, enfin je ne l'ai pas encore vue mais je sais où la trouver, à Omonville.

– Formidable, tu y vas quand ?

– Je… Je dois organiser cela, je te tiens au courant. Et toi quoi de neuf ?

– La photo du journal est bien celle du *private** Anderson Malone, j'ai eu la copie des archives de l'unité à laquelle il appartenait. En revanche, je n'ai aucune piste pour les deux autres, le journal ne mentionne aucun nom ni unité.

– Ne te fatigue pas, je pense qu'ils n'y étaient pas. J'aurai la confirmation lorsque je la verrai mais la fillette aurait dit à l'époque au vieux Gosselin, tiens-toi bien, qu'il n'y avait pas de Noirs parmi les assassins de son père.

– Incroyable, un coup monté par l'Army, je le sentais mon vieux !

– Au fait… Tu n'aurais pas trouvé mon carnet ?

– Ton carnet ? Non… Tu l'as laissé au musée ?

– Peut-être, enfin si tu trouves un carnet, pense à moi…

---

* Soldat.

L'hôtel, le café, le restaurant de la veille… Georges était peut-être innocent finalement, cette déformation professionnelle à voir le mal partout l'aurait peut-être trompé, qui sait ?

Benoît achève son assiette avec grand appétit, il ne sait pas encore très bien ce qui va se passer mais son instinct lui envoie des ondes positives. L'affaire prend une tout autre tournure et implique indirectement Amandine, il se pourrait même que les deux problématiques se résolvent simultanément.

Henri raccroche le téléphone. Il n'a jamais aimé l'ami de sa fille qu'il juge arrogant et matérialiste, s'il avait pu le faire disparaître de sa vie en appuyant sur un bouton, il l'aurait fait sans aucune hésitation. Mais désormais c'est différent, toute sa vie il a prié pour que sa très chère Marie, celle qu'il considère comme sa grande sœur, si proche de lui, soit soulagée du lourd fardeau qu'elle porte depuis cette épouvantable soirée. Marie Lesdos, née Lemière en 1936 à Gréville, a vu sa vie basculer le soir où des voyous ont tué son père et violé sa mère sous ses yeux pour quelques bouteilles d'alcool. Le choc fut immense. L'absence de son père se fit sentir chaque jour plus cruellement et sa mère qui s'emmura dans le silence finit par l'abandonner. De cette période, elle ne garde que le souvenir d'un long tunnel sombre, une parenthèse dans sa vie dont le contenu n'est plus lisible. À la mort de sa mère elle fut définitivement recueillie par les Lesdos, une famille de pêcheurs d'Omonville-la-Rogue chez qui sa mère l'avait placée, n'ayant plus la force de s'en occuper. Le soir du crime elle a perdu son enfance, son père et l'amour de sa mère. À 10 ans, on ne connaît pas les mots pour exprimer ce que l'on ressent, elle sait juste que sa mère est morte deux fois, la seconde fois elle a eu moins mal.

Chez les Lesdos elle s'occupa du petit Henri, un garçonnet de 18 mois qui avait perdu ses parents lors d'un bombardement dans les premiers jours de juin. Elle passait toutes ses journées avec ce petit bonhomme qui riait tout le temps, inconscient de la cruauté du monde qui l'entourait. Ils ont été l'un pour l'autre une bouée de sauvetage, comme deux jeunes animaux orphelins qui se soutiennent mutuellement pour ne pas mourir, ils ont réussi à grandir et à s'habituer au monde qui les entourait. Toutes ces années pourtant, Marie avait ressenti ce trou noir au fond d'elle, quelque chose d'indéfinissable, de triste, comme si une partie d'elle-même était restée à la ferme ce soir-là. À l'époque, à l'instar de ces millions d'enfants ayant vécu un traumatisme durant ces années de guerre, Marie n'a pas été envoyée chez un psychologue ni même invitée à en parler, on lui a dit de serrer les dents et de faire comme tous les autres : oublier.

Ce qu'aujourd'hui Henri ne parvient pas à comprendre, c'est pourquoi, en réponse à ses prières, la Providence a justement choisi comme messager cet homme qu'il abhorre. Mais ce dont il est désormais certain, c'est que Benoît n'est pas arrivé dans sa vie par hasard.

– Mon mari va vous accompagner à Omonville, il a prévenu de votre arrivée.

– Merci Catherine, vous ne venez pas ? dit-il un peu inquiet.

– Je compte sur vous Benoît, c'est important pour nous…

Si un jour on lui avait dit qu'il se retrouverait seul avec son futur beau-père, dans une voiture hors d'âge, au bout du monde civilisé et sous la pluie de surcroît, en route pour aller rencontrer le témoin capital d'une affaire qui allait bouleverser sa vie, malgré toute l'ouverture d'esprit qui le caractérise, il ne l'aurait pas cru.

– À gauche.

– Euh… Vous êtes sûr ? Parce que je suis venu par la droite directement de Omonville.

– Nous allons à Omonville-la-Rogue, le port… répond calmement Henri Bertrand.

– Le port… répète Benoît, ça n'est pas au même endroit que l'église ?

– Vous confondez avec Omonville-la-Petite, nous allons au port du Hâble, continuez tout droit maintenant.

Inutile d'en demander davantage, la Renault se fend un passage entre les gouttes d'eau dans le vacarme de son vieux moteur. Cet Omonville-là est nettement plus grand que l'autre, « c'est logique que l'autre s'appelle la Petite », pense le chauffeur.

– C'est ici, arrêtez-vous devant la grille.

La maison est plutôt petite, une porte encadrée par deux paires de fenêtres, surmontée d'un étage et d'un toit de pierre bleu gris. « Des schistes, Benoît, ici il n'y a que deux noms de cailloux à retenir, le schiste et le granit », lui avait expliqué Amandine lors de sa première visite.

Henri frappe à la porte et une dame aux cheveux gris vient lui ouvrir précipitamment, les visiteurs sont attendus. Entrez, j'ai préparé du café, dit-elle.

Marie Lesdos a 72 ans, elle vit seule avec son mari qui est en mer avec leurs deux fils. Elle porte les cheveux courts, elle est vêtue d'une veste polaire bleu marine et d'un pantalon noir, l'ensemble respire la sobriété et la rudesse, cette femme n'a certes pas eu une histoire facile et Benoît est bien placé pour le savoir. Elle les invite à s'asseoir autour de la table, seul endroit de la pièce à être éclairé par la lumière de la fenêtre.

– Je m'appelle Benoît Maréchal...

– Henri m'a dit qui vous étiez.

– Il y a une semaine, j'ai rencontré à Paris Odette Lemière, ou Leterrier de son vrai nom. Votre... cousine je crois.

– Oui...

– Elle est décédée le lendemain de notre rencontre.

Il marque une pause, attendant une réaction qui ne vient pas car Marie Lesdos reste impassible à l'écoute de cette nouvelle, peut-être aura-t-elle reçu un faire-part entre-temps et s'est habituée à l'idée. Connaît-elle Paul, le fils d'Odette ? Benoît poursuit.

– Mon instinct m'a laissé penser que sa mort pouvait être suspecte, j'ai alors entrepris de réunir tous les indices qui permettraient de le prouver... Cette enquête m'a tout d'abord mené à Pouppeville, puis ici, jusqu'à vous aujourd'hui. J'ignore encore ce qu'il me faut trouver et j'hésite toujours sur l'ordre dans lequel je dois placer certaines pièces du puzzle mais une chose est certaine, pour établir le lien entre Odette et les causes de sa mort, il me faut savoir ce qui s'est passé le soir du 23 octobre 1945 à Gruchy.

Henri a les yeux fixés sur sa grande sœur, comme s'il se tenait prêt à intervenir. Mais venant d'elle, aucune réaction, elle a écouté Benoît sans broncher, ce que ce dernier ignore c'est qu'elle tente de toutes ses forces de contenir l'émotion qui la submerge peu à peu à l'évocation de ce douloureux souvenir. Depuis l'appel d'Henri, elle s'est préparée, elle sait que ce sera difficile de revivre ce qu'elle a mis des années à enfouir au plus profond d'elle-même. Henri a su la persuader, il le faut Marie, ton âme a besoin de se libérer de ce tourment, tu dois fermer la porte définitivement et finir ta vie en ayant déposé ton lourd fardeau. Aussi a-t-elle insisté pour que Jacques accompagne les garçons en mer, à son âge il n'y allait plus trop, d'autant qu'il pleut cet après-midi.

– Odette était avec vous ce soir-là, n'est-ce pas ?

Un hochement de tête pour réponse, elle lutte pour retenir ses larmes.

– Ils l'ont... Vous étiez une enfant, ils vous ont sans doute épargnée pour cette raison mais elle... L'ont-ils... violée ?

Elle baisse la tête en fermant les yeux. Puis la relève, cherchant dans le regard d'Henri le courage d'aller plus loin. Benoît hésite, il brûle d'impatience de savoir, de l'interroger, pourquoi ? Comment ? La présence imposante d'Henri le trouble, cette femme est émue et il estime prudent de la ménager. Alors Henri, on peut continuer, un petit signe de tête, oui ?

– Je suis navré de vous obliger à replonger dans ce tragique épisode, Marie, mais c'est très important, les informations dont je dispose sont incomplètes et il n'est pas impossible qu'elles aient été volontairement falsifiées. Pouvez-vous me raconter ce que vous avez vu ce soir-là ?

Marie Lesdos prend une grande inspiration tandis que son jeune frère d'adoption lui pose la main sur l'avant-bras. Sa voix est hésitante, chargée d'émotion.

– C'était le soir, nous étions tous les quatre à table... Mes parents, Odette et moi... On a entendu le bruit d'un moteur dans la cour, mon père s'est levé pour aller voir, on n'était pas inquiets... Il n'y avait plus eu de problèmes depuis des mois... On a entendu des voix, ils parlaient fort, des mots en anglais... Mon père répondait non, non... L'un des hommes a ouvert la porte, il était gigantesque, quand il nous a vues, il a hurlé quelque chose, il avait l'air saoul, mon père est revenu le tirer par la manche mais il l'a rejeté violemment dehors. Là, on a eu très peur, ma mère s'est levée et m'a prise dans ses bras, Odette a cherché à fuir par une autre porte, ensuite on l'a entendu crier, c'était horrible... Mon père hurlait aussi, puis il y a eu des coups de feu... (Un long silence, elle soupire) Le grand s'est jeté sur ma mère, moi je m'accrochais à elle alors il m'a saisie par un bras et m'a bousculée sur le côté, j'ai roulé sur le pas de la porte. Ma mère implorait, je la voyais se débattre, je ne savais pas quoi faire, j'étais terrorisée... Elle criait, sauve-toi Marie, sauve-toi, je l'entends encore...

Henri s'est levé et est venu s'agenouiller près d'elle, lui enserrant le bras de ses puissantes mains. De grosses larmes coulent sur les joues de Marie, elle secoue la tête, les yeux fermés.

– Je suis sortie en courant, mon père était étendu devant la porte, sa chemise était tachée de sang, ils lui avaient tiré dessus... Alors j'ai continué à courir, il y avait la charrette, je me suis cachée derrière une roue...

– Combien étaient-ils ? intervient Benoît.

– Quatre, ils étaient venus avec une camionnette verte... Ils portaient des habits de soldats, verts aussi... Et des pistolets. Ils fouillaient partout, j'entendais de grands bruits dans la maison... Puis j'ai vu Odette sauter par la fenêtre du rez-de-chaussée, elle était pieds nus, elle hurlait au secours en courant dans ma direction... Un des soldats qui la poursuivait lui a attrapé le bras, puis un autre est sorti de la maison, ils se sont battus... Juste devant moi...

– Ils se sont battus entre eux ?

– Oui, ça a été terrible, ils se donnaient des coups de couteau... L'un des deux s'est relevé... Il s'est appuyé sur la charrette, sa veste était pleine de sang et moi j'étais juste en dessous de lui, j'aurais pu toucher son visage en tendant la main, je me mordais les doigts pour ne pas crier… Puis je l'ai vu partir sur la route en titubant, plié en deux… Il s'est cogné à la grille en sortant…

– Et l'autre ?

– Il est resté là… Mort… Ses copains sont sortis de la maison, ils ont regardé le corps, puis sont partis avec la voiture.

– Et Odette ?

– Je ne me souviens plus très bien, après qu'ils sont partis, on était toutes les deux avec ma mère, papa était mort, je crois qu'on a couru chez des voisins, dans mes cauchemars je ne me souviens plus de ce qui s'est passé ensuite. C'est un trou noir dans ma mémoire…

Ainsi, les malandrins se seraient entretués ! Benoît attend quelques longues secondes, se lève, puis fait le tour de la table et vient s'asseoir à côté de Marie. Il tire de la poche de sa veste une petite liasse de documents parmi lesquels se trouve l'article du journal qu'il déplie sous ses yeux.

– Vous les reconnaissez ?

Elle hoche négativement la tête et répond immédiatement à Benoît :

– Ce n'étaient pas des Noirs.

– Vous en êtes sûre ?

– Je les ai vus tous les quatre, de près, je ne me souviens plus de leur visage mais je vous assure qu'aucun n'était noir.

Ainsi la théorie de Georges était la bonne, sacré bonhomme, l'armée US avait donné le change en jetant en pâture aux autorités françaises deux condamnés à mort auxquels on avait fait porter un chef d'accusation supplémentaire. Marie observe maintenant la photo de Malone avec beaucoup d'attention.

– Et le troisième ?

– Non… Je ne le reconnais pas.

– C'était il y a plus de soixante ans, je comprends que ça ne doit pas être facile de se souvenir mais… Pouvez-vous regarder une dernière fois cette photo s'il vous plaît ? Car cet homme y était, c'est le mort.

– Non. Ça ne peut pas être lui, répond-elle en repoussant la photo, le mort était roux, c'est une chose que je ne peux pas oublier.

– Roux… répète Benoît en vérifiant à nouveau l'illustration du journal.

Le journal avait publié la photo communiquée par les autorités américaines, il s'agissait d'une photographie officielle présentant le soldat en uniforme, tête nue, arborant une épaisse chevelure brune, la photo ne pouvait mentir sur son origine latino.

– Lui, il y était.

Pendant que Benoît se demandait comment il était possible que même l'identité du mort ait été falsifiée, Marie s'était saisie de la photo que Benoît avait sortie de sa poche en même temps que l'article de presse et l'observait en détail.

– Lui ? C'est impossible ! Benoît a presque hurlé, totalement abasourdi.

– C'est lui, ça ne fait aucun doute… Lorsqu'il s'est appuyé sur la charrette j'aurais pu le toucher de la main, il avait les yeux bleus…

Henri est agenouillé à ses côtés, il lui tient toujours le bras. Marie a cessé de pleurer, les traits de son visage se sont durcis comme s'il était sculpté dans le roc, de toute sa personne transpire désormais de la haine tandis qu'elle continue à scruter la photo de l'Alsacien.

23.
Gustav

Henri ne l'a jamais vue dans un tel état, instinctivement il s'est écarté d'elle.

– Marie, tu reconnais cet homme comme étant l'un des agresseurs de tes parents ?

– C'est bien lui, je le revois comme si c'était hier.

– Qui est cet homme ?

La dernière question d'Henri s'adresse maintenant à Benoît, ce dernier a joint les deux mains devant sa bouche et garde les yeux rivés sur Marie. Dans sa tête, défilent un nombre incalculable de questions et d'hypothèses. Cette photo que Benoît a trouvée chez Odette était donc celle de l'un de ses agresseurs ? C'est impensable, cette réalité échappe à toute logique, bon sang !

– Cet homme est un soldat allemand prénommé Gustav, il était logé à Pouppeville dans la ferme des Leterrier. Il connaissait Odette… Qui a conservé jusqu'à son décès cette photo, encadrée sur le buffet de son appartement parisien.

Marie et Henri se regardent stupéfaits, en silence. Notre enquêteur reprend :

– Marie, aidez-moi à remettre de l'ordre dans cette histoire, il y a forcément une explication rationnelle et je veux la découvrir. Pouvez-vous me parler d'Odette ?

Henri hoche la tête en signe d'approbation, madame Lesdos reprend.

– Elle est arrivée en mai… C'était juste après l'anniversaire de maman. Je n'avais jamais vu cette cousine, vous comprenez, nous n'habitions pas à côté… Maman était joyeuse, elle aimait beaucoup sa grande sœur Adèle… Odette et maman se sont tout de suite bien entendues, les gens du coin pensaient qu'elles étaient des sœurs… La différence d'âge n'était pas si grande, maman était de 14 et Odette de 24 ou 25.

– 1926 corrigea Benoît.

– Odette était très gentille avec moi, elle me lisait des histoires, on jouait à la marelle…

– Saviez-vous pourquoi elle est venue s'installer chez vous ?

– Pas exactement. Maman disait que chez elle il y avait la guerre, enfin, plus qu'ici… Ça, je m'en fichais, j'étais une môme et j'avais ainsi de la compagnie.

– Vous a-t-elle parlé de quelque chose ? Une confidence, une anecdote, n'importe quoi ?

– Non… Rien de spécial… Elle riait beaucoup… On courait dans les sentiers des falaises, elle allait cueillir les fraises dans le champ du taureau… Elle n'avait peur de rien. Elle me disait de ne pas avoir peur des Allemands, qu'ils n'étaient pas plus méchants que les autres, simplement qu'ils étaient allemands…

– Voyiez-vous beaucoup d'Allemands ?

– On en voyait, ça oui, dans leurs uniformes verts de gris, il y en avait toujours dans le village. De temps en temps ils venaient acheter du cidre à mon père, à part ça, je n'ai pas de souvenir particulier.

Odette n'avait pas peur des Allemands et pour cause, elle dont la famille avait hébergé l'un des leurs pendant presque un an. Et le trafic qu'elle aurait pu monter avec Gustav ? Cela prend son sens : Odette écrit à l'Alsacien resté à Pouppeville, elle lui donne son adresse dans la Hague. Elle s'est enfuie avec leur magot, et c'est là le mobile de l'histoire. Les brigands ne sont pas venus par hasard, ils cherchaient le trésor qu'Odette avait emporté jusqu'ici. Ou bien une vengeance ? Plus d'un an s'est écoulé depuis son départ de Pouppeville, aurait-elle voulu tout garder pour elle provoquant la colère de Gustav ? Dans ce cas pourquoi gardait-elle le portrait sur son buffet ?

– Puis-je utiliser votre téléphone ?

– Oui… répond-elle en désignant un vieil appareil dans un coin de la pièce.

Benoît se précipite, il a besoin de confronter une théorie avec le conservateur du musée dont l'expertise pourrait donner un autre éclairage à la situation.

– Benoît Maréchal à l'appareil, passez-moi le directeur je vous prie… Georges ? Tu vas tomber de ta chaise…

À l'autre bout du fil, Georges Quentin laisse éclater sa joie, vas-y raconte.

– Tu avais raison, ce sont de faux coupables.

– Tu as parlé à la fille des fermiers ?

– Tout juste et tiens-toi bien, même le mort a été inventé, Malone, elle a affirmé qu'il était roux. Ça ne peut pas être le type de la photo.

– Alors ça ne peut pas être Malone, la photo publiée provient de son dossier militaire, l'Army a tout maquillé, c'est incroyable Benoît, on est tombé sur une preuve qui vaut de l'or !

– Il y a plus incroyable, Georges…

– Je t'écoute.

– Elle a formellement reconnu la photo de l'Allemand, celle que j'ai chapardée chez Odette Lemière à Paris, le gars qui était hébergé chez ses parents à Pouppeville.

– Alors ça… Mais dans quoi on s'est fourrés Benoît, cette histoire est absolument dingue !

– Je n'en reviens pas moi-même…

– Attends, j'arrive, dis-moi où tu es, ça devient trop important pour en parler au téléphone.

Moins d'une heure plus tard, Georges Quentin vêtu d'un simple costume gris a rejoint Benoît au domicile des Bertrand. L'ambiance est électrique, il a cessé de pleuvoir mais le froid humide s'infiltre partout et Georges peine à se réchauffer au coin du feu. Henri est également présent, il est calme et observe ces curieux visiteurs qui, tels des magiciens, ont le pouvoir de mettre un terme à une existence entière de souffrance. Sa Marie, sa sœur, bientôt elle pourra s'endormir sans crainte des cauchemars. À présent, il comprend que Dieu a eu besoin de sa fille pour placer sur sa route ce Parisien arriviste. Tout a une explication, bientôt il pourra peut-être même lui pardonner et être en paix avec lui.

– On reprend : Gustav l'Alsacien disparaît en juin 1944 à Pouppeville et refait surface en octobre 1945 en compagnie de déserteurs américains aux alentours de Cherbourg. Pourquoi est-il là ? Et qu'a-t-il fait durant ces 16 mois ?

– Là, on va manquer de témoins, Benoît. À moins d'un miracle on n'arrivera jamais à le savoir, prenons plutôt le sujet par la fin si tu le veux bien : la fille Lemière t'a affirmé qu'il était blessé…

– En effet, elle dit qu'il se tenait le ventre après s'être battu avec un de ses complices à coups de couteau.

Georges est un esprit méthodique, il calcule certainement moins vite que Benoît mais ses années de comptabilité lui ont appris le sens de la rigueur :

– Pose-toi la question ainsi : tu es dans un hameau perdu au fond de la Hague, il fait bientôt nuit, tu es allemand et tu es blessé. Tes anciens complices sont motorisés et selon toute vraisemblance ne te veulent pas que du bien. Toi, tu n'as que tes jambes pour leur échapper. Que fais-tu ?

– Je cours… Je profite de l'obscurité pour me cacher.

– Et comme tu es blessé, tu n'iras pas loin, on te retrouvera raide mort sur le bord d'un chemin.

– Je suis alsacien, je parle parfaitement le français, je peux facilement me faire aider, rétorque Benoît.

– Tout juste, mon vieux, tu te fais aider. De deux choses l'une, soit ce type est mort dans sa fuite après s'être vidé de son sang, soit on doit pouvoir trouver où il s'est fait aider et par qui.

Les yeux de Georges Quentin brillent, il a repris son jeu d'intonations modulées pour s'exprimer, ça n'est pas tous les jours qu'il dispose d'un tel auditoire ! Une carte, vite… Henri fouille dans le tiroir de la commode et en tire un plan de la région au 1/25 000e qu'il étale sur la table.

Benoît reprend la main, c'est son enquête après tout, l'autre l'a pris par surprise et a marqué un joli point, c'est certain. Il ne faudrait pas non plus qu'il s'imagine pouvoir lui marcher sur les pieds tout de même.

– Là. Hameau Gruchy. Notre homme blessé au ventre a besoin de soins urgents. La nuit tombe, ces deux paramètres conjugués nous amènent à la conclusion qu'il a trouvé de l'aide dans l'heure qui a suivi. Compte tenu de la nature du terrain et de sa blessure, cela a dû se produire dans un rayon de 2 ou 3 kilomètres à partir d'ici.

– 3 kilomètres.

– Je suis d'accord, approuve Georges.

– En outre, je suis tenté d'éviter la route principale que mes complices risquent d'emprunter avec leur véhicule. Ne considérons que les petits chemins, Catherine, avez-vous un crayon s'il vous plaît ?

– Voici…

– Trois kilomètres par ce chemin-là nous amènent… Ici environ. Par cet autre… Là. Et par ce troisième… Voilà.

La liste des itinéraires est dressée, il est convenu que Georges et lui se les partageront. Demain c'est le 8 mai et le conservateur du musée ne travaille pas en cette occasion. Vous resterez dîner avec nous cher monsieur ? Avec plaisir madame, cela nous donnera l'occasion de finaliser notre plan pour demain, répond Georges. Notre plan, notre homme, notre enquête, bigre… Si on en vient même à partager les beaux-parents, ex ou non, ça risque de se compliquer sérieusement, songe Benoît. Il faut néanmoins reconnaître à ce garçon une expertise hors pair qui a fait progresser les investigations. À propos d'expertise :

– Georges, il nous faut savoir d'où vient ce type.

– C'est la piste à suivre, j'en suis également convaincu, as-tu une idée de départ ?

Oui, répond Benoît avec un petit sourire crâneur. Il retire de la poche de sa veste la carte de visite de la batterie du Holdy que lui avait remis Daniel, il faut réserver la prochaine fois avait-il dit, et l'exhibe devant l'assemblée tel un trophée.

– Qu'est-ce que c'est ?

– Peut-être le trait d'union qui nous manque avec ce Gustav.

Benoît s'empare du téléphone.

– Bonjour Daniel c'est Benoît Maréchal.

– Euh... Qui ?

– La semaine dernière, nous avons fait votre tour historique en Jeep avec Alex, le Belge.

– Oui ça y'est, je vous remets, vous voulez réserver cette fois ?

– Pas exactement, j'ai besoin de vos lumières.

Rien ne peut faire plus plaisir à Daniel, n'étant pas historien, sa plus grande fierté est de passer pour tel dans ce genre d'occasion. Allez-y, je vous écoute.

– Je cherche à identifier un soldat allemand qui était stationné à Pouppeville en 44. Il s'appelle Gustav, je n'ai que le prénom malheureusement...

– C'est un peu faiblard comme info... Vous connaissez son affectation ?

– Non justement, je pensais que...

– À Pouppeville même, était stationnée une compagnie du 919e régiment de grenadiers, ils étaient en charge des points d'appuis du coin, le Mur de l'Atlantique si vous préférez. Vous n'avez rien d'autre ? Parce que ça fait une centaine de personnes tout de même, et des Gustav, il doit y en avoir pléthore.

– Il était alsacien... En 44 il avait 17 ou 18 ans, donc né aux alentours de 1926. Vous pensez pouvoir m'aider ?

– Un malgré-nous* de 17 ans... Hmm faut voir. C'est un parent à vous ?

– En quelque sorte... Je vous laisse un numéro auquel vous pouvez me joindre si vous trouvez quelque chose.

– C'est-à-dire que j'ai des choses à faire là, c'est pas comme si j'étais en vacances, moi.

– Je comprends Daniel, c'est ce que je craignais... Je suis avec le directeur du musée du Roule, je dois vous laisser, nous allons chercher un autre expert.

* Terme qui désigne les Alsaciens et les Mosellans enrôlés de force dans l'armée allemande.

L'ego est un des leviers préférés de Benoît pour arriver à ses fins, combien de fois l'avait-il actionné ? Ces mots font mouche car Daniel reprend immédiatement.

– Bon, laissez-moi votre numéro, je vais voir ce que je peux faire et je vous rappelle.

Georges était parti dans la contemplation de sa tasse de thé, sa modestie essayant de cacher tant bien que mal la satisfaction qu'il éprouvait à avoir joué un si grand rôle à la simple évocation de son titre.

Après ces intenses rebondissements, la soirée se poursuit plus calmement, madame Bertrand n'ayant pas hésité à sacrifier le gigot d'agneau réservé pour le lendemain (jour de fête) afin de sustenter ses invités. Georges reprend la route malgré les sollicitations de son hôtesse. Il est tard et la météo n'est pas fameuse, restez donc vous repartirez demain insiste-t-elle, non merci, je vais rentrer, conclut-il d'un ton sans appel. Georges vit en vieux garçon depuis qu'il est à Cherbourg et cela lui convient parfaitement. Son petit univers est ordonné autour de sa bibliothèque, partout des livres et des revues impeccablement alignés et des tableaux d'affichage sur tous les murs avec l'avancée des recherches en cours ou les tâches à venir. La femme de ménage a l'immense privilège d'être la seule personne non initiée à pénétrer cet espace. Sa vie est rythmée par de petites manies auxquelles il rechigne à déroger. L'une d'elles consiste à faire le point sur ses dossiers chaque soir après la douche. Il faut le voir déambuler dans son appartement en robe de chambre et pantoufles, une tasse de tisane à la main, parcourant les nombreux documents punaisés sur les panneaux de ses murs, ajoutant de-ci, de-là, un commentaire au feutre. Il peut ensuite se coucher avec l'ensemble des informations bien fraîches en tête, laissant son subconscient prendre le relais et mettre à profit ces heures de sommeil afin de classifier et analyser à nouveau. Georges n'est pas un personnage particulièrement amusant pour les autres, il est en revanche le plus heureux des hommes.

Ce soir-là il bute sur un obstacle : qui étaient ces trois hommes que l'on a cloués au pilori pour l'éternité ?

24.
Landemer

La lumière de l'aurore filtrant par les persiennes et la promesse d'une journée excitante tirent Benoît du lit de très bonne heure. Dès 7 heures il est fin prêt, rassasié et tout disposé à lancer les opérations décidées la veille. À l'instant où il va ouvrir la porte de la maison, une voix résonne derrière lui :

– Je vous accompagne.

Henri Bertrand a revêtu son pardessus imperméable de chasseur et enfilé de gros godillots. Le ton de sa voix ne laisse guère place à une quelconque forme d'opposition, il vient, un point c'est tout. Pour Benoît, cette soudaine proximité avec le père d'Amandine n'est pas aisée. Un petit frisson lui parcourt la colonne vertébrale à l'instant où il répond : « Bien sûr, avec plaisir. »

Dehors, le ciel de ce matin de fête est entièrement dégagé, inondant le paysage d'une lumière éblouissante. Les rayons du soleil ne rencontrant aucun obstacle, transforment la rosée du matin en une légère brume qui flotte au ras du sol. On a l'impression de marcher sur un nuage. La température n'est en revanche guère élevée et le moteur de la Renault a quelque peine à démarrer dans un claquement particulièrement fort.

Le trajet jusqu'au Hameau Gruchy se fait sans un mot. Amandine est-elle au courant qu'il réside chez ses parents ? Catherine a très bien pu l'avertir hier pendant qu'ils étaient chez Marie Lesdos. Il brûle d'envie de poser la question à son compagnon mais n'ose se lancer.

Parvenus devant la ferme Lemière, nos enquêteurs entament le premier parcours, empruntant la petite route du hameau aux Ducs. Le fuyard blessé devait être terrorisé à l'idée d'être rattrapé par ses complices, il avait, en toute logique, privilégié les plus petits chemins, voire coupé à travers champs. La voiture roule au pas dans un grondement de tracteur, tandis que les deux passagers observent de chaque côté les habitations susceptibles d'avoir pu servir de refuge. Quelques maisons isolées, d'anciennes fermes, partout le même accueil, le même étonnement. Aucune idée, on habite ici depuis vingt ans seulement, un Alsacien ? Houla, mais nous n'étions pas nés mon pauvre monsieur. Un médecin dites-vous ? Au petit village d'Éculleville on se souvient d'un rebouteux qui prenait en charge les petites blessures mais il est mort dans les années 1960, l'alcool l'a tué vous comprenez. Non, vraiment votre histoire n'évoque rien, avez-vous appelé les renseignements ? Mon mari a un bottin des PTT, attendez... Les hameaux se succèdent, beaucoup sont composés d'habitations plus récentes, on ne s'y arrête pas et pourtant. Auraient-elles été construites sur d'anciennes habitations ? Le découragement commence à se faire sentir, on ne va jamais y arriver comme ça, frapper à toutes les portes nous prendra des semaines et il suffirait d'en rater une.

Henri Bertrand ne peut masquer une certaine nervosité, il veut aider cet énergumène plus que tout et pourtant, il ignore par quel bout commencer. Lui aurait éliminé les trajets qui montent. Lors d'une promenade il s'était tordu la cheville sur le sentier des falaises et n'avait pu rentrer qu'à la nuit tombée. Le souvenir de ces kilomètres de souffrance était encore bien vivace dans son esprit.

– Si on descendait plutôt ?

Benoît absorbé par ses pensées sursaute.

– Descendre ?

– Il était blessé... En pente, c'est plus facile.

– En effet. Et où iriez-vous ?

Sur une carte routière tout est plat, lors de la séance de la veille il n'avait pas tenu compte des dénivelés, cela changeait tout, en effet !

– Ici, on est sur une falaise, le seul chemin qui descend c'est vers l'est... En direction de Urville, il y a une plage, ça descend au niveau de la mer...

Benoît vérifie sur la carte, Urville est hors du cercle des 3 kilomètres tracé la veille, en revanche dans cette direction il y a un petit lieu-dit, Landemer, qui reste à l'intérieur du périmètre.

– Landemer, vous connaissez ?

– Oui, c'est à l'ouest de la plage de Urville, il y a quelques maisons cossues.

Benoît secoue la tête, non, il y a un problème. Lequel ?

– C'est sur la route principale, il ne se serait pas risqué sur cet axe où les Américains l'auraient forcément rattrapé.

Henri réfléchit. Il lui vient une idée :

– Il a pu passer par le sentier des douaniers.

Benoît a tourné la tête vers le père d'Amandine, incrédule. Quel sentier ?

– C'est le sentier littoral qui longe la côte, il fait le tour de la presqu'île du Cotentin. C'était le sentier qu'empruntaient les gabelous jadis, pour empêcher les contrebandiers de trafiquer avec les îles anglo-normandes.

Empruntant la carte à Benoît, il lui indique l'emplacement tout en poursuivant.

– En sortant de la ferme il a pu prendre vers la falaise directement et ensuite descendre vers l'est… Voyez, et les premières maisons sont à Landemer.

– Henri, c'est là qu'il faut chercher.

Emporté dans son élan, Benoît a appelé monsieur Bertrand par son prénom pour la première fois, sans même s'en rendre compte, occupé à se demander pourquoi il n'a pas tenu lui-même ce raisonnement hier. Toutes les routes qu'il a considérées partaient du même postulat : Gustav avait repris le chemin de Gréville au sud. L'absence de route vers le nord les avait induits en erreur, il n'y avait que ce petit chemin et au-delà, la mer, celui-là même qu'il avait emprunté lors de sa première visite où il s'était retrouvé sur le sommet de la falaise. Tout semble évident désormais, Gustav blessé prend instinctivement le chemin le plus discret, celui où il est certain que ses poursuivants ne pourront le suivre avec leur automobile. Ayant perdu du sang, il n'est guère vaillant, le poids de son corps dans la pente du sentier lui permet malgré tout d'avancer et à moins de deux kilomètres, c'est Landemer.

La vieille auto démarre dans un panache de fumée noire et reprend la départementale en direction de l'est, elle suit une étroite route qui serpente le long de la falaise en descendant vers la mer.

« C'est ici, arrêtez-vous, » commande Henri en indiquant un parking exigu le long d'un petit hôtel sur la corniche. Une fois descendus du véhicule, les deux hommes s'interrogent mutuellement du regard : par où commencer ? Ce n'est pas un village, il n'y a ni commerçant, ni mairie, ni âme qui vive. Ils s'engagent dans la petite rue principale, large de quelques mètres seulement et bordée de grandes maisons aux vastes jardins. L'endroit est charmant, partout ces mêmes magnifiques plantes pas encore fleuries dont Benoît oublie toujours le nom, celles que l'on trouve partout dans les environs.

– Voilà le sentier des douaniers.

Lorsqu'ils sont parvenus à la hauteur de la dernière maison, Henri désigne l'arrivée du sentier littoral dans le prolongement de l'axe principal, pas d'hésitation possible : il n'y a qu'une rue. Benoît se retourne, se positionnant comme s'il arrivait par ce chemin.

– Il arrive par ici, il voit des jardins entourés de murs… Il a besoin de secours, à quelle porte peut-il frapper ?

Les deux hommes reviennent sur leurs pas, s'arrêtant sur chaque maison : là une grille fermant à clé, impossible. Ici le mur est trop haut. Ils sont revenus à la hauteur de l'hôtel lorsqu'une voix s'adresse à eux.

– Je peux vous aider ?

L'homme qui sort de l'établissement est vêtu d'un uniforme de cuisinier qui ne laisse pas de doute quant à sa fonction. Sans réaction immédiate, il se permet d'ajouter.

– Le parking est réservé aux clients de l'hôtel, il n'y a déjà pas beaucoup de places.

– Nous partons tout de suite, excusez-nous. Au fait, nous cherchons une personne ayant vécu ici pendant la guerre, sauriez-vous nous recommander quelqu'un susceptible de nous renseigner ?

– Alors-là… Non, je ne vois pas, ça remonte à loin…

– Il est possible qu'il s'agisse d'un médecin.

– Il y a bien un cabinet médical dans le bourg de Urville, peut-être que le toubib saura vous orienter.

– Merci et encore désolé pour votre parking.

Urville-Nacqueville est un joli patelin dont le cœur est construit en granit. « La nef de l'église s'est effondrée et il n'en subsiste que le clocher. Elle n'a pas résisté aux vibrations engendrées par une colonne de chars américains à la Libération, explique Henri, elle avait déjà été salement ébranlée pendant les bombardements. » Le cabinet médical est situé à une centaine de mètres, malheureusement il est fermé ce jour férié et l'écriteau sur la porte recommande de s'adresser en cas d'urgence à un autre cabinet, situé dans un prochain village. Sans grande conviction ils s'apprêtent à reprendre la route vers Querqueville, à la recherche du médecin de garde. C'est alors qu'ils croisent un attroupement sur la place de la nouvelle église, des drapeaux français sont dressés et une fanfare s'exprime joyeusement.

– Des commémorations, dit sobrement Henri.

Dans un grand coup de volant Benoît jette le vieux break le long du trottoir, et en moins de temps qu'il ne faut pour l'écrire, il en descend. Alors que son passager le regarde incrédule, Benoît, les yeux brillants fixés sur l'assemblée, explique.

– Il y a là les anciens combattants, le maire, le curé, toutes les personnes susceptibles de nous renseigner, c'est un véritable coup de chance !

Henri vient de comprendre, ce jeune homme est décidément plein de ressources, il va aboutir c'est certain. Cette curieuse paire d'enquêteurs tente de se mêler au rassemblement, scrutant avec intérêt les visages des participants les plus âgés. C'est la clôture du discours officiel du maire qui, dès que la musique se termine, invite tout le monde à prendre un verre sur le pas de l'église où se dresse une longue table sur tréteaux, nappée de papier blanc.

La première personne approchée fait mine de ne pas comprendre, visiblement l'homme n'a pas l'intention de risquer sa place dans la queue de la buvette pour répondre à ce jeune blanc-bec qui n'a même pas l'accent du pays. Le second, quant à lui, ne sait pas, allez voir le maire il est là pour ça. On débouche le vin blanc, le niveau sonore monte d'un cran tandis que des haut-parleurs installés pour la circonstance diffusent une mélodie entraînante. Le Président de la République s'est rendu hier à Ouistreham pour célébrer le 8 mai, avec la pluie les Urvillais sont restés au chaud à le regarder à la télévision. Et puis comme on avait prévu le buffet pour les commémo, on a décalé à ce matin, ça aurait été dommage de gâcher. Henri a davantage de chance, l'homme qu'il a approché habite la commune depuis sa naissance. Je ne vois pas dit-il, Landemer c'est plus loin. À Urville, il y avait le docteur Crespin, vous êtes allés le voir ? Non, où peut-on le trouver ? C'est qu'il est vieux, il ne sort plus trop, ça fait au moins trois ou quatre ans qu'on ne le voit plus dans le pays. Si on veut lui parler, où doit-on s'adresser ? Chez lui pardi, il habite au-dessus de l'église, la rue qui monte là-bas. Celle-ci ? Oui, vous montez, à gauche et c'est par là. Bon, merci. La première dame interrogée sur le chemin connaît la maison du docteur. Celle qui a le portillon rouge, elle est rapidement identifiée. À la porte, point de carillon, Benoît frappe fort. Un chien aboie, c'est bon signe. Après un temps qui leur semble infini quelqu'un vient leur ouvrir, dans l'entrebâillement de la porte surgit tout d'abord la tête d'un cocker beige aboyant comme un fou, puis celle de son maître qui correspond à la description. « Ah tais-toi ; lui commande l'homme, qu'est-ce que c'est ? »

– Vous êtes le docteur Crespin ?

– Ma foi oui, mais je ne donne plus de consultations à mon âge… J'ai 92 ans vous savez.

– Nous aimerions simplement vous parler, pouvons-nous entrer un court instant ?

– Vous n'allez pas essayer de me vendre des choses, j'espère ?

– Rassurez-vous, nous sommes seulement à la recherche d'informations et vous pourriez peut-être nous aider.

– Dans ce cas… Bon, entrez.

Le chien s'est précipité, ayant cessé d'aboyer il tourne et retourne entre les jambes des visiteurs qu'il renifle méticuleusement, puis, profite de la porte encore ouverte pour prendre l'air. L'homme se déplace lentement mais d'un pas assuré, il porte un gilet de laine sur une chemise blanche fermée par une cravate au nœud impeccable. Ce détail ne manque pas de retenir l'attention de Benoît, au même âge, lui ne s'encombrerait sans doute plus de cet accessoire, quitte à perdre en élégance. Ayant guidé ses visiteurs dans le salon, le docteur les invite à prendre place sur un vieux sofa de cuir qui pue le chien mouillé. Lui, prend place sur un fauteuil de même facture, face à eux. Une fois installé, il prononce ces quelques mots qu'il a sans aucun doute martelés des milliers de fois dans sa vie de médecin : « Alors, dites-moi. »

Le regard bleu et perçant du vieil homme trahit une vivacité d'esprit restée intacte malgré les années. Avant d'avoir posé sa question, Benoît sait qu'il est tombé sur la bonne personne, il le sent, à l'heure où il écrit ces lignes il ne sait d'ailleurs toujours pas expliquer comment ni pourquoi, le fait est là, c'est tout.

– Nous cherchons des informations sur un homme. Un soir d'octobre 1945 il est blessé dans une bagarre, il s'enfuit par la route des falaises, nous pensons qu'il est venu chercher de l'aide à Landemer. Avez-vous entendu parler de cette histoire ?

Un long silence s'installe, il faut dire que la question, tout en étant directe et précise, renvoie la mémoire du vieil homme 63 ans en arrière. Henri se tient droit comme un I, les mains jointes devant lui comme s'il priait. Effectivement, il prie.

– J'ai soigné l'homme dont vous parlez.

Les deux compères ont bondi sur leur siège, ils se regardent la bouche grande ouverte, ça y'est, tout va s'expliquer, Odette, la ferme, Marie…

– Il s'appelait Gustav ?

– Il venait d'Alsace si mes souvenirs sont exacts.

– C'est lui, ça ne fait aucun doute, pouvez-vous nous raconter tout ce que vous savez à son sujet ?

– C'était le soir, un voisin était venu frapper à ma porte, quelqu'un avait besoin de soins alors je me suis déplacé, j'ai pris ma bicyclette et ma trousse et l'ai suivi à Landemer.

L'homme parle d'une voix lente et douce, sans aucune hésitation qui ait pu remettre en cause la véracité de son récit.

– Il présentait plusieurs plaies au bas-ventre et à l'épaule, vraisemblablement faites par une arme blanche, il avait perdu beaucoup de sang… Je l'ai recousu comme j'ai pu mais il aurait eu besoin d'une transfusion. À l'époque nous n'avions rien de tout ça… Le gars était solide, il est resté quelques jours dans le cellier de l'homme qui était venu me chercher, et puis… il est parti.

– Parti comme ça ? Il ne vous a rien dit ?

Benoît a crié, non ça n'était pas possible si près du but, il avait bien dit quelque chose, allons, parlez docteur !

– Pourquoi me posez-vous ces questions ? interroge l'ancien médecin en plissant les yeux.

Il sait quelque chose, c'est certain, il se méfie de cet étranger un peu trop curieux. Comme si plus de 60 ans après il eut été possible que quelqu'un vienne lui demander des comptes. Benoît lui répond sur le ton de la confidence.

– Cet homme était très lié à une amie décédée il y a peu. C'était un soldat allemand, peut-être l'ignoriez-vous, ceux qui lui ont fait ça étaient des voyous, des bandits qui pillaient les fermes de la région. Nous cherchons à savoir s'il a laissé des traces, des enfants peut-être…

L'explication mensongère fait tourner la tête d'Henri, comment cet énergumène peut-il parler en ces termes du monstre qui a ruiné la vie de sa Marie ? Le voilà prêt à intervenir, à rétablir la vérité, lorsque le vieil homme reprend :

– Il lui arrivait dans ses délires de parler allemand… Nous savions. Il nous avait implorés de ne pas le signaler aux autorités, il craignait qu'on l'envoie aux Américains.

– Au camp de Tourlaville ?

– Si vous le dites, ou à Nacqueville non loin d'ici, il y avait un camp américain. À l'époque on faisait déminer les champs et les plages par les prisonniers et souvent ça faisait… boum ! Les pauvres gars, enfin c'était comme ça à l'époque.

– Que s'est-il passé d'autre ?

– Il délirait beaucoup, la fièvre était forte, il était presque certain qu'il passerait rapidement. Pourtant il a tenu… Dans ses cauchemars il disait qu'il était fichu, qu'elle ne lui pardonnerait jamais.

– A-t-il prononcé un nom ? Odette ?

– Je ne m'en souviens pas… Quand il a été capable de tenir sur ses jambes, on lui a donné des vêtements et un peu d'argent, il est reparti.

– Savez-vous… Où ?

– Chez lui j'imagine, il parlait français comme vous et moi, il n'avait aucune raison de se faire remarquer, hormis ses blessures.

– Vous a-t-il expliqué d'où elles provenaient ?

– Vous savez mon jeune ami… On n'a pas eu trop de soucis avec les Allemands par ici, chacun se mêlait de ses propres affaires et les choses allaient ainsi, on ne posait pas de questions…

Alors qu'il s'apprête à prendre congé, Benoît se souvient de la photo dans sa poche, il la sort et la présente au vieux médecin. C'était lui ?

– Ah… Oui… C'est bien lui, c'était presque un gamin.

En sortant de la maison du médecin, Benoît enrage, ils touchaient au but, il ne manquait plus grand-chose pourtant. Gustav s'était-il évaporé dans la nature ? Avait-il rejoint Odette ? Repris le butin ? Les scénarios les plus extravagants lui trottent dans la tête tandis qu'il raccompagne Henri à Saint-Germain-des-Vaux. Quelles sont les prochaines étapes : si Daniel parvient à l'identifier, pourra-t-il retrouver sa trace ? Quant à Georges, a-t-il avancé sur les coupables désignés d'office ?

25
Jérôme

– Vous ne restez pas déjeuner ?

– Non merci Catherine, vous avez été très aimable, je dois absolument rejoindre Georges pour faire le point.

– Quand repassez-vous ?

– Eh bien… Je vous appellerai, tout dépend de l'avancement de l'enquête.

Alors qu'il va prendre congé il ajoute :

– Avez-vous eu des nouvelles d'Amandine ?

– Non Benoît, je vous l'aurais dit, bien sûr.

Ce « bien sûr » n'engage que celui qui y croit, pense-t-il, ça m'étonnerait qu'elle ne sache pas quelque chose. Pourquoi Amandine ne rappelle-t-elle pas ?

En chemin, Benoît s'arrête à une station pour faire le plein de carburant. Alors que le liquide malodorant remplit le réservoir vide de la Renault, il se saisit de son téléphone et appelle Amandine. Ça sonne. Elle va décrocher cette fois, c'est certain…

– Ça ne va pas non ? Vous ne savez pas lire ?

Le pompiste furieux lui a arraché le téléphone des mains, pointant du doigt un petit panneau expliquant qu'il est interdit de téléphoner dans ce lieu fortement inflammable. Tandis qu'il vocifère, il lui rend l'appareil que Benoît, encore sous le coup de l'émotion, ne saisit que maladroitement. La chute est inévitable et la batterie se désolidarise à l'impact, tombant à ses pieds dans une minuscule flaque d'eau. Le cœur encore battant il ramasse les morceaux d'une main tremblante, les met dans sa poche, paie et file sans demander son reste. Sur la route, il ne cesse de repasser en boucle ce qu'il aurait dû répondre au pompiste s'il avait eu de la répartie en cet instant, et c'est très énervé qu'il arrive au sommet de la montagne du Roule.

– Monsieur Quentin ? Il est en congés aujourd'hui, répond aimablement la personne de l'accueil.

Georges me l'avait dit, quelle cloche… Et ce téléphone qui ne fonctionne plus depuis ce bain forcé. La journée commençait pourtant bien. Voyons, tout revers a sa médaille, il suffit de trouver le bon côté de cette situation. Parfois ça ne vient pas immédiatement, aujourd'hui c'est le cas. Benoît fulmine, non seulement il n'a plus de téléphone mais il ne sait pas où joindre Georges en dehors du musée. A-t-il seulement un téléphone portable, cet homme-là ?

En désespoir de cause et après avoir longuement pesé le pour et le contre, il descend sur le port pour déjeuner. Le temps est frais mais ensoleillé, il avise une place en terrasse et commande une bière. Tout en sirotant il se repasse le film de la matinée, et imagine ce qu'il aurait pu noter dans son carnet. Et puis zut, où est-il ce fichu carnet d'abord ? À l'hôtel se répond Benoît, le seul endroit où il n'a pas cherché.

– Le plat du jour c'est moules de Barfleur-frites ou dos de cabillaud.

– Eh bien…

– À la table d'à côté c'est le dos de cabillaud, si vous voulez vous donner une idée, précise la serveuse.

C'est en jetant un œil sur l'assiette de son voisin que Benoît remarque le téléphone posé sur la table, du même modèle que le sien. C'est inespéré.

– Excusez-moi, puis-je emprunter votre batterie de téléphone ?

– Pardon ? Enfin…

– C'est un peu compliqué, reprend Benoît en lui montrant son Blackberry.

À l'issue de trois bonnes minutes de mensonges éhontés et autres promesses, l'homme consent, pas longtemps n'est-ce pas ? Bien sûr. Trois nouveaux messages, Amandine certainement !

– Benoît c'est Georges, je bloque sur tes coupables, c'est très ennuyeux. Je déjeune au *Café du Port* si jamais tu veux passer.

Après « notre » enquête nous sommes revenus à « tes » coupables, ça n'est pas plus mal, se dit-il.

– Allô c'est Daniel, rappelez-moi.

C'est plutôt court comme message. Le troisième serait-il le bon ?

– Salut c'est Stéphane, je voulais savoir comment tu vas, rappelle-moi.

Quelle plaie, qu'attend-elle ?

– Monsieur ma batterie je vous prie, je dois m'en aller.

Après avoir avalé la moitié du dos de cabillaud, la moitié de la bière et rendu la batterie, Benoît se dirige sans attendre vers le *Café du Port* retrouver le conservateur du musée.

– Ah salut Benoît, tu as eu mon message !

– Tu n'as pas de portable ?

– Non, pourquoi ?

– Pour te joindre, pardi.

– Eh bien je suis au musée, chez moi ou ici. Tiens, voici le numéro de chez moi, note-t-il sur un coin de la nappe en papier. As-tu du nouveau ?

– Oui, on a retrouvé un témoin direct qui a soigné l'Alsacien après la bagarre.

– Incroyable, raconte un peu…

Pour Georges tout est toujours incroyable, il s'était mis à utiliser ce genre d'expression à l'aube de sa nouvelle vie, c'est sa façon de s'autopersuader qu'il vit en permanence de grandes aventures. Parfois il varie les adjectifs, ça commence par extraordinaire alors que ça ne l'est pas tant que ça et ça peut aller jusqu'à fantastique ou inouï, sa note maximale. Après que Benoît a terminé son récit, il conclut par un fabuleux, niveau intermédiaire dans le classement du conservateur.

– Que sais-tu des camps ? Gustav semblait effrayé à l'idée d'être dénoncé, la guerre était terminée pourtant.

– Vois-tu Benoît, la guerre n'était pas terminée pour tout le monde. Lorsque les Américains nous ont rendu les camps de prisonniers ils étaient encore pleins à 70 pour cent, et les autorités françaises n'étaient pas pressées de les vider. La France a utilisé environ 700 000 prisonniers pour reconstruire le paysage, certains ne sont rentrés chez eux qu'en 49 et encore, les Américains nous ont un peu forcé la main. On a rapidement renvoyé les plus jeunes qui avaient 14, 15 ou 16 ans et les vieux de plus de 60 ans, les invalides et tous ceux qui ne pouvaient pas travailler. À l'époque de notre histoire, presque tous ces gens avaient été rapatriés. Pour la classe 1926 c'était une autre affaire, Gustav aurait pu être placé dans une ferme, une carrière ou affecté au déminage des plages.

– Le docteur Crespin nous a parlé des mines, il y a eu des morts selon lui.

– Plusieurs milliers même, en tant que vainqueurs on ne s'embarrassait pas avec les conventions de Genève.

– Cela expliquerait la raison pour laquelle il avait peur d'être dénoncé aux Américains.

– Hum… Je ne pense pas.

– Comment ça ?

– Fin 45 les opérations de déminage sont déjà bien avancées dans la région, il n'aurait sans doute pas été affecté à cette tâche. En outre, que pouvait-il en savoir ? Tu as mentionné qu'il avait peur des Américains, or le déminage était organisé par les Français, nuance.

– C'est ce qu'a dit le médecin, sa mémoire semblait parfaitement claire, le détail a-t-il son importance ?

– Je le pense. Dans ces années-là les Américains employaient beaucoup de main-d'œuvre et paradoxalement ils ont trouvé que les prisonniers allemands travaillaient bien mieux et pour moins cher que les volontaires français qui râlaient pour un rien. Et ça, notre Alsacien devait le savoir.

– Selon toi il ne risquait finalement pas grand-chose à être envoyé chez les Américains ?

– À moins que…

Lorsque Georges Quentin prenait ce ton mystérieux c'est qu'il avait une idée derrière la tête, le petit détail insignifiant qui revêt soudainement une importance capitale. Si Gustav avait été arrêté par les autorités françaises il risquait gros. Entre la rancœur des populations en pleine épuration et les travaux forcés, il aurait mieux valu qu'il tombe entre les mains de l'armée d'occupation américaine. Alors pourquoi avait-il précisé au docteur Crespin le contraire ?

– À moins qu'il n'ait quelque chose à se reprocher… Si selon toute vraisemblance, ses associés sont des déserteurs américains, ils devaient traîner quelques casseroles connues de la police militaire. Pour ça, il nous faudrait en savoir davantage sur ces types, c'est bien là le problème, on est bloqués.

– Je dois rappeler Daniel, il m'a laissé un message.

– Fernando, tu nous mets un café et un jeton pour le téléphone s'il te plaît ?

– Tout de suite monsieur Quentin.

– Un jeton de téléphone ? Dans quel siècle vis-tu… Au fait, sais-tu où je pourrai trouver une batterie de Blackberry ? reprend Benoît.

– Une quoi ?

– Laisse tomber…

Une petite cabine téléphonique fonctionnant avec des jetons est installée près des toilettes, elle a l'intérêt de posséder un second écouteur. Avant même que Benoît ait composé le numéro de Daniel, son camarade a déjà l'oreille rivée à celui-ci.

– Daniel ? Benoît Maréchal.

– Ah bonjour, vous avez eu mon message, alors… Votre gars, dans l'hypothèse où il était bien basé à Pouppeville n'est-ce pas, appartenait à… Vous avez de quoi noter parce que c'est un peu technique…

Georges avait déjà un papier et un stylo dans les mains.

– Allez-y.

– La 2e compagnie du 1er bataillon du 919e régiment de grenadiers était basée à Pouppeville, une compagnie c'est une centaine d'hommes environ. Vous suivez ?

– Oui… Oui…

– Le commandant de cette compagnie c'était le *Leutnant* Roweder, il avait établi son PC dans le village. Ils étaient rattachés à la 709e division d'infanterie, des troufions si vous préférez, ils étaient en charge du Mur de l'Atlantique.

– Le Mur ? Bien…

– Ensuite, j'ai listé les Gustav nés en 1926… Oui, car leur lieu de naissance n'est pas renseigné. Alors ça nous donne trois résultats : Schmidt, Ostermann et Doppler.

– Sont-ils toujours vivants ?

– Aucune idée, je n'ai pas accès aux archives d'état civil, il faut écrire en Allemagne, ça, je vous laisse faire…

– Merci Daniel, bonne journée.

« On file au bureau, » coupe Georges ravi d'avoir à nouveau quelque chose à se mettre sous la dent. Il paye rapidement, on se précipite dans la Renault 18 et tout l'équipage remonte au Roule. À peine arrivé dans son bureau, Georges lance l'ordinateur et jette sa veste sur le dos de la chaise. Il est dans son élément, sur la brèche comme il aime à le dire à ses amis quand ceux-ci lui demandent si tout va bien. Sans un mot pour Benoît, il prend son téléphone et compose un numéro qu'il connaît par cœur.

– Jérôme, c'est Georges. C'est pour une identification, j'ai besoin de ton aide… 1926… Schmidt, Ostermann et Doppler, prénom pour les trois : Gustav… Oui… Le 2/919 à Pouppeville, *Leutnant* Roweder… Je me doute… Merci, tu peux me joindre au bureau.

Un grand sourire inonde son visage tandis qu'il raccroche.

– Qui était-ce ? s'enquiert Benoît.

– Jérôme Tulasne, le patron du cimetière de la Cambe. C'est le plus grand cimetière allemand de la région, il a ses entrées en Allemagne tu penses, il va nous les trouver nos gars, fais-moi confiance.

Benoît n'aime pas cela, sa grand-mère aurait dit de Georges qu'on lui tend la main et il vous prend le bras. Le « tes coupables » de ce matin avait laissé place à « nos gars » cet après-midi, décidément il a du mal avec ce copilote qui prend le manche à la moindre occasion et sans même demander la permission. Inutile de préciser que le Sioux a horreur de partager ses succès, l'histoire ne retient que les noms des premiers sur le podium. De plus, on n'est jamais trop prudent, la récente expérience au cabinet l'a bien montré.

Tandis que l'un ronge son frein, l'autre a lancé une recherche sur Internet concernant l'unité. Il n'y a pas assez de place pour lire l'écran par-dessus l'épaule de son camarade et Benoît est contraint d'attendre après lui. Ah non, il n'aime pas cela du tout ! Georges ponctue sa lecture d'onomatopées diverses, non, ah… Et l'inévitable incroyable.

– Alors ? questionne Benoît qui ne parvient pas à masquer son agacement.

– C'est sensationnel, tout est là. L'unité est créée en Prusse Orientale puis rattachée à la 709e division d'infanterie fin 1943 lorsqu'elle atterrit en Normandie… Commandée par le *Leutnant* Roweder… Ils sont en charge de construire des points d'appuis sur le Mur, c'est-à-dire des fortifications… Écoute un peu : Les trois quarts de ses hommes ont entre 35 et 45 ans, n'ayant jamais combattu et rappelés sous les drapeaux faute de troupes fraîches disponibles. Ils sont envoyés en unité après seulement quelques semaines d'instruction militaire… Bla bla bla, le reste de la troupe est constituée de vétérans souvent âgés, ayant combattu en Russie et mis au repos en Normandie, et de très jeunes soldats inexpérimentés… Intéressant, poursuit-il, de très jeunes soldats inexpérimentés dont le nombre augmente au fur et à mesure que les vétérans repartent sur le front de l'Est. Avec cette troupe aussi disparate que peu apte au combat, le jeune *Leutnant* a la charge de quatre points d'appuis. Le Wn1 situé à l'extrême Sud du banc du Grand Vey, des Wn2 et Wn2a devant Pouppeville, et du Wn6 situé dans ce dernier village où il a établi son PC.

– Que signifie Wn ?

– *Widerstandsnest*, ça veut dire point d'appui en allemand, une fortification avec des mitrailleuses ou des canons. Il y en avait tout le long du littoral occupé.

Benoît se lève et fait quelques pas dans la petite pièce. Joignant les mains devant sa bouche, il réfléchit. Tout ceci est bien joli, très détaillé, mais comment cela fait-il avancer l'enquête ? Ses pensées vont à la concierge, qu'est-elle en train de faire aujourd'hui ? Il doit reprendre la main sur ce projet et cesser de se disperser, les priorités étant dans le désordre d'identifier le mobile, la nature du butin et remettre Amandine dans le droit chemin. Quel fichu caractère, il a du mérite de la supporter tout de même. Tout occupé à ses réflexions, il se fige soudain devant une étagère sur laquelle est posé un petit sapin synthétique, celui-ci ressemble étrangement à un objet qu'il a déjà vu… Chez Odette.

– Je crois avoir déjà vu ce sapin, lance-t-il à la cantonade.

– C'est allemand, les soldats en recevaient un pour Noël, pour qu'ils se sentent moins seuls.

Comment diable cet objet avait-il pu atterrir chez Odette. Ça y ressemble étrangement pourtant. Mais bien sûr, c'est évident…

– J'y suis ! s'écrie Benoît.

– Pardon ?

– Fin 1943… De très jeunes soldats… Gustav a 17 ans quand il arrive chez les Leterrier, et cet arbre est la preuve qu'il est arrivé avant la période de Noël. Odette a dû ensuite conserver ce sapin chez elle à Paris, la question est maintenant de savoir pourquoi…

Georges n'écoute que d'une oreille, il est plongé dans les détails historiques concernant cette unité, remarquablement précis, ils illustrent l'ambiance de l'époque. De très jeunes et de très vieux soldats d'horizons variés travaillent d'arrache-pied dans les mois qui précèdent l'invasion à construire des fortifications sur la côte.

– Tu te rends compte Benoît ?

– Quoi donc ?

– Eh bien ces gars se sont retrouvés le matin du Débarquement juste en face du 5e corps d'armée US, ils étaient aux premières loges !

– Et qu'est-ce que ça nous apprend sur le mobile du crime ou sur la nature du trafic ? répond notre Sherlock avec une pointe d'agacement dans la voix.

– Il faut analyser tout ceci Benoît et je suis certain que ça peut nous apprendre quelque chose de capital.

Analyser toujours tout, telle était bien la nature de Georges Quentin, il aurait pu analyser le programme de télévision ou le menu du restaurant et parvenir à en déduire quelque chose en commençant une de ses phrases par « chers amis, c'est incroyable… » Que va-t-il encore trouver de fabuleux cette fois, s'énerve Benoît.

– Tout d'abord, il a fréquenté des soldats plus âgés, des pères de famille obligés de porter un uniforme et des vétérans de Russie qui n'ont qu'une peur c'est de retourner se battre. Ça n'est pas cette influence qui aurait pu l'encourager à mener des actions de bravoure. Tu es au milieu d'une horde d'Américains envahisseurs avec des camarades à l'esprit peu combatif, à défaut d'être tué, il y a de fortes chances que tu sois rapidement submergé par le flot, capturé ou blessé.

– Et donc, monsieur le directeur, vos conclusions je vous prie ? le ton de Benoît se fait ironique.

– Ça sous-entend qu'il a selon toute probabilité été capturé dans les tout premiers jours, voire les premières heures de l'invasion, ce qui explique qu'il soit resté en vie.

– En quoi cela nous ramène-t-il à l'enquête ?

– Eh bien… L'avenir nous le dira, notons cet élément parmi les autres.

Benoît triomphe, donc ça ne nous sert à rien, c'est vrai il devient pénible Georges à toujours vouloir avoir raison avec ses analyses extraordinaires. Le patron c'est Benoît, il faut garder le cap. L'autre a compris le message et se vexe, ce jeune béotien ne comprend rien à l'Histoire et au sens caché des choses, on se demande bien ce qu'il fait ici et ce qu'il cherche à la fin.

Benoît se réfugie dans son téléphone dont il tente de recharger la batterie, tandis que Georges poursuit ses recherches silencieusement. Une heure passe sans autre forme de dialogue, chacun s'étant retranché sur ses positions, avant que le téléphone ne vienne casser cette ambiance plutôt lourde.

– Quentin à l'appareil. Ah Jérôme… Formidable… Tu m'envoies ça par courriel ? Parfait, je te revaudrai ça.

Benoît a toujours le regard rivé sur la petite barrette clignotante en forme de batterie, comme si cela l'aidait à charger plus rapidement. Il feint de se désintéresser de l'information, après tout, c'est lui le chef et c'est à l'autre de lui soumettre les éléments. Le directeur reprend ses recherches le plus naturellement du monde, sans manifester aucune autre forme d'émotion. Zut. Ce type m'agace décidément.

– Des nouvelles intéressantes ? hasarde-t-il.

– Jérôme a identifié les trois noms, ils ont les listes de toutes les unités allemandes ayant combattu en Normandie, tu penses, un jeu d'enfant pour lui.

Se rendre indispensable était une qualité que Georges avait toujours su cultiver, déjà au temps où simple comptable il était devenu l'homme de confiance du grand patron, lequel n'hésitait pas à lui soumettre directement quelques requêtes discrètes et de la plus haute importance. Il triomphait à nouveau, avec élégance de surcroît, dans l'exercice du jour, ce qui devrait normalement rabattre le caquet de ce Parisien malotru. La phrase suivante formulée par ce dernier ne pouvait être qu'interrogative, signe qu'il se résignait enfin à reconnaître la valeur du sachant.

– Et donc ?

– Schmidt est enterré à la Cambe, mort après les combats en janvier 1945, sans doute victime des travaux forcés.

– Janvier… Ça ne peut donc pas être lui. Les deux autres ?

– Les deux autres sont encore vivants, selon les informations à notre disposition. Nous avons une adresse en Basse-Saxe pour Gustav Doppler et Ostermann est domicilié à Uttenheim, dans le Bas-Rhin.

– Je vote pour le Bas-Rhin, ça collerait mieux à notre Alsacien, peux-tu vérifier dans l'annuaire s'il y a un téléphone ?

Georges n'a pas quitté des yeux son interlocuteur et comme s'il s'agissait d'une évidence, il répond le plus tranquillement du monde :

– Déjà fait. Il n'y a pas d'abonné de ce nom.

Les deux compères se toisent, chacun guettant la moindre occasion de prendre l'ascendant sur l'autre. Benoît, qui sent bien que l'adversaire est coriace, joue l'apaisement.

– Excellent travail, que suggères-tu, la mairie de la commune, peut-être ?

– J'ai le numéro de téléphone, si tu es prêt on peut essayer.

– Là, tout de suite ?

– Qu'est-ce qu'on risque…

26.
Uttenheim

Par trois fois, Benoît tente d'appeler la mairie, manque de chance ça sonne dans le vide. Uttenheim est une petite commune située au sud de Strasbourg, ce 9 mai, c'est la kermesse annuelle du village, on y célèbre entre autres la fin des hostilités. Balancés au gré des conflits d'un côté du Rhin puis de l'autre, les Alsaciens ont été contraints de se ranger du côté allemand en 1940. Le choix ne leur ayant pas été laissé, on les a appelés les malgré-nous, et selon Georges, pour une très large majorité c'était bien le cas. À cette heure tout le personnel de la mairie doit être aux commémorations et il y a peu de chance que le bâtiment soit ouvert, quant à Georges, il poursuit l'étalage de ses remarquables connaissances.

– Tu comprends Benoît, de la même façon que la France n'était peuplée que de courageux résistants après août 1944, il est impossible de mettre une unique étiquette sur les Alsaciens. Espérons que notre ami Gustav est toujours en vie et qu'on parvienne à mettre la main dessus, on aura peut-être la réponse à cette question.

– Pour lui, je n'ai pas trop de doute, à 17 ans on défend surtout les convictions des autres. Bon. On retente… Ça sonne…

– Allô ? répond une voix féminine très joyeuse.

– Ah ! Je cherche à joindre le maire s'il vous plaît.

Au téléphone on entend de la musique, des voix, les bruits d'une fête et la femme croit avoir besoin de hurler dans le combiné pour se faire entendre.

– Le maire ? C'est qu'on est fermé aujourd'hui, c'est la kermesse, j'ai entendu le téléphone qui sonnait en allant aux toilettes, mais normalement on ne décroche pas.

– C'est très urgent madame, je vous en prie, nous cherchons à joindre un de vos administrés, Ostermann, Gustav Ostermann, vous le connaissez ?

– Attendez voir, je vais demander…

– Il doit avoir dans les 80 ans, précise Benoît.

– … Tu connais ? Ostermann qu'il s'appelle… Oh François ! Des gens qui le demandent… Le curé… Ah… Bon… Allô ?

– Oui, je suis là.

– Vous êtes de la famille ?

– Pas exactement… Mais c'est très important je vous assure.

– C'est parce qu'il est décédé, il y a une dizaine de jours.

Pour cette fois Georges Quentin s'est contenté d'un simple « merde ». Benoît a fermé les yeux très fort, l'enquête va se terminer ainsi, coupable ou non, Maria ne sera pas inquiétée et adieu la Légion d'honneur. Après ce travail titanesque de recherche, les deux protagonistes de l'histoire ont emporté leur secret dans la tombe, la frustration est immense, « ce n'est pas possible d'être maudit à ce point ! »

– Allô m'sieur ? Vous êtes toujours là ?

– Oui…

– Je suis navrée de vous l'annoncer comme ça mais comme vous m'aviez dit que vous n'étiez pas un parent…

– Ça va aller… Et sa famille justement, est-ce possible de lui parler ?

– Attendez, je vous passe monsieur le curé.

De nouveaux bruits dans le combiné, une nouvelle voix masculine s'annonce. « Et si ça n'était pas notre Gustav », souffle Georges.

– Bonjour, vous êtes des amis de Gustav Ostermann ?

– Euh… Oui, répond maladroitement Benoît.

– Vous tombez bien parce que nous ne lui connaissions aucune famille, il n'avait pas grand-chose mais on ne sait pas trop quoi faire de ses affaires… Vous le connaissiez bien ?

– Assez bien, ment Benoît, a-t-il laissé quelque chose ? Un agenda, des photos… ?

– Il reste quelques livres, un peu d'électroménager, les vêtements on peut les récupérer pour la paroisse… On a également une enveloppe avec un nom mais pas d'adresse, si vous connaissez sa descendance ça nous aiderait bien.

– Le nom… Est-ce que ce ne serait pas… Odette Leterrier ? tente Benoît.

– Oui, oui c'est bien ça, vous connaissez la personne ? Il avait souscrit une assurance pour ses frais d'obsèques, il n'y a rien à payer, faudra simplement récupérer les bricoles qui restent. Donnez-moi votre adresse…

Ainsi s'achève l'aventure normande. Après ces quelques jours intenses et déconnectés de la réalité, la chute de l'histoire est brutale pour Benoît. Cette enquête fut en quelque sorte la bouée de sauvetage qui lui a permis de supporter le choc de son licenciement et sa rupture. Emporté par le mouvement de cette aventure, il est parvenu à se masquer la réalité, transposant simplement ses habitudes dans une voie parallèle. L'instant de cette courte semaine il était même parvenu à se convaincre qu'il avait le pouvoir de changer le cours des choses, que tout allait redevenir comme avant tandis qu'il était occupé à courir après cette chimère…

En vérité la situation de Benoît était bien loin d'être idyllique, la crise des subprimes avait considérablement impacté les résultats financiers de la filiale française du cabinet l'année précédente, et la maison mère basée à Londres avait demandé une réduction de la masse salariale afin de redresser la marge. Benoît était la variable d'ajustement parfaite, un gros salaire, un gros ego l'ayant depuis longtemps isolé du soutien de ses collègues et un comportement individualiste qui avait en certaines occasions permis de gagner beaucoup, mais au prix de risques inconsidérés. En se débarrassant de cet électron libre échappant à tout contrôle, sa hiérarchie voyait ainsi l'opportunité de régler plusieurs problèmes à la fois. Il avait suffi de ressortir quelques erreurs que l'on pouvait plus ou moins lui attribuer, les avocats avaient fait le reste.

Joël Burnouf fut tout heureux de récupérer sa belle Renault, vous n'avez pas oublié de faire l'plein au moins ? Non, pouvez vérifier. La Porsche était repartie en échange d'un gros chèque de l'assurance et ça tombait bien parce que la chaudière de la maison était en carafe et il lui fallait des sous. D'ailleurs s'il voulait un véhicule, lui, Burnouf, pouvait lui arranger le coup, non merci, il préférait rentrer par le train. Le taxi qui le ramena de Saint-Lazare en cet après-midi du 10 mai, ne mit pas longtemps à rejoindre le 16e arrondissement dans une capitale une nouvelle fois déserte, la prochaine fois qu'il se fera larguer, que ce soit par un boulot ou une femme, il faudra tâcher d'éviter les week-ends prolongés de jours fériés, c'est un tantinet déprimant.

En se dirigeant vers l'entrée de son immeuble après avoir payé le taxi, il tombe sur madame Da Silva. Coupable ou non, celle-ci n'avait rien changé à ses occupations, elle supervisait un déménagement.

– M'sieur Maréchal, vous voilà revenu, vous étiez en voyage je présume.

– C'est ça…

– Tenez, c'est le déménagement du 1er étage, je surveille car ils sont bien fichus de m'esquinter les murs de la cage d'escalier avec les coins de meubles.

Un camion jaune est garé en double file devant l'immeuble, il porte sur le côté une inscription Haynes Fils Antiquaires et plusieurs hommes sont occupés à y charger le buffet de madame Lemière. « Paul a fait appel à un antiquaire pour s'en débarrasser, c'est toujours mieux que de tout jeter sur le trottoir avec les encombrants, vous savez les meubles, plus personne n'en veut, maintenant tout le monde achète des saloperies en sapin, ah c'était mieux avant ! » Benoît les observe quelques minutes, pensant à tout ce qu'il a vécu ces derniers jours à cause d'un simple cadre posé sur ce fameux buffet. Tous ces lieux inconnus visités, ces gens rencontrés… Et tout ça pour revenir à la case départ, c'est mal payé sans blague. Point d'article ni d'honneur et pire encore, il doit se résigner à croiser quotidiennement une concierge qui s'est peut-être rendue coupable d'un crime.

Muni d'une nouvelle batterie, le Blackberry a repris du service mais ne parvient toujours pas à joindre Amandine. C'est fini.

Il comprend enfin qu'elle l'a bel et bien quitté. Sans nouvelle direction à suivre, on retrouve Benoît le soir même, assis sur son divan le téléphone dans les mains, parcourant son répertoire en quête d'oreilles bienveillantes à appeler. À ses pieds la tache de vin a viré au bleu violacé.

Qu'a-t-il fait pour mériter cela ?

Dix jours plus tôt, Benoît Maréchal avait une situation sociale enviée, un bon boulot, une jolie femme et une belle voiture. Chaque jour il recevait des dizaines d'appels téléphoniques et de courriels, il était invité à des soirées très chics où se retrouvait l'élite financière et économique de la capitale. « Incroyable ! » se serait exclamé Georges Quentin.

– Tu rentres déjà ? s'était étonné ce dernier.

– Il est mort, on n'a plus de piste à suivre, c'est fichu…

– La découverte est sensationnelle d'un point de vue historique, rends-toi compte, les belligérants d'hier qui s'unissent en une bande de voyous, l'armée qui cherche à étouffer l'affaire en désignant des coupables désignés d'office, c'est énorme ! Il y a encore des choses à trouver, on doit écrire un article sur cette histoire…

– On ne trouvera jamais le mobile, on est au bout de la piste… Continue si ça t'amuse, moi je rentre, on s'est planté quelque part, je commence à me dire que j'ai rêvé tout ça…

Cinq jours sans aucune nouvelle d'Amandine, le contrecoup du licenciement, près de dix jours vécus hors du temps, loin de son quotidien habituel fait d'urgences urgentissimes dont la somme journalière n'était pas loin d'occuper la semaine de travail d'un individu normal. Pour qui est-il important désormais ? Qui a encore besoin de lui ? Sans personne à convaincre de son génie, la machine n'a plus de direction à suivre. L'associé Benoît Maréchal vient de mourir pour la seconde fois, 10 jours après la première. Une soirée aussi triste qu'alcoolisée. Pas de catastrophe à déclarer cette fois, le whisky ne tache pas les tapis… Le mal de tête du lendemain sera en revanche très similaire à celui de la semaine précédente.

– C'est moi, dit Benoît.

– Quand même, on s'inquiétait, ton téléphone est en permanence sur messagerie. Où es-tu ?

– Chez moi, Paris.

– J'ai les enfants, je ne peux pas bouger de la journée, viens déjeuner à la maison, on pourra parler un peu…

– Je ne sais pas… Je vais réfléchir.

– Allez ça te fera du bien. Et qu'est-ce que tu as fait ces jours-ci ? Allez, viens me raconter.

À l'instant où il va formuler sa réponse à Stéphane, une phrase qui commence par un oui mais non, le bruit du carillon électrique vient s'inviter dans la conversation.

– Je te rappelle, on sonne.

– Courrier pour vous, un recommandé, j'ai signé à votre place.

Il suit des yeux Maria Da Silva qui redescend par l'escalier, la démarche ne laisse rien transparaître de son infamie. Est-elle coupable finalement ? Le cachet de la Poste sur l'enveloppe indique que le courrier a été posté d'Uttenheim, département 67. Après un arrêt à la cuisine pour prendre un verre d'eau et un sachet d'aspirine, il ouvre l'enveloppe. À l'intérieur est insérée une autre enveloppe de papier marron sur laquelle une main a sobrement écrit « Odette ». Preuve est faite que ce Gustav Ostermann récemment décédé était bien celui de la photo. Ça n'émeut pas pour autant notre ami, bof, je le savais bien. Cette seconde enveloppe enferme un petit cahier d'écolier à la couverture bleue et passablement écornée, portant la mention proprement calligraphiée *Leçons de choses*. À l'intérieur, les premières pages ont été coupées avec soin, preuve de la probable réutilisation de ce qui fut jadis un carnet d'école. L'écriture à la plume est très fine et régulière, en faisant défiler rapidement les pages entre ses doigts, Benoît constate que près de la moitié des feuillets en sont recouverts. En haut à gauche de la dernière page écrite, une date est mentionnée, 25 juillet 1944. La suivante a été arrachée.

27.
Pouppeville

Février 44

Le lever du soleil au-dessus de la dune est un spectacle réellement merveilleux, un cadeau du ciel rappelant combien ce monde serait simple et beau s'il n'y avait pas la folie des hommes pour le mettre à feu et à sang. Après avoir parcouru le rivage de long en large des heures durant, en pleine nuit, dans le froid la plupart du temps et sous la pluie souvent, sentir sur son visage la relative chaleur des premiers rayons du soleil est une véritable jouissance. Le monde renaît ainsi chaque matin avec son lot de promesses et d'espérance, ce jour sera-t-il un bon jour ? Avec cette incomparable lumière source d'énergie, nos corps meurtris semblent soudain revivre, les poitrines se gonflent, engouffrant avec avidité cet air neuf et iodé qui parvient à rendre le sourire aux plus déprimés. Pour ceux qui prennent le temps de l'observer, le spectacle de ces premières heures est unique, plein de vie et de mystère. Les animaux de la nuit qui rentrent se coucher laissent derrière eux de nombreuses petites empreintes sur le sable meuble de la plage. Les lapins sont de loin les plus nombreux, visiblement ils aiment à gambader au-delà des champs dans cet espace de liberté relative, parsemé d'obstacles en béton et de piquets en tout genre que nous plantons à longueur de journée. Parmi les empreintes il en est une différente, indéfinissable, légèrement palmée et dont le parcours va de façon systématique des dunes à la mer et dans le sens retour par un chemin presque parallèle au premier. Toute la section a tenté de trouver de quel animal il s'agissait. Des paris ont été tenus et de l'argent engagé, une bouteille de vieux calvados a même été promise par le Feldwebel *à celui qui trouverait le responsable de ces curieuses traces. Et c'est moi qui l'ai gagnée. C'est un pêcheur du village au retour de sa marée qui m'a donné la réponse, le pauvre homme a cru que j'en avais après le contenu de sa brouette lorsque je l'ai abordé. Mon cher journal, tu ne devineras jamais de quelle bestiole il s'agit : une loutre. Les autres m'ont accusé d'avoir triché parce que je parle français, on a partagé le calva et tout le monde était content.*

Mai 44

Aujourd'hui nous avons reçu la visite du maréchal Rommel. Le Leutnant *était dans tous ses états car le grand chef est arrivé à l'improviste au petit matin, en route directe de son QG de la Roche-Guyon. Toute la compagnie a été mise en alerte et le* Hauptmann *Fink prévenu à la dernière seconde a réussi à venir depuis Beuzeville pour être sur la plage à temps, il fallait le voir ce matin, nerveux comme tout. On s'est tenu à carreaux mais l'ambiance était glaciale. Le bruit court que le* Hauptmann *s'est pris un savon, le Maréchal est mécontent de l'avancement des travaux. Les points d'appuis seraient trop éloignés les uns des autres et les fortifications en bois ne pourraient pas résister longtemps à un bombardement maritime. Si seulement il nous donnait du béton ! Il a même trouvé à redire sur les champs de mines qui sont trop étroits et peuvent être aisément contournés. Rommel ne jure que par les mines, il n'y en a jamais assez, quand je pense au mal qu'on s'est donné à enfouir tous ces engins. Je tiens du* Feldwebel *que Keil et Rohweder en ont également pris pour leurs grades, ils ont eu le malheur de répondre que ces incessants travaux de terrassement maintiennent les troupes dans un état d'épuisement. Le chef leur a répondu que c'était toujours mieux que d'être mort. Les copains pensent qu'il va y avoir bientôt de la bagarre.*

Durant presque trois heures, Benoît épluche le cahier ; le contenu est édifiant, cet homme dont le rôle n'était toujours pas clair dans cette histoire se révèle peu à peu. Il n'a que 17 ans lorsqu'il est appelé à se présenter au bureau de recrutement de la Wehrmacht de Strasbourg à l'automne 1943. Alsacien de souche et unique héritier mâle d'une fratrie de six enfants, Gustav a 5 ans lorsqu'il perd son père des suites d'une mauvaise pneumonie. Sa mère et ses sœurs l'ont élevé comme un petit prince, veillant à ce que jamais il ne manque de quoi que ce soit, lui laissant tout le loisir de s'adonner à sa passion des animaux et de la nature environnante. Il sait tout sur tout à ce sujet et la moitié du cahier est noircie de descriptions de petites bestioles ou d'espèces de fleurs. Dans ce coin d'Alsace, l'invasion allemande et l'Occupation sont passées presque inaperçues. La politique est une affaire de grandes personnes et Gustav se sent bien loin de toutes ces histoires dont on parle à voix basse à l'école. Les jeunesses catholiques ont été dissoutes dans les Jeunesses hitlériennes après l'armistice de 1940, l'uniforme était déjà marron clair, il n'a même pas eu besoin d'en changer. Sa vie se poursuit dans le petit cocon tissé autour de lui par les femmes de sa vie, jusqu'à ce qu'un adjudant recruteur lui annonce qu'il va rejoindre huit jours plus tard la 709ᵉ division d'infanterie stationnée en Normandie. Il se réjouit à l'idée de voyager, le jeune homme n'a jusqu'alors jamais franchi les frontières de son canton. Une fois par an tout au plus, il part avec son oncle au marché à bestiaux de Strasbourg, où ce dernier espère y vendre ses plus belles bêtes. Pour Gustav, la grande ville c'est à la fois merveilleux et monstrueux, avant son enrôlement ce marché était son unique expérience du monde extérieur. Sa sœur aînée lui montre sur une encyclopédie où se trouve la Normandie, Gustav est excité à l'idée de voir la mer dont il n'a entendu parler que dans les livres, il écrit plusieurs pages sur le sujet. Le monde lui appartient soudain. Quitter son univers de douceur l'a inquiété tout d'abord, jusqu'à ce que l'idée de porter un uniforme comme les héros de ses livres et de partir à l'aventure prenne le dessus. Il va devenir un homme. Durant trois nuits il ne dort pas, rêvant tout éveillé à de magnifiques batailles livrées contre un ennemi dont il ne connaît pas même la nature, il écrit qu'il se couvrira de gloire et rentrera dans son village la poitrine ornée de décorations brillantes aux rubans rouges et or. Sa mère dépense en revanche une énergie considérable à tenter de masquer son inquiétude, elle n'a aucune envie de laisser partir son garçon vers des horizons lointains et dangereux. Les rumeurs d'une prochaine invasion vont bon train depuis quelques mois et, bien que les journaux ne fassent état que des magnifiques succès de la glorieuse armée allemande, elle n'est pas dupe. Un enfant bien qu'en uniforme reste un enfant, de surcroît il s'agit du sien, de son seul et unique fils, et selon l'auteur du cahier elle aurait donné sa vie pour que son regard bleu puisse garder cette innocence magnifique.

En quelques semaines, Gustav apprend le pas de l'oie, le salut nazi et reçoit une rapide formation militaire dont la majeure partie consiste à savoir reconnaître le grade d'un supérieur. Les restrictions en essence et en munitions ne lui ont pas permis d'apprendre à conduire une auto ou une moto comme tous les glorieux soldats allemands du début de la guerre, ni même d'apprendre à tirer avec le lourd fusil Mauser. Tout au plus a-t-il vidé quelques cartouches contre des bouteilles de verre situées à 50 mètres, cibles qu'il n'est pas parvenu à atteindre. Au mois de décembre, Gustav prend le train à la gare de Strasbourg. S'ensuit un long et pénible trajet parsemé d'arrêts imprévus lors desquels il est souvent mis à contribution, ainsi que ses camarades de voyage, pour réparer les dégâts occasionnés à la voie de chemin de fer par divers sabotages et autres bombardements.

Trois jours après avoir quitté l'Alsace, le train s'arrête en gare de Caen, sous la pluie. De ce premier contact avec une ville normande, Gustav ne retranscrit qu'une impression de grisaille et d'humidité. Rapidement il est pris en charge et conduit à son unité par camion, un trajet qui ne lui permet pas de voir la mer à sa grande déception, enfermé à l'arrière de l'engin cahotant sur de mauvaises routes. Au soir du troisième jour, il est accueilli ainsi qu'une vingtaine d'autres jeunes recrues par son officier, le *Leutnant* Rohweder commandant la 2e compagnie à laquelle il est affecté. La cérémonie de bienvenue sur la place du village de Pouppeville est brève et peu chaleureuse. On lui présente son chef de section, le *Feldwebel* March, qui leur indique leurs quartiers. S'il ne s'attendait certes pas à partir en colonie de vacances, le ton de cet officier dépourvu de toute chaleur humaine lui fait peur. Le sous-officier prend immédiatement la relève et appelle une à une les recrues. Gustav sera logé à la maison Leterrier, une famille de fermiers du village.

Il décrit la maison Leterrier comme une longue bâtisse de plain-pied avec un étage. Gustav n'est pas fier lorsqu'il arrive à la porte ; depuis qu'il a quitté son Alsace, emmené par les hommes et les événements il n'a eu qu'à obéir aux ordres. Il doit maintenant agir de lui-même et pénétrer dans cette demeure où ses quartiers d'occupant l'attendent. Trois pages décrivent ce premier contact. Il est pétrifié par la peur. Va-t-on lui jeter des pierres ou l'insulter ? L'aventure ne l'amuse plus du tout et tant pis pour la gloire. Sa mère et ses sœurs lui manquent, à cet instant il n'est qu'un garçon de 17 ans que l'on a affublé d'un uniforme. Il fait très froid et la nuit est désormais tombée. Il frappe timidement à l'épaisse porte, rien ne vient. Il recommence d'un geste identique, sa main tremble et il sent les larmes lui monter aux yeux. Cette expérience est terrible pour Gustav, jamais il n'a eu à s'aventurer au-delà du giron familial, son cœur bat à tout rompre lorsque le père Leterrier lui ouvre enfin la porte. Ce dernier l'affuble du sobriquet de « téteux », un nom qui signifie petit veau en patois. Pour ce vieux paysan, au moins le gamin parle la langue, c'est déjà ça, même s'il reste un chleuh.

La chambre qui lui est attribuée mesure environ 3 mètres sur 4, outre le lit se trouve une table de chevet, une vieille bonnetière de bois sombre aux portes grandes ouvertes qui laissent apparaître des entrailles vides, ainsi qu'une petite table et une chaise. Un pot de chambre est posé au pied du lit, ainsi qu'une bassine de cuivre et un grand pichet métallique. Ces accessoires de confort laissent à penser qu'un précédent pensionnaire occupait récemment les lieux, il apprend bientôt qu'il s'agit de la fille de la maison, Odette. Il fait souvent référence à l'absurdité de la situation, ces gens ne l'aiment pas et ne lui rendent pas le séjour agréable, alors que lui n'a pas la moindre envie de rester et pourtant, il n'a guère le choix. Ainsi commença la guerre pour Gustav.

Un rituel s'installe peu à peu, chacune des parties ayant cherché le consensus au plus tôt. Pour cette famille normande contrainte d'héberger l'occupant, le choix est mince, la réquisition n'est pas une option et il faut obéir. Gustav est le troisième *Feldgrau* à avoir pris ses quartiers chez les Leterrier, les deux précédents n'ont jamais fait d'histoire et on leur avait su gré de s'être faits les plus discrets possible.

Si cette vie en parallèle est devenue naturelle pour les Leterrier elle n'en est pas moins perturbante pour le jeune homme, habitué à la chaleur d'un foyer uni et heureux. Pour la première fois de sa vie, il se sent isolé et ignoré. La seule personne qui ne lui est pas totalement hostile, c'est la jeune Odette, la fille unique des Leterrier. Odette a le même âge que lui, c'est une jeune fille brune au teint clair et aux yeux malicieux. À plusieurs reprises

Gustav a pu surprendre son regard bleu et profond fixé sur lui. N'importe quel jeune homme perdu dans cet environnement inconnu aurait immédiatement tourné la tête, gêné. Pas Gustav. Lui, qui a grandi entouré de femmes, est habitué à être l'objet de toutes leurs attentions et sentir un regard féminin posé sur lui le rassure. Ce regard ami semble être le seul élément de réconfort rencontré depuis son départ. Gustav quitte la maison après le petit-déjeuner vers 6 heures et ne rentre que le soir, souvent après le dîner familial et le couvre-feu de 22 heures.

La description des rassemblements est très détaillée. Les jeunes soldats se regroupent sur la place du village autour de leur *Feldwebel* qui les attend sans mot dire. À son commandement, tous se mettent au garde à vous. À 6 h 30 précise, le *Leutnant* Rohweder qui commande la 2e compagnie du 919e régiment d'infanterie auquel Gustav est rattaché, sort de son PC installé dans la mairie du village située sur la place. Il profite de ce moment privilégié pour annoncer les dernières nouvelles du front. Il n'est question que du front de l'Est et des glorieuses victoires de la Heer*, malgré le froid de l'hiver, et d'une retraite stratégique savamment calculée par le Führer.

La plupart des hommes de la compagnie ont atteint la quarantaine, certains l'ayant même largement dépassée ont combattu lors du premier conflit mondial. Ces vieux, comme les appellent les camarades de Gustav dont la section est âgée de 18 ans en moyenne, ne sont pas particulièrement optimistes. Certains ont connu les bombardements sur les grandes villes du Reich, d'autres ont perdu un fils sur le front. Les vieux disent qu'ils n'en auront plus pour longtemps avant de rentrer chez eux au rythme des événements. Pour les jeunes, un tel défaitisme est incompréhensible, le *Leutnant* a pourtant bien expliqué que l'offensive de l'Armée rouge lancée à Noël était un échec cuisant, la frontière polonaise rapidement enfoncée devant être reprise en quelques jours. Après quelques semaines, Gustav a pris ses marques parmi les autres soldats, le moral est remonté et il commence à prendre goût à la vie au bord de la mer. Il s'arrange pour effectuer ses patrouilles avec Hans et Friedrich, deux autres conscrits d'Alsace avec lesquels il peut discuter plus librement. Ils se portent systématiquement volontaires lorsqu'il s'agit de patrouiller jusqu'au rivage. Les retours à la nuit tombée après une longue marche se terminent par un rapide rapport au PC du *Leutnant* sur la place du village, puis c'est le moment de la journée préféré du jeune homme : il rentre à la maison.

Les échanges de regards avec la jeune Odette occupent une place centrale dans le quotidien de Gustav. Il est bien entendu impensable de se

* L'armée de terre, branche de la Wehrmacht, qui est composée de la Luftwaffe, la Kriegsmarine et de la Heer.

faire attraper en flagrant délit de contemplation par le père Leterrier, aussi faut-il être discret, ne tenter la chose que l'espace d'un instant, lorsque tout danger alentour est écarté. Avec l'expérience, il parvient à sentir l'instant où les yeux de la jeune fille se posent sur lui, même lorsqu'il lui tourne le dos il parvient à sentir son regard. Tout son être est alors saisi d'un immense plaisir, celui de la jouissance puissante de cette relation unique et invisible aux yeux de tous. La jeune fille ressent-elle seulement la même chose que lui ? Cette question l'obsède et ses écrits ne parlent plus que de ça, adieu les descriptions de petites bêtes. À chaque échange aussi furtif soit-il, il tente de questionner Odette du regard, de sonder en son for intérieur un semblant de réponse. Ces instants d'échange sont à chaque fois trop courts, il ne parvient pas à lire correctement. Pourtant, ce qu'il y voit est bienveillant et le met en confiance pour aller plus loin ; à chaque fois qu'il ressent ce regard posé sur lui tout son être se concentre sur le signal reçu. S'il parvient à le capter et le ressentir, pourquoi n'essaierait-il pas de renvoyer une même onde ? Il se consacre à cette tâche des jours et des semaines entières, le temps paraît infini tant ses journées ne tournent qu'autour de ce but ultime. Nulle part dans le petit cahier il n'est fait mention de bagarre, de trésor ou de marché noir, c'est de l'eau de rose concentrée, au grand dam de Benoît. Tenter de se connecter en pensée avec Odette est l'unique préoccupation de l'Alsacien. Avec le temps et les efforts déployés, la relation est devenue intense, alors même que les deux jeunes gens n'ont jamais échangé la moindre parole. Ceci leur étant interdit, ils ont développé leur propre mode de communication, exclusif et invisible. Il suffit qu'ils soient dans la même pièce pour que Gustav parvienne à deviner l'humeur de la jeune fille. Est-elle gaie ou triste, enjouée, fatiguée, ou préoccupée. Parfois même il parvient à anticiper ses réactions. Sa seule frustration est que la connexion prend fin dès lors que les corps ne sont plus à vue l'un de l'autre, fort heureusement, il n'y a qu'une pièce de vie dans la longère des Leterrier.

Sa section est chargée de l'édification d'un point d'appui fortifié du Mur de l'Atlantique, à la sortie du village. Le rythme de vie de l'occupant est plutôt agréable, la guerre est loin et la proximité de la mer contribue à créer une atmosphère plus sereine. Dans le courant de la journée il peut être amené à croiser le chemin d'Odette à l'occasion des divers travaux auxquelles il est affecté. La vie de la ferme impose des rythmes bien précis et le jeune Alsacien n'a pas mis longtemps à repérer les allées et venues de mademoiselle Leterrier. Souvent, il parvient à forcer le hasard en se portant volontaire pour une tâche lui permettant de croiser son chemin. Les journées en cette saison sont très courtes et le couvre-feu n'autorise pas la prolongation des travaux après la tombée du soleil. La moindre source de lumière doit être camouflée avec précaution afin de ne pas servir de cible aux avions ennemis en maraude. Au fil des semaines qui s'écoulent, Gustav trouve de plus en plus de moments d'échange avec Odette. Son *Feldwebel*, tel que décrit, ne semble finalement pas être un mauvais bougre car il laisse faire. Ayant l'âge d'être le père de tous les soldats de sa petite section, il a été blessé près de Moscou et rapatrié en convalescence en Normandie. Il paraît blasé de tout, étonné de rien et il trouve dans le contact avec ces jeunes à peine sortis de l'enfance un véritable réconfort. Une relation père-fils semble s'être tissée au fil des jours entre ces hommes déracinés. Sévère mais juste, jamais ce sous-officier ne hausse la voix sans raison ou ne cherche volontairement d'histoire à l'un de ses hommes, contribuant à entretenir une franche camaraderie parmi les jeunes soldats. Des pauses sont instaurées dans la journée permettant de rompre la monotonie de la vie de garnison. Chaque prétexte est bon pour plaisanter et organiser des jeux. Le front est toujours loin à l'est et les officiers paraissent sûrs d'eux, on vit au jour le jour et jusque-là, ça va.

Pourtant les vétérans repartent au front en Russie, quelques jeunes également, aussitôt remplacés par des plus jeunes encore, n'ayant qu'une très faible instruction militaire. Parmi ces derniers on trouve une petite minorité de *Volksdeutsche*, ces étrangers au Reich qui sont de souche allemande, contraints et forcés de porter l'uniforme *feldgrau*. Paradoxalement c'est l'invasion alliée de juin 1944 qui sauve Gustav d'un départ inévitable vers le front de l'Est. La dernière page manuscrite est datée du 5 juin, le jeune Alsacien n'écrira plus avant le 25 juillet suivant.

28.
Haynes

Comment ce gamin à peine sorti des jupes de sa mère, plus poète romantique que soldat, avait-il pu se retrouver membre d'un gang de pilleurs de fermes à peine quelques mois plus tard ? Cette histoire est rocambolesque depuis le début et Benoît doit se faire une raison : les liens qui ont uni Odette et ce garçon n'avaient rien de criminel, pas de trafic, pas de magot caché, juste un amour d'adolescents, pur, immortel et extraordinairement puissant. Mais pas de quoi décrocher une Légion d'honneur ni défrayer la chronique des grands quotidiens.

Odette lui avait dit « quand on a aimé, on peut bien mourir, car ensuite, plus rien n'a réellement d'importance » et elle faisait sans aucun doute allusion aux sentiments qu'elle eut pour cet Alsacien. Bâti sur une solide expérience professionnelle, l'esprit logique de Benoît ne s'est que rarement embarrassé de considérations sentimentales. Et dans ce cas précis, il ne comprend rien à tout ce charabia… Ah ça, il aurait préféré une sombre histoire de marché noir, de rapine et de contrebande, au moins c'est simple à comprendre. Mais là, qu'est-ce qu'une personne normale pouvait en déduire ?

Deux jeunes tourtereaux que rien ne prédestine à se rencontrer sont réunis par la force des choses, ils flirtent en secret. Admettons, jusque-là, ça va. Ensuite, l'une s'en va et l'autre reste, là-dessus les Alliés débarquent dans leur patelin et on les retrouve réunis 18 mois plus tard dans une petite ferme au bout du cap de la Hague à plus de 100 kilomètres, dans des circonstances on ne peut plus dramatiques. Par-dessus le marché, les voilà qui décèdent à quelques jours d'intervalle. Et Marie Lesdos ? Et Malone ? Concernant ce dernier, le lecteur qui n'a pas eu la chance d'avoir entre les mains le cahier de l'Alsacien, aimera lire ce qui suit : lorsque Gustav reprend l'écriture de son journal fin juillet, il n'a visiblement plus de plume ni de temps, l'écriture au crayon à papier mal taillé est brouillonne et difficilement déchiffrable, les phrases sont hachées. Seuls deux petits paragraphes sont rédigés.

25 juillet 44

On travaille du matin au soir à déblayer des gravats en plein soleil. Je veux rentrer à la maison, si seulement je pouvais leur écrire. Le gardien Malone, je l'ai déjà vu.

27 juillet 44

C'est l'Américain de l'église. Celui du banc en face, j'en suis certain. Il s'appelait Hannes, c'est un parachutiste.

Ensuite, plus rien.

Une page arrachée.

Soixante ans plus tard, Benoît Maréchal découvre ainsi que le soldat Malone est un imposteur qui s'appelle en réalité Hannes. Il n'a pas sauté de sa chaise, ni bondi dans la pièce en improvisant la danse de la victoire. Il a juste dit : « ce salaud, on le savait déjà puisqu'il n'était pas celui de la photo » et « qui est-il ? Qui sont ces gars condamnés par l'armée ? » Benoît, lui, ça ne l'intéresse plus vraiment, l'excitation des premiers jours est retombée. Cette histoire ne lui permettra ni de reconquérir Amandine, ni de faire les gros titres.

Le téléphone sonne, c'est Stéphane.

– Tu t'es perdu en chemin ?

– J'arrive, j'ai eu un imprévu.

Une minute plus tard, le téléphone toujours en main, il compose le numéro d'Amandine, réflexe inutile puisqu'il est redirigé immédiatement sur la messagerie. Parmi les derniers numéros se trouve également celui du musée. Après tout, Georges continue les recherches sur ces faux coupables, cette information peut l'aider.

– Le directeur s'il vous plaît, pour Benoît Maréchal.

– Salut le Parisien, le climat normand te manque ?

– Georges, les Alsaciens d'Uttenheim m'ont fait parvenir le journal de Gustav.

– Incroyable…

– Je savais que tu allais dire ça.

– Comment ?

– Rien, écoute, c'est une histoire banale d'amourettes platoniques entre un soldat allemand et une petite fermière française, il n'y a rien de bien intéressant. Une chose devrait toutefois t'intéresser concernant Malone…

C'est devant la place de parking vide au second sous-sol qu'il se souvient qu'il n'a plus de voiture, quelle guigne. Stéphane habite en proche banlieue, il devrait y être dans une bonne demi-heure de bus, s'il ne se trompe pas de ligne.

Devant l'immeuble, le camion de l'antiquaire a disparu, il n'y avait pas tant de meubles que ça après tout. Quelque chose le perturbe néanmoins, impossible de savoir quoi. Encore une particularité de Benoît qu'Amandine n'avait jamais pu comprendre, son sixième sens qui parvient à identifier les contrariétés avant même qu'il sache lui-même de quoi il s'agit. Une affaire d'heures, un jour tout au plus et il trouvait l'origine du problème, ah c'était donc ça ! Un truc épatant.

Le bus ne tarde pas à arriver, une chance, il est pratiquement vide et le trafic très fluide. Il se prend à parier sur le fait que Stéphane aura le temps de le rappeler avant son arrivée. Sacré Stéphane, au moins lui ne l'avait pas abandonné, fidèle à son témoin de mariage, pense-t-il, d'ailleurs ça avait été compliqué de se faire accepter par la mariée qui n'avait jamais trop apprécié Benoît. C'était une belle cérémonie, l'église était comble et la mariée splendide, bref tout le monde était content et le buffet de petits fours fut méticuleusement liquidé. Ça n'a rien à voir mais l'Alsacien avait parlé d'une église… Peut-être que Stéphane a eu des nouvelles d'Amandine, il espère au moins qu'il ne va pas lui faire la morale comme à chaque fois sur « sa femme qu'il n'a pas été fichu de garder. » Église. Mariage ? Personne ne s'est marié dans cette histoire, ils n'ont pas eu le temps, s'amuse Benoît. Une dame âgée vient prendre place devant Benoît, les lèvres pincées, l'air plutôt désagréable. Si Odette avait été dans ce genre-là, jamais je ne serais entré chez elle. « Si vous l'aimez… » Ah ça suffit avec le mariage, il faut être deux et pour l'instant, il est bien tout seul. Et n'a besoin de personne de surcroît. Comme Georges. Lui aussi semble épanoui malgré le célibat, son Histoire avec le grand H comme il aime à dire, semble le combler. Le voilà le parallèle, lui a son musée et ses bouquins, Benoît a son boulot. Chacun sa passion. Il suffit de retrouver un boulot semblable et tout redeviendra comme avant. Qui d'autre lui avait parlé d'église ? Il en a visité ces derniers jours en Normandie, d'ailleurs c'était bien la première fois qu'il… Cette histoire-là… Les Américains qui ont soigné des Allemands, ce n'était pas dans une église justement ?

Il s'est jeté sur son téléphone, comment a-t-il pu passer à côté d'une telle évidence ! Si seulement il n'avait pas égaré ce fichu carnet, tout lui aurait déjà sauté aux yeux.

– Daniel ? Benoît Maréchal.

– Ah bonjour, j'suis en visite, là…

– Juste une seconde : quel est le nom de cette église qui a servi d'hôpital aux deux côtés ?

– Angoville-au-Plain.

– C'est ça bon sang ! Et Daniel, un para qui s'appelle Hannes, ça vous parle ?

– Les paras allemands, je ne les connais pas trop moi…

– Non, c'est un Américain…

– Ça ne sonne pas très made in USA ce nom-là, non ça ne me dit rien.

– Et dernière chose concernant cette anecdote : y a-t-il eu d'autres occasions où les ennemis se seraient retrouvés dans une église ?

– Pas en Normandie en tout cas.

Dans son écrit du 27 juillet, Gustav avait mentionné une église et un banc, or ça ne pouvait être que Angoville, auraient-ils été blessés tous les deux et soignés par les mêmes mains ? Benoît est surexcité, la clé, bon sang, la voilà la clé ! Une seule personne avait l'expertise et les relations permettant de retrouver ce parachutiste.

– Fa-bu-leux…

– Tu pourrais chercher un para nommé Hannes, H-A-N-N-E-S ?

– Je regarde ça.

Pour Georges Quentin, les affaires reprennent ; s'il déteste quelque chose par-dessus tout c'est bien de stagner dans une impasse. Ce coup de fil providentiel apportait une information capitale permettant de relancer les recherches. Après la côte est, il tentera ses contacts de la côte ouest. Ce soir il travaillera très tard à la maison.

Le bus dépose Benoît non loin de l'immeuble de ses amis Stéphane et Béatrice, il reste cependant debout et immobile sous l'abribus un moment, puis décide de s'asseoir. Ce je-ne-sais-quoi qui le perturbait tout à l'heure est toujours là et l'empêche de penser normalement. Ça n'était donc pas l'histoire de l'église puisqu'il avait trouvé. Ou bien était-ce lié à l'église ? Ce mot tourne en boucle dans sa tête, reprenons depuis le début.

Si seulement il avait ce fichu carnet en main, quelle poisse décidément. Daniel a affirmé que des infirmiers US avaient soigné des soldats des deux bords, alors même que l'église avait changé de mains plusieurs fois. Bon. Rien de nouveau, ça n'est toujours pas ça. La concierge peut-être. Elle a signé le recommandé pour lui, puis est retournée à la surveillance du déménagement du 1er étage. Qui avait commandé le déménagement ? Paul naturellement, il devenait légataire des affaires de sa mère et devait libérer les lieux. Ça n'était pas ça non plus. Amandine… Non plus… Son instinct lui commande de ne pas se rendre chez son ami, mais pourquoi ?

– Ah quand même, tu as fait trois fois le tour du quartier pour garer ta belle bagnole ?

– Moi aussi suis content de te voir et la 911 je ne l'ai plus.

– Ah oui, ton accident, j'avais oublié. Je te sers une bière ?

Cette damnée obsession est toujours présente. A-t-il omis quelque chose ? Le carnet oublié, ça, il est déjà au courant, à ce propos il faudra penser à appeler l'hôtel afin de le récupérer.

– Allô ? Tu veux autre chose ?

– Pardon ? Une bière c'est très bien.

Paul ? Après tout, c'est un témoin clé dans cette affaire, est-il au courant de tout ce qu'ils ont découvert ces derniers jours ? Le quelque chose pourrait bien être ça, Paul a certainement connaissance de quelques éléments nouveaux.

– Excuse-moi, je dois passer un appel.

– Je t'en prie, comme tu es en avance ça ne pose pas de problème, lâche-t-il sur un ton ironique.

Laissant Stéphane contrarié dans la cuisine, il s'empresse de composer le numéro de la loge de madame Da Silva. Elle doit savoir où joindre Paul, allô bonjour, c'est monsieur Maréchal du 5e étage, je souhaitais envoyer mes condoléances à Paul Lemière, le fils de notre regrettée voisine…

– C'est que je n'ai pas ses coordonnées. Il vient de temps en temps, voilà tout.

La tuile. Demander à Gisèle ? S'il faut refaire le guet chez le boucher, ça devient compliqué… Et les déménageurs ? Peut-être ont-ils l'adresse puisque c'est lui qui les a commandités.

– Auriez-vous les coordonnées des déménageurs qui ont vidé l'appartement du 1er ?

– Pourquoi, vous nous quittez déjà ?

– Non… Non, eux doivent savoir où joindre Paul Lemière.

– 'tendez j'avais noté le numéro inscrit sur le camion au cas où ils m'auraient bousillé la cage d'escalier… Attendez une seconde… Le voilà, c'est la maison *Ainesse et Fils*, un nom à la godille, vous avez de quoi noter ?

Stéphane, qui a déjà fait manger les enfants, commence à s'impatienter, non mais franchement, ça peut attendre tes condoléances, tu ne crois pas que tu exagères ? On va manger froid avec tes conneries, c'est malin. Manger, il n'a que ce mot-là à la bouche, on voit bien que lui n'a pas un vélo dans la tête en ce moment, comment tenir une conversation dans ces conditions. Tu es vraiment monotâche, c'est fatigant, se plaignait souvent Amandine qui ne parvenait pas à capter son attention.

– *Haynes Antiquaire* bonjour, répond une voix féminine.

– Bonjour madame, je souhaiterais un renseignement un peu particulier… Un de vos camions est venu hier effectuer un déménagement dans mon immeuble et je souhaiterais contacter la personne qui a commandité cette opération.

– Je regrette, nous ne donnons pas les informations de nos clients, cher monsieur.

– C'est-à-dire que c'est vraiment important, il s'agit d'un décès,et j'étais très lié à la personne. C'est ma concierge qui m'a communiqué vos coordonnées, pourriez-vous faire une exception ?

– Hier, vous dites ?

– Oui hier, avenue Hébrard.

Un long silence. Son interlocutrice semble chercher dans un registre, un bruissement de papier, non il n'y a pas de doute puisque hier il n'y avait qu'un seul véhicule sorti.

– C'est monsieur Haynes, mais là je ne peux vous le passer.

– Euh… Non, je cherche à joindre Paul Lemière, votre client je crois…

– Nous n'avons personne de ce nom-là monsieur, cette opération a été commandée par monsieur Haynes pour son propre compte, et là il est parti déjeuner.

Décidément, ce Paul Lemière est bien difficile à joindre et qu'est-ce que c'est encore que cette histoire, ce Haynes devait forcément être en cheville avec lui.

– C'est qui ce Ainnes ?

Stéphane a parlé la bouche pleine, le genre d'habitude rustre qui a toujours exaspéré Benoît, franchement tu montres le mauvais exemple à tes enfants et c'est répugnant.

– C'est Haynes, sans blague on croirait entendre ma concierge, tu pourrais faire un effort avec l'anglais, Haynes comme… PUTAIN, COMME SUR LA TOMBE ! Benoît a hurlé.

– T'es pas malade de crier comme ça ? Tu vas faire peur aux mouflets, en plus je leur interdis les gros mots à la maison.

Benoît s'est arrêté net, c'était ça le truc qui le turlupinait depuis une heure, il se torturait l'esprit pour un nom qu'il a lu sur une tombe, à Angoville lorsqu'il visitait les lieux avec Daniel son guide : Haynes.

29.
Paul

– Je sais cela Benoît… Vous ne m'apprenez rien.

Paul se redresse sur sa chaise avec beaucoup de dignité, son regard se tourne vers la tasse à café vide qu'il vient de reposer sur la table. Le temps s'est arrêté, les bruits alentour se sont tus, une chape de plomb recouvre soudain la terrasse d'habitude bruyante du petit café parisien, déserte en cet hiver froid et sec. J'ai à cet instant l'impression de vivre une scène extraordinaire, hors de la réalité, de celles dont les images restent gravées en mémoire toute une vie. Tout semble irréel et figé, mes yeux se promènent nerveusement sur lui, fixant tour à tour sa vieille écharpe de laine grise croisée impeccablement dans le col d'une fine pelisse élimée, les boutons de ses manches dépareillés pourtant tous présents et de la même teinte, le cadran fendu de sa montre à aiguille datant selon toute apparence des années 1950. Il est rasé de frais, ses cheveux poivre et sel sont peignés en arrière avec beaucoup de soin et de gominette. La vie de Paul n'a pas été facile, loin de toute forme de richesse matérielle, il n'en est pas moins un homme digne et fier, la rigueur vestimentaire qu'il observe en est d'ailleurs la preuve. De tout son être émane une intense expression de lassitude, il vient de s'affranchir du mensonge de toute son existence, de cette vie qu'il s'est choisie malgré toutes les contraintes qu'il allait devoir supporter. Le clignement de ses paupières devient plus lent, tandis qu'une brillance inhabituelle embrume soudain son profond regard noir perdu dans le vague. Dire que je me suis préparé des journées entières à cette discussion, fier d'annoncer le résultat de cette enquête incroyable après avoir fouillé un passé vieux de plus de 60 ans, j'avais cru pouvoir bouleverser la vie de cet homme.

Et c'est lui, lors de cet entretien, qui a bouleversé la mienne.

Aucune rosette au col ni article dans le journal ne peut récompenser ce que j'ai trouvé au terme de cette folle aventure, l'amour de cette femme, celui de ce fils… En toile de fond de cette course après la jeune Odette, c'était Amandine que je cherchais à atteindre.

Les choses n'arrivent pas par hasard, je n'attendrai pas soixante ans à la regarder dans un cadre sur le buffet avant de lui parler…

William Bill Haynes faisait bien partie des listes des parachutistes de la 101e division aéroportée américaine, Georges Quentin n'avait pas mis une heure à m'envoyer une courte biographie ainsi que sa photo. Pour ce garçon né en 1920 à New York, l'engagement dans l'armée fut une bouée de sauvetage, l'occasion pour lui de sortir du caniveau qui l'avait vu naître et de la misère dans laquelle il avait passé ses 20 premières années. Le 6 juin, il saute avec le reste de son régiment sur la région de Sainte-Marie-du-Mont, on ne connaît pas exactement ses faits d'armes si ce n'est qu'il est blessé le lendemain et soigné à Angoville par de courageux infirmiers, en compagnie d'autres GIs et de quelques soldats allemands.

Il est retrouvé mort le 8 ou le 9 juin non loin de là et inhumé dans le petit cimetière attenant à l'église. C'est en sortant de l'édifice que mon subconscient a enregistré ce nom, lu rapidement sur une des tombes.

Mais voilà que, parfaitement ressuscité, le soldat Haynes fait irruption, passablement éméché, dans la cuisine de la petite ferme du Hameau Gruchy. Marie Lesdos n'a pu retenir ses larmes lorsque Georges lui a présenté la photo, c'est lui, c'est cette ordure qui a violenté sa mère et a jeté Marie au sol.

De miracle il n'y en eut point, quelques recoupements ont permis à Georges de reconstituer l'histoire : Anderson Malone débarque le 8 juin à Utah Beach avec le reste de son unité, ce sont des gars de la logistique chargés de préparer le terrain pour les renforts qui arrivent d'Angleterre. Malheureusement, il n'aura guère le temps d'organiser quoi que ce soit car il est tué dans les premières heures de l'invasion, au cours d'une contre-attaque allemande près d'Angoville.

Malone, Haynes et Ostermann étaient tous les trois présents à Angoville ce jour-là. Malone est mort, le second, qui n'est que blessé, échange sa plaque d'identification avec celle du premier, le troisième également blessé est fait prisonnier à l'issue du dernier changement de main de l'église-hôpital. Avec le recul de l'histoire, il apparaît évident que le parachutiste Haynes n'avait aucunement l'intention de retourner au casse-pipe une fois ses blessures guéries. À Angoville-au-Plain, il saisit la chance de naître une seconde fois et bien décidé à ce que cette nouvelle vie soit meilleure que la précédente. C'est pourquoi il n'a pas hésité à changer d'identité et effacer définitivement la première.

Haynes *alias* Malone arrive au camp de Tourlaville quelques jours après la libération de Cherbourg. Personne ne semble s'être aperçu de la supercherie dans sa nouvelle unité, affectée sur la fameuse Red Ball Highway. Cette route incroyable, pour reprendre les adjectifs favoris de notre ami Georges, doit à elle seule approvisionner tout le corps expéditionnaire allié en Europe. Acoquiné avec d'autres gaillards de même nature, l'ancien parachutiste met en place un petit trafic visant à récupérer les marchandises tombées des camions, médicaments, matériels, tout ce qui peut être revendu au marché noir à des populations qui manquent de tout. Dans le camp travaillent de nombreux prisonniers allemands, moins chers que la main-d'œuvre française et également plus fiables, ils sont largement mis à contribution par les Alliés. Manque de chance, l'un de ces prisonniers semble l'avoir reconnu, aussi inouï que cela puisse paraître, ce garçon faisait partie du petit contingent de blessés ennemis avec lesquels il a été soigné quelques mois plus tôt sur les bancs d'une église. C'est Gustav Ostermann.

Ce qui suivit est tout aussi extraordinaire. Il aurait certes pu l'éliminer d'une façon ou d'une autre, mais il parvient à associer cet homme qui parle couramment français à leurs affaires. Gustav est sérieux et travailleur, il aspire à retrouver sa fiancée restée à Pouppeville et l'emmener chez lui, en Alsace. William lui promet son aide et les deux hommes s'entendent. Entre la vie de forçat des prisonniers allemands et cette forme de liberté offerte par son nouveau complice, Gustav a choisi la solution qui pouvait lui permettre de retrouver celle qu'il aime, quitte à s'associer à cette bande de voleurs. À cet âge, on n'est pas forcément conscient de la portée de ses actes, malheureusement il n'y a aucun écrit dans le cahier sur cette période. Vous vous demandez comment Odette revient dans cette histoire, patience, j'y viens. Il m'a fallu beaucoup de temps avant de comprendre ce qui a conduit ces protagonistes à une pareille destinée. Les affaires de la bande à Malone marchent bien, jusqu'au jour où la Red Ball Highway est fermée et l'unité logistique déplacée dans le nord de l'Europe. Ils n'eurent pas d'autre choix que de déserter afin de poursuivre leurs lucratives activités, cette fois dans la clandestinité. Et l'Alsacien ? Évadé de gré ou de force, on ne le saura jamais, un prisonnier ayant trempé dans ce genre de trafics aurait été fusillé sans autre forme de procès. On peut penser qu'au fil du temps il était devenu un membre à part entière de la bande, voyant ainsi le moyen d'échapper à la captivité et de gagner quelque argent. Libéré de toute obligation militaire, les activités de la bande passent à la vitesse supérieure. Dans un arrière-pays qui se remet difficilement du choc d'une bataille de presque trois mois, la sécurité n'est pas la priorité des forces françaises, encore faibles et occupées à régler les vieux comptes, ni celle des militaires US qui ont une guerre à terminer. La petite bande va ainsi écumer en toute impunité la région, voler dans les belles demeures, piller les fermes isolées et parfois, commettre l'irréparable comme ce fameux soir du 23 octobre 1945.

C'est ainsi qu'Odette et Gustav se retrouvent par le plus grand des hasards dans la cour de la ferme de Gruchy, aussi extraordinaire que cela puisse paraître, il n'y a aucune autre explication.

Odette, qui vient de passer un atroce moment aux mains des bandits parvient à s'enfuir, poursuivie par un des complices et par Gustav qui vient de reconnaître son aimée. Au cours d'une féroce bagarre, il n'hésite pas à tuer son acolyte avant de s'enfuir, blessé, craignant les représailles de ses autres complices. Ceux-ci décident dans l'urgence que le mort prendra l'identité de Malone, Haynes lui accrochant ses plaques d'identification autour du cou, plaques qu'il avait déjà empruntées à un cadavre en juin 1944 à Angoville. Puis ils s'enfuient à leur tour, avec Odette comme otage, ils sont persuadés que l'Alsacien tentera de venir la reprendre. C'est pourquoi sa présence à Gruchy n'est mentionnée ni dans l'article du journal, ni par la mère de Marie Lesdos, choquée au point d'avoir perdu à jamais l'usage de la parole.

Saint-Joseph non loin de Valognes, c'est là qu'ils établissent leur base arrière dans une ancienne ferme à moitié détruite et abandonnée par ses propriétaires. Odette en compagnie de ses bourreaux y attendra en vain l'Alsacien, quant à la suite…

Paul m'avait confié tout ceci de façon naturelle, il s'était tout d'abord étonné que nous en sachions autant sur une histoire somme toute aussi banale dans le paysage d'après-guerre.

– Gustav n'est donc pas votre père…

C'est cette question qui l'a obligé à me raconter la suite, il faut dire que notre entretien avait été prévu quatre jours à l'avance après que Gisèle Adam m'eut donné la possibilité de lui téléphoner, ce qui lui avait laissé tout le loisir de préparer son discours. Il n'avait certainement pas prévu d'aborder cette partie-là.

– Je l'ai su à 14 ans… Le professeur de sciences naturelles venait de nous expliquer le principe des allèles dominants et récessifs… J'ai alors compris que l'homme de la photo ne pouvait pas être mon géniteur. J'ai fait une scène à ma mère… Elle m'a tout raconté et s'est effondrée en larmes, jamais je ne me le pardonnerai.

Évoquer ce chapitre lui fut réellement difficile, imaginez-vous face à un homme qui va vous révéler que sa vie entière a été conditionnée par le choix qu'il fit ce jour-là, après avoir appris la vérité sur sa conception. Son vrai père était un riche antiquaire chez qui il travaillait de temps en temps, qui fréquentait sa mère sans que Paul ne s'interroge pour autant sur la nature de leur relation. Il lui faisait des cadeaux à Noël et aux anniversaires, rien qui puisse éveiller l'attention d'un adolescent persuadé qu'il est le fils d'un soldat allemand aux yeux clairs, aujourd'hui disparu. L'autre avait effectivement les yeux noirs.

– Cet homme, c'était...

– Haynes. Après la mort officielle de Malone, il a repris son ancien nom, ses affaires sont devenues aussi prospères qu'honorables et il est venu s'installer à Paris.

– Et personne ne s'est jamais inquiété de savoir qui il était ?

– Haynes était un héros américain, au début des années 1960 avec la guerre froide la France avait choisi son camp et les anciens libérateurs étaient fêtés. Ils étaient intouchables, comme les anciens résistants... Ils participaient aux célébrations en grand uniforme, les municipalités étaient fières d'accueillir ces braves qui avaient risqué leur vie pour nous libérer.

– Mais ce type avait vraisemblablement tué son oncle, violé sa tante, comment votre mère a-t-elle pu...

– Durant les semaines, les mois passés ensemble... Elle... Ils se sont... rapprochés.

Aujourd'hui nous appellerions cela un syndrome de Stockholm, lorsque la victime s'éprend de son bourreau. Odette Leterrier, lasse d'attendre, s'était laissée séduire par l'ancien parachutiste qui, de son côté, s'était réellement épris d'elle.

– Elle avait été violée, elle pensait sans doute qu'elle ne serait plus jamais respectée en tant que femme... Elle m'a dit avoir eu très peur et avoir eu besoin de se sentir protégée... Elle pensait que Gustav était mort. Tout le monde peut faire des erreurs... Une nuit pourtant, elle s'est enfuie pour rentrer à Pouppeville.

Paul baisse à nouveau les yeux. La suite est pourtant simple, le trésor que j'ai tant cherché était là, assis devant moi. C'était lui, Paul, l'enfant qu'elle a engendré avec ce déserteur devenu voyou. Quelques semaines après son retour chez ses parents il fallut se rendre à l'évidence, elle était enceinte. En outre, l'histoire avec l'Alsacien l'avait rattrapée, à mesure que son ventre s'arrondissait les voisins devenaient de plus en plus virulents, cherchant les putes à boches, on l'accusa d'avoir couché avec l'occupant.

Elle n'eut pas d'autre choix que de fuir à nouveau, cherchant refuge auprès de la seule personne susceptible de les mettre à l'abri, elle et son enfant : William Haynes.

Elle vécut quelques années à Valognes dans l'anonymat, prenant le nom d'Odette Lemière, travaillant dans les fermes. Au début des années cinquante, lui, monta à Paris et devint brocanteur dans le 9e arrondissement sous le nom de William Haynes. Il prospéra et mena une vie bourgeoise, il se maria en 1954 avec une Française, Madeleine Bertault. Toujours épris d'Odette, il lui proposa de le rejoindre. Dans un premier temps Haynes la logea en proche banlieue, puis dans un appartement qu'il loua pour elle dans le 16e arrondissement.

Lorsqu'il découvrit que l'homme pour lequel il travaillait était à la fois son vrai père et l'amant de sa mère, Paul du haut de ses 14 ans, choisit de couper les ponts avec lui et de rester officiellement le fils illégitime d'un obscur soldat allemand disparu au combat, embrassant une vie rendue nettement plus difficile par ce lourd fardeau.

– Au lycée, dans la rue, on se moquait de moi, partout j'étais le fils d'un boche, ma mère était une salope… On préférait employer les fils de résistants, ça ne manquait pas à l'époque… Elle l'avait vraiment aimé, vous savez…

– Et qu'est-il devenu ?

Paul sortit une lettre de sa poche et me la tendit. Dans l'enveloppe timbrée une page de cahier jaunie semblable à celles du livret d'écolier que m'avait envoyé le curé d'Uttenheim.

À l'heure où tu liras ces lignes j'aurai quitté ce monde, ma santé plus que mon moral aura finalement eu raison de moi. Le souvenir de ton visage a guidé chaque jour de ma vie depuis ce sombre soir d'octobre, chaque jour j'ai pensé à toi et aux merveilleux moments qu'il nous a été donné de vivre, mais aussi à la honte immense, celle de t'avoir fait du mal et d'avoir eu la bêtise de survivre.

Tandis que je lisais la lettre, Paul est parti, sur la table il a laissé deux tubes de barbituriques qu'il a sans doute ramassés avec la lettre dans l'appartement du 1er.

« Quand on a aimé, on peut bien mourir… »

Épilogue

Août 2008, quatrième mois de déprime et d'abstinence de travail, je commence néanmoins à me sentir mieux. Dans ma tête les paroles d'Odette tournent en boucle, serais-je passé à côté d'Amandine ? Cette tête de bois s'obstine à ne pas répondre à mes messages, à sa décharge il est vrai, je dois reconnaitre après avoir pris un peu de recul, qu'il m'est parfois arrivé d'exagérer, un peu. Mais pas de là à rompre toute communication ! Quelle frustration, s'il y a bien une personne avec qui j'ai envie de partager tout ce que j'ai appris ces derniers temps, c'est Amandine… Ça ne doit pas être évident pour elle de m'oublier, ce silence c'est signe qu'elle se protège, ça ne fait aucun doute.

Hier j'ai reçu par courrier l'article de journal que Georges a fait publier dans la presse locale sur notre aventure, nos deux noms sont cités, encore heureux. Madame Da Silva, à qui je l'ai fait lire, a bien failli tomber à la renverse, Amandine devrait selon toute probabilité réagir de la même façon.

Demain j'appelle les parents Bertrand en me faisant passer pour un journaliste désirant interviewer la femme du héros de cette histoire (enfin l'un des deux héros, merci Georges…, je parie qu'elle est en vacances dans la Hague…

Notes de l'auteur

La France capitule après trois semaines de combats en 1940. 92 000 soldats français sont tombés et plus de 1 800 000 seront faits prisonniers, pour beaucoup ils ne reverront leur famille qu'en 1945.

Durant les quatre années d'Occupation par l'envahisseur allemand, 20 000 enfants sont nés de père allemand et de mère française. Un tel statut dans la période d'après-guerre fut compliqué, l'heure n'était pas au pardon, ni à l'ouverture.

La bataille de Normandie se déroula du 6 juin au 29 août 1944. Environ 20 000 civils normands furent tués. Ce chiffre est à mettre en regard de la faible population de cette région essentiellement rurale. Plus de 300 000 se retrouveront sans abris après les combats.

Ces chiffres varient en fonction des sources, parfois du simple au double, il est difficile 75 ans après de savoir exactement ce qui s'est passé.

Les Américains perdent quant à eux 70 000 soldats tués ou blessés, 19 % de ces pertes n'ont toujours pas été retrouvées à cette heure…

Bibliographie sélective

Mark Bando, *Histoires secrètes de la 101st Airborne Division dans la Seconde Guerre mondiale*, Éditions Heimdal, Saint-Martin-des-Entrées, 2014.

Georges Bernage, *Débarquement à Utah Beach,* Éditions Heimdal, Saint-Martin-des-Entrées, 1994.

Paul Carrel, *Ils arrivent ! Le Débarquement vécu du côté allemand*, Tallandier, Paris, 2019.

Élisabeth Coquert et Philippe Huet, *Les rescapés du jour J, les civils dans l'enfer du 6 juin 44*, Albin Michel, Paris, 1999.

François-Alexandre James, *Nos plus longs mois : J + 76*, auto-édité 1989.

Stéphane Lamache, *La Normandie américaine*, Larousse, Paris, 2010.

J. Robert Lilly, *La face cachée des GI's : les viols commis par des soldats américains en France, en Angleterre et en Allemange pendant la Seconde Guerre mondial*, Payot, Paris, 2004.

Mary Louise Roberts, *What Soldiers Do: Sex and the American GI in World War II France*, University of Chicago Press, Chicago, Illinois, États-Unis, 2013.

Benoît Rondeau, *Invasion ! Le Débarquement vécu par les Allémands*, Tallandier, Paris, 2019.